本书荣获

第九届中国图书奖

贵州人民出版社

# 文物鑒定秘要

戴南海　张懋镕　周晓陆　著

顧廷龍題

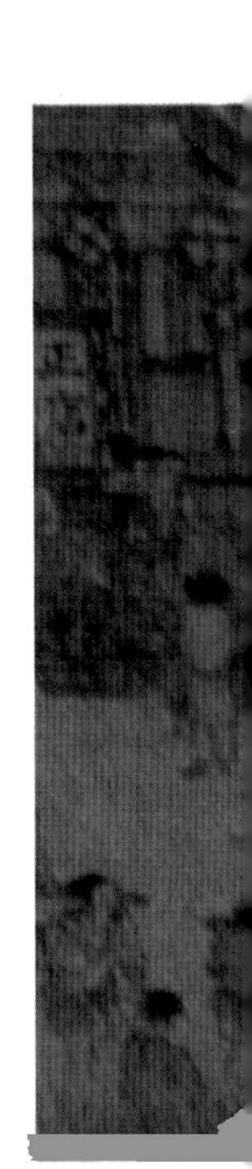

# 文物鉴定秘要

封面题签：顾廷龙
责任编辑：倪腊松
张民強
曹维琼
技术设计：黄　翔
封面设计：黄　翔

# THE KEY TO THE APPRECIATION OF CHINESE CULTURAL RELICS

文物鉴定是文物和文化史研究的基础，它是一门综合性学科或边缘学科。要深入研究中国考古学和中国文化史，必须在这门学科上下功夫，并通过一些渠道来普及这方面的知识。掌握了文物鉴定的知识，又有扎实的实践经验，才能辨识文物的真伪和价值，这在今天尤其需要。

张岂之

一九九三年五月五日

# 文物鑒定秘要

霍松林署

字中所叙述的内容能否了然于心，接着再披览图册，以验证文字描写是否相辅相成。图录集中成册，读者不仅可以一目了然地看到各类文物遗物前后发展变化，还可以看到不同类文物之间的有机联系和相互影响。图录本身相对独立，还有利于欣赏与珍藏。对爱好文物的人来说，不仅有标准器、典型器可比对，不致于被伪品所欺，而且对于一些优美的造型也获得一些精神享受。基于以上种种考虑，本书采用了这样的新鲜体例。这种尝试希望得到广大读者的理解和支持。当然不喜欢这种体例的读者亦可提出批评。

《文物鉴定秘要·图录》按古陶器、古瓷器、青铜器、古书画、古碑帖、古玉器、古钱币、古籍版本、古玺印、文房四宝等次序排列，而每一门类的文物图片又依时代先后依次排列。其中每一门类的每一时代，按器物特征尽可能把相同或相近的器物排在一起。这样无论是纵向对比，还是横向对比都很方便，于是他们的时代风格就很明显地跃然于纸上了。

万千年以来存世的中国文物如浩淼大海，令人望洋兴叹。由于文献资料和实物资料不足，本图录不过是吸取海水之一滴，存在着的缺点在所难免。我们衷心期望它能吸引热爱中国文物的读者，踊身文物海洋，去遨游、去探宝。本图录若能成为广大读者鉴定、鉴赏文物的一面镜子，我们就心满意足了。

一九九四年三月　于西北大学文博学院

戴南海　张懋镕　周晓陆

# 图录说明

《文物鉴定秘要·图录》共收录中国历代有关文物图片拓片近二千幅，由本书的编著者，尤其是周晓陆、张懋镕二人，花了大量的时间和精力几乎查阅了国内、国外的有关资料，从数万张图片和无数实物中精心比较、选取、拍摄、墨拓的。本图录所选用的原则和范围，一方面尽可能比较全面地选取中国历代文物中各主要门类的「标准器」和「典型器」；另一方面又考虑到篇幅所限，凡是其他文物著录中的一些常见品图片相对少选，而一些有代表性、典型性的甚为罕见的「冷面孔」则相对地多选一些；第三无论是常见品或稀见品都要使各门类形成一体系，使读者从中看出它们的演变规律。因此选录的范围很广，从新石器时代开始至清朝末年有助于鉴别的，我们都未曾放过。这样不仅可以扩大读者的涉猎面，而且还使读者获得更为广泛的器型知识。同时在本图录中不仅选录了相当数量收藏于日本、美国以及欧洲著名博物馆中的中国文物珍品，还收录了相当数量国内、国外个人收藏的中国文物珍品。这可以说是这部图录中的一个显著的特色。关于这一点，对开拓读者的眼界、打开鉴定思路是有所裨益的。

目前各书店和摊贩中卖的一些文物书，一般采取亦图亦文的方法，这种编辑体例自有可取之处，但毕竟有百书一面、公式化的趋向，并且图附于文，常常为文字所束缚，给排版也增加一些困难。《文物鉴定秘要·图录》在文字叙述之后，专辟图册，相对独立，读者可于图阅读文字后，再掩卷读图而思，看文

古陶器
古瓷器
古青铜
古书画
古碑帖
古玉器
古钱币
古籍版
古玺印
古文房

# 古陶器

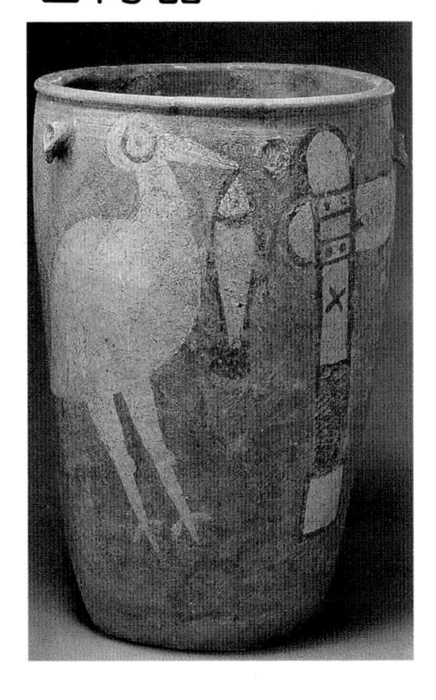

新石器时代·鹳鱼石斧纹彩陶尊

新石器时代·人形彩陶壶

西汉·云气纹彩陶钫

唐·胡人乐师骑驼三彩俑

唐·鸭形三彩杯

唐·莲纹三彩盖罐

新石器时代·彩陶罐

新石器时代·鲵鱼纹彩陶瓶

新石器时代·人面鱼纹陶盆

商·刻划纹白陶豆

新石器时代·高柄蛋壳黑陶杯

新石器时代・兽形红陶鬶

新石器时代・船形彩陶壶

商・刻划纹白陶罍

新石器时代・三耳彩陶壶

新石器时代・刻划猪纹钵

秦·十二字瓦当

战国·双骑树纹半瓦当

秦·跪射陶俑

秦·陶量

西汉·褐釉陶钟　西汉·卵形黑陶壶

西汉·绿釉陶钟　西汉·绿釉博山陶奁

西汉·青釉双耳陶罐　西汉·彩绘鱼纹陶盆

西汉·绿釉陶囷

西汉·绿釉陶井栏

西汉·绿釉带盖陶鼎

西汉·“亿年无疆”瓦当

新·青龙白虎瓦当

新·朱雀玄武瓦当

西汉·绿釉杂技陶俑

西汉·加彩灰陶犀牛

西汉・灰陶女俑

西汉・灰陶女俑

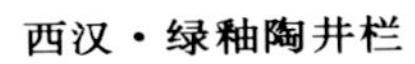

西汉・绿釉陶井栏

西汉・加彩灰陶女俑

西汉・加彩杂技灰陶俑

东汉·绿釉陶楼阁

东汉·绿釉陶楼阁

东汉·灰陶耳杯案

东汉·绿釉陶砻仓

东汉·绿釉陶楼阁

东汉・绿釉陶勺

东汉・绿釉陶博山炉

东汉・绿釉陶农舍

东汉・灰陶画像井栏

东汉・灰陶画像井

东汉・绿釉九枝陶灯

东汉·加彩灰陶侍俑

东汉·灰陶屋舍

东汉·绿釉陶磨

东汉·绿釉陶灶

东汉·伎乐画像砖

东汉·绿釉陶碓

东汉·绿釉陶灶

东汉·绿釉兵俑

东汉·加彩灰陶兵俑

东汉·灰陶说唱俑

东汉·绿釉厨俑

东汉·褐釉杂技俑

东汉·加彩灰陶武俑

东汉·灰陶武俑

东汉·加彩灰陶舞乐俑

东汉·加彩灰陶杂技俑

东汉·绿釉猪

东汉·加彩灰陶牛车

东汉·加彩灰陶牛

东汉·褐釉马

东汉·加彩灰陶马

东汉·加彩灰陶马

东汉·绿釉猪

东汉·绿釉犬

东汉·加彩灰陶猫头鹰

东汉·绿釉犬

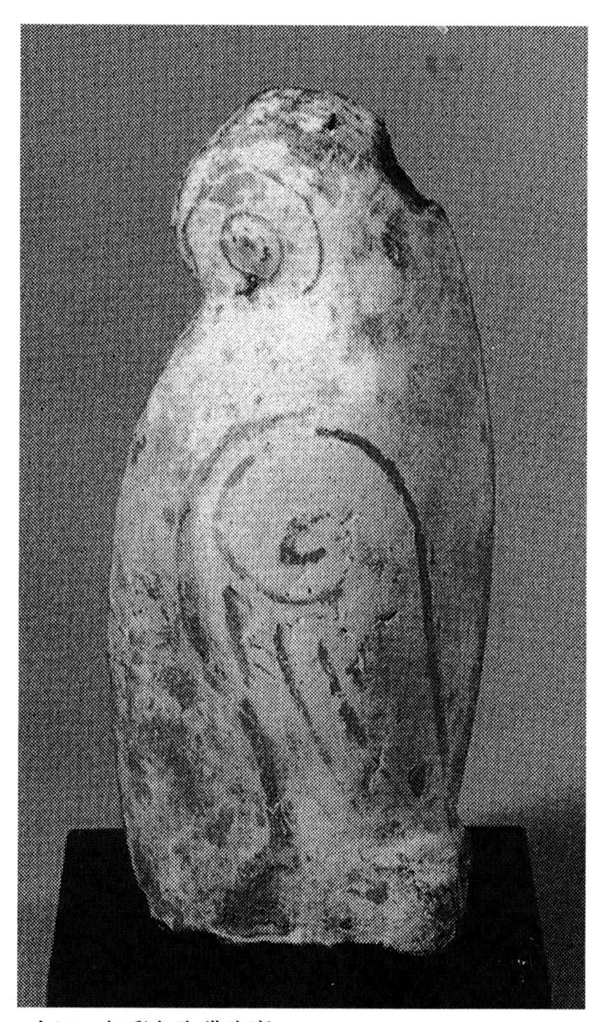

东汉·加彩灰陶猫头鹰

东汉·绿釉犬

东汉·绿釉鸡

西晋・加彩灰陶女俑

北魏・加彩灰陶俑

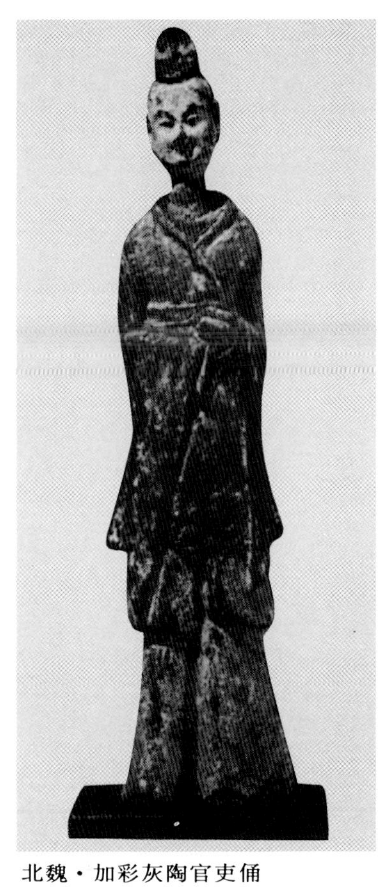

北魏・加彩灰陶官吏俑

北魏・灰陶侍俑

北魏・加彩灰陶武俑

北魏・加彩灰陶武俑

北魏・加彩灰陶俑

北魏·加彩灰陶牛

北魏·加彩灰陶驼俑

北魏·酱黑釉陶马

北魏·加彩灰陶俑

北朝·加彩灰陶武俑

北齐·加彩灰陶武俑

北齐·加彩灰陶牛车

隋·驼及驼夫俑

唐·三彩高足盘

唐·三彩鸭形杯

唐·三彩碗

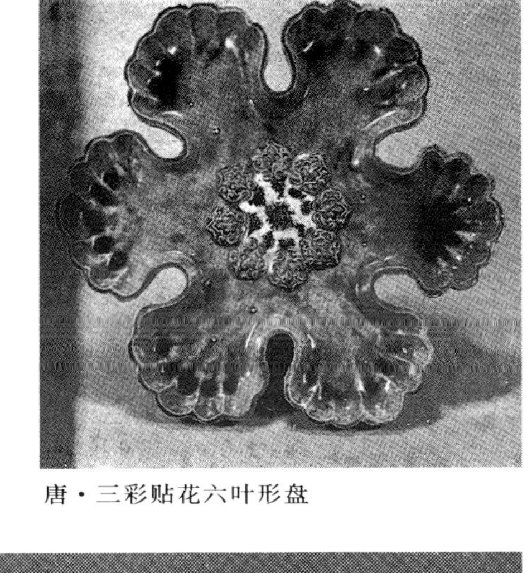
唐·三彩贴花六叶形盘

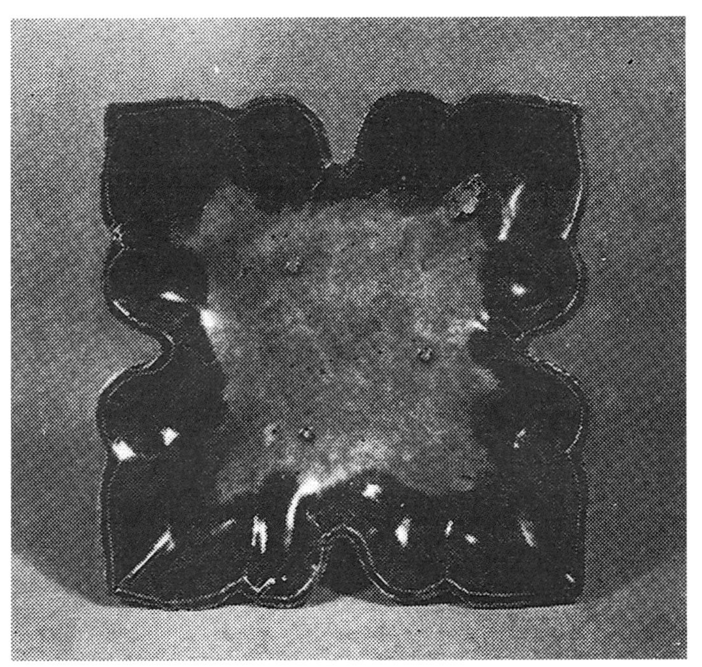
唐·三彩花形四足盘

唐·三彩花纹碟

唐·三彩宝相花盘

唐·三彩山纹壶

唐·三彩壶

唐・三彩盒

唐・三彩贝形杯

唐・三彩贴花长颈瓶

唐・三彩带盖唾壶

唐・三彩皮囊形壶

唐·三彩盒

唐·三彩盖壶

唐·三彩龙耳瓶

唐·三彩水注

唐·三彩女俑

唐·三彩女俑

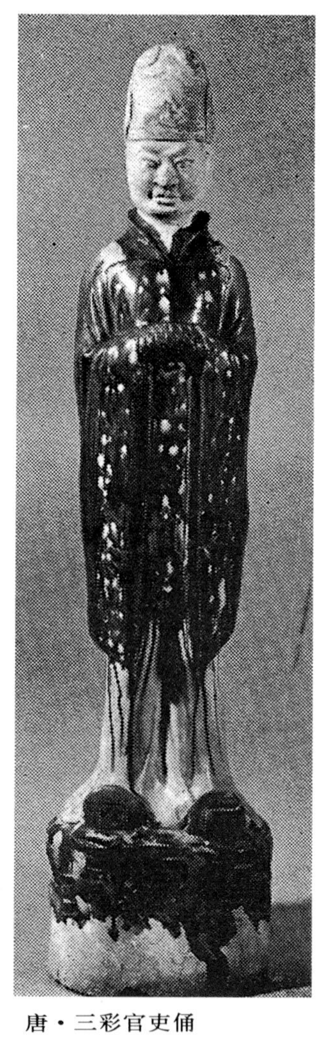

唐·三彩官吏俑

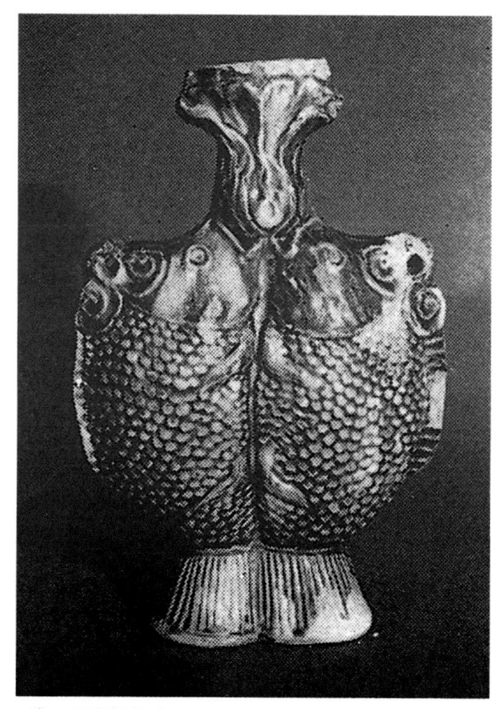

唐·三彩扁壶

唐·三彩驼及驼夫俑

唐·三彩长颈瓶

唐·三彩贴花凤首壶

唐·三彩贴花凤首壶

唐·三彩牛车

唐·三彩鸡

唐·三彩屋

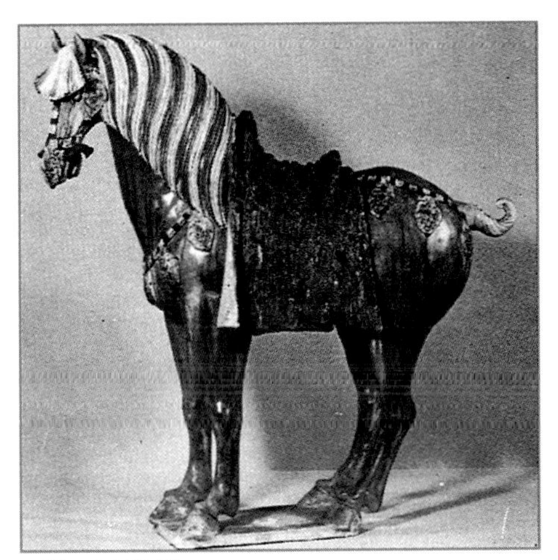
唐·三彩马

唐·三彩贴花炉

唐·三彩马

唐・三彩狮

唐・加彩陶侍俑

唐・三彩女骑俑

唐·加彩武士陶俑

唐·加彩上马陶俑

唐·三彩狮

唐·加彩鹰匠陶俑

唐·三彩鸭

唐·加彩胡人陶俑

唐·三彩角端

辽·三彩盘

辽·三彩双鱼扁壶

辽·三彩诗文枕

# 古瓷器

西晋·神兽青瓷尊

西晋·人骑神兽青瓷插座

西晋·鸟顶熊足镂空青瓷香薰

东晋·青瓷鸡首壶

北齐·莲瓣纹四系白瓷罐

唐·长沙窑釉下彩云珠纹罐

唐·长沙窑褐彩贴花瓷壶

唐·射手坐骑绞胎瓷俑

北宋·褐彩蕨纹瓷执壶

北宋·越窑划花人物瓷执壶

宋·汝窑玉壶春瓶

宋·登封窑珍珠地虎纹瓷瓶

宋·当阳峪窑刻花牡丹白瓷瓶

北宋·钧窑尊

北宋·耀州窑刻花三足瓶

北宋·汝窑三足樽

北宋·钧窑月白釉紫斑莲瓣碗

南宋·官窑贯耳瓶

北宋·钧窑三足洗

南宋·龙泉窑堆塑盘龙盖瓶

南宋·青白釉堆塑瓷瓶

南宋·景德窑青白釉刻花碗

南宋·哥窑五足洗

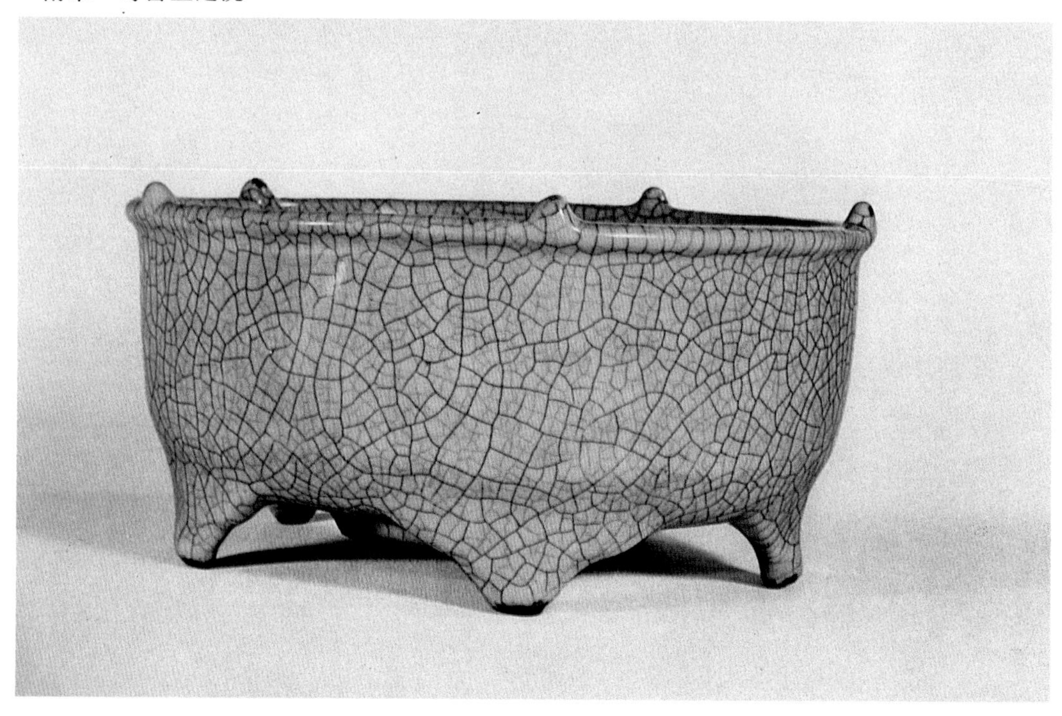

南宋·永和窑白地褐花三足炉

金·花瓣口刻花三彩瓶

金·磁州窑黑釉剔花小口瓶

金·（萧何追韩信）三彩枕

元·龙泉窑釉刻花执壶

元·釉里红开光人物故事大罐

元·青花缠枝牡丹纹罐

元·青白釉狮尊

元·蓝釉白龙纹瓶

元末明初·釉里红云龙环耳瓶

明(永乐)·红釉暗花云龙盘

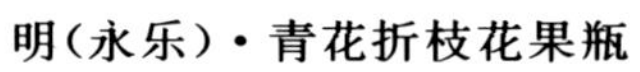

明(永乐)·青花折枝花果瓶

明(宣德)·釉里红三鱼纹高足杯

明(宣德)·青地白龙纹尊

明(宣德)·青花抹红海兽鱼纹高足杯

明(成化)·青花飞龙碗

明(成化)·斗彩蔓草纹瓶

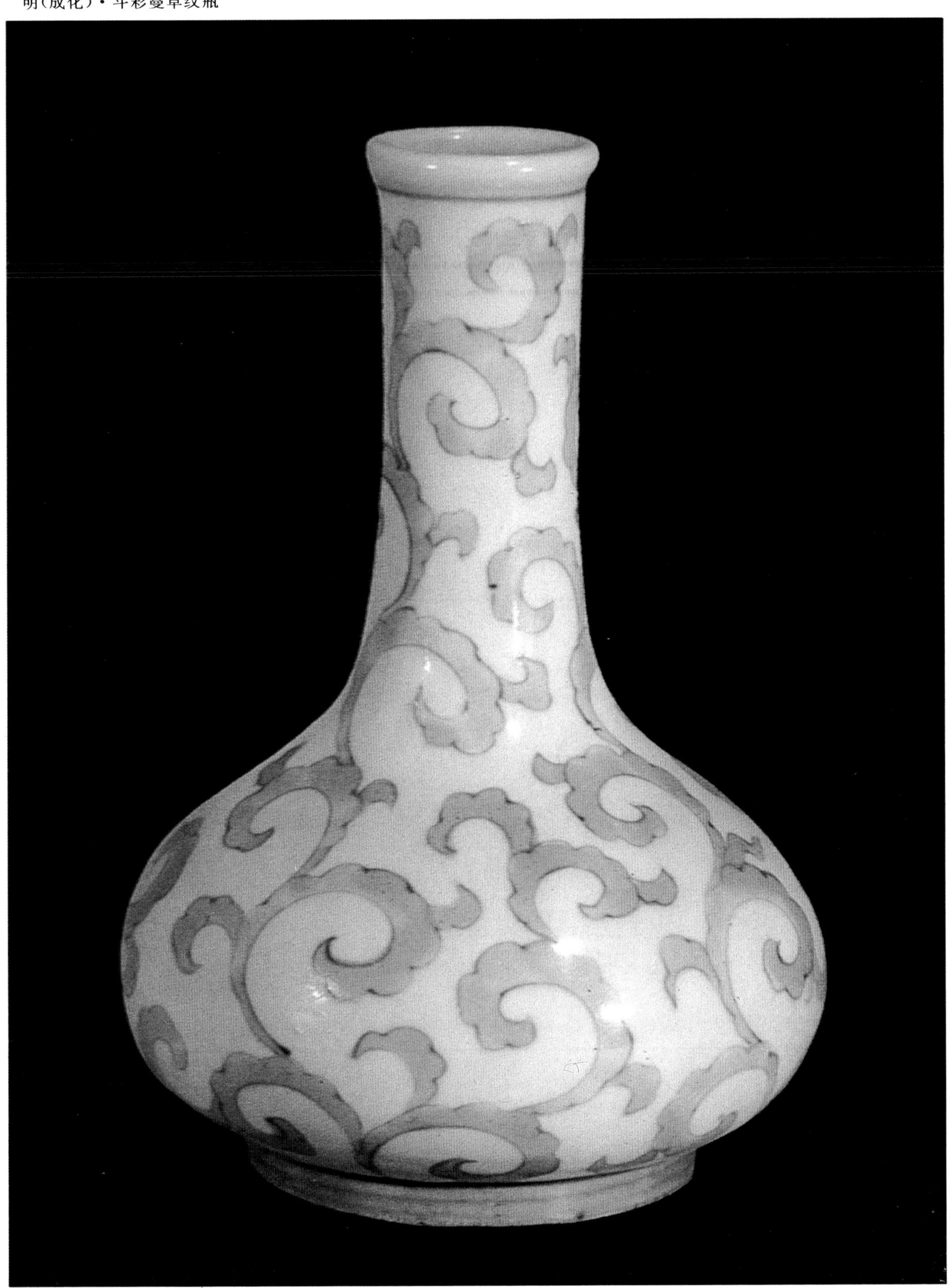

明(正德)·青花抹红海兽鱼纹碗

明·祭蓝麒麟纹执壶

明(万历)·刻花饕餮纹白瓷尊

明(万历)·斗彩碗

明(嘉靖)·青花松竹梅三羊碗

清(康熙)·洒蓝描金开光五彩花鸟瓶

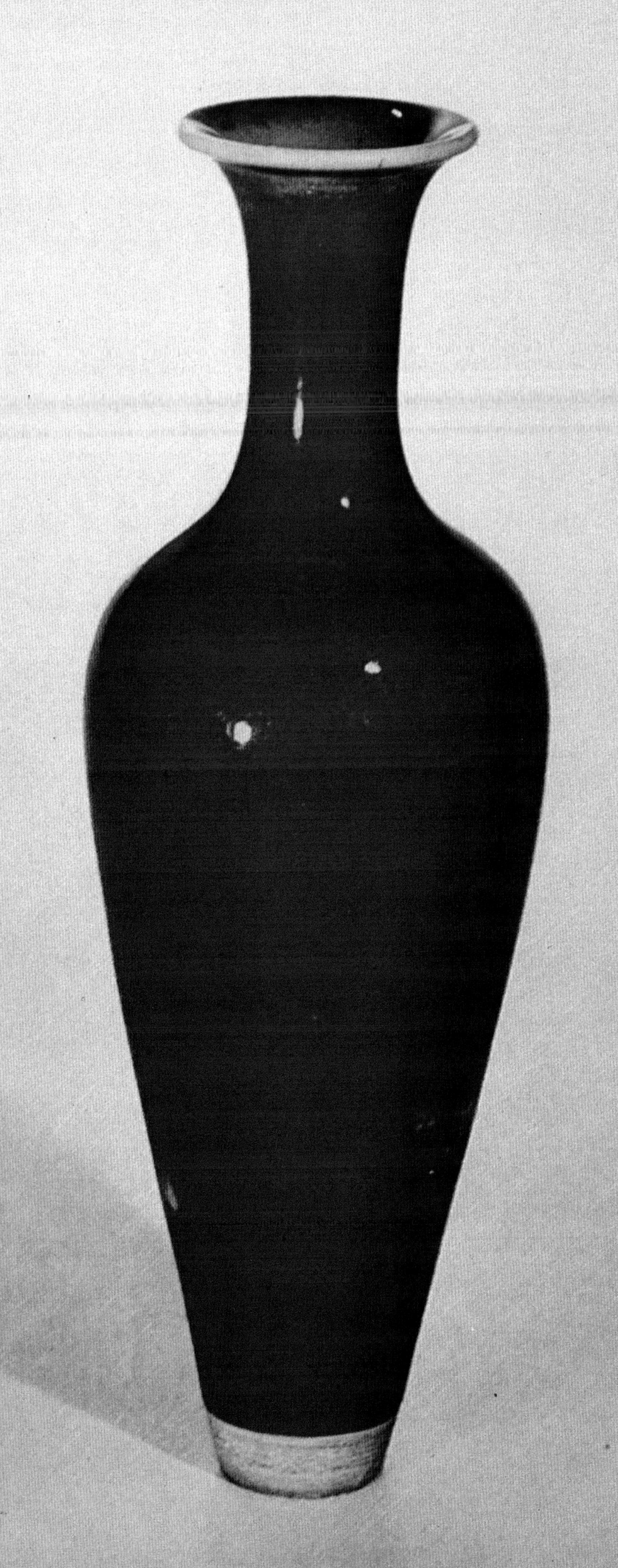

清（康熙）·豇豆红瓶

清（雍正）·粉彩人物笔筒

清（乾隆）・粉彩镂孔转心瓶

清(乾隆)·各色釉大瓶

清(乾隆)·矾红缠枝莲瓶

清（乾隆）·蓝釉金银桃果盖瓶

商·原始瓷尊

东汉·青瓷长颈瓶

春秋·原始瓷提梁盉

东吴·熊柱青瓷灯

东吴·青瓷羊

西晋·青瓷洗

西晋·青瓷三足盆

西晋·青瓷簋

西晋·青瓷樽

西晋·鹰形青瓷双耳壶

西晋·青瓷鸡头壶

西晋·鸟纽青瓷盂

西晋·青瓷香薰

西晋·青瓷狮形插座

西晋·青瓷魂瓶

西晋·褐斑青瓷洗

西晋·青瓷熊

东晋·褐彩青瓷鸡头壶

东晋·褐彩青瓷盒

西晋·青瓷三狮插座

西晋·青瓷对俑

西晋·青瓷唾壶

西晋·青瓷狗舍

东晋·黑釉鸡头壶

南朝·莲纹青瓷盏托

东晋·褐斑青瓷羊

南朝·莲瓣四耳青瓷壶

东晋·青瓷虎子

南朝・青瓷博山炉

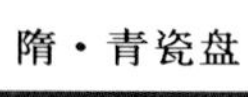

隋・青瓷盘

北齐・莲瓣青瓷壶

南朝・莲瓣纹青瓷鸡头壶

隋·黄釉印花唾壶

隋·褐釉长颈瓶

隋·象首龙柄白瓷壶

隋·白瓷鸡头壶

隋·莲花三环足青瓷盘

隋·双螭把双身白瓷瓶

隋·蔓草纹青瓷扁壶

隋・黄釉武俑

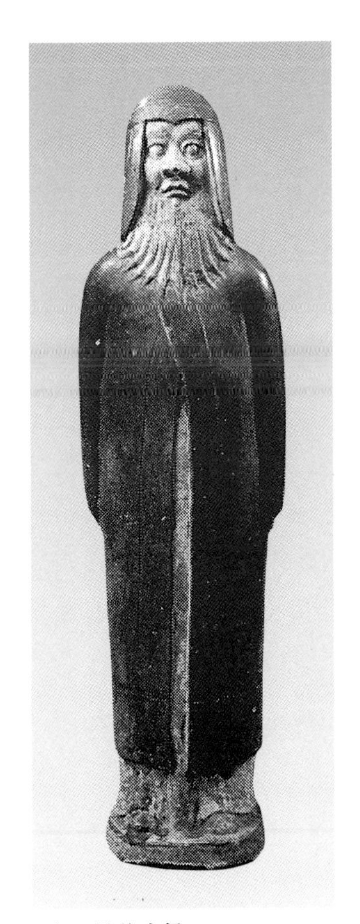
隋・褐釉武俑

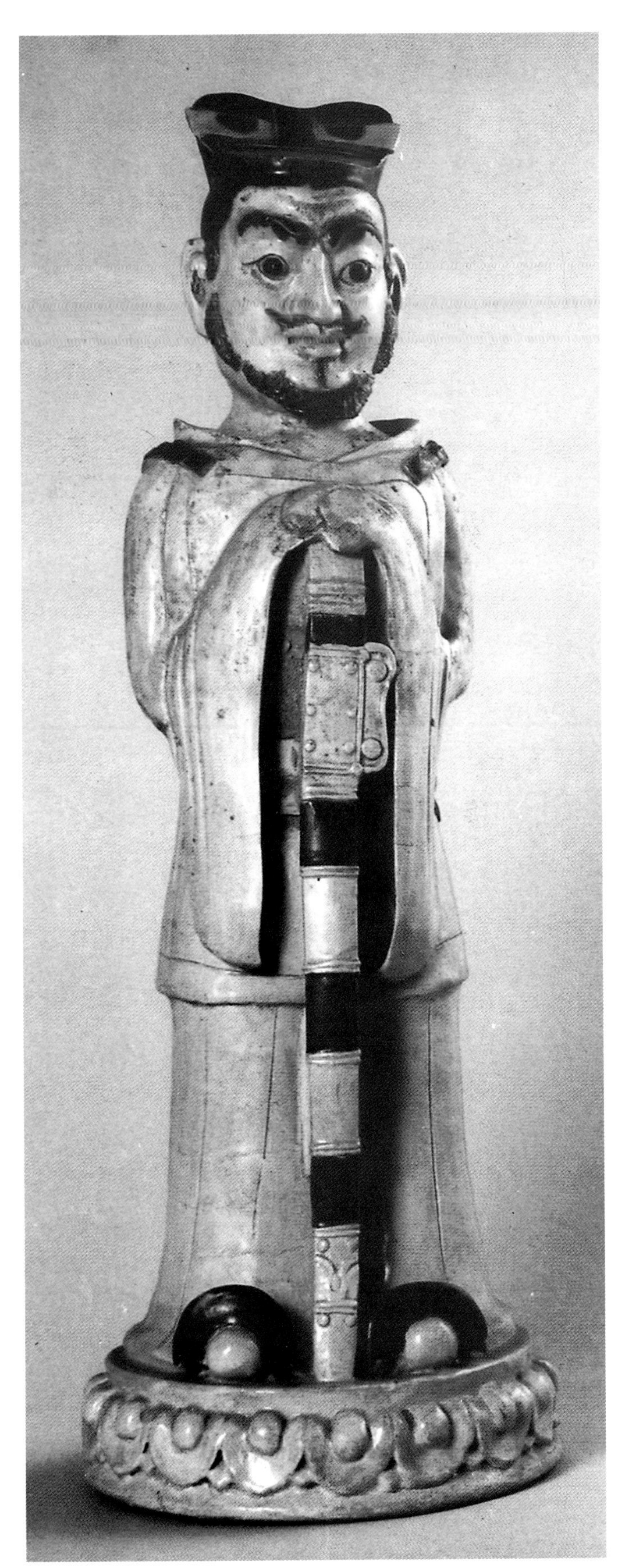
隋・白釉武俑

隋・绿釉博山炉

隋・白釉女俑

唐·白瓷四耳壶

唐·白瓷净瓶

唐·双龙耳白瓷瓶

唐·白瓷唾壶

唐·白瓷带耳钵

唐·双龙耳贴花白瓷瓶

唐・白瓷烛台

唐・白瓷水注

唐・白瓷长颈瓶

唐・白瓷穿带壶

唐・贴花白瓷水注

唐・褐釉四耳壶

唐・褐釉宝相花三足盘

唐・青瓷钵

唐・青瓷三足罐

唐・绿斑青瓷盒

唐・青瓷壶

唐・白釉驼

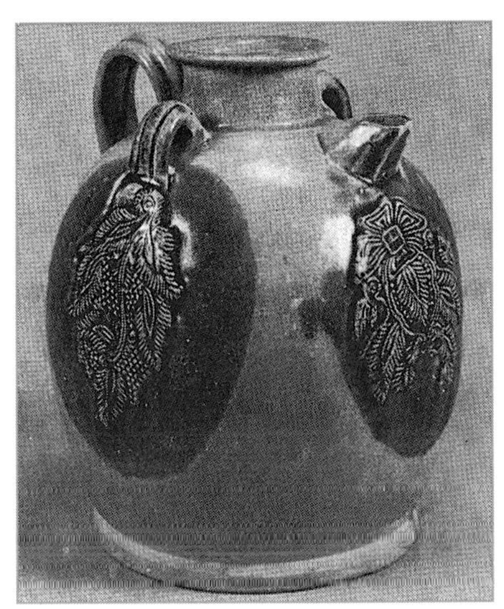

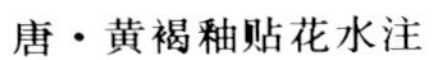
唐・黄褐釉贴花水注

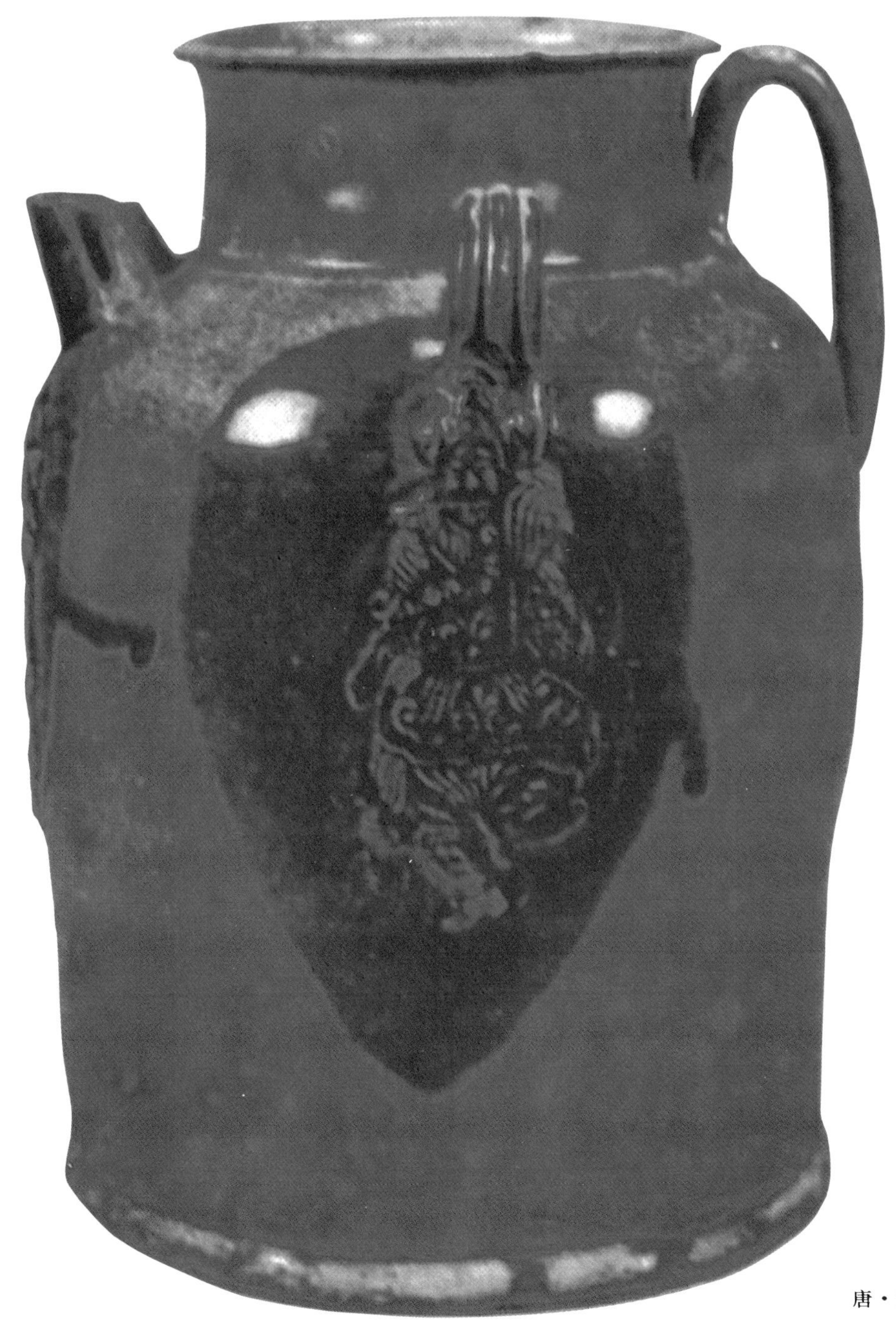

唐・黄褐釉贴花水注

唐·褐彩云纹炉

唐·绿釉贴花水注

唐·黑釉三足罐

唐·黑釉瓶

唐・黑釉水注

唐・黑釉白斑水注

唐・褐釉猪

唐・蓝釉盖壶

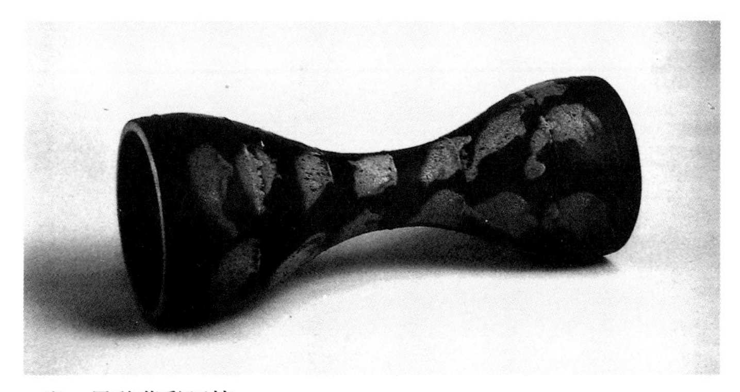
唐・黑釉蓝彩腰鼓

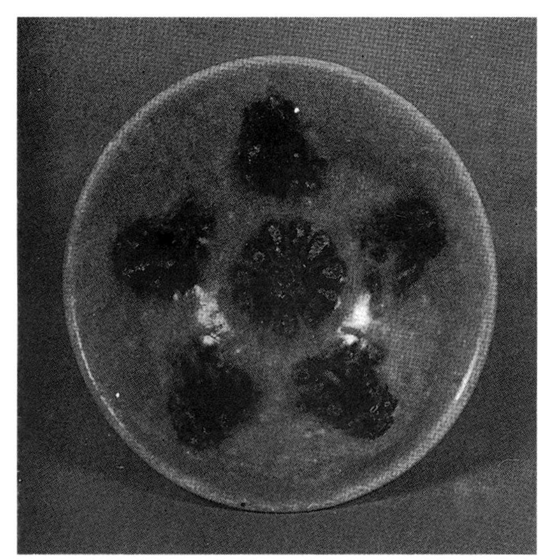

唐·绿褐彩青瓷碗

唐·绞胎把杯

唐·青瓷唾壶

唐·蓝釉壶

唐·绿釉奁

唐·绞胎碗

唐·黑釉长颈瓶

唐·蓝釉兔

唐·绿釉水注

五代·八曲口青瓷杯

五代·绿釉印花盘

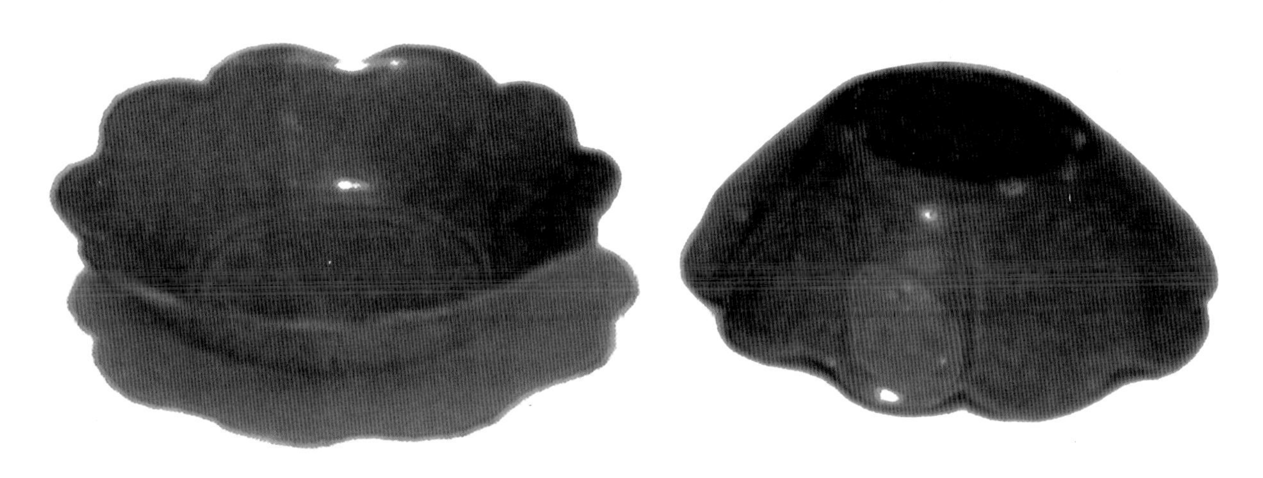

五代·花瓣口青瓷碟

五代·黑花白瓷盒

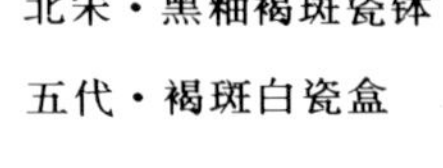

五代·绿釉印花盒 | 北宋·黑釉褐斑瓷盘
五代·印花葡萄白釉枕 | 北宋·黑釉褐斑瓷钵
五代·刻花青瓷盒 | 五代·褐斑白瓷盒

五代·白瓷盘

五代·贴花三联白瓷壶

五代·刻花牡丹纹青瓷瓶

北宋·青瓷碗

北宋·黑釉褐花叶纹瓷钵

五代·刻花莲瓣盏托

北宋·黑釉褐斑带盖瓷钵

北宋·黑釉褐花牡丹纹瓶

北宋·黑釉堆白壶

北宋·黑釉堆白双耳壶

北宋·黑釉褐斑双耳壶

北宋·黑釉堆白执壶

北宋·黑釉褐斑壶

北宋·黑釉褐斑壶

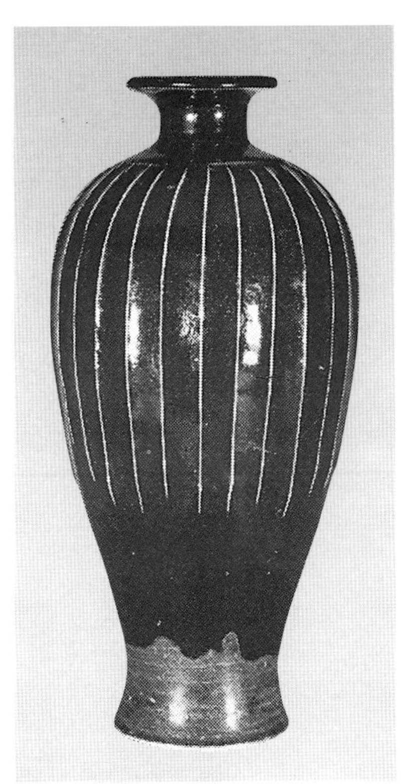

北宋·黑釉堆白瓶

北宋·黑釉堆白花口瓶

北宋·黑釉褐花花纹玉壶春瓶

北宋·钧窑花盆

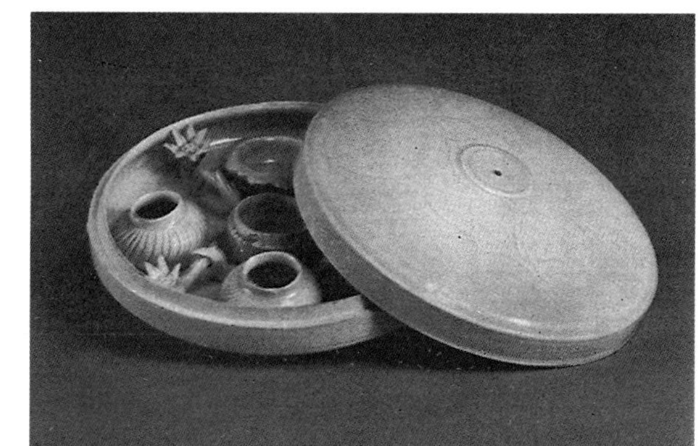

北宋·定窑刻花牡丹纹白瓷盒

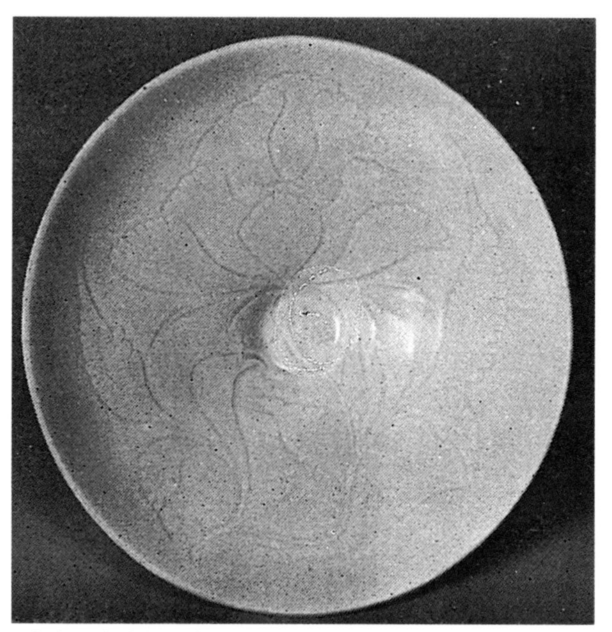

北宋·定窑刻花白瓷碗

北宋·定窑褐衣莲纹白瓷盘

北宋·越窑青瓷刻花牡丹纹执壶

北宋·白瓷褐彩龙形灯

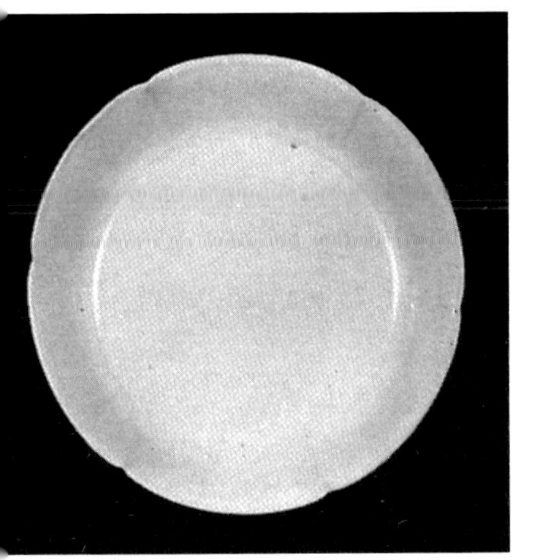
北宋·汝窑盘

北宋·定窑莲瓣纹白瓷盖罐

北宋·越窑青瓷刻花莲瓣多嘴壶

北宋·定窑瓜楞白瓷壶

北宋·定窑黑釉碗

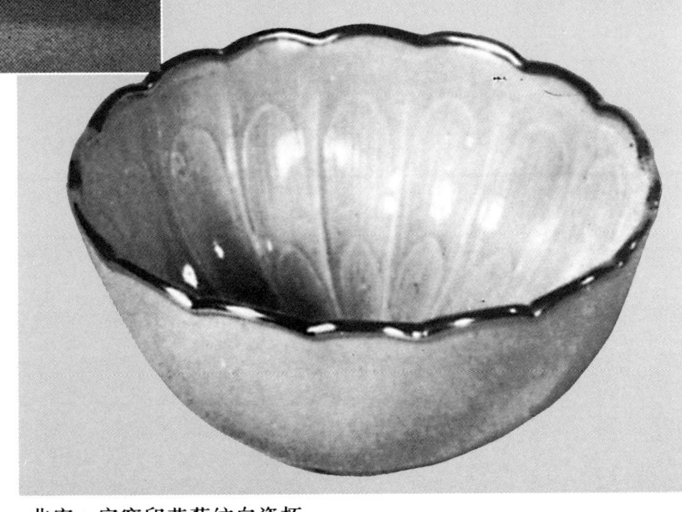
北宋·定窑印花菊纹白瓷杯

北宋・定窑凤首白瓷瓶

北宋・定窑白瓷瓶

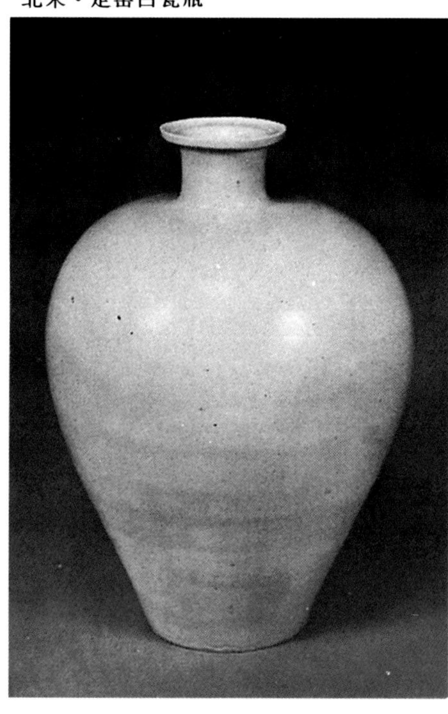

北宋・定窑龙口瓜楞白瓷执壶

北宋・定窑褐花牡丹白瓷瓶

北宋・定窑白瓷瓶

北宋・磁州窑白釉刻花牡丹纹瓷洗

北宋・磁州窑唐草纹瓷罐

北宋・定窑刻花白瓷碗

北宋・定窑孩儿枕

北宋·磁州窑划花瓷罐

北宋·磁州窑绿斑盘口瓷壶

北宋·定窑贴花狮子白瓷炉

北宋·定窑刻花白瓷海螺

北宋·定窑褐花花白瓷枕

北宋·磁州窑白釉划花牡丹纹瓷钵

北宋・磁州窑牡丹纹瓷枕

北宋・磁州窑绿斑刻花瓷香炉

北宋・耀州窑刻花深腹瓷钵

北宋・磁州窑绿斑瓜楞瓷执壶

北宋・耀州窑印花瓷盖碗

北宋・磁州窑绿釉花瓷枕

北宋、磁州窑黑地白花牡丹纹瓷执壶

北宋·磁州窑白地黑花龙纹瓷瓶

北宋·磁州窑白花牡丹纹瓷瓶

北宋·磁州窑白地黑花牡丹纹瓷瓶

北宋·磁州窑白地黑花牡丹纹瓷罐

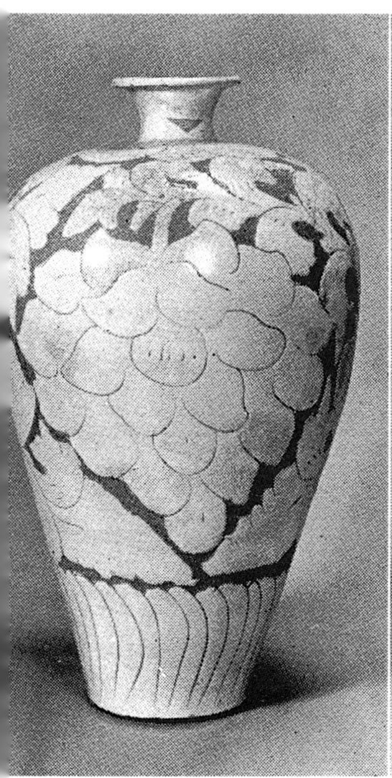

宋·磁州窑白地黑花牡丹纹瓷瓶

北宋·磁州窑白地黑花牡丹纹瓷瓶

北宋·磁州窑白地黑花牡丹纹瓷瓶

北宋·磁州窑绿釉牡丹纹瓷瓶

北宋·耀州窑印花牡丹纹瓷碗

北宋·耀州窑印花婴戏瓷碗

北宋·耀州窑印花花鸟纹瓷碗

北宋·耀州窑刻花牡丹纹瓷盘

北宋·耀州窑莲瓣口杯

北宋·耀州窑刻花莲瓣纹瓷壶

北宋·耀州窑刻花三足瓷炉

北宋·耀州窑瓷药王供养像

北宋·耀州窑印刻花瓷执壶

北宋·耀州窑印花瓷玉壶瓶

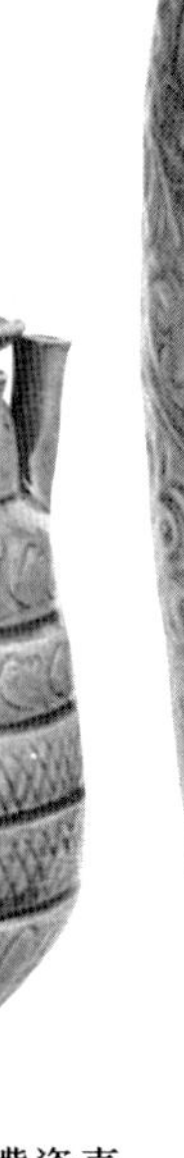

北宋·耀州窑印花瓷玉壶瓶

北宋·耀州窑刻花莲瓣多嘴瓷壶　北宋·耀州窑印花莲纹瓷瓶　北宋·耀州窑印花瓷瓶

北宋・景德窑刻花莲瓣纹瓷壶
北宋・景德窑刻花牡丹纹瓷瓶
北宋・景德窑刻花瓷碗

北宋・景德窑瓷盏托一套
南宋・官窑莲瓣瓷碗
北宋・景德窑刻花莲纹深腹瓷钵
北宋・景德窑刻花婴戏瓷碗

北宋・景德窑刻花牡丹纹瓷瓶

北宋・景德窑瓜楞执壶

北宋・景德窑狮盖瓷执壶

南宋・官窑瓷瓶

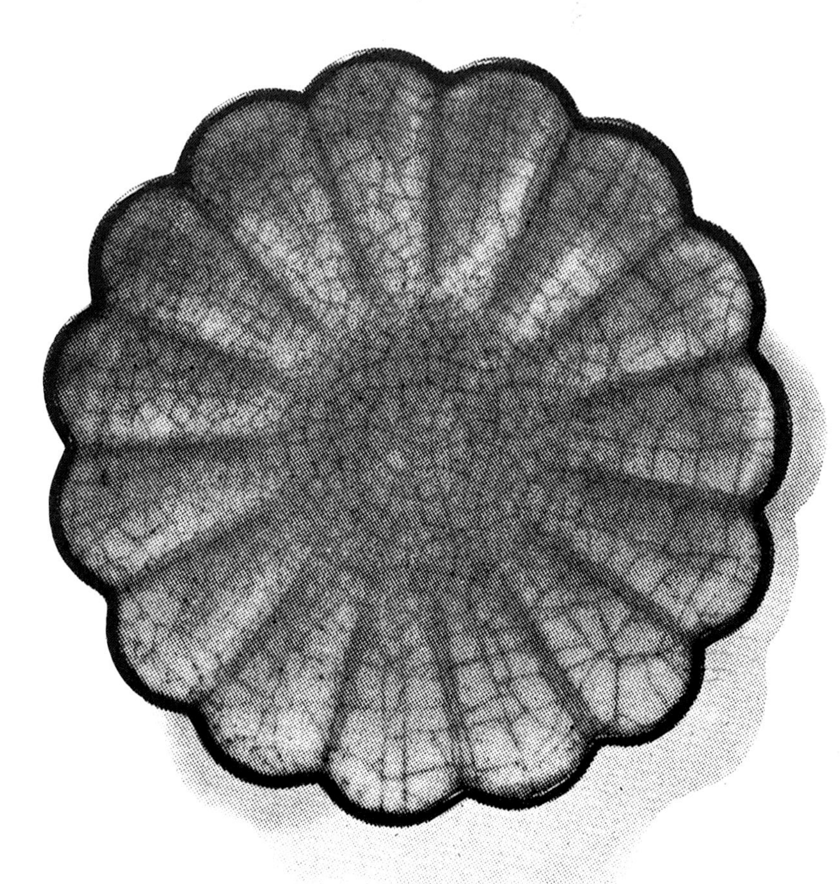

南宋・官窑菊瓣口瓷盘

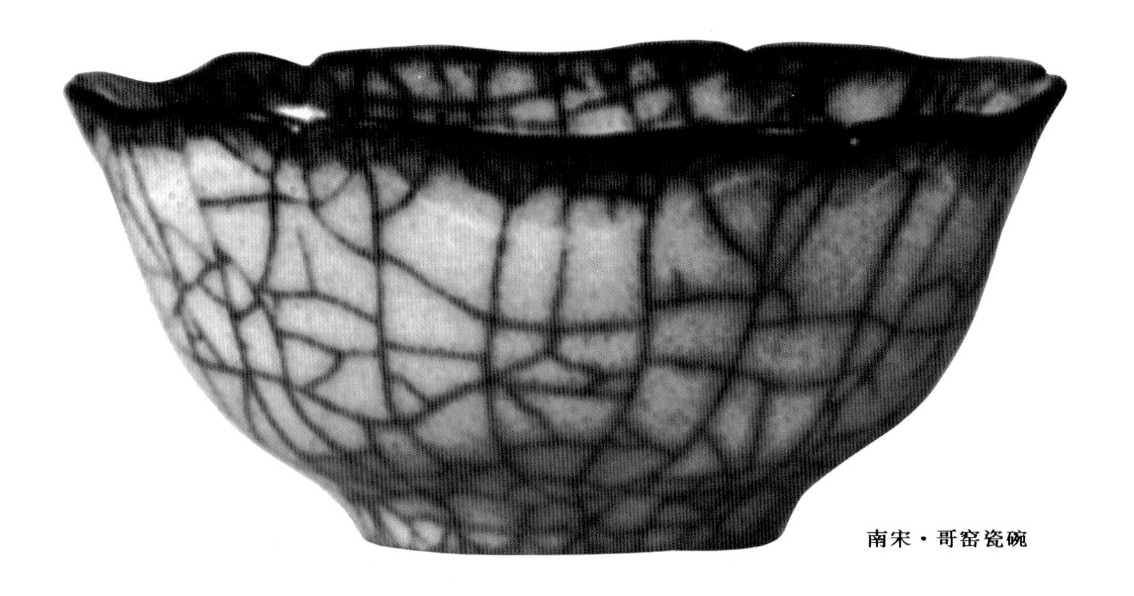

南宋·哥窑瓷碗

南宋·磁州窑白地黑花牡丹纹瓷钵

南宋·官窑八角瓷瓶

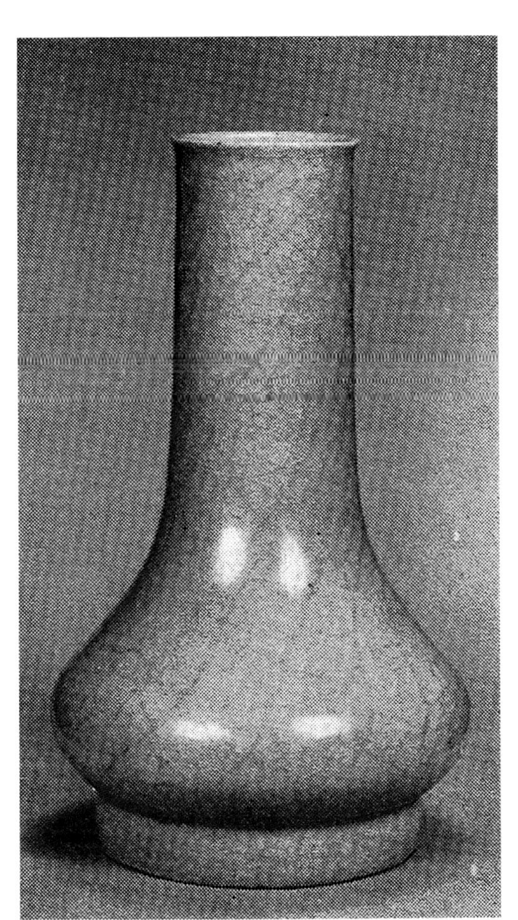
南宋·官窑瓷瓶

南宋·官窑凤耳瓷瓶

南宋·官窑龙耳方瓷瓶

南宋·官窑贯耳瓷瓶

北宋·紫釉执壶

南宋·钧窑瓷瓶

南宋·钧窑瓷瓶

南宋·龙泉窑贴花莲纹瓷炉

南宋·龙泉窑瓷碗

南宋·龙泉窑贴花双鱼纹瓷盘

南宋·龙泉窑莲瓣口瓷碗

南宋·龙泉窑刻花瓷盘

南宋·景德窑刻花瓷盘

南宋·龙泉窑瓷碗

南宋·龙泉窑三足瓷炉

南宋·龙泉窑凤耳瓷瓶

南宋·龙泉窑贴花牡丹纹瓷执壶

南宋·景德窑菊瓣瓷盘

南宋·景德窑刻花瓷瓶

南宋·龙泉窑瓷瓶

南宋·景德窑三足瓷香炉

南宋·景德窑堆塑瓷瓶

南宋·景德窑双人牵马瓷俑

南宋·龙泉窑琮形瓷瓶

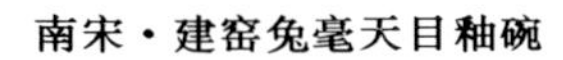
南宋·建窑兔毫天目釉碗

南宋·吉州窑玳瑁龙纹天目釉碗

南宋·吉州窑文字天目釉碗

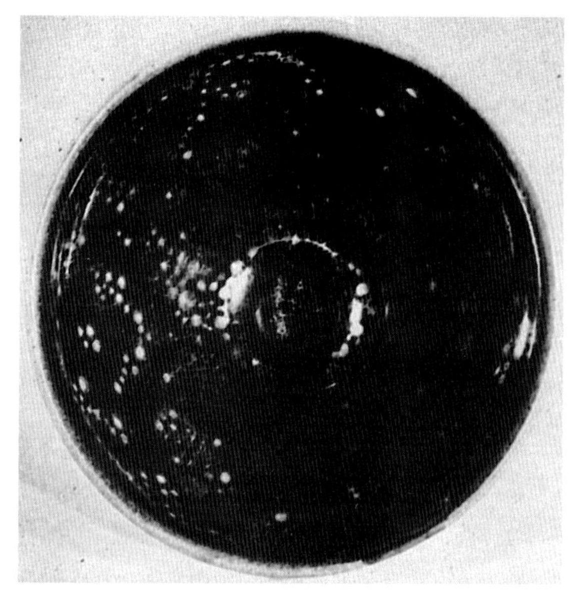

南宋・建窑曜变天目釉碗

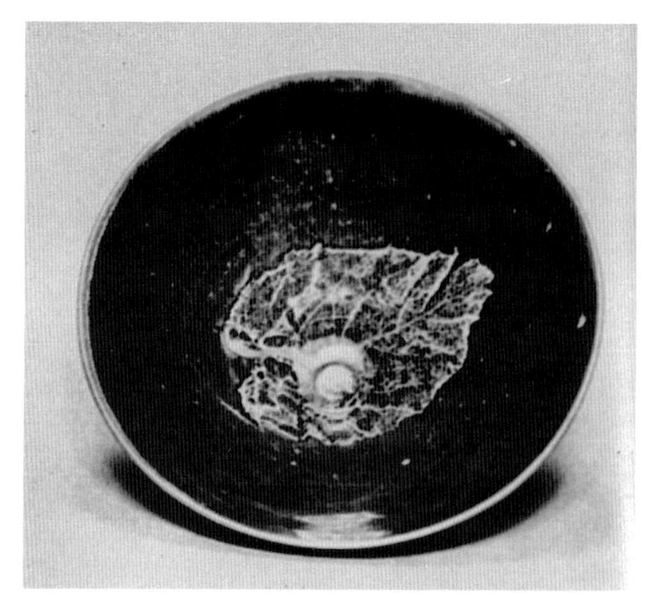

南宋・吉州窑木叶天目釉碗

南宋・吉州窑黑釉白花梅枝瓶

南宋・吉州窑黑釉白花瓷瓶

南宋・建窑油滴天目釉碗

南宋・吉州窑印花天目釉碗

辽 · 刻花瓷鸡冠壶

金·磁州窑红彩水禽纹瓷碗

金 · 钧窑碗

金 · 磁州窑白地黑花带盖瓷瓶

金 · 磁州窑红彩牡丹纹瓷罐

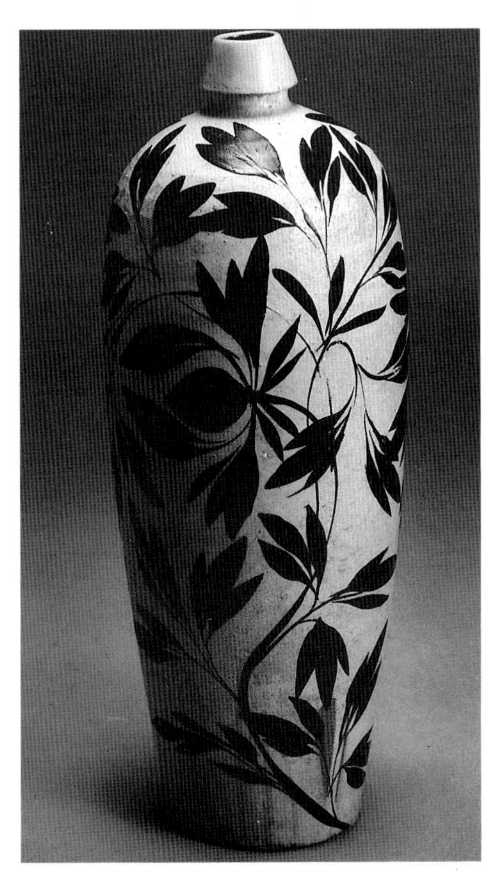

金 · 磁州窑白釉黑花牡丹纹瓷瓶

金·磁州窑白地黑花花口瓷瓶

金·磁州窑绿釉刻花瓷瓶

金·磁州窑白地黑花瓷瓶

金·磁州窑刻花牡丹纹瓷枕

金・钧窑瓷钵

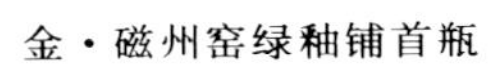

金・磁州窑绿釉铺首瓶

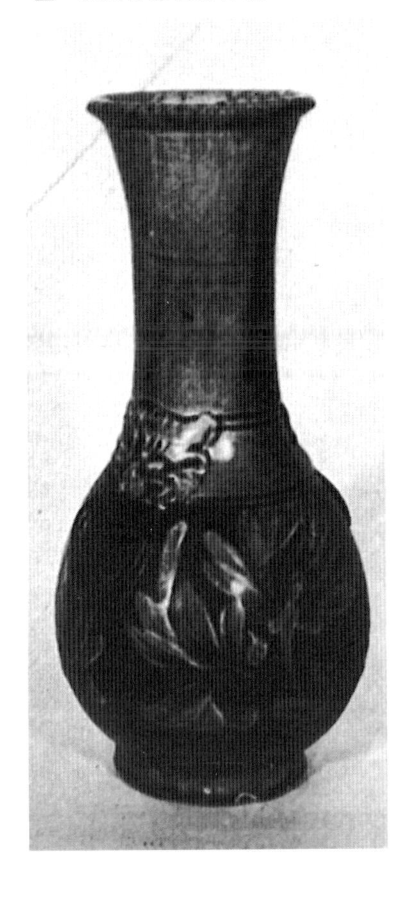

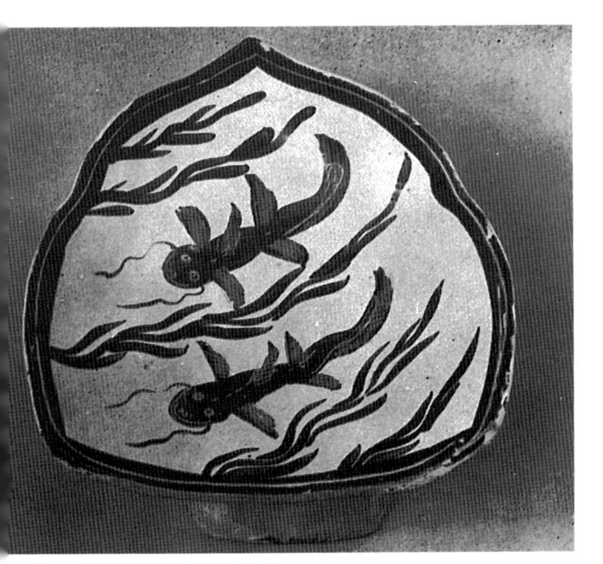

金・磁州窑黑花鲶纹瓷枕

金・钧窑瓷碗

金・钧窑瓷花瓶

金·磁州窑黑地白花瓷罐

金·钧窑碗

金·磁州窑红彩牡丹纹瓷碗

元·黑釉印花龙纹瓷碗

元·红釉盖钵

元·绿釉瓷瓶

元·红釉仙姑纹瓷罐

元·磁州窑白地黑花瓷瓶

元·磁州窑白地黑花牡丹纹四耳瓷瓶

元·磁州窑白地黑花牡丹纹瓷瓶

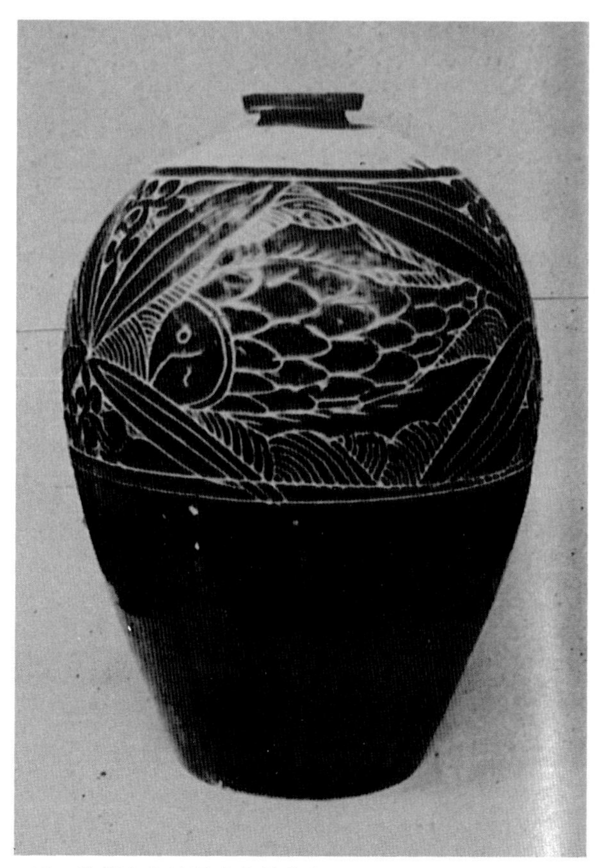
元·磁州窑白地黑花鱼纹瓷瓶

元·钧窑瓷碗

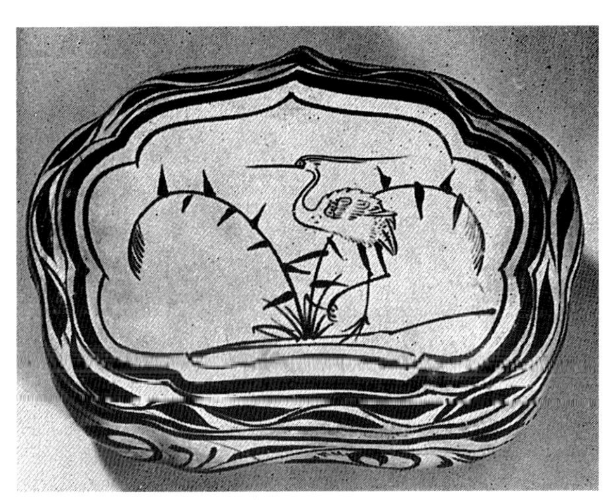

元·磁州窑黑花鹭纹枕

元·钧窑瓷花盆

元·钧窑瓷盘

元·磁州窑白地黑花诗文瓷盘

元·钧窑瓷钵

元·钧窑瓷洗

元·青釉黑花人物纹瓷瓶

元·磁州窑白地黑花花鸟纹瓷罐

元·磁州窑白地黑花龙凤纹瓷罐

元·磁州窑黑花风花雪月扁壶

元·磁州窑黑花飞凤扁壶

元·龙泉窑褐斑瓷碗

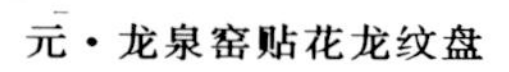

元·龙泉窑贴花龙纹盘

元·龙泉窑印花瓷碗

元·磁州窑观音像

元·龙泉窑贴花云龙纹四耳壶

元·龙泉窑荷叶盖罐

元·龙泉窑云鹤纹瓷碗

元·龙泉窑印花龙纹双耳壶

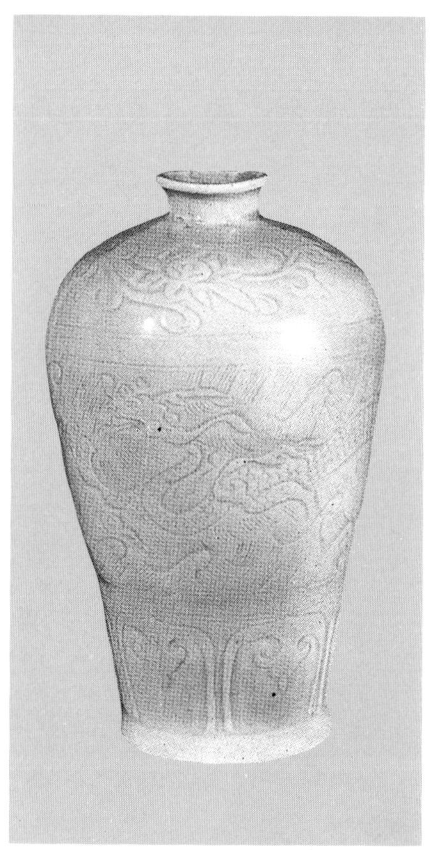

元·景德窑刻花龙纹瓷瓶

元·龙泉窑贴花牡丹纹瓷瓶

元·龙泉窑褐斑瓷瓶

元·龙泉窑贴花牡丹三足炉

元・青花牡丹纹龙耳罐

元·青花唐草凤纹碗

元·青花凤纹盘

元·青花蔬果纹盘

元·青花龙纹高足杯

元·青花牡丹纹盘

元・青花莲池纹罐

元・青花龙纹罐

元・青花人骑图罐

元・青花莲纹碗

元・青花唐草纹兽耳盖罐

元·青花菊纹双耳壶

元·青花如意莲纹玉壶春瓶

元·青花牡丹纹瓶

元·红釉印花龙纹碗

元·青花人物图玉壶春瓶

元·青花花枝八角纹瓶

元·青花龙纹玉壶春瓶

元·青花麒麟纹玉壶春瓶

元·釉里红唐草纹玉壶春瓶

元·青花梅枝香炉

明(洪武)·青花唐草纹盘

明(洪武)·青花唐草纹碗

元·青花龙纹扁瓶

明(洪武)·青花花果纹罐

明(洪武)·青花人骑图罐

明(洪武)·青花唐草纹盆

明(洪武)·青花觚

明(洪武)·暗花执壶

明(永乐)·青花婴戏碗

明(永乐)·青花折枝花果罐

明(永乐)·青花山石花卉盘

明(永乐)·青花龙纹天球瓶

明(永乐)·青花龙纹双耳扁壶

明(永乐)·青花龙纹扁壶

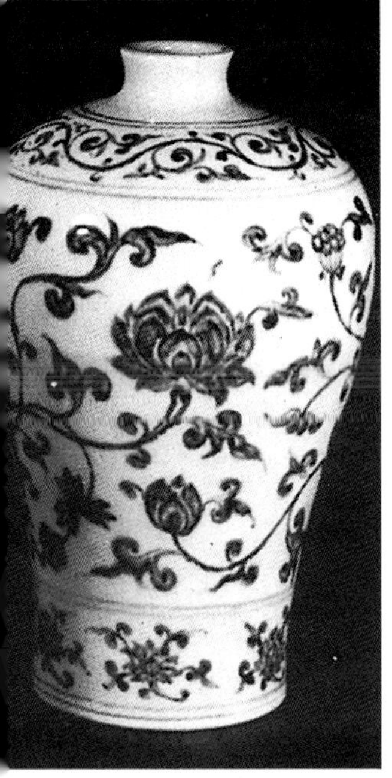
明(永乐)·青花蕃莲纹瓶

明(宣德)·青花折枝花果纹碗

明(宣德)·青花凤纹碗

明(宣德)·青花团龙纹碗

明(宣德)·青花牡丹纹盆

明(宣德)·釉里红龙纹碗

明(宣德)·青花唐花纹双耳扁壶

明(宣德)·兰釉白花牡丹纹盆

明(宣德)·豆彩牡丹纹罐

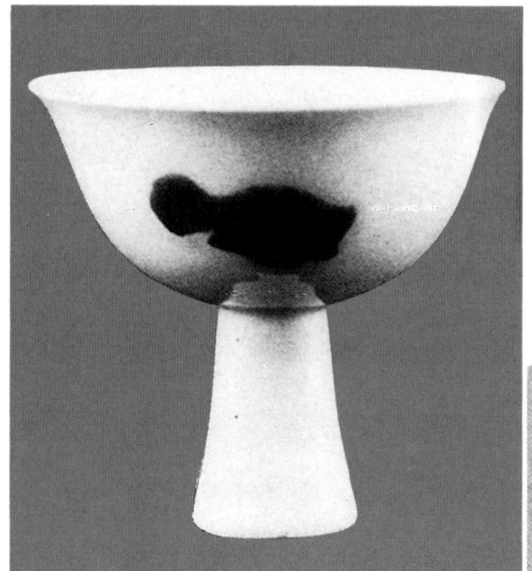

明(宣德)·釉里红三鱼纹高足杯

明(宣德)·青花唐草纹把杯

明(成化)·豆彩花果纹盘

明(成化)·青花唐草纹碗

明(成化)·五彩鱼纹碗

明(弘治)·五彩松竹梅盘

明(弘治)·青花龙纹碗

明(成化)·青花龙纹碗

明(弘治)·白地绿彩龙纹碗

明(嘉靖)·蓝釉白花龙纹碗

明(嘉靖)·绿地金彩蝶纹碗

明(弘治)·青花龙纹盘

明(嘉靖)·五彩婴戏方碗

明(嘉靖)·黄地红彩龙纹盖罐

明(嘉靖)·白地绿龙盘

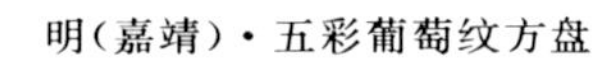

明(嘉靖)·五彩葡萄纹方盘

明(嘉靖)·青花梵文长方盒

明(嘉靖)·青花花鸟纹八角盒

明(嘉靖)·青花鱼藻纹盘

明(嘉靖)·青花高士香炉

明(嘉靖)·黄地豆彩唐草纹葫芦瓶

明(嘉靖)·五彩花卉方罐

明(嘉靖)·青花婴戏壶

明(隆庆)·青花团龙方盒

明(万历)·青花莲池盘

明(万历)·五彩婴戏盘

明(万历)·五彩花卉纹盖盆

明(万历)·豆彩花果纹碗

明(隆庆)·青花龙纹双菱形盒

明(万历)·五彩龙凤纹尊

明(万历)·五彩花鸟纹罐

明(万历)·五彩百蝠纹罐

明(万历)·五彩龙纹三层盒

明(万历)·五彩鱼藻纹瓶

明(万历)·五彩龙纹长方盒

明(万历)·五彩神佛盆

明(天启)·青花葡萄纹带耳盅

明(万历)·青花龙纹盒

明(崇祯)·褐釉白花菊纹盘

明(崇祯)·五彩狮纹盘

明(天启)·五彩花果瓶

明(天启)·青花寿字瓶

明(天启)·青花棋盘纹盘

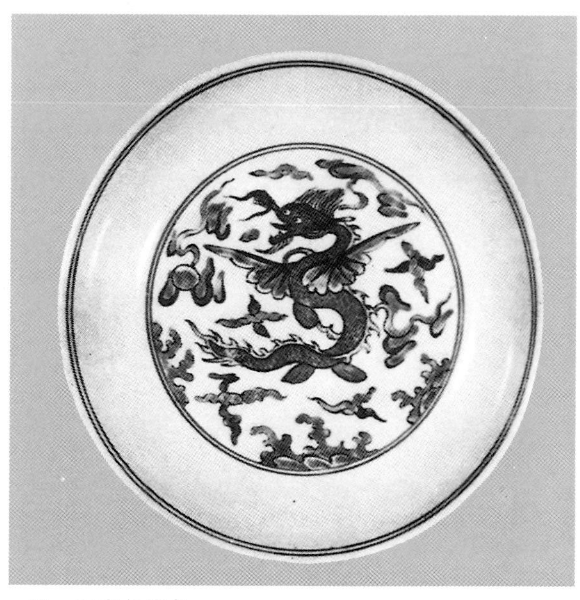

明·五彩龙纹盘

明·龙泉窑暗花桃果纹盘

明(崇祯)·青花唐草纹碗

明(天启)·青花刘海戏蟾纹盘

明(崇祯)·青花山水纹盂

明(天启)·青花鹰盘

明(天启)·五彩唐草纹壶

明·五彩龙纹碗

明·五彩花鸟纹碗

明·法华莲池纹瓶

明·五彩唐草纹瓶

明·法华莲池纹罐

明·五彩八角罐

明·青花花鸟纹瓶

明·五彩莲池纹罐

明·三彩飞龙纹执壶

明(崇祯)·青花诗文茶罐

明·五彩仙佛纹碗

明·五彩牡丹唐草纹瓶

明·龙泉窑盖瓶

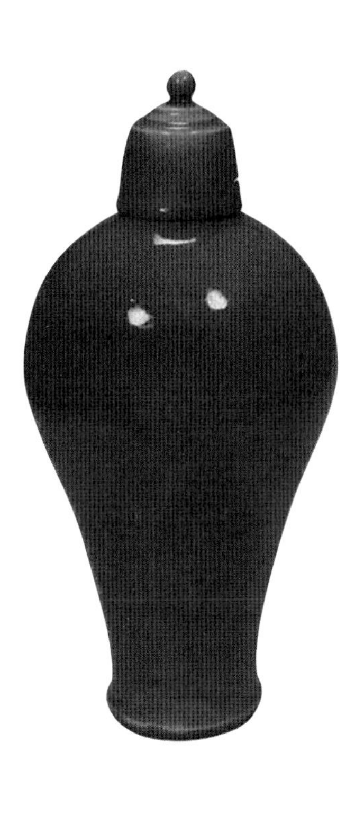

明·五彩花鸟纹执壶

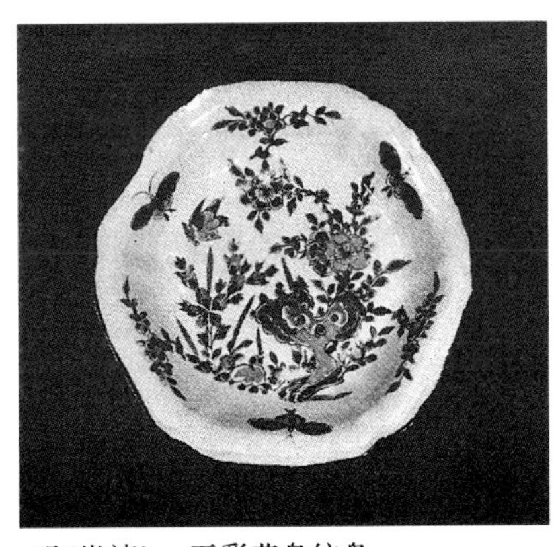

明(崇祯)·五彩花鸟纹盘

清(康熙)·五彩仙姑盘

清(康熙)·五彩仕女盘

清(康熙)·豆彩龙纹盘

清(康熙)·素三彩花果盘

清(康熙)·豆彩花草花盆

清(康熙)·素三彩花蝶碗

清(康熙)·五彩花鸟瓶

清(康熙)·五彩花觚

清(康熙)·黑地五彩莲池纹瓶

清(康熙)·素三彩花鸟瓶

清(康熙)·青花白梅瓶

清(康熙)·
豆青青花釉里红群马瓶

清(康熙)·豇豆红太白尊

清(康熙)·豆彩龙纹瓶

清（雍正）·豆彩花卉碗

清（雍正）·豆彩唐草纹长颈瓶

清（雍正）·豆彩仿成化鸡杯、莲杯

清（雍正）·粉彩梅花碗

清（雍正）·粉彩梅树盘
清（雍正）·豆彩龙盘
清（雍正）·豆青牡丹纹盘
清（雍正）·豆彩列仙楼阁盘

清（雍正）·粉彩菊蝶盘
清（雍正）·青花釉里红三星盘
清（雍正）·豆彩龙盘
清（雍正）·黄釉盘

清(雍正)·青花釉里红唐草纹大罐

清(雍正)·吹青釉石榴尊

清(雍正)·釉里红龙纹瓶

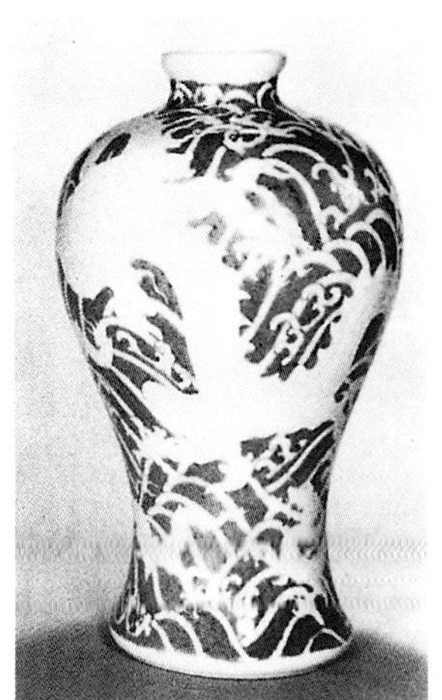

清(雍正)·豆彩花卉鸡花盆

清(雍正)·粉彩桃纹长颈瓶

清(雍正)·青花釉里红桃纹瓶

清（乾隆）·蓝地粉彩桃纹瓶
清（乾隆）·天蓝釉贯耳壶
清（乾隆）·青瓷刻花龙纹壶

清（乾隆）·淡红地粉彩花卉碗
清（乾隆）·红地粉彩唐草纹壶
清（乾隆）·粉彩喜上梅梢盘
清（乾隆）·豆彩石榴盘

清（乾隆）·青花莲纹扁壶
清·五彩牡丹纹执壶
清（乾隆）·青花釉里红花虫盘

清(乾隆)·豆彩唐草纹钵

清(乾隆)·豆彩八宝天球瓶

清(乾隆)·青花花枝瓶

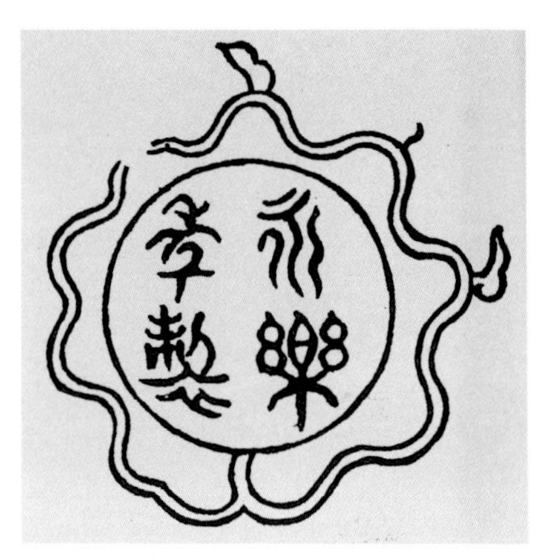

明·“永乐年制”款

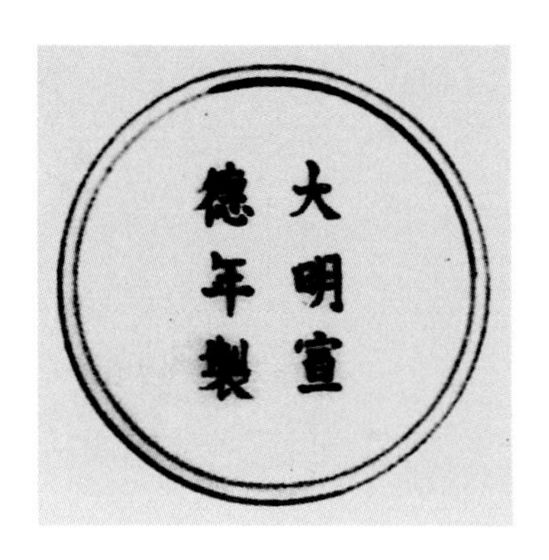

明·“大明宣德年制”款

明·“大明宣德年制”款

明·“大明成化年制”款

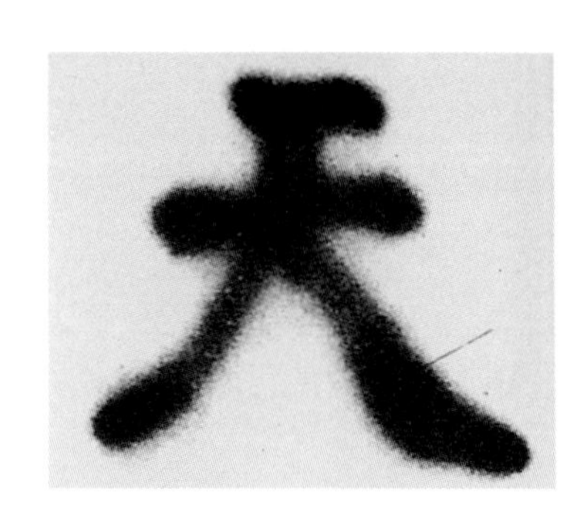

明(成化)·“天”款

明·“大明成化年制”款

明·“大明弘治年制”款

明·“正德年制”款

明·“大明正德年制”款

明·“正德年制”款

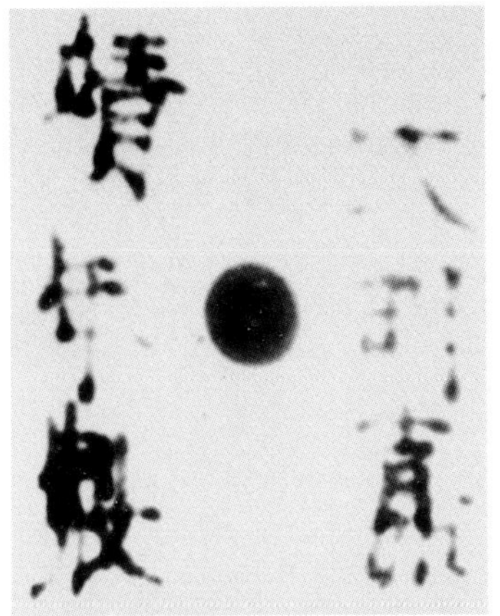

明·“大明嘉靖年制”款

明·“嘉靖年制”款

明·“大明嘉靖年制”款

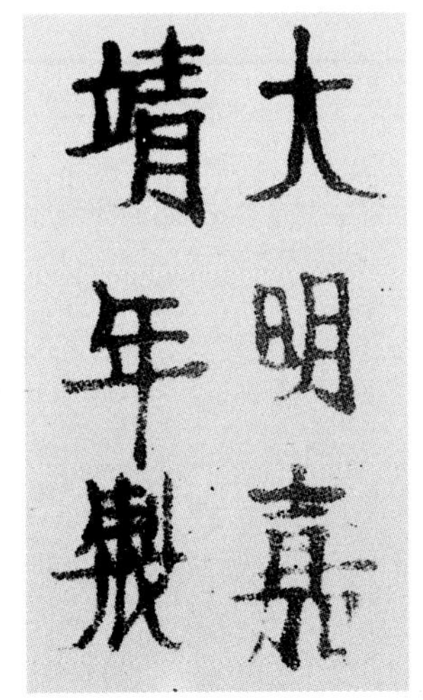

明·“大明嘉靖年制”款

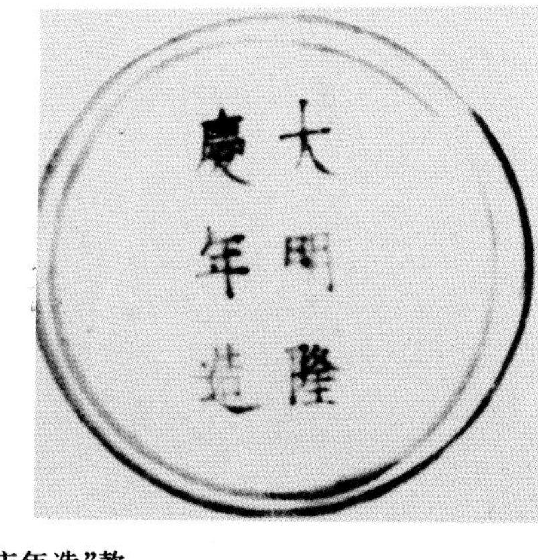

明·“大明隆庆年造”款

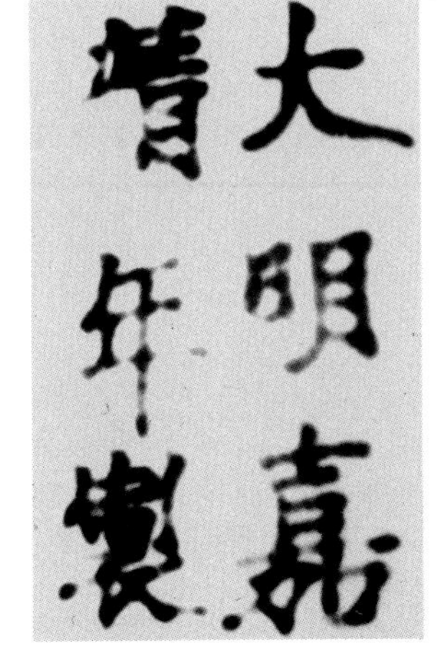

明·“大明隆庆年造”款

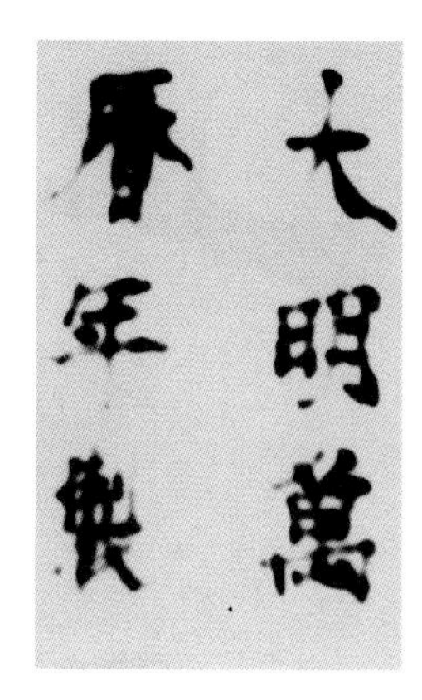


明·"大明万历年制"款

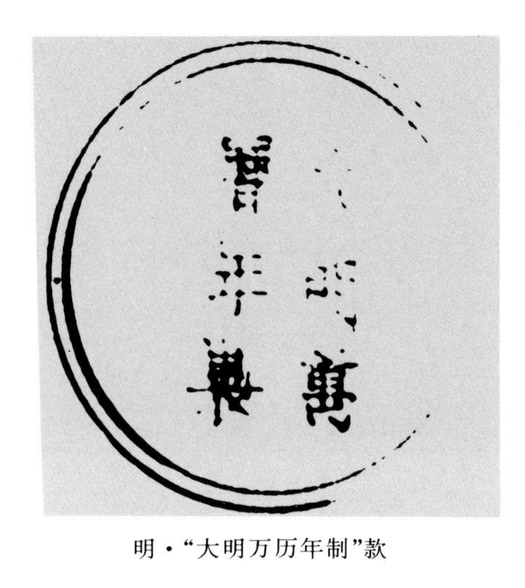

明·"大明万历年制"款

明·天启年款

明·"天启年制"款

明·"天启年制"款

明·"大明崇祯年制"款

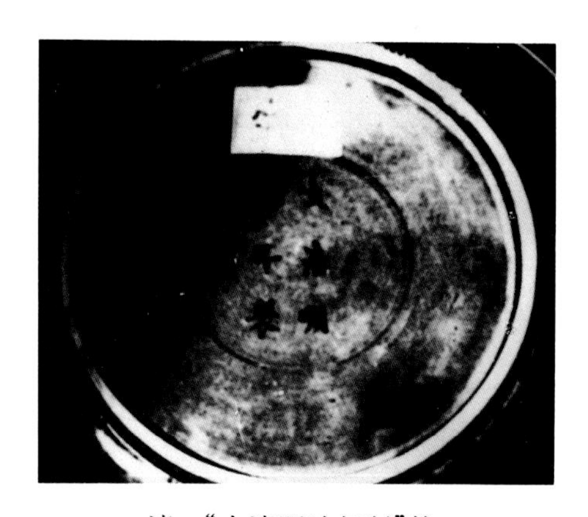

清·"大清顺治年制"款

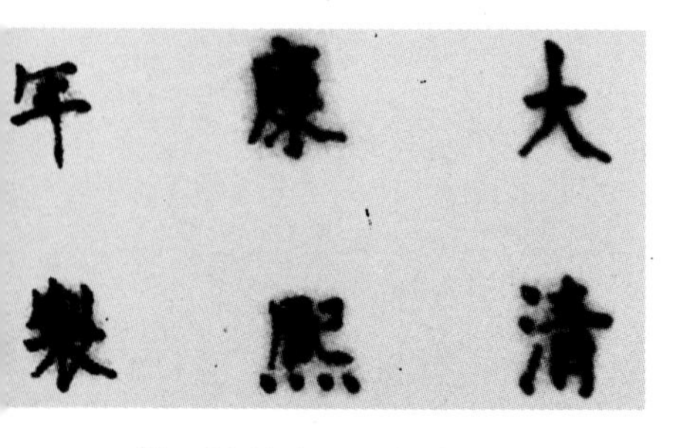


清·"大清康熙年制"款

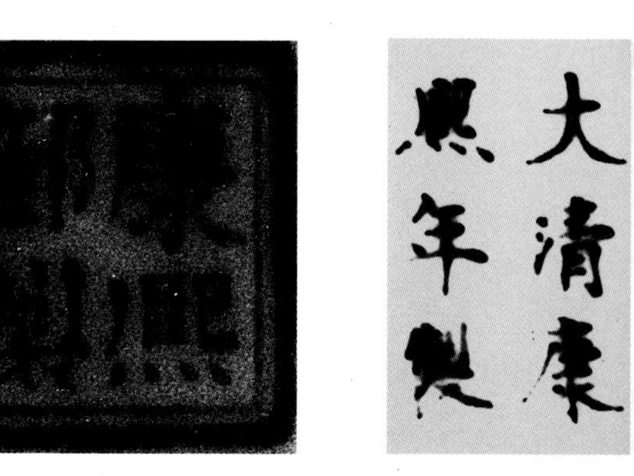

清·"康熙御制"款

清·"大清康熙年制"款

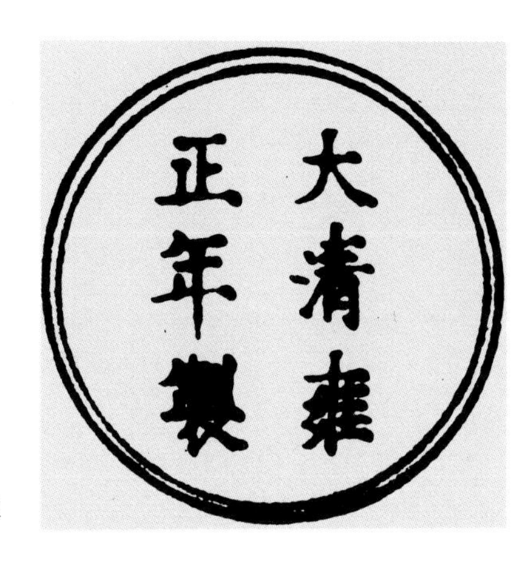


清·“大清康熙年制”款

清·“大清雍正年制”款

清·“大清康熙年制”款

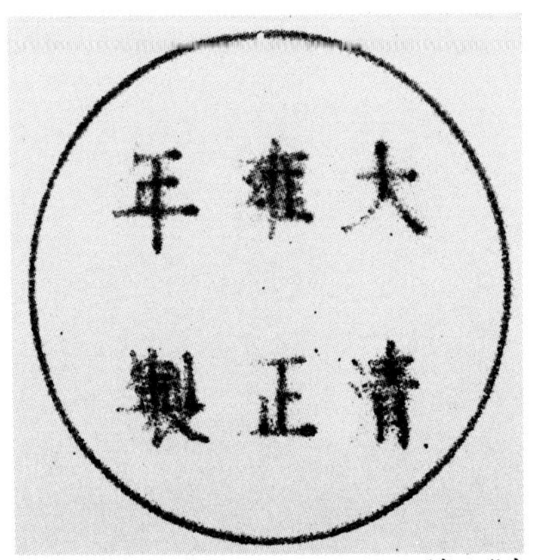


清·“大清雍正年制”款

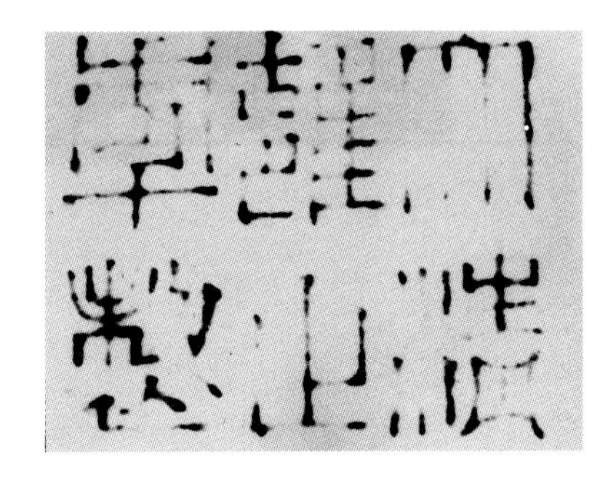

清·“大清雍正年制”款

清·“大清乾隆年制”款

清·“乾隆年制”款

清·“大清康熙年制”款

清·“大清乾隆年制”款

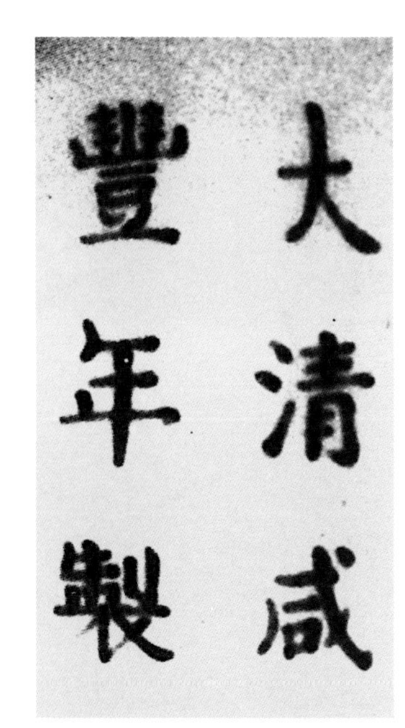


清·“大清咸丰年制”款

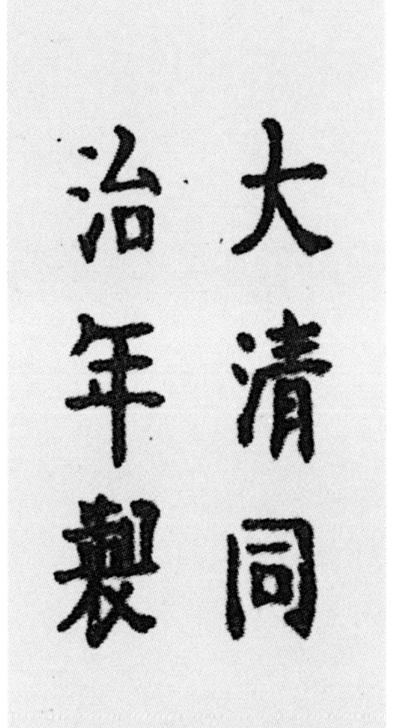


清·“大清同治年制”款

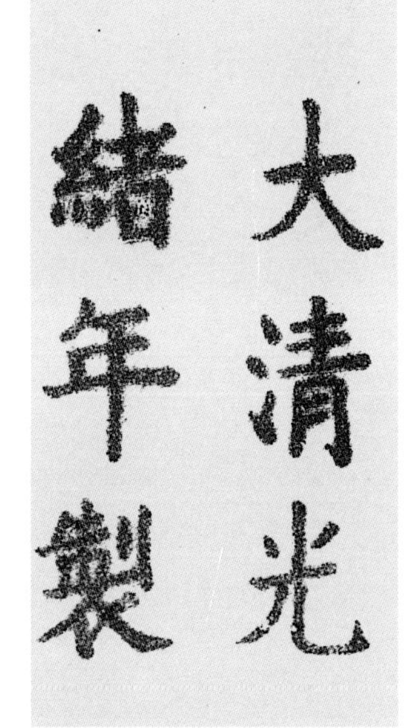


清·“大清光绪年制”款

清·“大清宣统年制”款

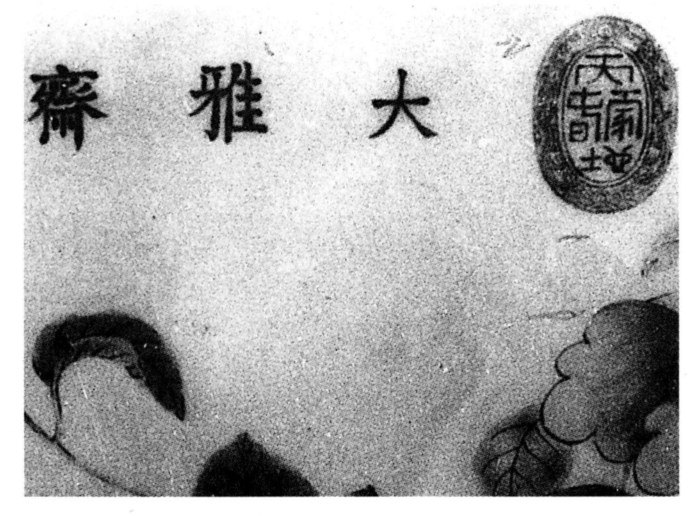


清(同治、光绪)“大雅斋”款

## 古青铜器

商·饕餮纹高足杯

商·鸮卣

商·妇好三联甗

商·夔纹罍

商·妇好鸮尊

商・凤柱斝

西周・龙纹五耳鼎

西周·饕餮纹双耳方座簋

西周·窃曲纹方鼎

西周·牛尊

西周·凤鸟纹提梁卣

春秋·垂鳞纹方彝

春秋·蟠龙纹方壶

春秋·宋公栾簠

春秋·王子午鼎

春秋·蚕桑纹尊

春秋·蔡侯申蟠螭纹鼎

战国·螭首盉

战国·蟠螭纹壶

战国·错金银云纹犀尊

战国·错银云纹壶

战国·蟠龙涡纹罍

战国·陈璋错金银圆壶

战国·勾连云纹豆

战国·蟠虺纹提链壶

战国·错金银有流鼎

战国·三角云纹敦

战国・剑形戟

战国・轨敦

战国·错银扁壶

战国·嵌红铜扁壶

秦·丽山圆缶

秦·乐府钟

西汉・馆陶家连鼎

西汉・熊足鼎

西汉·鸟篆壶

西汉·鎏金鍪

西汉·漆绘盆

西汉·鎏金壶

商・亚共尊

商・饕餮纹斝

商·夔纹鼎

商·云雷纹觚

商·云雷纹爵

商·饕餮纹觚

商·鼓寝盘

商·双羊尊

商·饕餮纹爵

商·父丁鬲

商·告宁鼎

商·素面簋

商·饕餮纹觯

商·戈

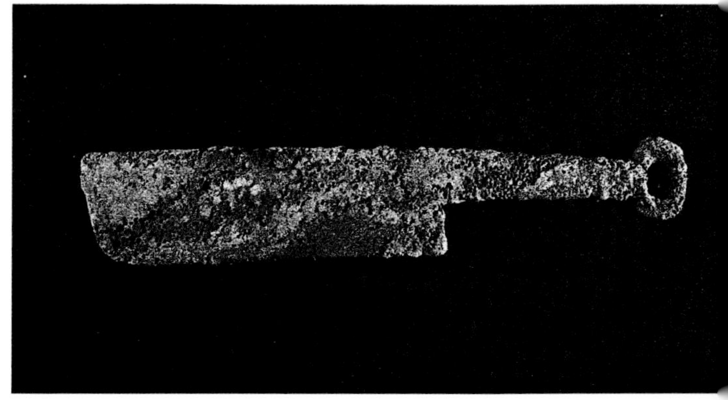

商·刀

商·羊尊

商·象尊

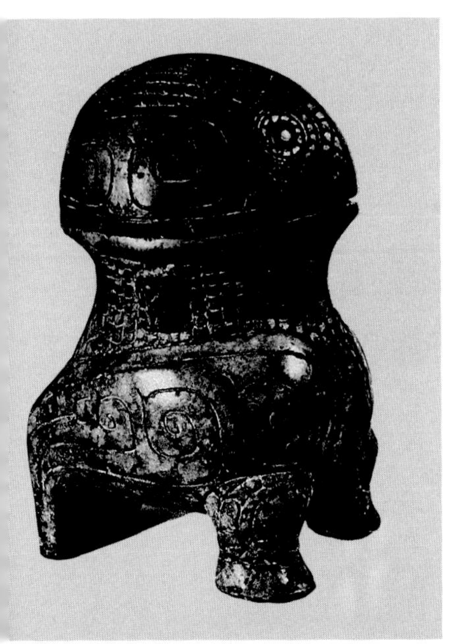

商·鸮尊

商·鸟尊

商·鸮尊

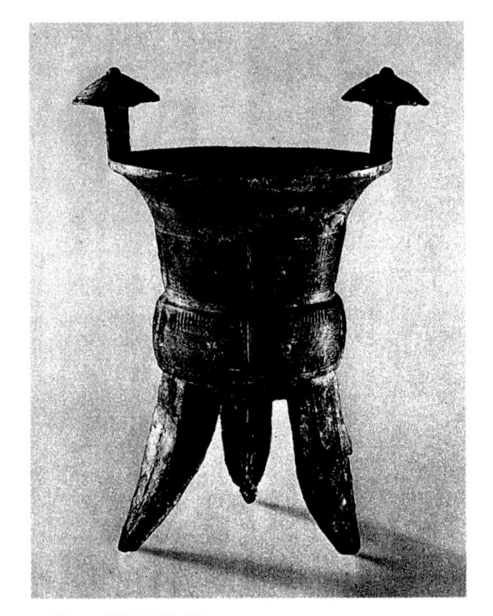

商·饕餮纹斝

商·子母爵

商·夔纹象尊

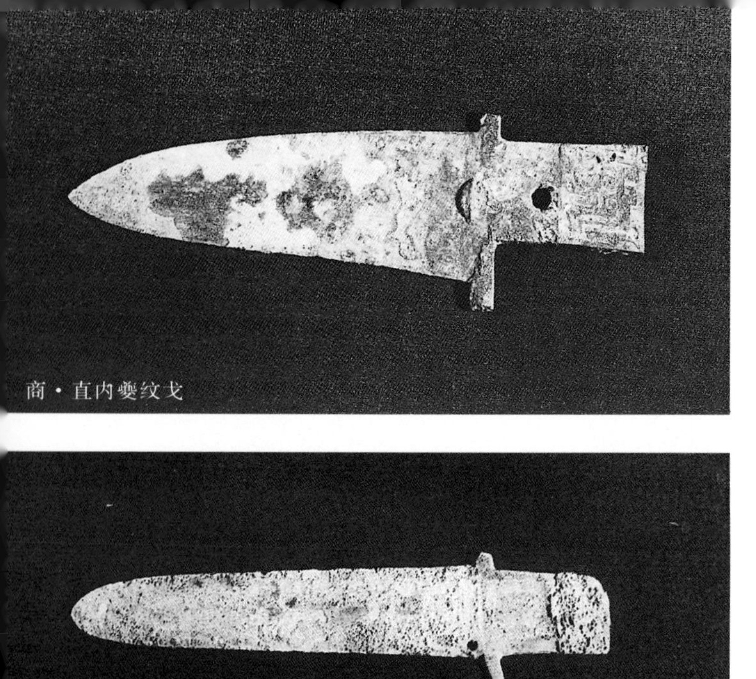

商・直内夔纹戈

商・直内戈

商・刀

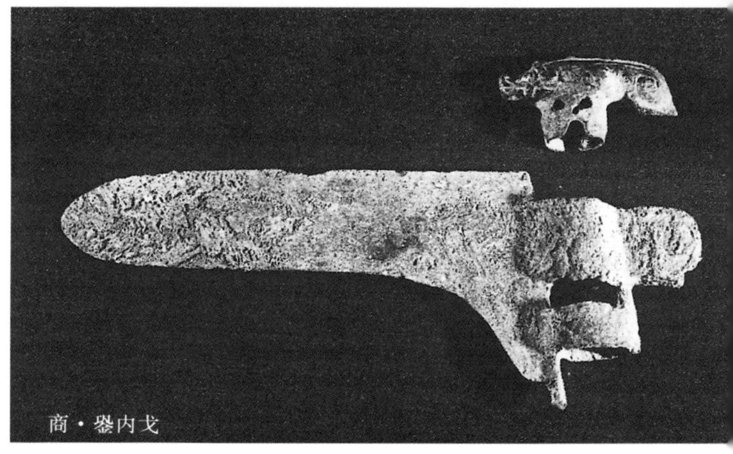

商・銎内戈

商・庚豕小方鼎

商・瓦纹觯

商・素面尊

商・妇好镂空觚

商・乳钉纹簋

西周·乳钉纹双耳簋

西周·陵罍

西周·父癸簋

西周·夔龙方座簋

西周·蕉叶鸟纹觚

西周·商尊

西周·夔纹罍

西周·素面觯

西周·遽父己象尊

西周·折觥

西周·叔鼎

西周·何尊

西周·公卣

西周·折觥

西周・伯雍父盘

西周・旅父乙觚

西周・环带纹盂

西周・它盘

西周・仲枏父匕

西周·折斝

西周·折方尊

西周·丰尊

西周·仲太师子盨

西周·鸟纹簋

西周·㺇方鼎

西周·㺇鼎

西周·夔纹罍

西周·鸮尊

西周·丰卣

西周·瘐盨

西周·伯㺇簋

西周·弦纹盂

西周·商卣

西周·蕉叶鸟纹觯

西周·鸟纹壶

西周·三年痶爵

西周·丰爵

西周·目弦纹爵

西周·日已方彝

西周·彧甗

西周·直纹卣

西周·日已觥

西周·彧簋

西周·瓦纹簋

西周·瓦纹匜

西周·中友父盘

西周·仲相父鬲

西周·瓦纹簋

西周·癲钟

西周·𤔲钟

西周·楚公钟

西周・十三年㾓壶

西周・史颂匜

西周・它鬲

西周・仲伐父甗

西周・弦纹鼎

西周・与仲伐父甗

西周·鸟尊

西周·虎尊

西周·密姒簠

西周·它盉

西周·铸子叔黑颐簠

春秋·秦公簋

春秋·曾大保盆

春秋·国差𦉜

春秋·重环纹匜

春秋·凤盖匜

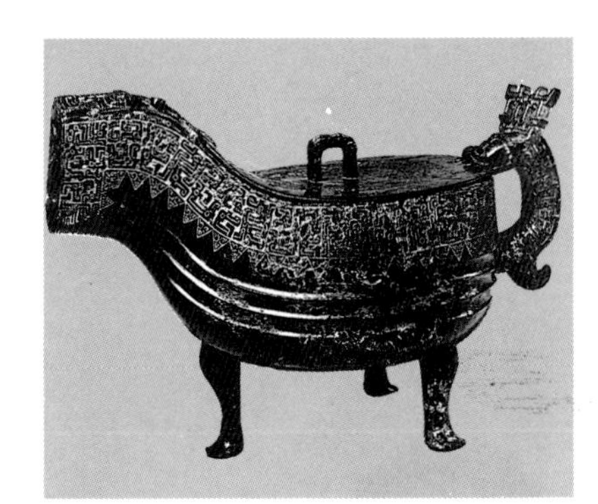
春秋·蟠螭纹匜

春秋·子弄鸟尊

春秋·蟠虺纹匜

春秋·⿰素命镈

春秋·牛尊

春秋·鸟尊

春秋·庆孙之子⿰山朱簠

春秋・蔡子匜

春秋・齐侯匜

春秋・龙形四耳罐

春秋・陈侯壶

春秋·攻吴王夫差鉴

春秋·智君子鉴

春秋·陈侯午敦

春秋·陈侯敦

春秋·厚氏元豆

春秋·鸟兽尊

春秋·栾书缶

春秋·天尹钟

春秋·王孙钟

春秋·牺尊

春秋·婴次炉

春秋·齐侯盘

春秋·龙耳壶

春秋·陈侯午敦

春秋·车马猎纹鉴

战国・鸟形流盉

战国・鸟盖壶

战国・鸟盖瓠壶

战国・陈曼簠

战国・王子匜

战国・鸭纽环耳敦

战国・环耳豆

战国・鳞纹瓠壶

战国・鸭尊

战国・错金银豆

战国・错金银三角云纹盉

战国·错金银方壶

战国·杕氏壶

战国·八角壶

战国·狩猎纹方壶

战国·驫羌钟

战国·错金银扁壶

战国·陈璋方壶

战国·狩猎纹壶

战国·蝠纹敦

战国·高足鼎

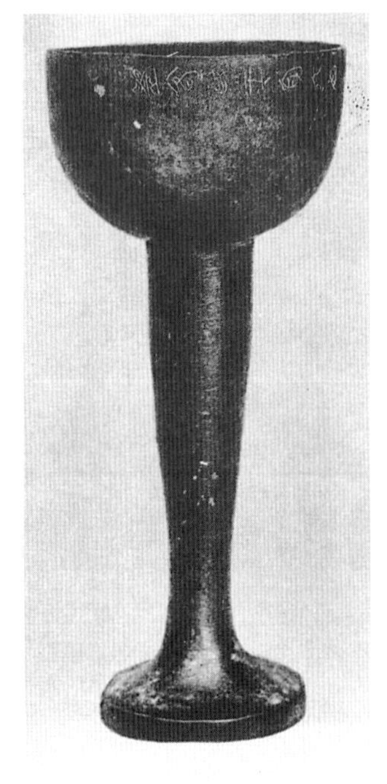
战国·铸客豆

战国·错金银三角云纹敦
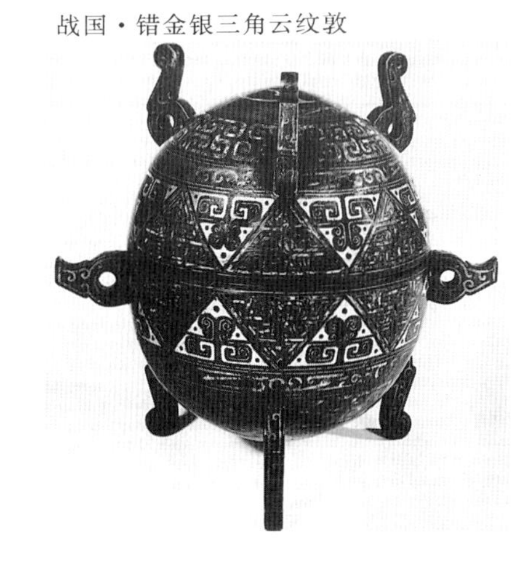

战国·矮足鼎

战国·鸟兽纹敦

战国·战斗纹鉴

战国·蟠虺纹兽流鉴

战国·承盘尊

战国·牺尊

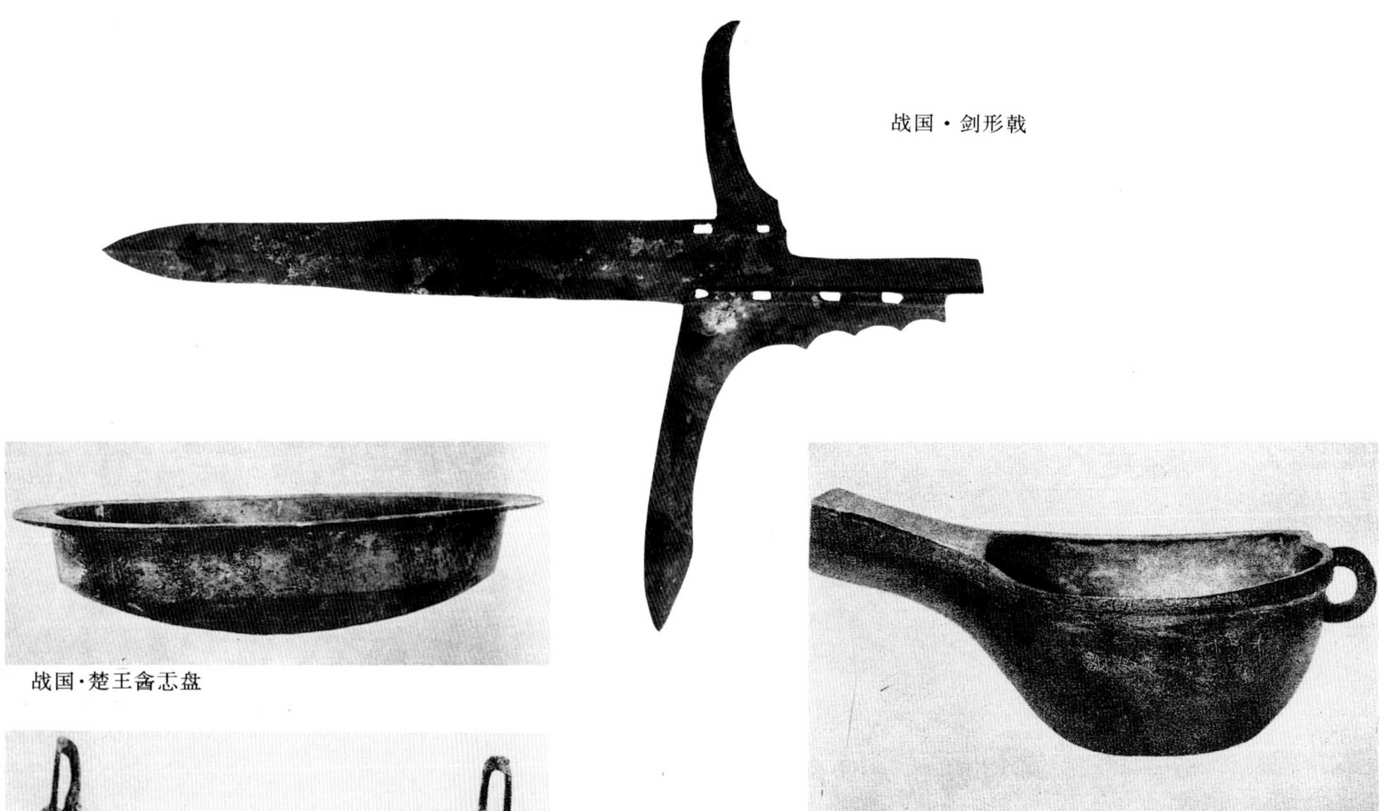

战国·剑形戟

战国·楚王酓忎盘

战国·铸客匜

战国·铸客炉

战国·楚王酓肯簠

战国·楚王酓忎盘

战国·楚王酓肯铊鼎

西汉·山兽纹扁壶

西汉·错金银四叶纹扁壶

西汉·镀金凤凰奁

西汉·鎏金云气纹鍾

西汉·虺龙纹提梁壶

东汉·仙鸟香薰炉

南朝·仙人铜座

# 古书画

西汉・帛画导引图（局部之一）

西汉·帛画导引图(局部之二)

东晋·女史箴图卷(部分)　顾恺之

隋·游春图　展子虔

唐·古帝王图(部分)闫立本(传)

唐·步辇图　闫立本

唐·明皇幸蜀图　李昭道

唐·虢国夫人游春图　张萱

唐·牧马图　韩幹

五代·匡庐图　荆浩

五代·文苑图　周文矩

五代·写生珍禽图　黄筌

五代·韩熙载夜宴图(局部)顾闳中

五代·丹枫呦鹿图　佚名

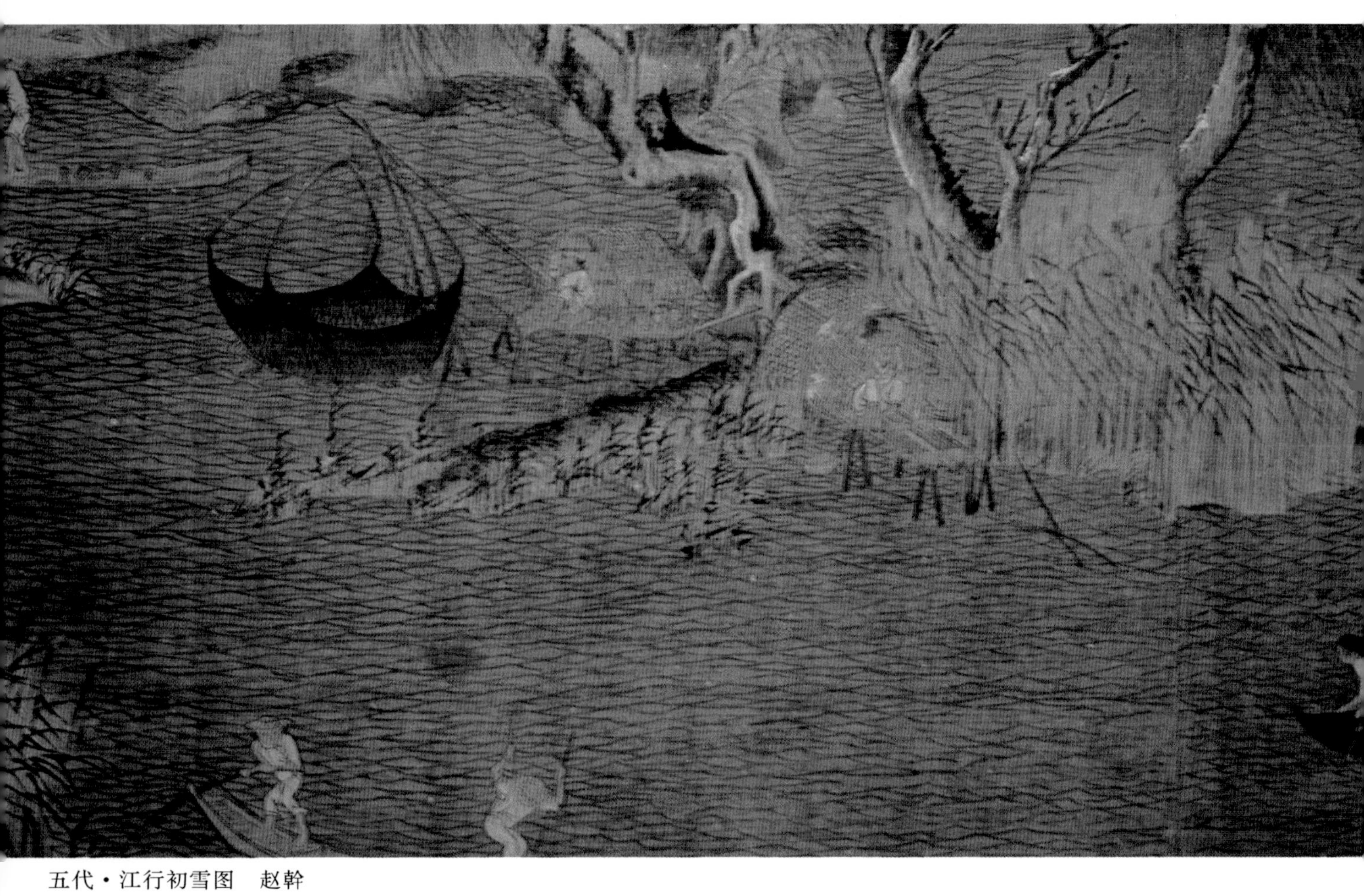
五代·江行初雪图　赵幹

北宋·茂林远岫图(之二)李成(传)

北宋·溪山行旅图　范宽

北宋·清明上河图(部分)　张择端

北宋·芙蓉锦鸡图　赵佶

南宋·潇湘奇观图　米友仁

南宋·万壑松风图　李唐

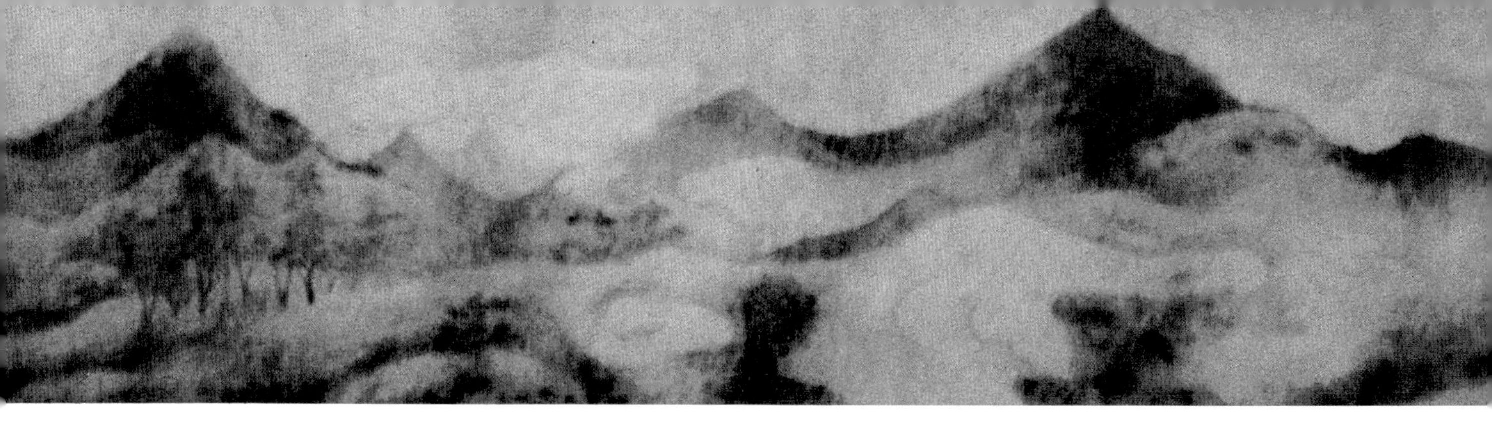

南宋·唐风图　马和之

南宋·落花游鱼图　无款

南宋·雪梅图　杨无咎

南宋·四景山水图(之四)　刘松年

南宋·海棠蛱蝶图　无款

南宋·枇杷山鸟图　无款

南宋·夏禹王像　马麟

南宋·松涧山禽图　无款

南宋·梅竹双雀图　无款

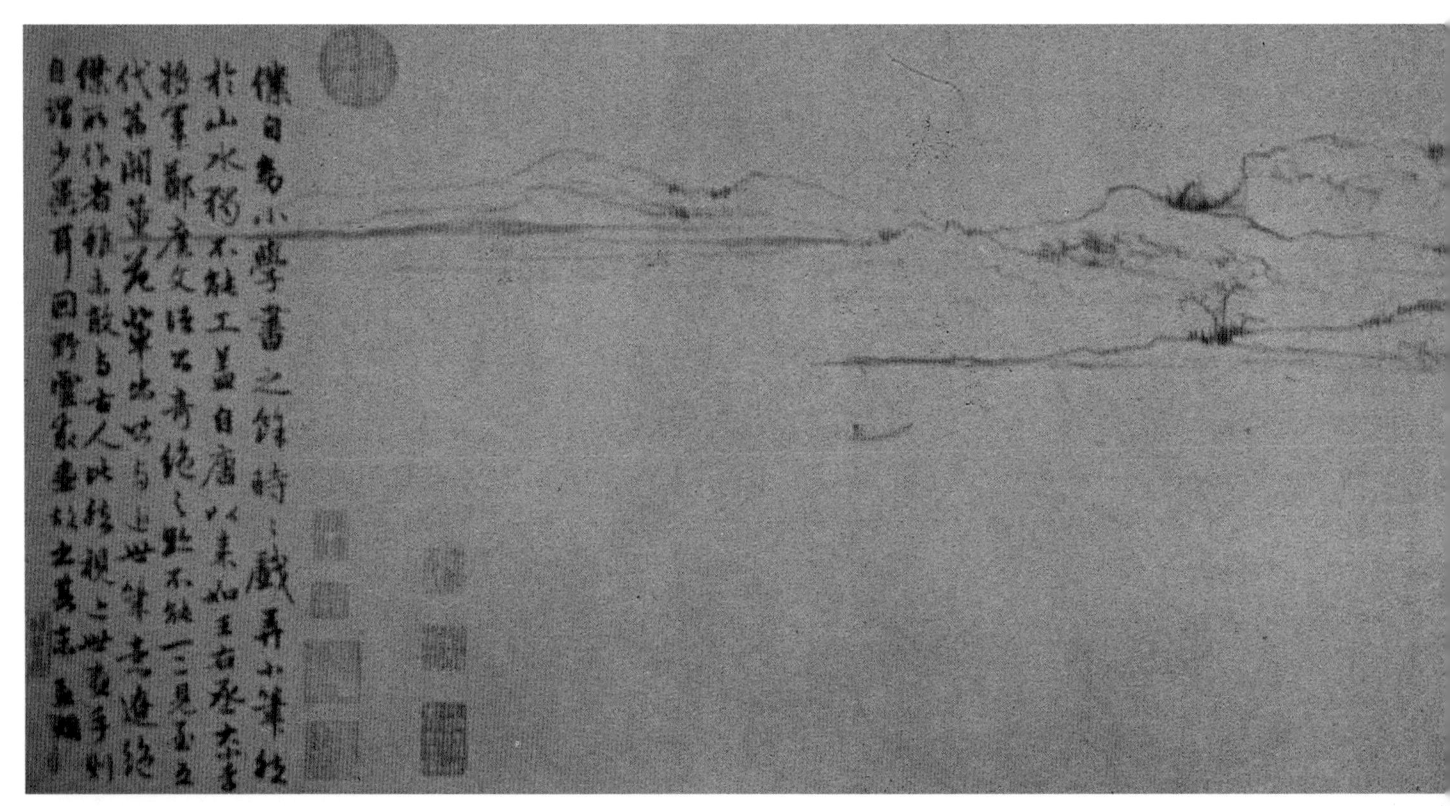

元・双松平远图　赵孟頫

子昂戲作
雙松平遠

元·富春山居图　黄公望

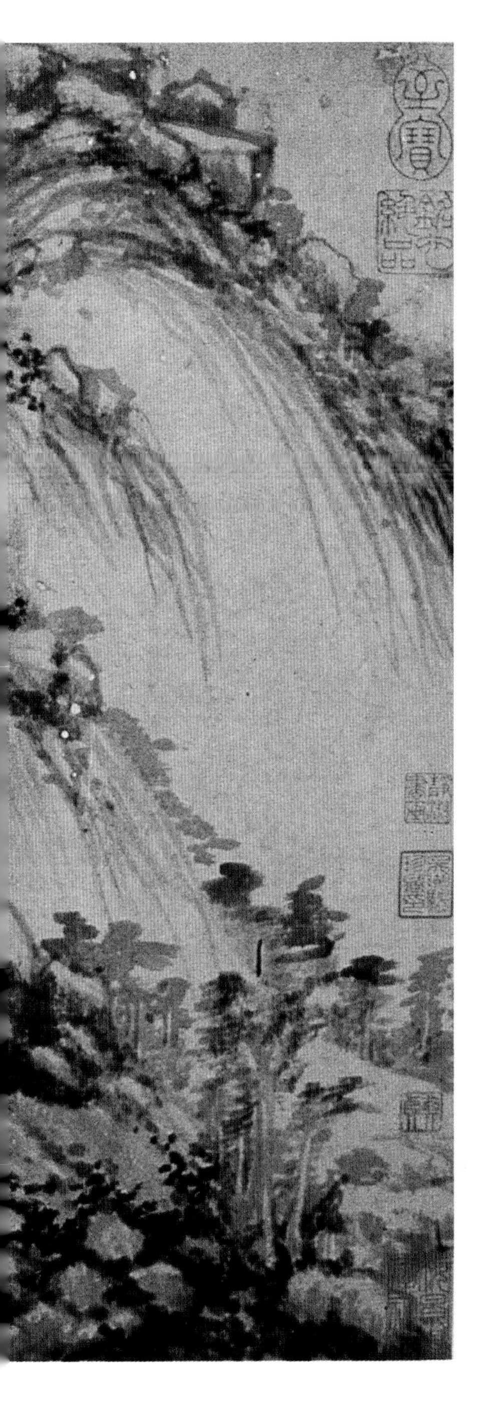

元·竹石图(部分)　李衎

元·八花图(部分)　钱选

元・太白山图　王蒙

明·湖山平远图卷(之二)　颜宗

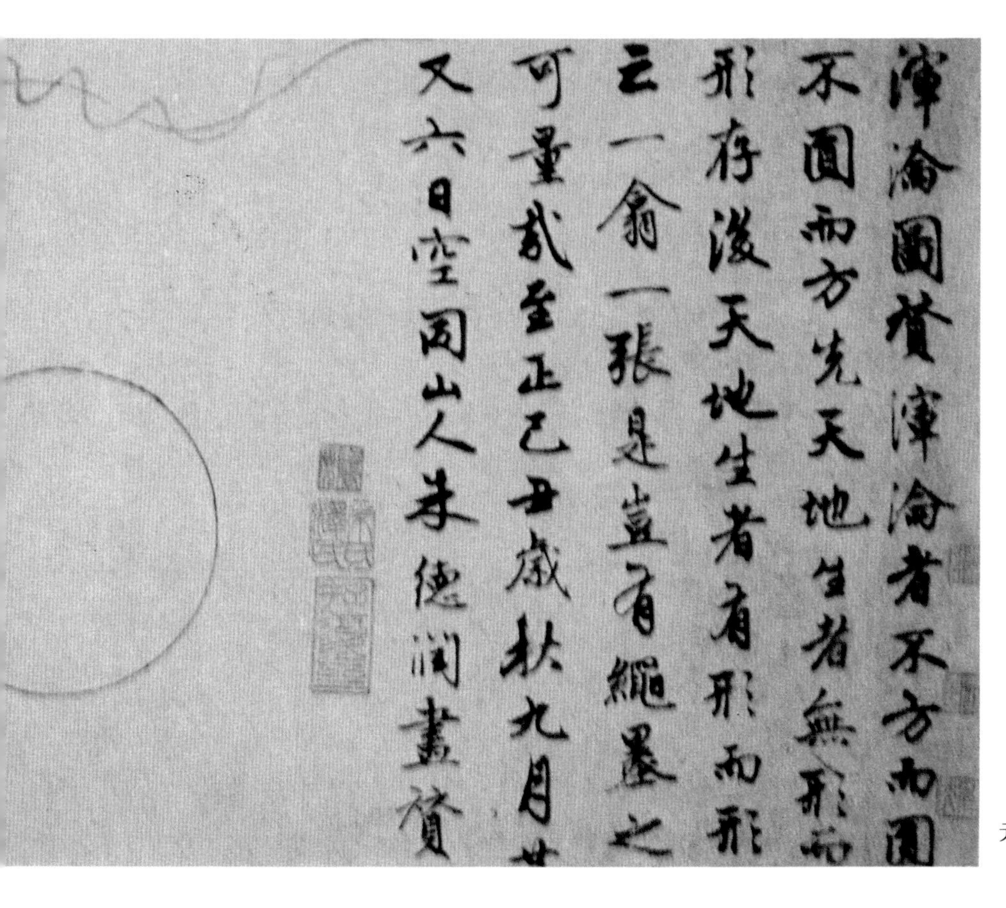


元·浑沦图　朱德润

明·南郊别墅图册(之六)杜琼

明·竹炉山房图轴　沈贞

明·山水图卷　张复

明・雪夜访普图轴　刘俊

明·松鹤图轴　林良

明·鹰击天鹅图轴　殷偕

明·人物故事图册(之三)　仇英

明·百花图卷(部分)　鲁治

明·孟蜀宫妓图轴　唐寅

明·两江名胜图册(之五) 沈周

明·达摩像图轴　吴彬

明·青绿山水图轴　张宏

明·青绿山水图轴　蓝英

明·杂画图册(之五)　陈洪绶

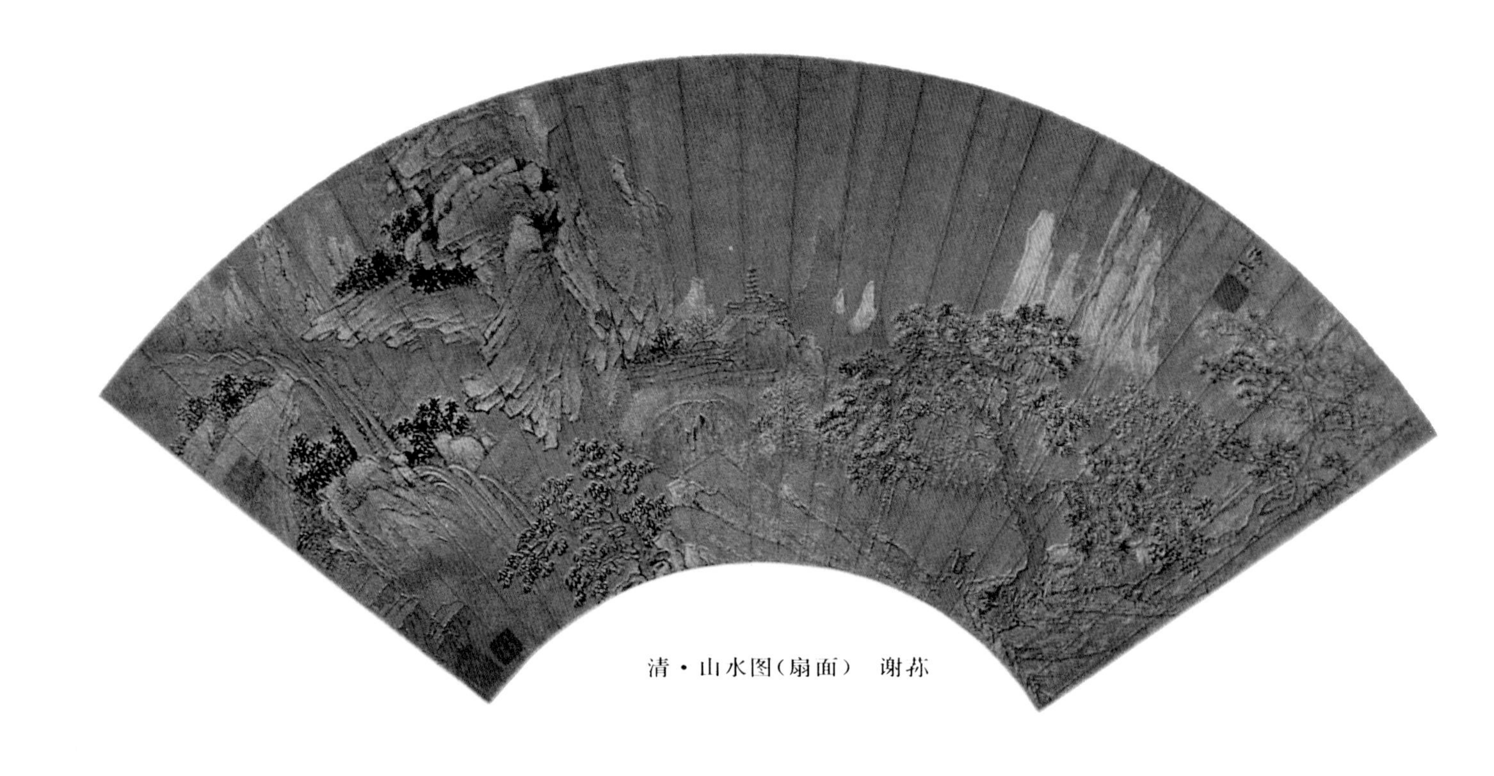

清·山水图(扇面)　谢荪

清·松岩楼阁图轴　髡残

清·秋林过雨图轴　文点

清・八景图册(之二)章谷

清·仿古山水册(之二)　高简

清·南山积翠图轴　王时敏

清·没色花卉册(之一) 恽寿平

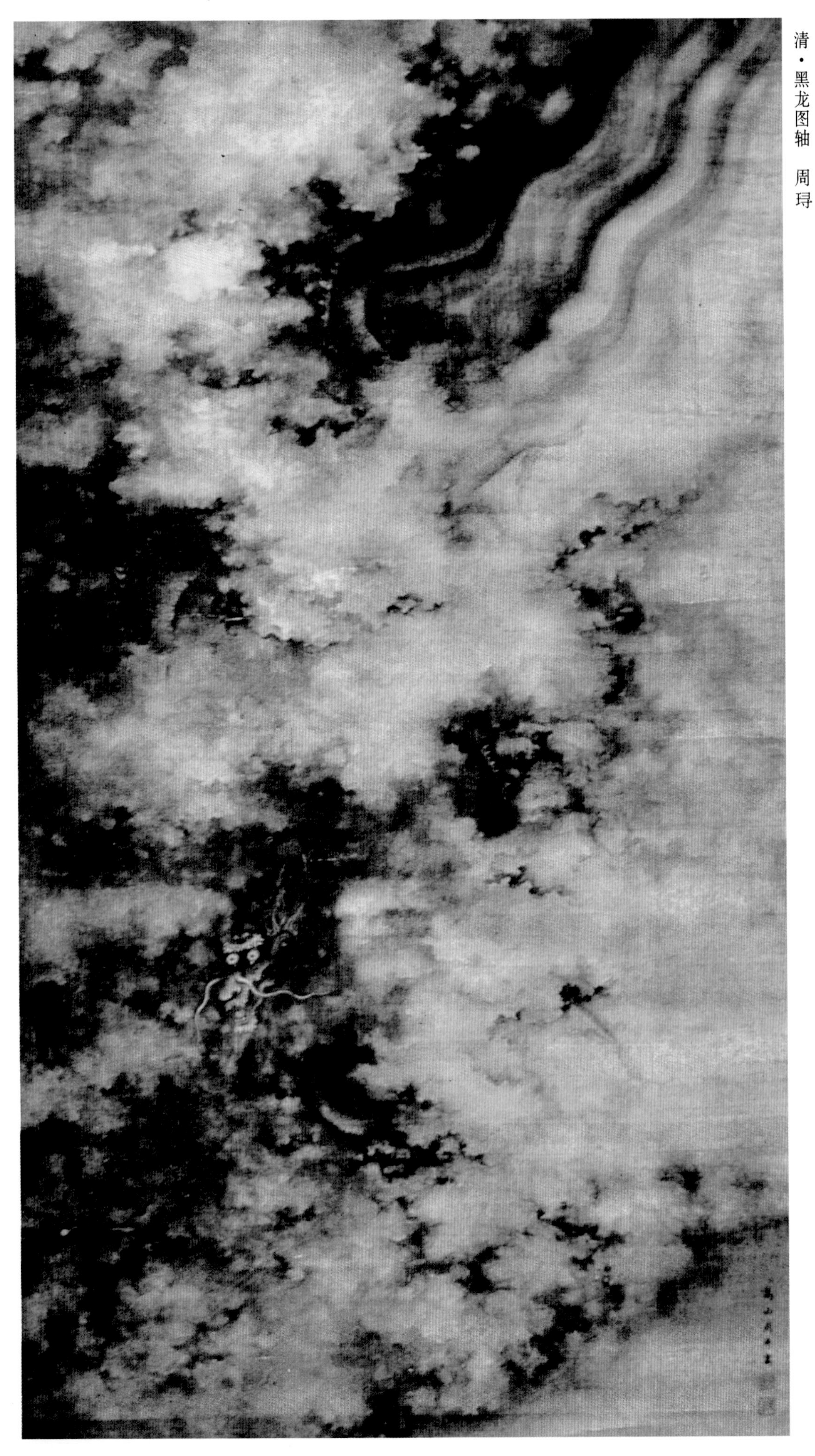

清·黑龙图轴　周琤

清·松鹤图轴　郎世宁　唐岱

清・墨竹图轴　戴明说

清・乾隆朝服像轴　佚名

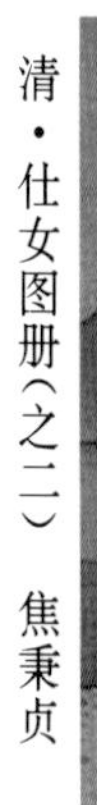

清・仕女图册（之二）　焦秉贞

清・八子观灯图轴　闵贞

清・花果图卷(之四)　袁江

清・芦雁图册(之二)边寿民

清·十骏马图册(之二)王致诚

清·春流出峡图轴　张崟

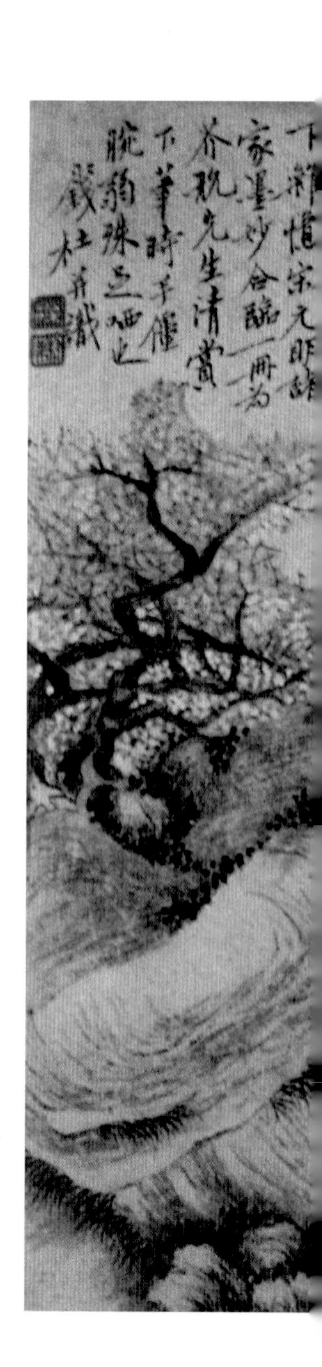

清·人物山水册(之一)钱杜

清·竹下仕女图轴　改琦

清・仿元人花卉小品图轴　居巢

清·花卉草虫图册(之一)　居廉

清·花卉草虫图册(之二)　居廉

清·瑶宫秋扇图轴　任熊

清・枇杷图轴　虚谷

清·麻姑献寿图轴　任薰

清・桃实图轴　吴昌硕

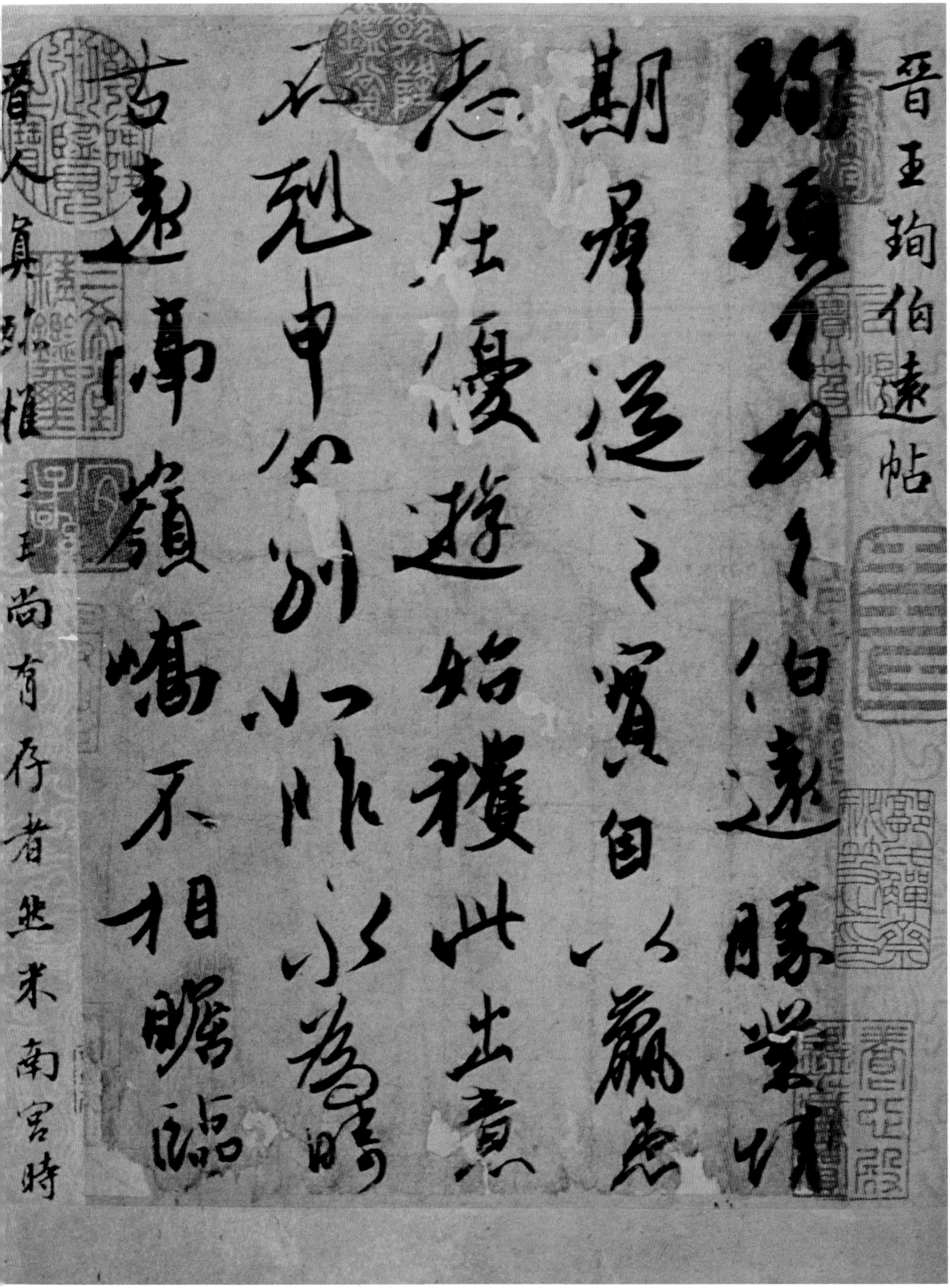

晋王珣伯遠帖

珣頓首頓首伯遠勝業情
期群從之寶自以羸患
志在優游始獲此出意
不克申分別如昨永爲疇
古遠隔嶺嶠不相瞻臨

晋人真跡惟二王尚有存者然米南宮時

晋・伯远帖　王珣

宋·苕溪诗稿　米芾

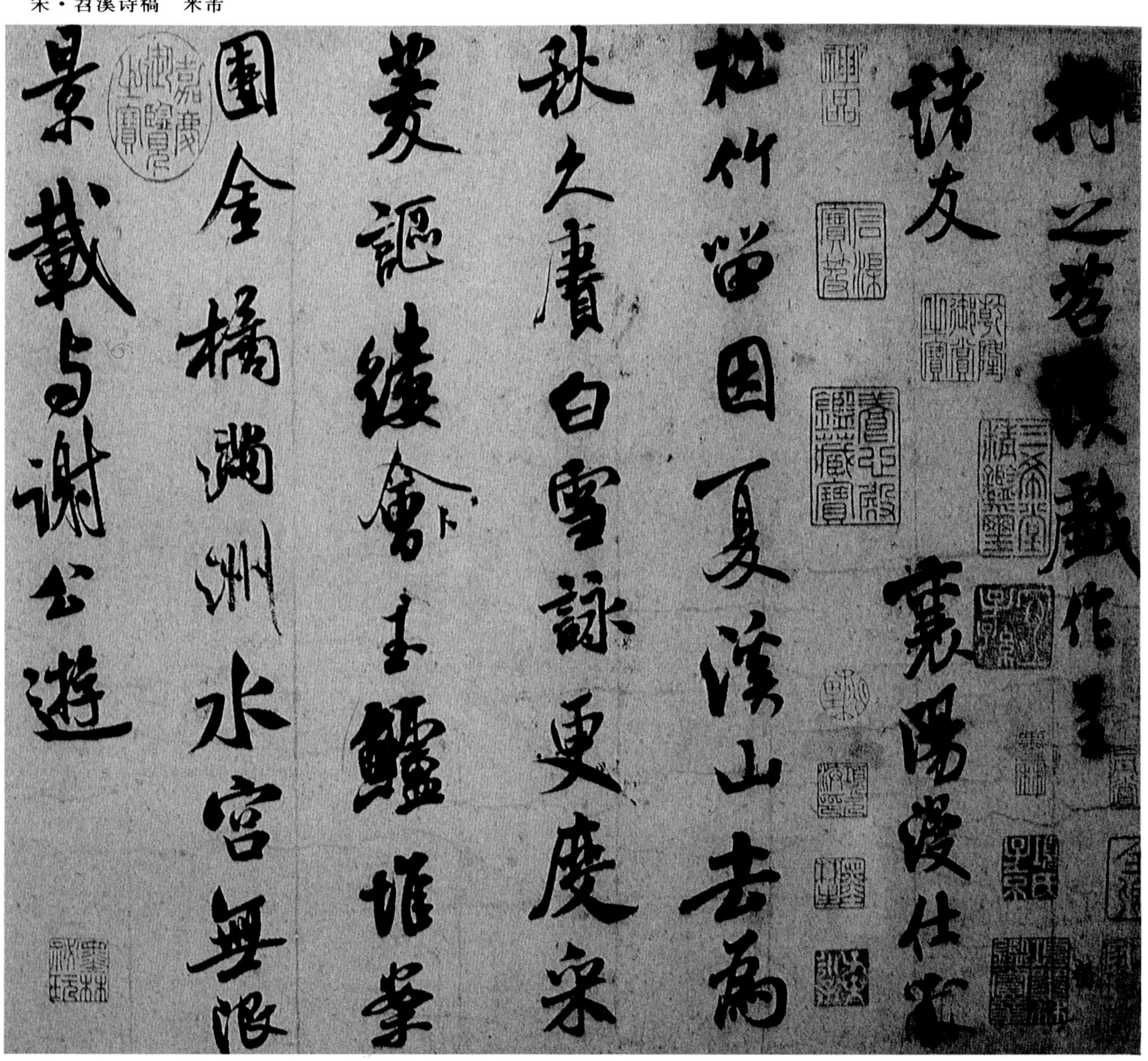

战国·帛画龙凤仕女图

唐·五牛图(部分)　韩滉

五代·关山行旅图　关仝(传)

五代·龙袖骄民图　董源

五代·十六罗汉像　贯休(传)

五代·寒林重汀图　董源(传)

北宋·明皇避暑宫图　郭忠恕

北宋·墨竹图　文同

北宋·渔父图　许道宁

北宋·桃鸽图　赵佶

北宋·山水图胡舜臣　蔡京

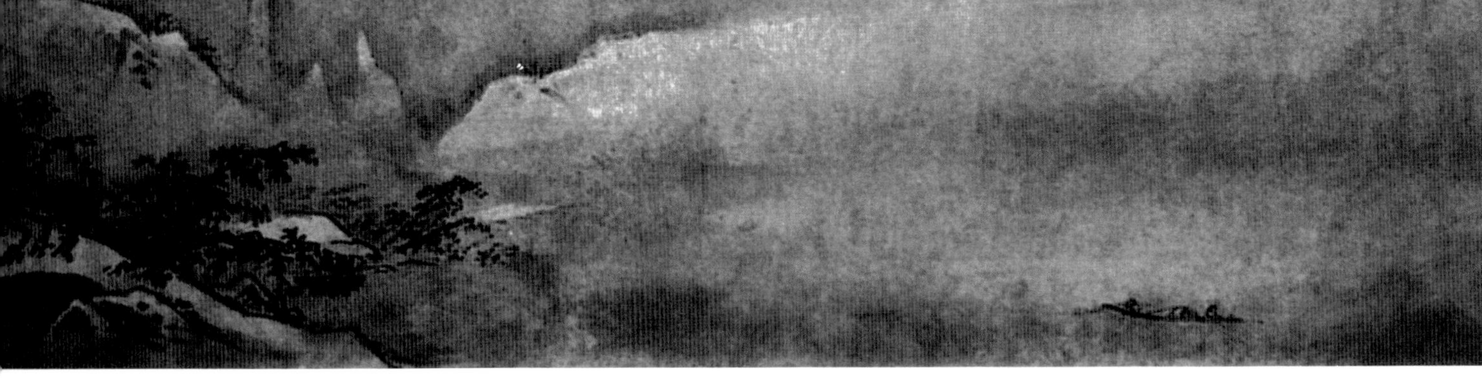

南宋·雪景图(无款)

南宋·烟岫林居图　夏圭(传)

南宋·六祖斫竹图　梁楷

南宋·踏歌图　马远

南宋·远岫晴云图　米友仁

南宋·梅花小禽图　马麟(传)

南宋·山水图　夏圭(传)

南宋·山水图　李唐

南宋·墨兰图　赵孟坚

南宋·竹燕图　马远(传)

南宋·秋野牧牛图　闫次平(传)

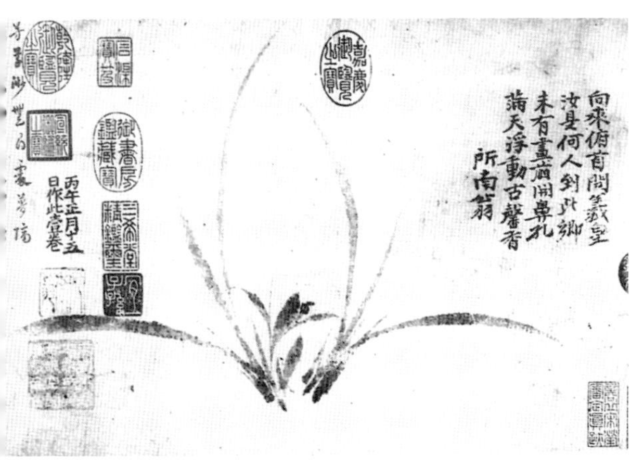


南宋·墨兰图　郑思肖

元·小山竹树图　倪瓒

元·六君子图　倪瓒

元·山水图　黄公望

元·竹石图　李衎

元·清闷图墨竹图　柯九思

元·松石图　吴镇

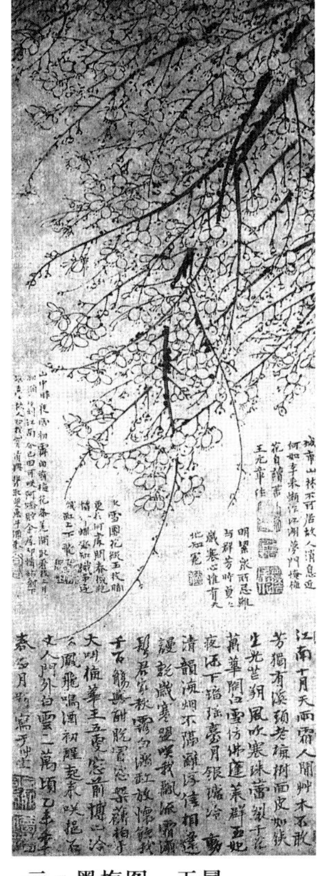
元·墨梅图　王冕

元·琴棋书画图　盛懋(传)

元·梅花图　王冕

明·枯木竹石图　夏芷

明·观音卷　王绂

明·归去来兮图卷　李在

明·华山图册　王履

明·戛玉秋声图轴　夏昶

明·潭北草堂图轴　谢缙

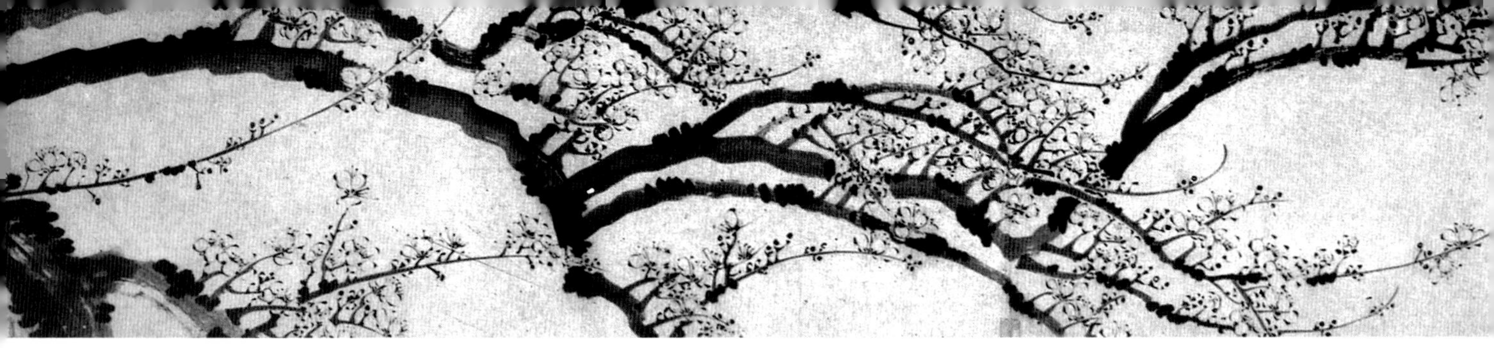

明·推篷春意图卷　陈录

明·武侯高卧图卷　朱瞻基

明·枯枝鸣鸠图　姚绶

明·溪山远眺图　樊晖

明·秋树双雀图　丁文暹

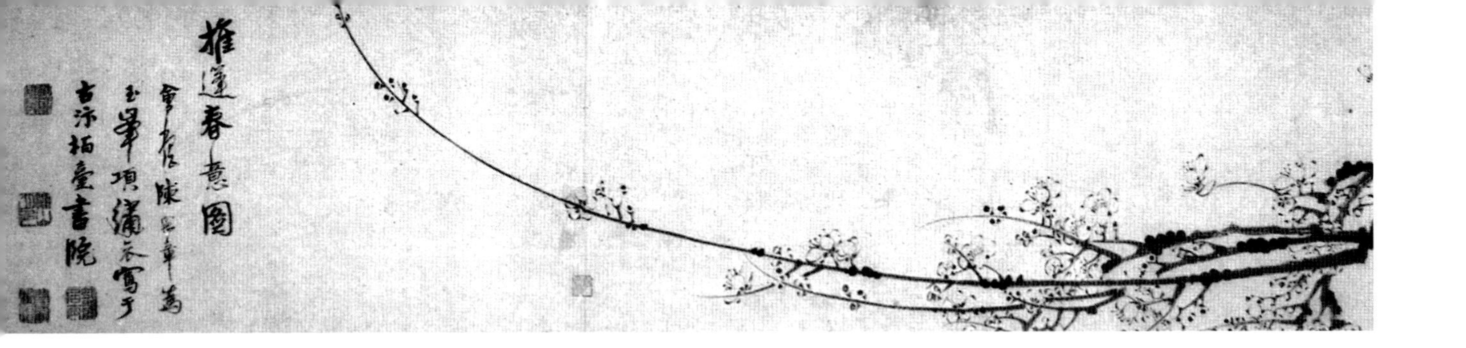

明·渔乐图轴　吴伟

明·骑驴图轴　张路

明·古木寒鸦图轴　周文靖

明·四季花鸟图　吕纪

明·凤凰图　林良

明·渔舟读书图轴　蒋嵩

明·杂画册　郭诩

明·山水图　文征明

明·鹰鹊图轴　吕纪

明·菊花文禽图　沈周

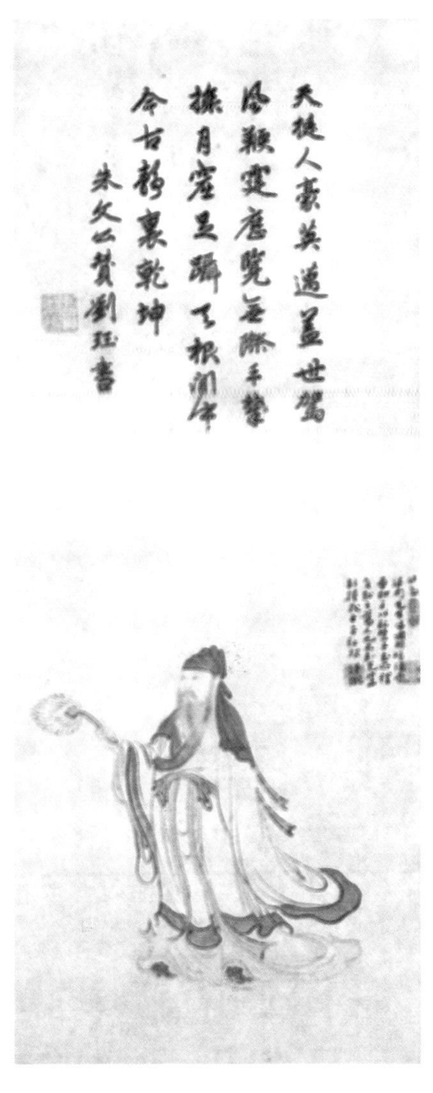


明·邵雍像轴　杜堇

明·醉饮图卷　万邦治

明·柴门送客图轴　周臣

明·金谷园、桃李园图　仇英

明·石湖图卷　文征明

明·雪景山水图　文征明

明·秋光泉声图
文征明

明·秋林高士图轴　张灵

明·枯树八哥图轴　沈周

明·孤屿秋色图轴　王问

明·华山仙掌图
谢时臣

明·梅花水仙图轴　陈淳

明·晴雪长松图轴　钱穀

明·万山飞雪、万竿烟雨图　文伯仁

明·琵琶行图　文嘉

明·盘谷序图　董其昌

明·前赤壁图　陈淳

明·白岳纪游图　陆治

明·云林飞瀑图　莫是龙

明·品古图轴　尤求

明·墨葡萄图轴　徐渭

明·桂石图轴　王毅祥

明·兰花图轴　文彭

明·山水小景图　董其昌

明·兰花图轴　周天球

明·郑州景物图轴　文从简

明·雨景山水图轴　孙克弘

明·云山幽趣图轴　陈继儒

明·秋林远岫图　杨文骢

明·云山平远图　邵弥

明·孤松高士图轴　程嘉燧

明·仿巨然小景图轴　赵左

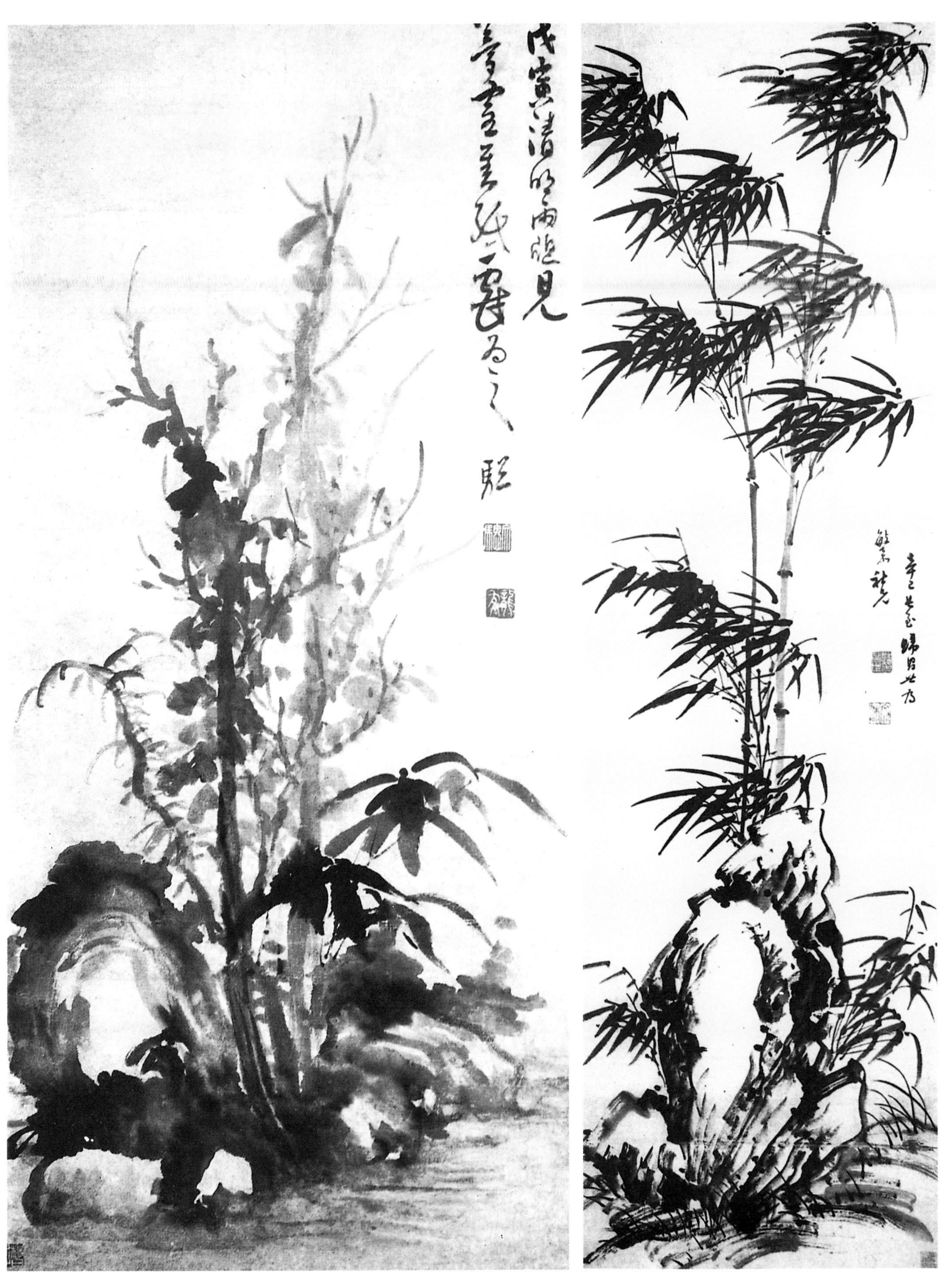

明·枯木竹石图轴　杨文骢

明·风竹图轴　归昌世

明·兰竹图卷　魏之璜

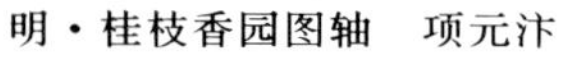

明·桂枝香园图轴　项元汴

明·漉酒图轴　丁云鹏

明·仿梅花道人山水图　蓝瑛

明·秋园习静图轴　王綦

明·竹林三老图轴　李士达

明·仿关仝山水　米万钟

明·兰竹图轴　马守真

明·仿宋元山水图册　卞文瑜

明·山水图　李流芳

明·水仙图轴　魏克

明·竹石菊花图轴
米万钟

明·梧桐秋月图轴　宋珏

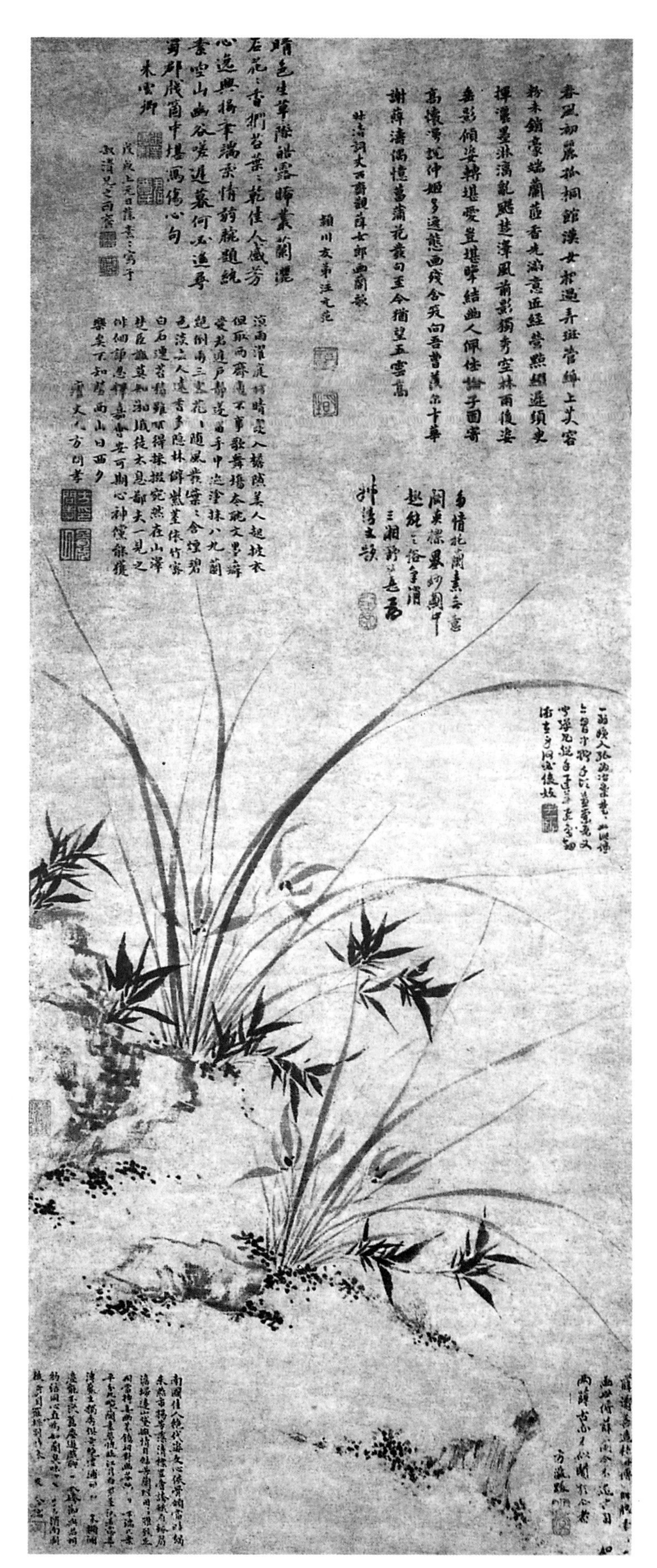

明·兰石图轴　薛素素

明·葛一龙像图卷　曾鲸

明·晴雪张松图轴　张瑞图

明·拔嶂悬泉图　张瑞图

明·迎春图轴　袁尚统

明·山水花卉图册　倪元璐

明·父子合册　陈洪绶

明·山水图　倪元璐

明·水仙梅雀图轴　陈嘉言

明·米芾拜石图　陈洪绶

明・松石图　黄道周

清・秋山行旅图　萧云从

明・山水图　项圣谟

明・竹石文禽图　陈洪绶

清・山水图轴　王铎

清·山水图　王铎

清·断崖飞帆图　傅山

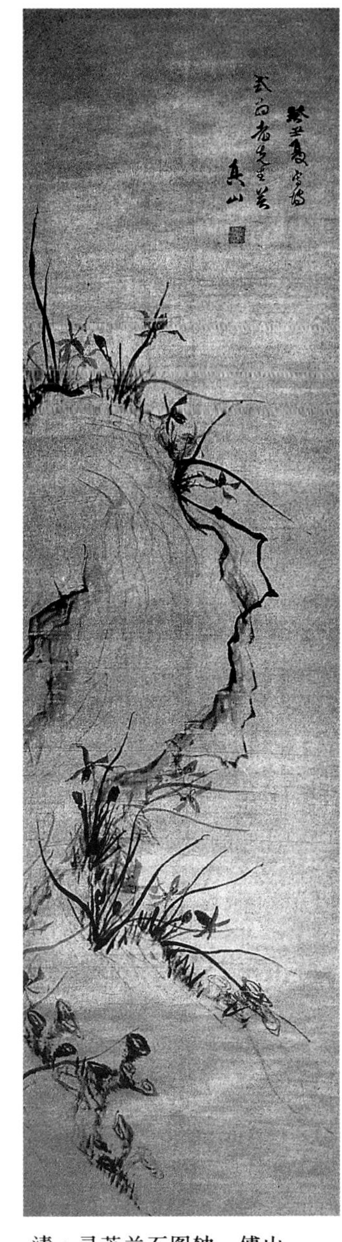
清·灵芝兰石图轴　傅山

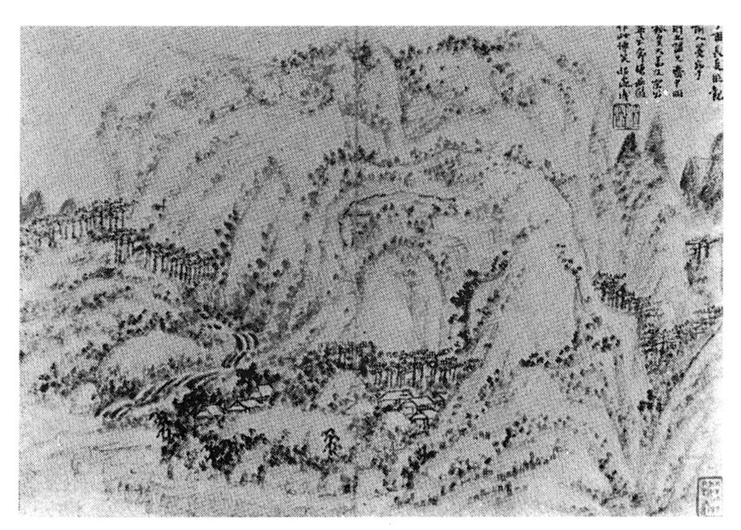
清·山水图　程邃

清·山水图　普荷

清・百尺明霞图轴　萧云从

清・山水图　项圣谟

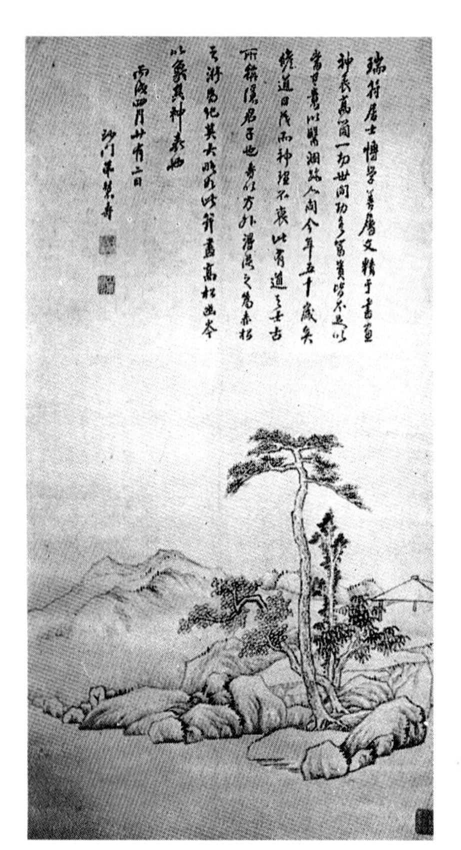

明・高松幽岑图　万寿祺

清・岁寒三友图轴　金俊明等

清・山水图　朱耷

清·山水册之一　程邃

清·山水图卷　弘仁

清·黄山图　原济

清·山水册　程正揆

清·山窗研读图轴　原济

清·山水图　朱耷

清·竹石图　朱耷

清·柯石双禽图轴　朱耷

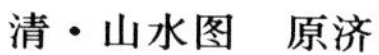

清·山水图　原济

清·报恩寺图　原济

清·东坡时序诗意图　原济

清·水竹茆斋图轴　查士标

清·高山流水图轴　梅清

清·松石图轴　梅翀

清·黄山图册　戴本孝

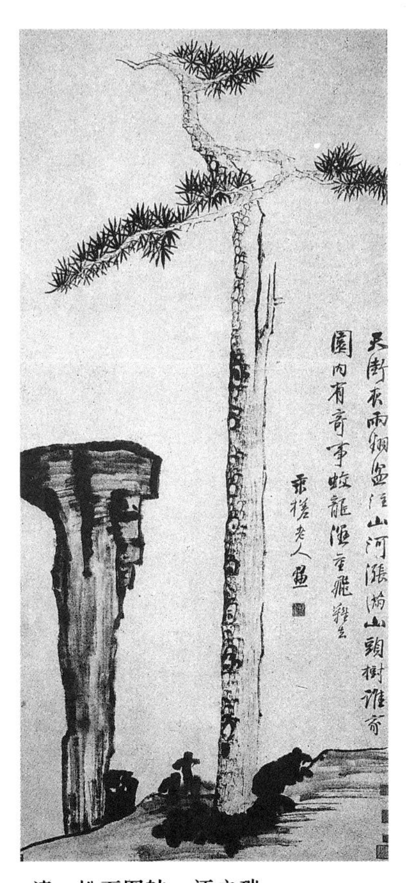

清·松石图轴　汪之瑞

清·云林山居图　龚贤

清・野居图轴　高岑

清・溪山茅亭图轴　姚宋

清・山水册　叶欣

清・金陵八家山水册　吴宏

南湖春雨图

鸳鸯湖畔草粘天，二月春深好放船。柳叶乱飘千尺雨，桃花斜带一溪烟。烟雨迷离不知处，旧堤却认门前树。树上流莺三两声，十年此地扁舟住。主人爱客锦筵开，水阁风吹笑语来。画鼓队催桃叶伎，玉箫声出柘枝台。轻靴窄袖娇装束，脆管繁弦竞追逐。云鬟子弟按霓裳，雪面参军舞鸲鹆。酒尽移船曲榭西，满湖灯火醉人归。朝来别奏新翻曲，更出红妆向柳堤。欢乐朝朝兼暮暮，七贵三公何足数。十幅蒲帆几尺风，吹君直上长安路。长安富贵玉骢骄，侍女薰香护早朝。分付南湖旧花柳，好留烟月伴归桡。那知转眼浮生梦，萧萧日影悲风动。中散弹琴竟未终，山公启事成何用。东市朝衣一旦休，北邙抔土亦难留。白杨尚作他人树，红粉知非旧日楼。烽火名园窜狐兔，画阁偷窥老兵怒。宁使当时没县官，不堪朝市都非故。我来倚棹向湖边，烟雨台空倍惘然。芳草乍疑歌扇绿，落英错认舞衣鲜。人生苦乐皆陈迹，年去年来堪痛惜。闻笛休嗟石季伦，衔杯且效陶彭泽。君不见白浪掀天一叶危，收竿还怕转船迟。世人无限风波苦，输与江湖钓叟知。

南湖曲[illegible]三月[illegible]　梅村[illegible]

清·南湖春雨图轴　吴伟业

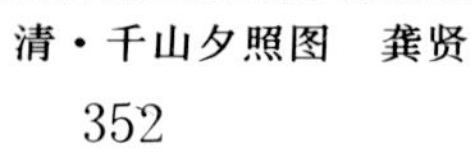

清·千山夕照图　龚贤

清·山水册　王概

清·雪室读书图轴　法若真

清·金陵八家山水册　樊圻

清·竹图　吴宏

清·剑门图轴　黄向坚

清·芙蓉鸳鸯图轴　李因

清·秋林观瀑图轴　高俨

清·竹石图轴　归庄

清·富贵烟霞图轴
牛石慧

清·山水图轴　罗牧

清·山水图轴　徐枋

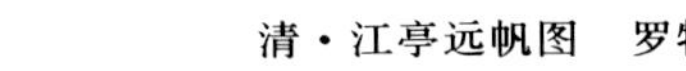

清·江亭远帆图　罗牧

清·梅花蛱蝶图轴　陈字

清·山水图　力髯咸

清·菖蒲石寿图　王时敏

清·消夏图轴　蓝涛

清·仿黄子久山水图　王鉴

清·烟浮远岫图轴　王鉴

清·小中见大册　王翚

清·夕阳秋影图轴　吴历

清·天池石壁图　恽寿平

清·仿黄公望山水图轴　王原祁

清・仿赵大年江村平远图　王翚,

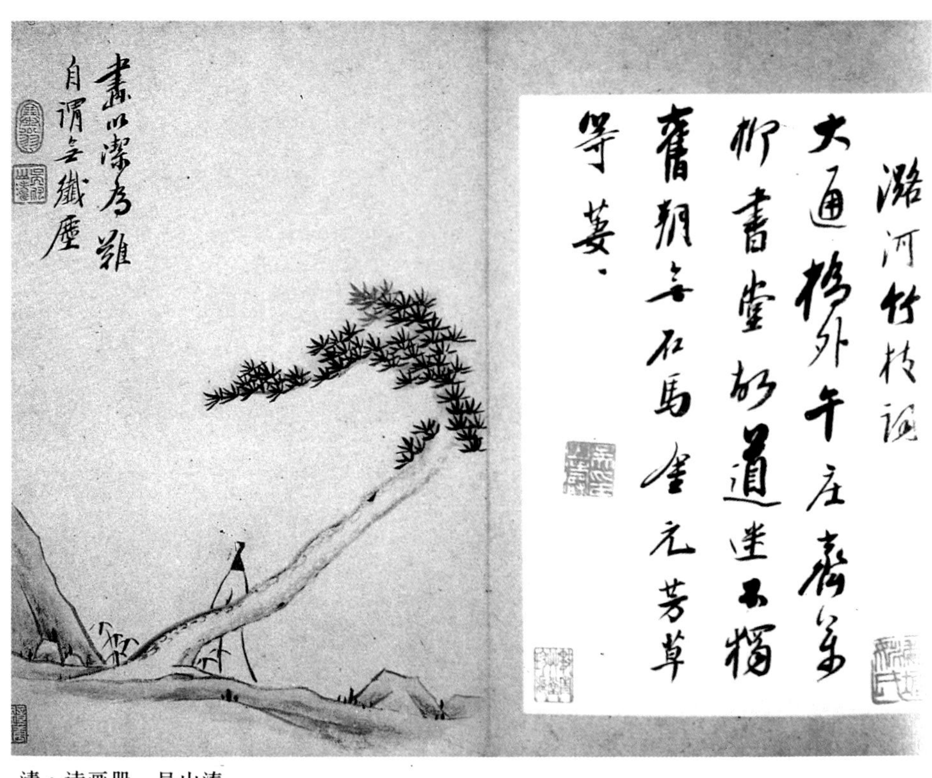

清・诗画册　吴山涛

清・秋溪群马图　沈铨

清・仿倪云林吴仲圭山水图　王原祁

清・仿黄鹤山樵山水轴　王昱

清・江山泛舟图　陆旸

清・城南雅集图　禹之鼎

清・秋山亭子图　姜实节

清・四季楼阁山水图　袁耀

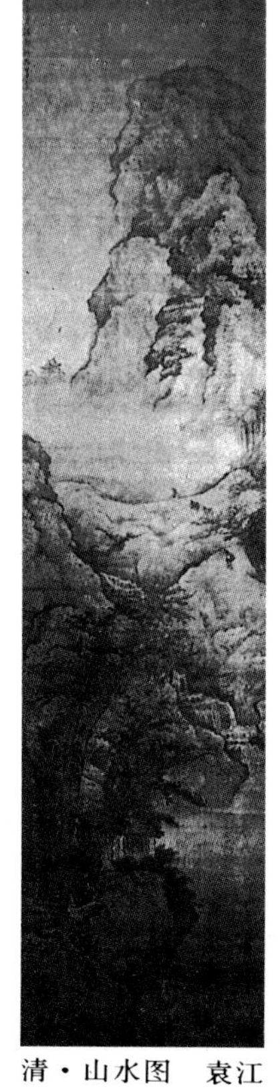

清・山水图　袁江

清・海屋霑筹图　袁江

清・吉庆图　冷枚

清・花鸟图　高其佩

清·花木图　高其佩

清·藤花山雀　蒋廷锡

清·花卉图　马元驭

清·长春园图　郎世宁

清·孤山放鹤图　上官周

清·指画册　高其佩

清·秋声赋意图　华喦

清·梅图　汪士慎

清·海棠禽兔图轴　华喦

清·雪景竹石图轴　高凤翰

清·佛像图轴　金农

清·松山一角　高凤翰

清・大鹏图　华喦

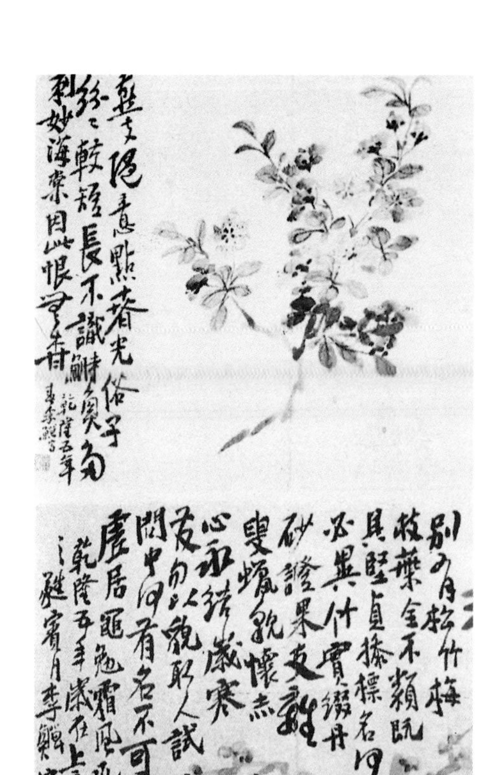

清・花卉图　李鱓

清・喜上梅梢图　李鱓

清・渔翁渔妇图轴　黄慎

清・渔夫图　黄慎

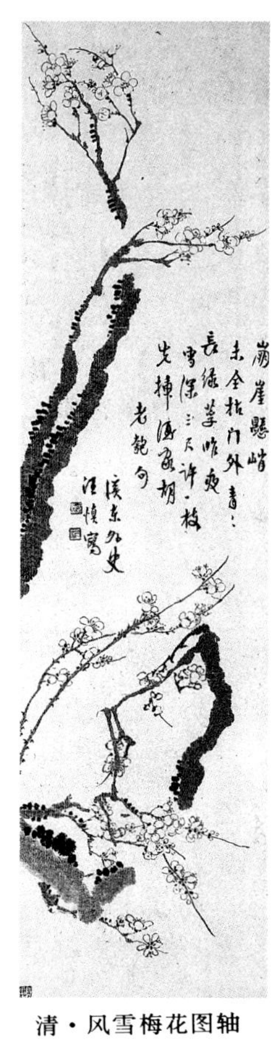

清・风雪梅花图轴
汪士慎

清・梅图　金农

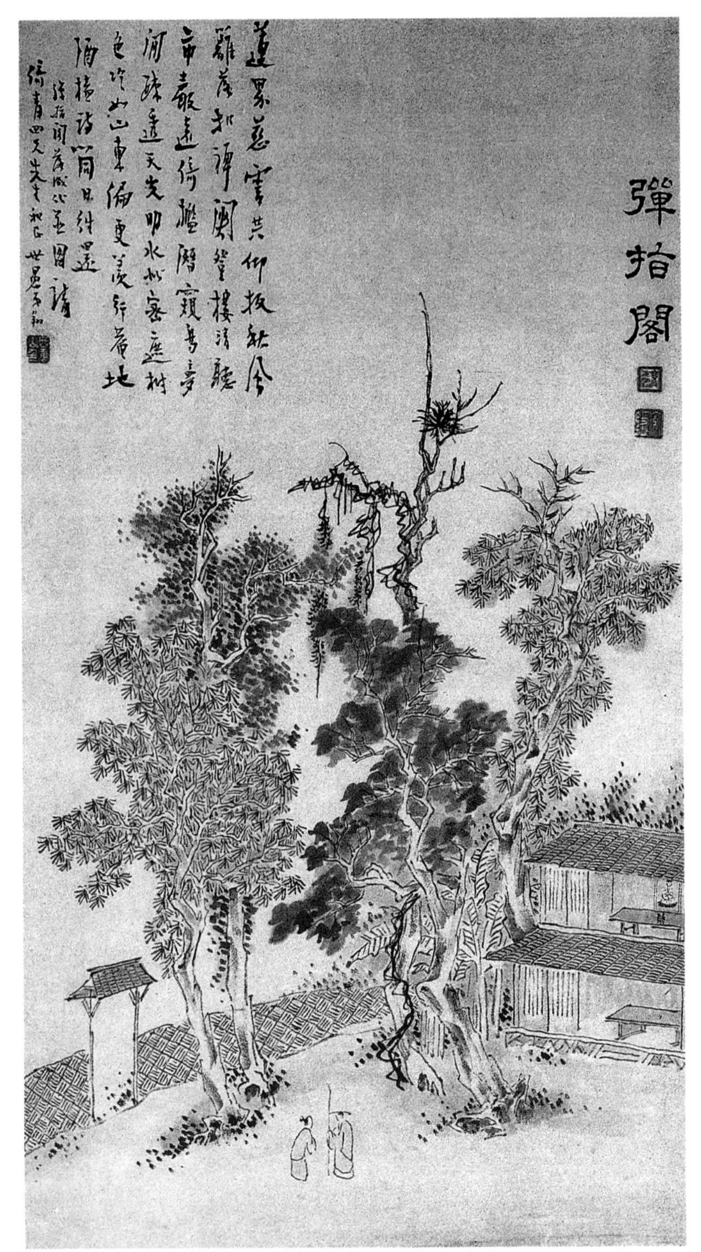


清·弹指阁图轴　高翔

清·枇杷睡鹅图轴　李鱓

清·竹石图　郑燮

清·兰竹石图轴　郑燮

清·三马图　钱醴

清·竹石图　李方膺

清·松石图轴　李方膺

清·枯木山水图　黄易

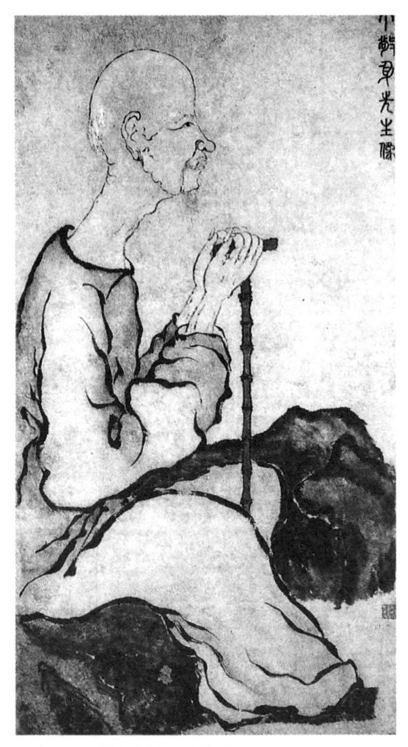
清·丁敬像轴　罗聘

清·善权石室图轴　陈鸿寿

清·孤舟高士图　费丹旭

清·药王图　罗聘

清·步月诗意图　钱杜

清·秋风纨扇图轴　费丹旭

清·重峦密树图轴　戴熙

清·书画诗翰合册　黄易

清·岩居秋爽图轴　奚冈

清·春江棹舟图　奚冈

清·钟馗图轴　王素

清·五羊仙迹图　苏长春

清·油灯夜读图轴　苏六明

清·双沟竹石图轴　赵之琛

清·丹枫绝壁图轴　虞蟾

清·风尘三侠图　任伯年

清·积书岩图轴　赵之谦

清·松鹤图　虚谷

清・五瑞图　蒲华

清・饭石山农像轴　任颐

清・秋山夕照图轴　吴石仙

## 古碑帖

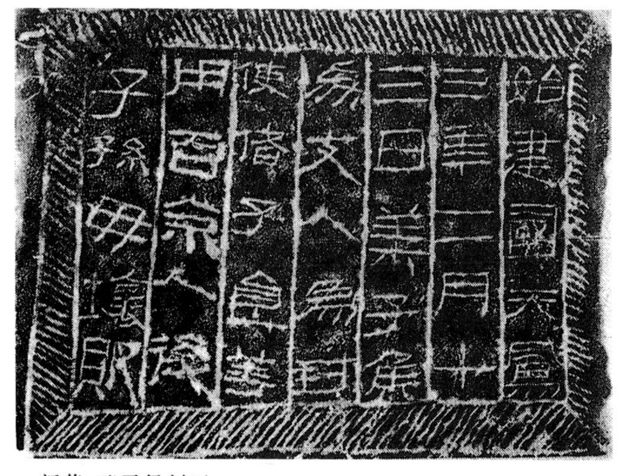

新莽·莱子侯刻石

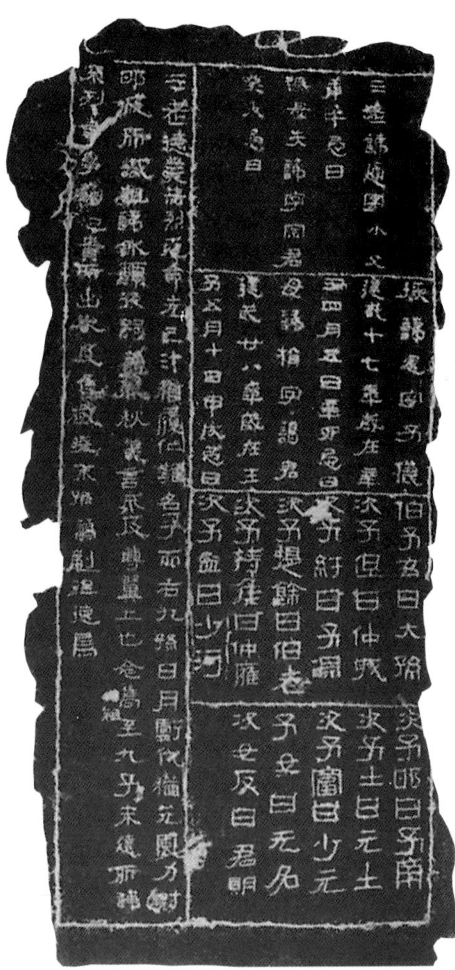

东汉·三老讳字忌日记

西汉·杨曈买山地记刻石

西汉·鲁孝王刻石

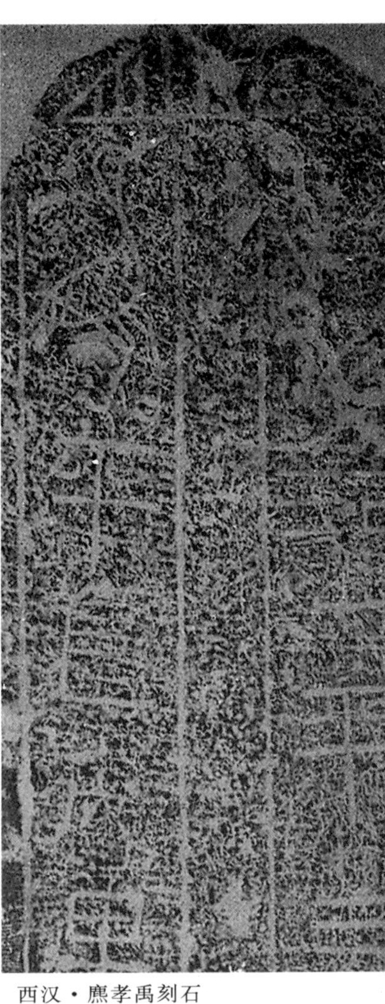

西汉·鹿孝禹刻石

西汉·群臣上寿刻石

东汉·祀三公山碑

东汉·开通褒斜道刻石

东汉·嵩山石阙铭

东汉·礼器碑

东汉·娄寿碑

东汉·北海相景君碑

东汉·尹宙碑

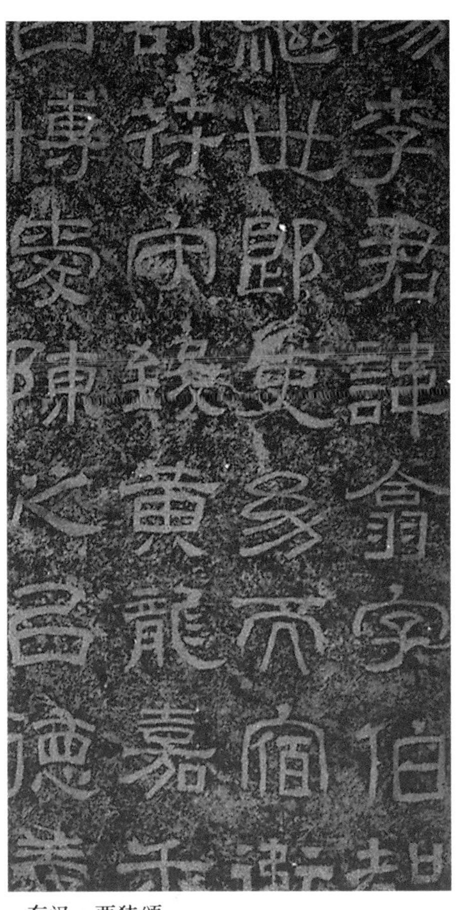

东汉·西狭颂

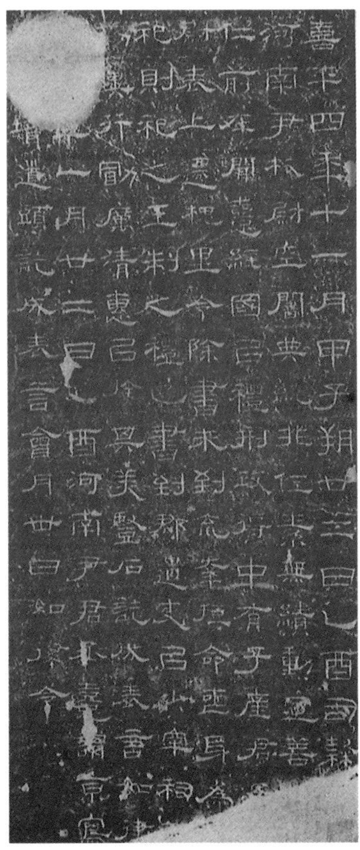

东汉·韩仁铭

东汉·校官碑

东汉·孔宙碑

东汉·华山庙碑

东汉·土圭刻字

东汉·白石神君碑

东汉·孔褒碑

东汉·杨淮表记

东汉·曹全碑

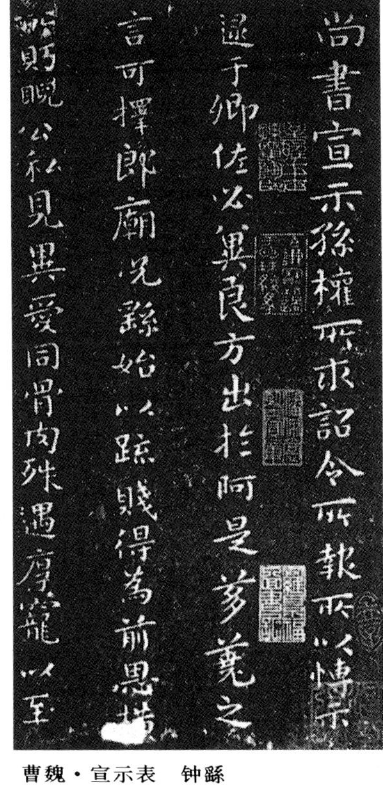

曹魏·宣示表　钟繇

西晋・辟雍碑

东汉・桐柏淮源碑

曹魏・受禅表

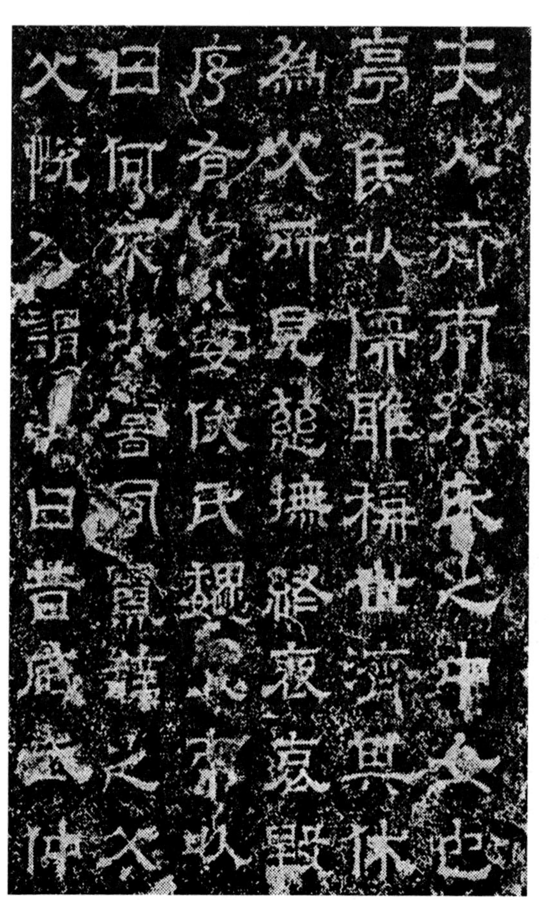

西晋・任城太守孔氏碑

曹魏·孔羡碑

前秦·广武将军碑

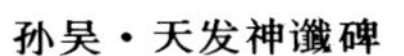

孙吴·天发神谶碑

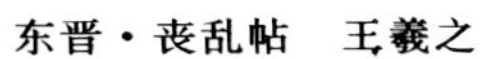

东晋·丧乱帖　王羲之

曹魏·上尊号碑

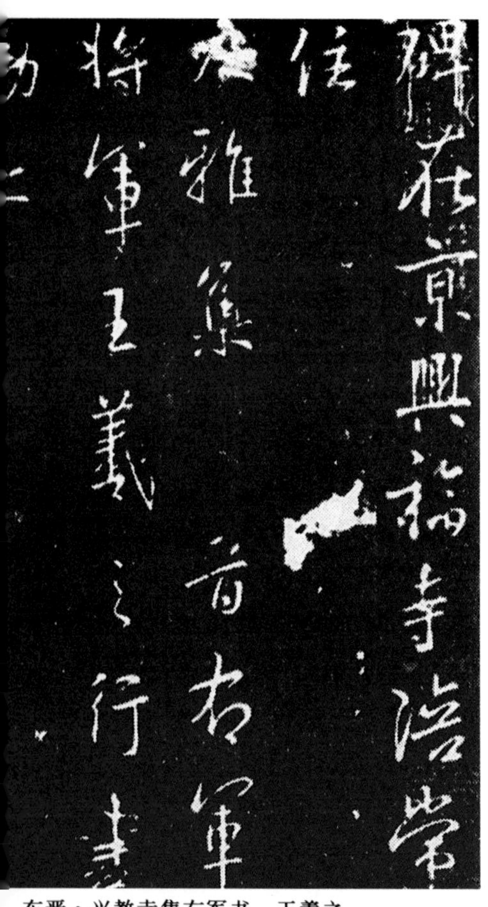

东晋·兴教寺集右军书　王羲之

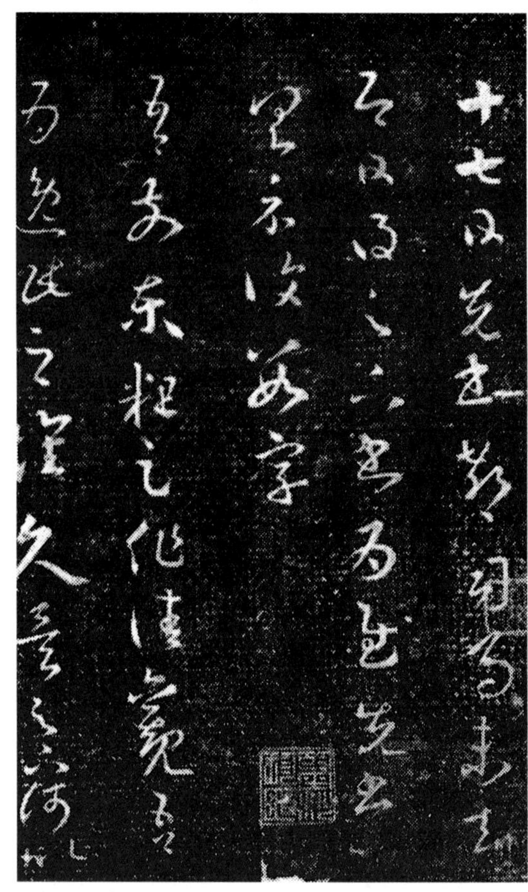

东晋·十七帖　王羲之

北魏·杨大眼造象记

刘宋·爨龙颜碑

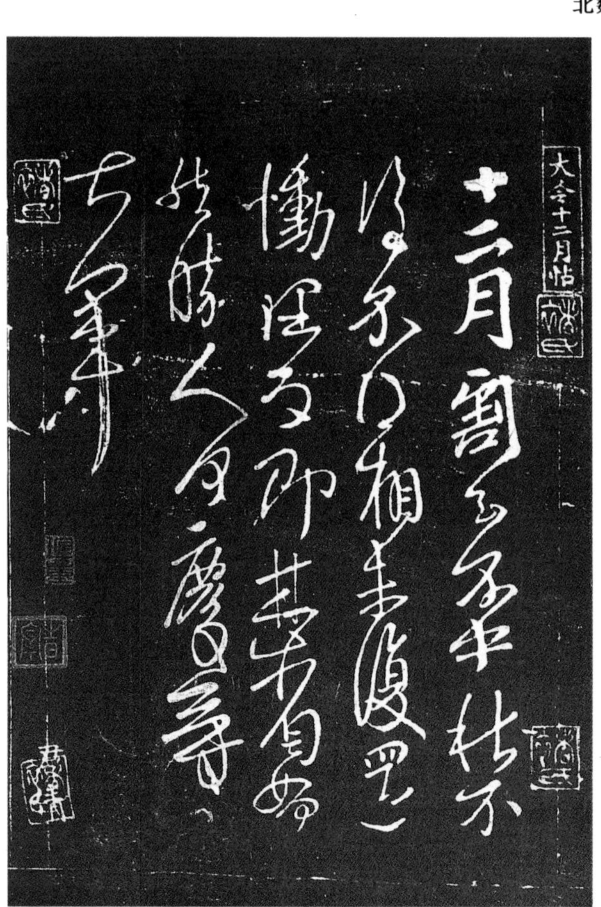

东晋·十二日帖　王羲之

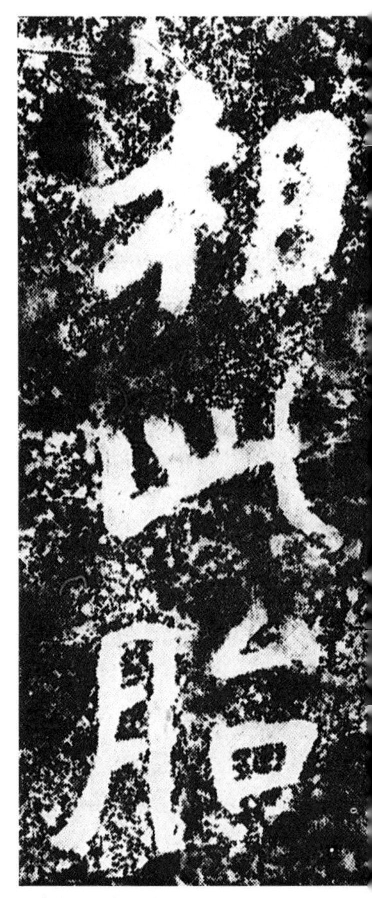

肖梁·瘗鹤铭

北魏・云峰山碑

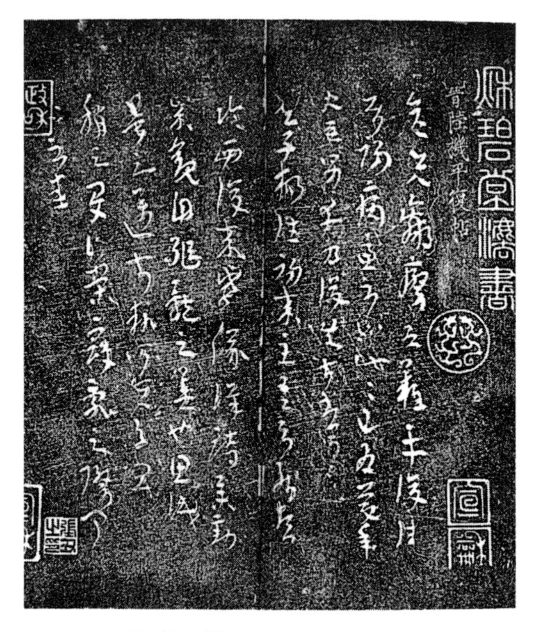

西晋・平复帖　陆机

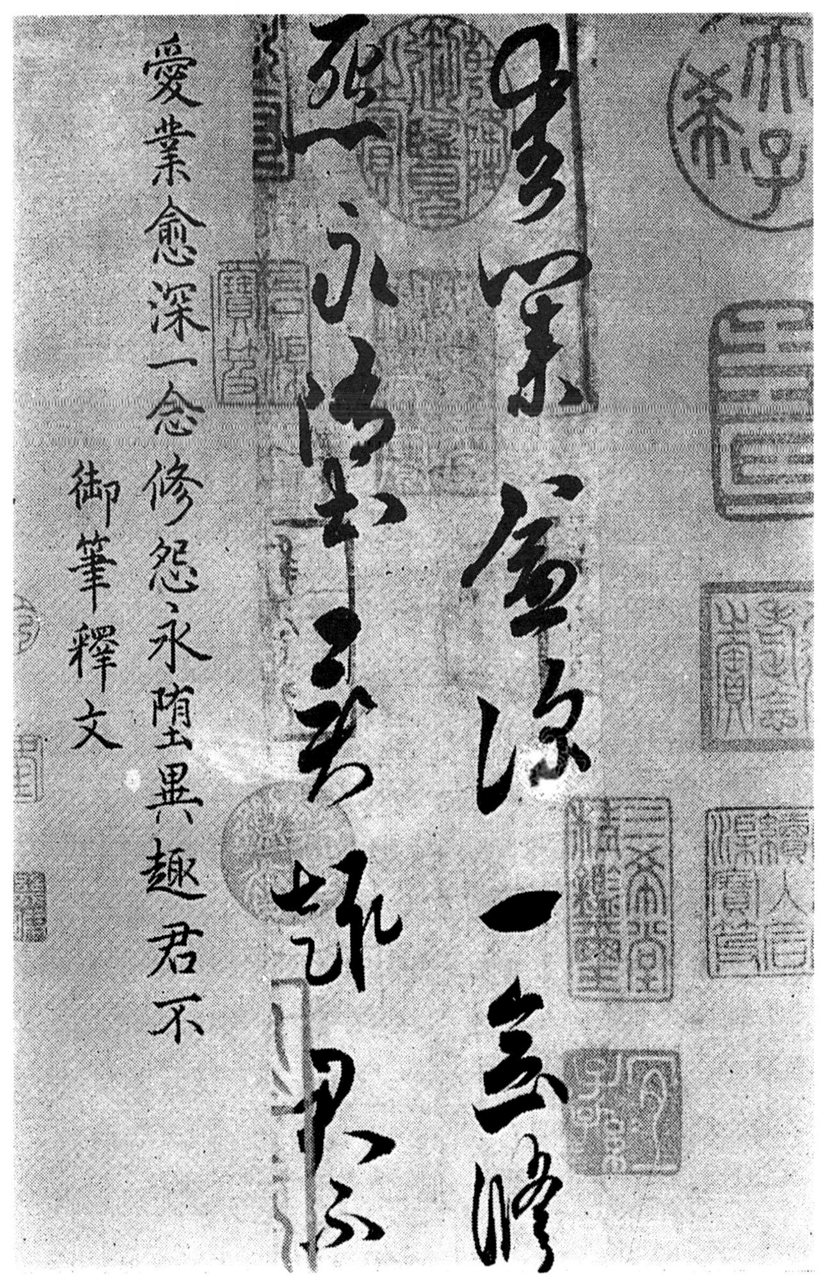


肖梁・异趣帖

东晋・兰亭序　王羲之

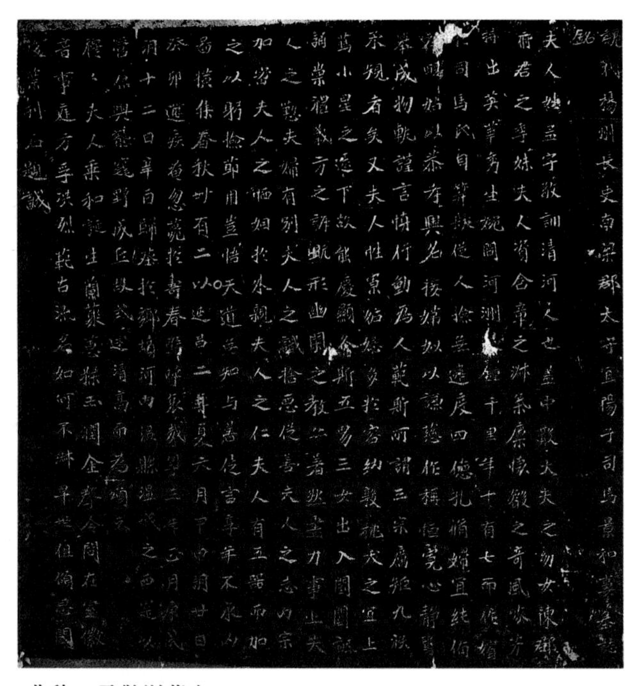

北魏·孟敬训墓志

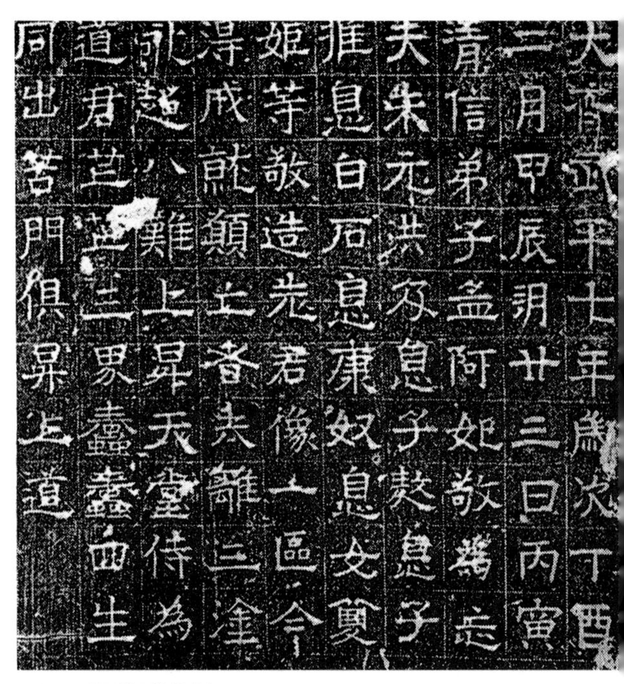

北齐·孟阿妃造象记

北魏·元景造象记

西魏·温泉颂

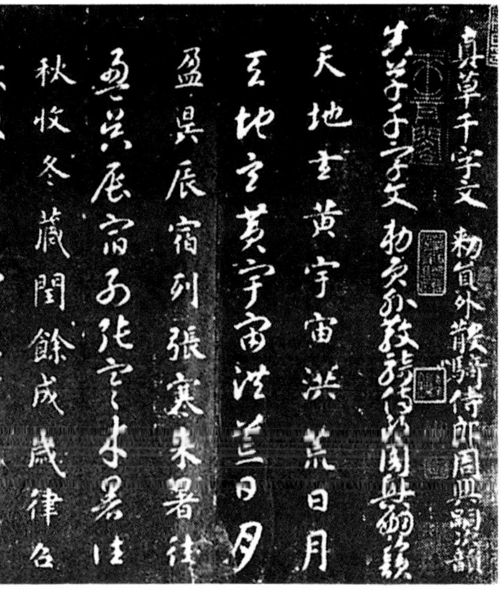
隋·真草千字文　智永

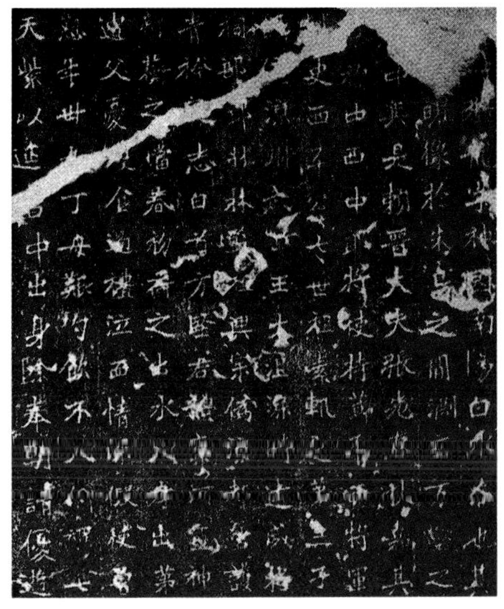
北魏·张猛龙碑

北齐·泰山经石峪金刚经

北魏·石门铭

隋·苏慈墓志

唐·皇甫诞碑　欧阳询

北魏·郑道昭碑

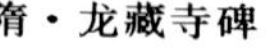

隋・龙藏寺碑

唐・升仙太子碑　武则天

唐・道因法师碑　欧阳通

唐・化度寺邕禅师塔铭　欧阳询

唐・夏日游石淙诗序　薛曜

唐·房彦谦碑　欧阳询

唐·昭仁寺碑

唐·九成宫醴泉铭　欧阳询

唐·雁塔圣教序　褚遂良

唐·纪功颂　李治

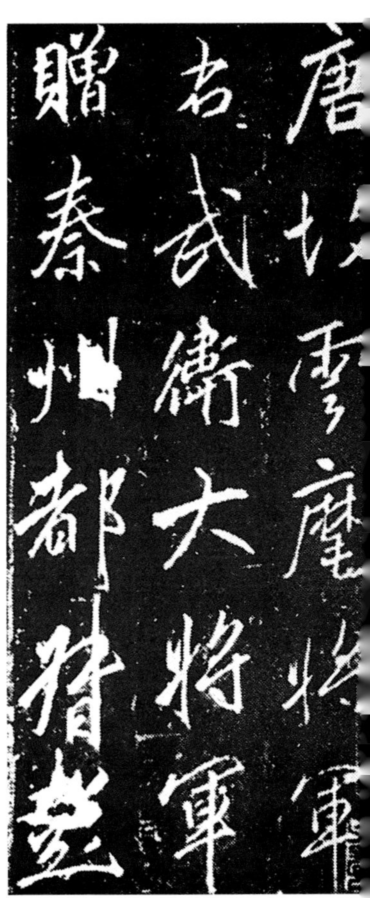

唐·李思训碑　李邕

唐·书谱　孙过庭

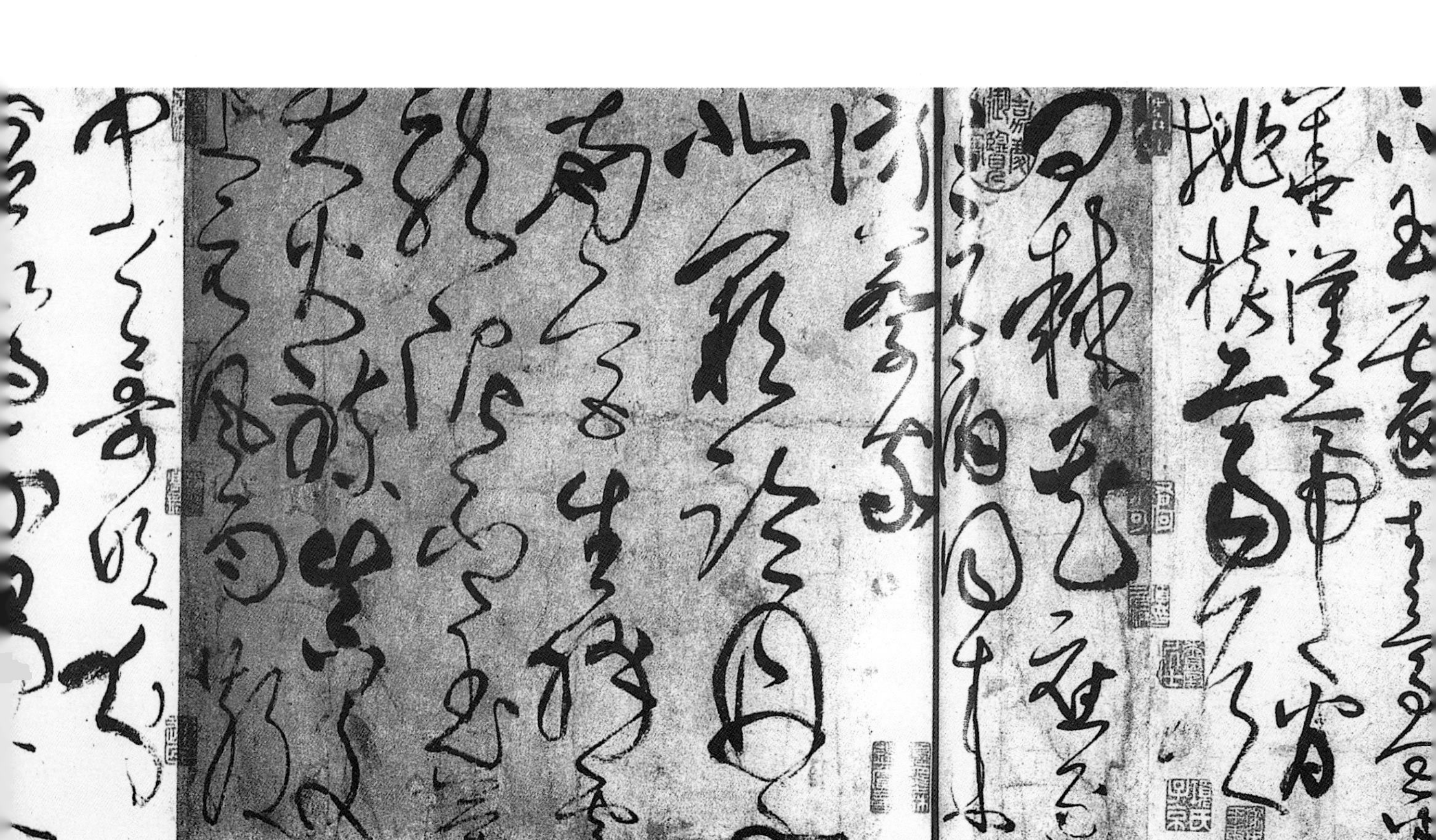

唐·古诗四帖　张旭

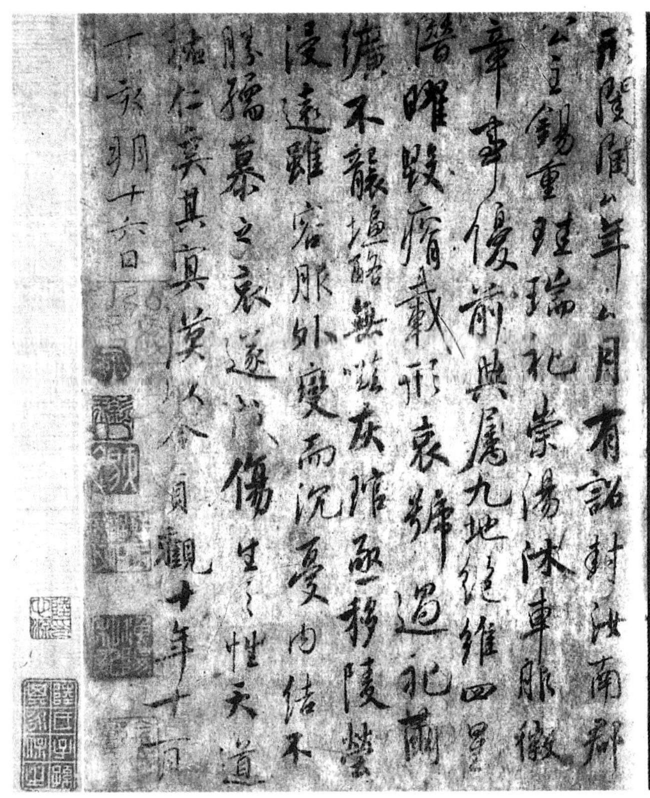

唐·汝南公主墓志　虞世南

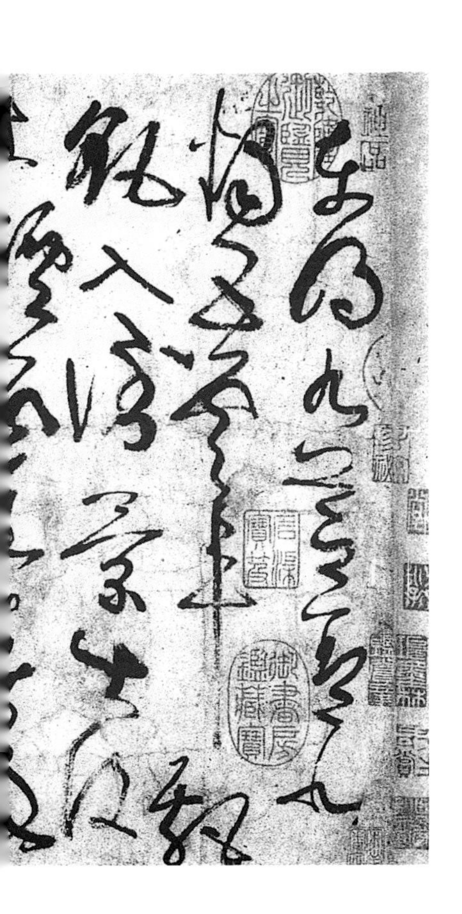

唐·易州铁像碑颂　苏灵芝

唐·信行禅师碑　薛稷

大唐西京千福寺多寶佛
塔感應碑文
南陽岑勛撰 朝議郎
判尚書武部員外郎琅
邪顏真卿書 朝散大

唐・千福寺多宝塔碑　颜真卿

唐・东方朔画像赞　颜真卿

唐・大唐中兴颂　颜真卿

唐・宋璟碑　颜真卿

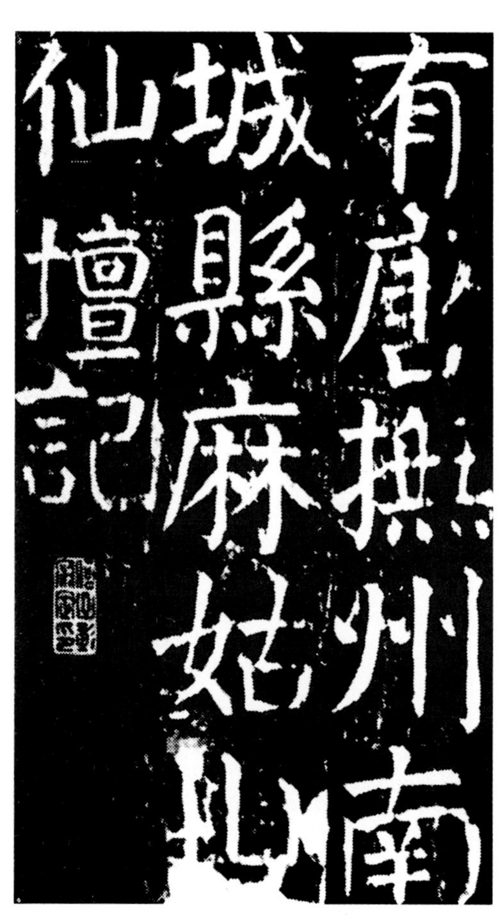


唐・麻姑仙坛记　颜真卿

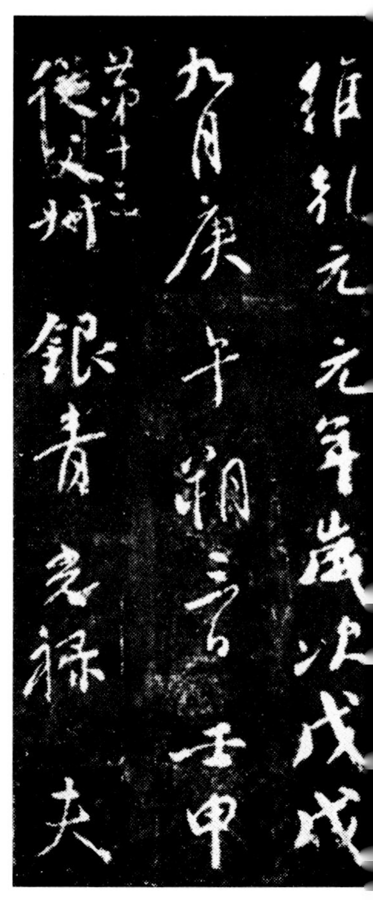


唐・祭侄稿　颜真卿

據所撰神道碑累贈秘書少監國子祭酒太子少
書頻擢甲科屢升偱政曳裾王府名右鄰校載筆
袞贈崇斑且旌善於義方俾揚名於有後豪州生
杲卿文理清峻所居有聲太常丞攝常山太守祿
解而終贈太子太保謚曰忠節真卿表謝
節獨制橫流或俘其謀主或斬其元惡當以救兵
未有朕甚嘉之曜卿工詩善草隸十五以文學直
司馬君生闕疑允南喬卿真長幼輿真卿允臧闕
其佳句善草隸与春卿杲卿曜卿旭卿同日於銓庭爲
法座蹈舞而衣袂相接者三故允南賦詩云誰言
幹富平尉真長清直早世幼輿方雅有醞藉通斑
制舉醴泉尉陟清白長安尉三院御史四爲大夫
吏能　制舉延昌令監察充朔方衣資使殿中

唐・颜氏家庙碑　颜真卿

唐・三坟记　李阳冰

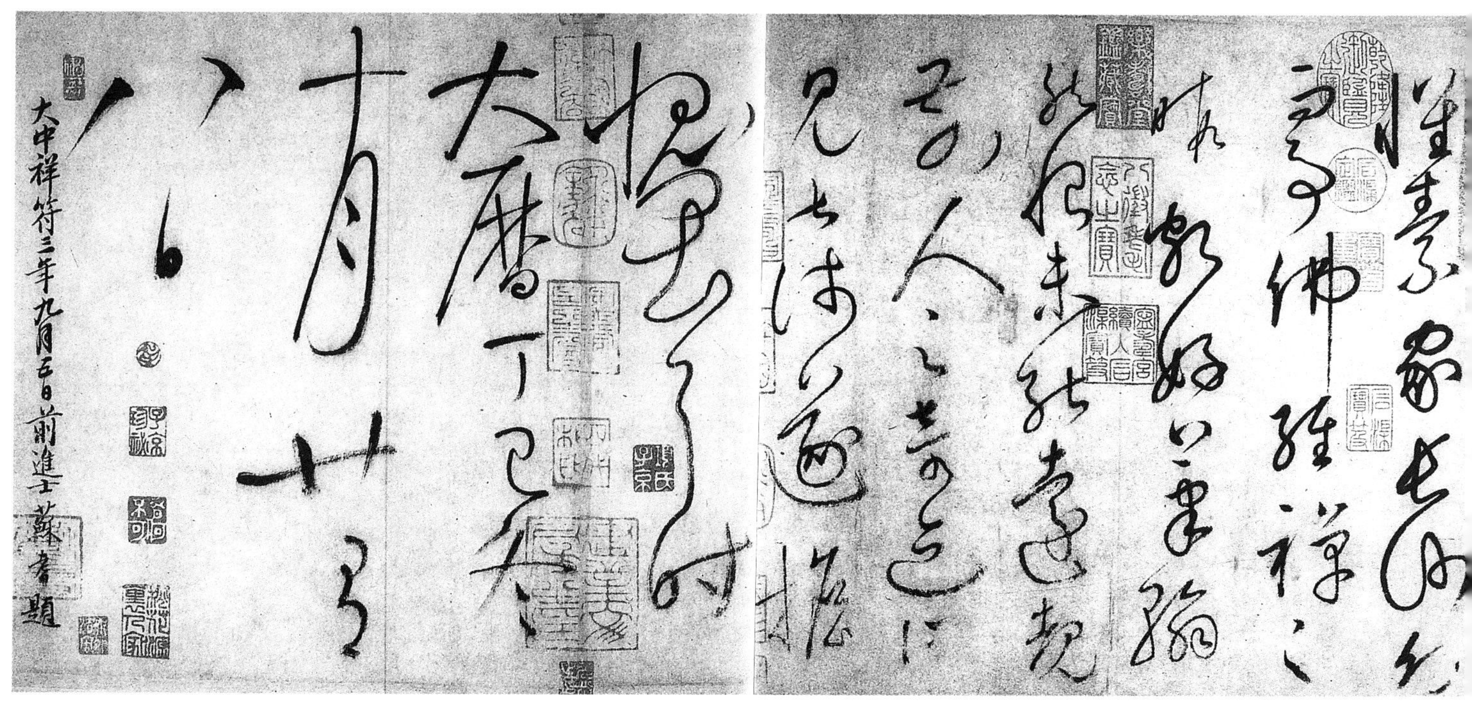


唐・自叙帖　释怀素

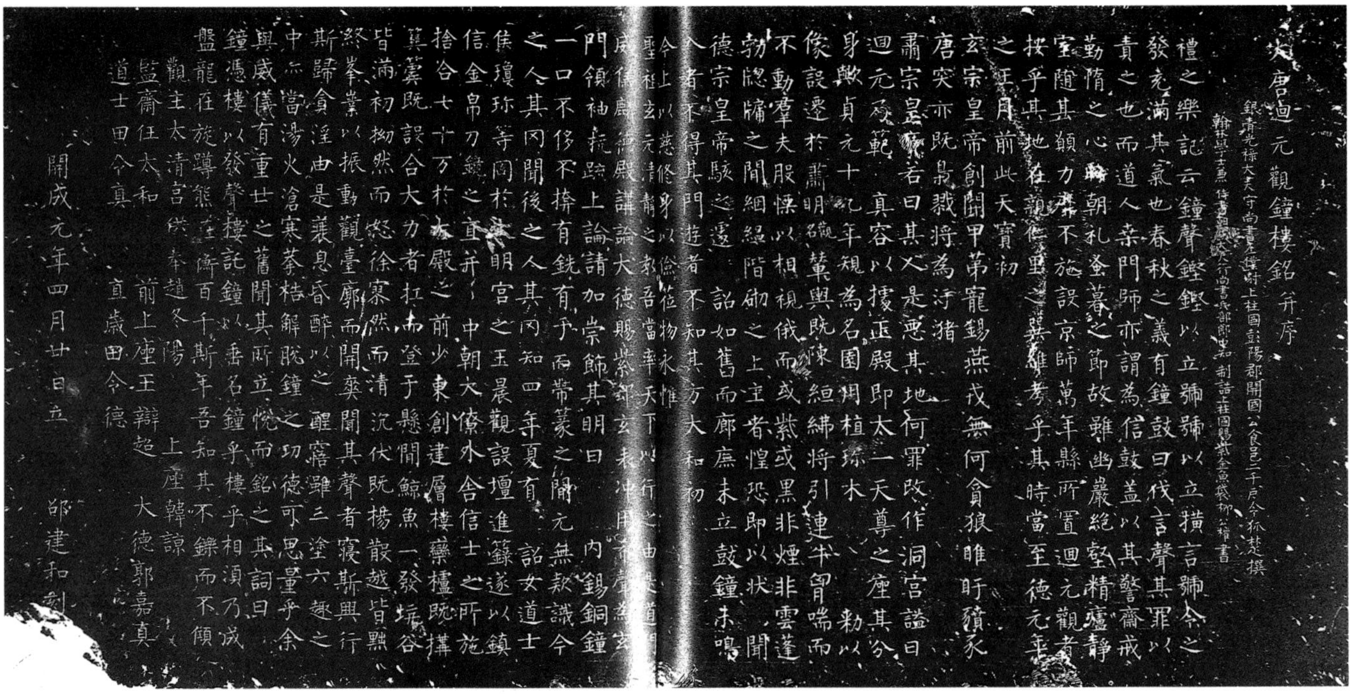

唐·迴元观钟楼铭　柳公权

唐·陆淳题记

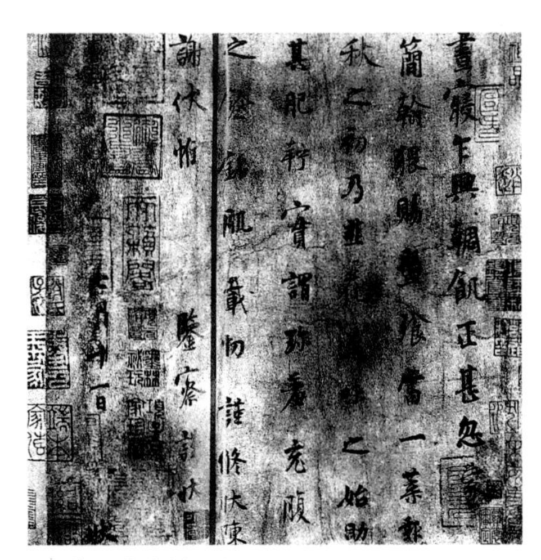

五代·韭花帖　杨凝式

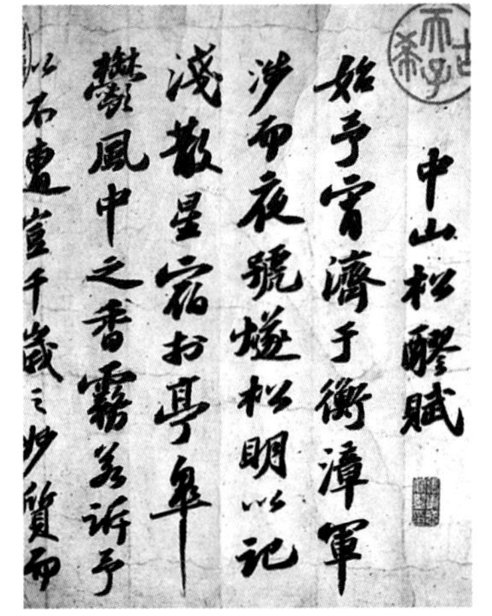

北宋·中山松醪赋卷　苏轼

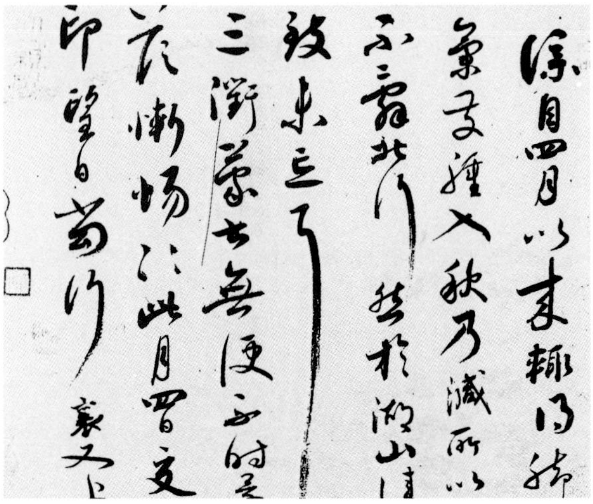

北宋·脚气帖　蔡襄

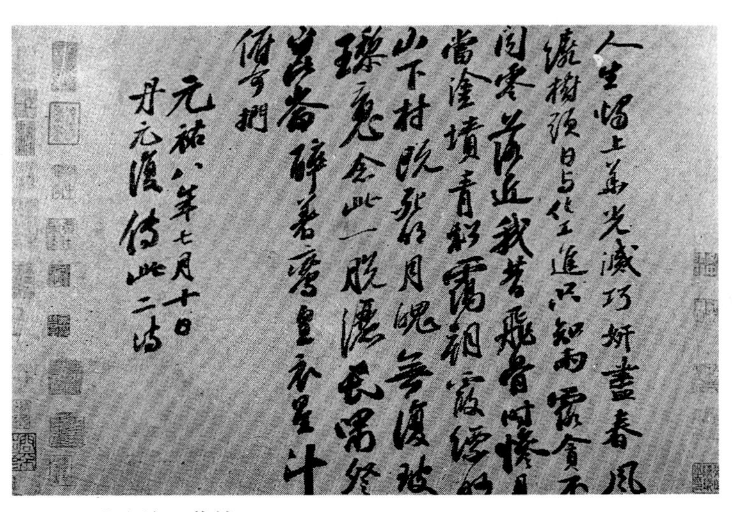

北宋·李白诗　苏轼

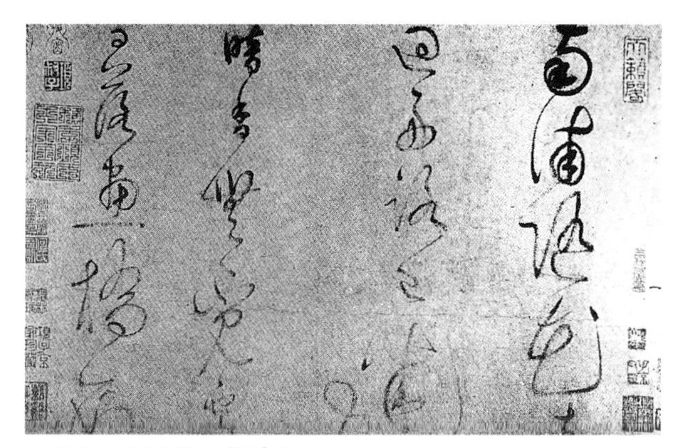

北宋·南浦帖　苏舜钦

北宋·牛口庄题名卷　黄庭坚

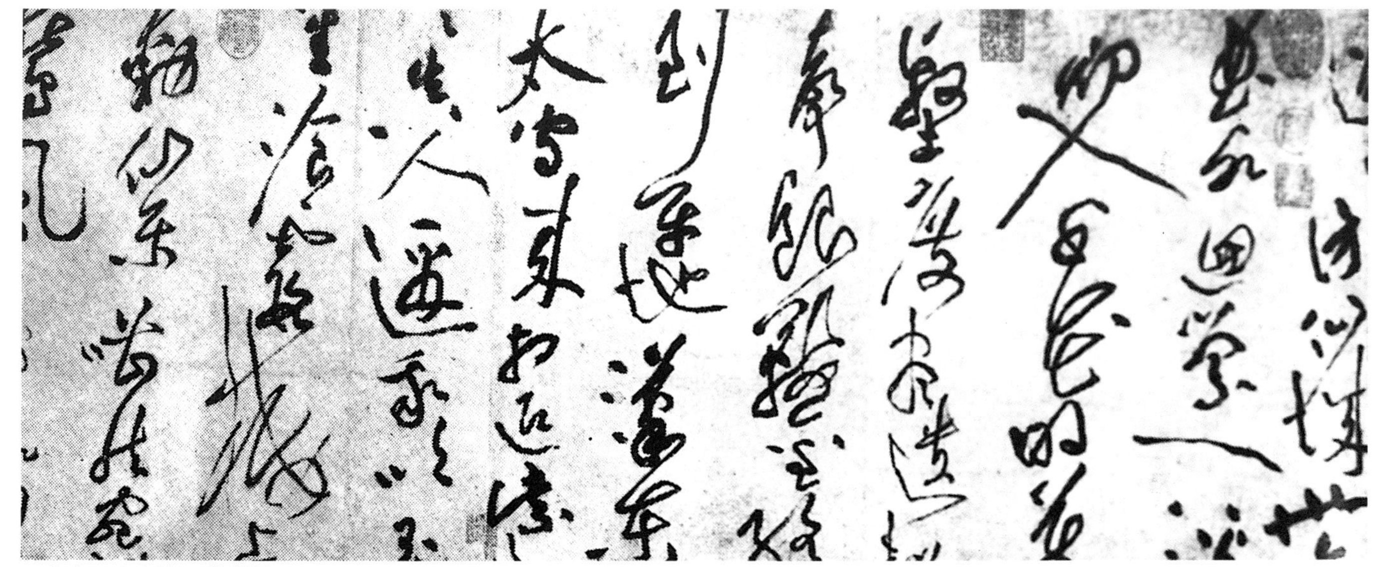

北宋·李白诗　黄庭坚

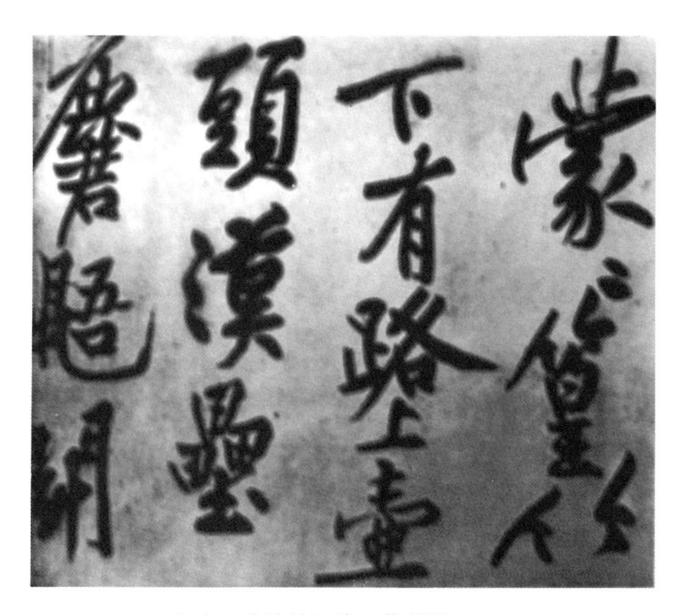

北宋·伏波神祠诗　黄庭坚

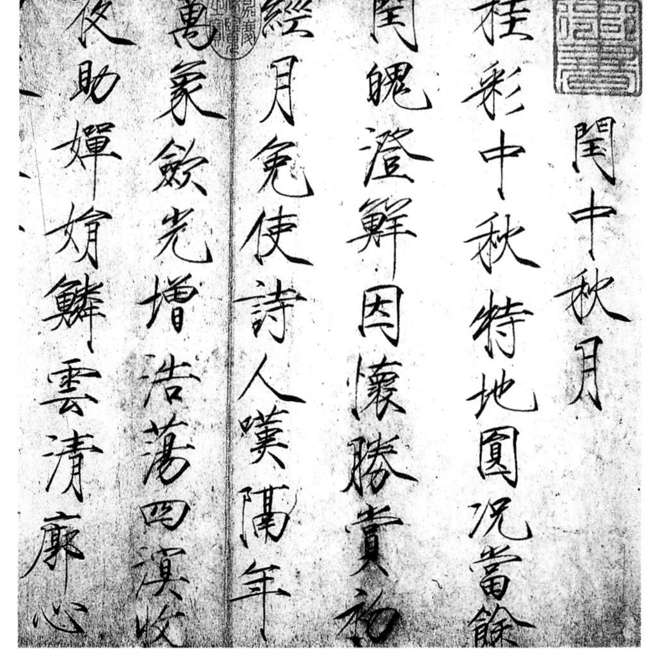

北宋·闰中秋月诗帖　赵佶

北宋·草书四帖　米芾

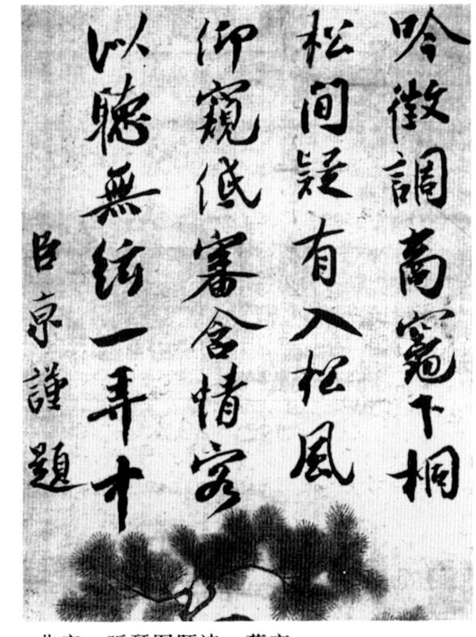


北宋·听琴图题诗　蔡京

北宋·自书诗卷　林逋

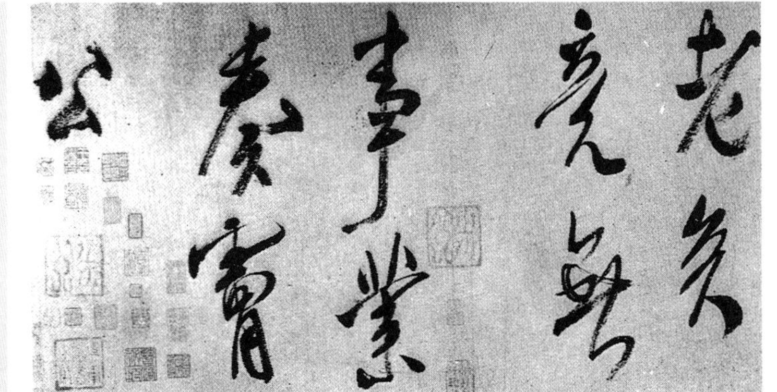

北宋·虹县诗　米芾

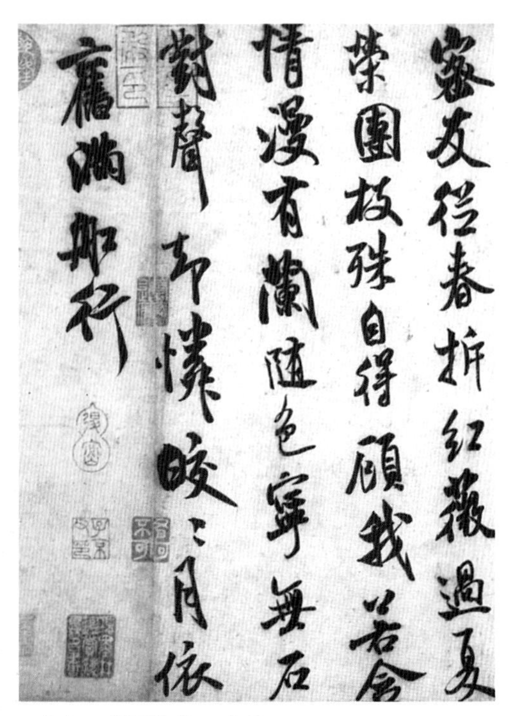

北宋·苕溪诗卷　米芾

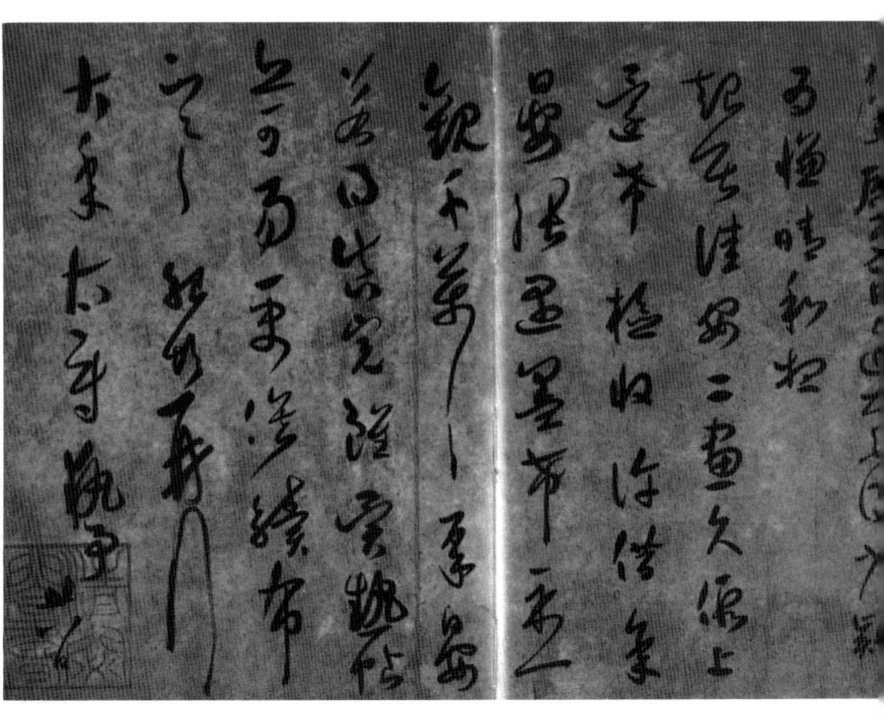

北宋·晴和帖页　薛绍彭

南宋·草书洛神赋卷　赵构

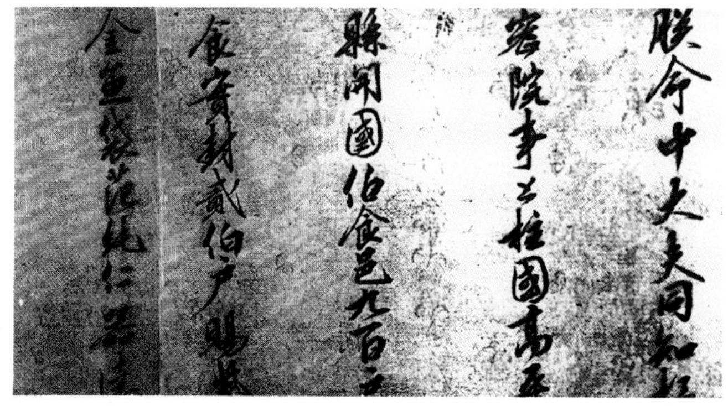

北宋·范纯仁告身

南宋·徽宗文集序　赵构

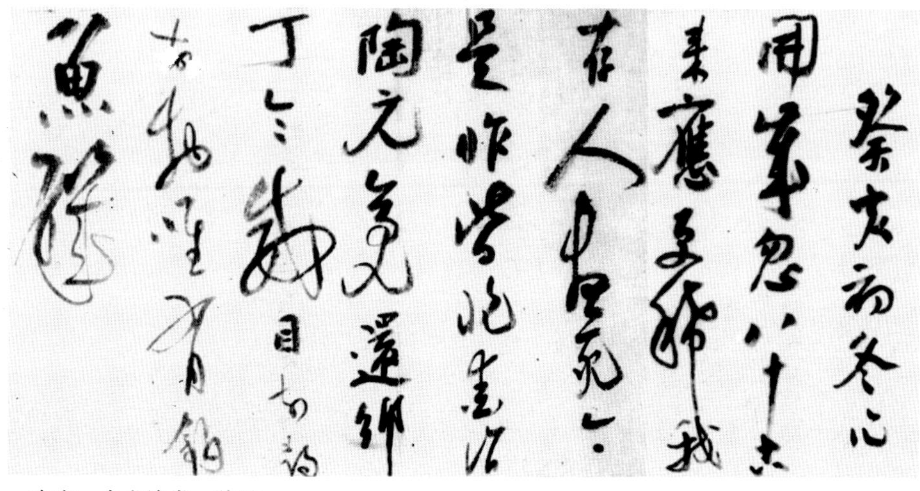

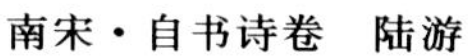

南宋·自书诗卷　陆游

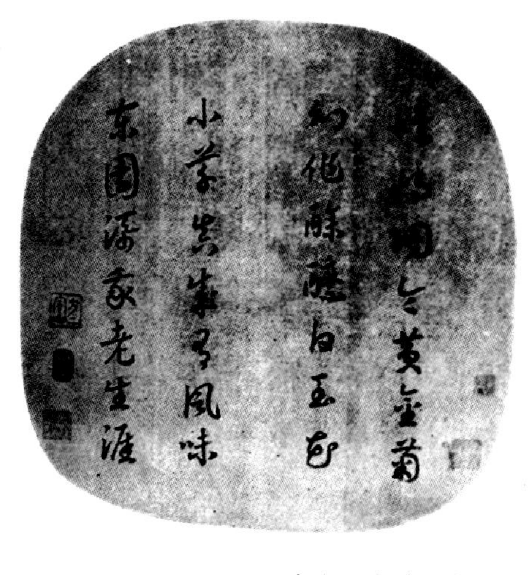

南宋·七绝　赵构

南宋·汪氏报本庵记卷　张即之

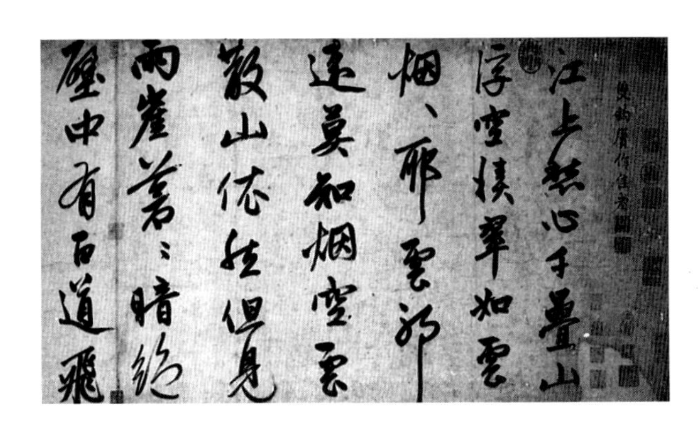

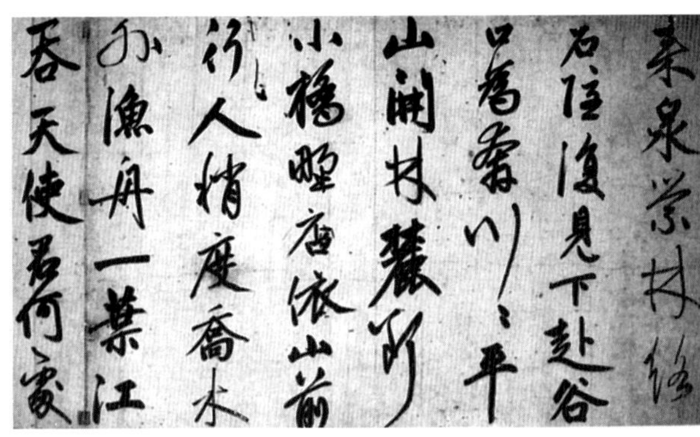

元·烟江迭嶂图诗卷　赵孟頫

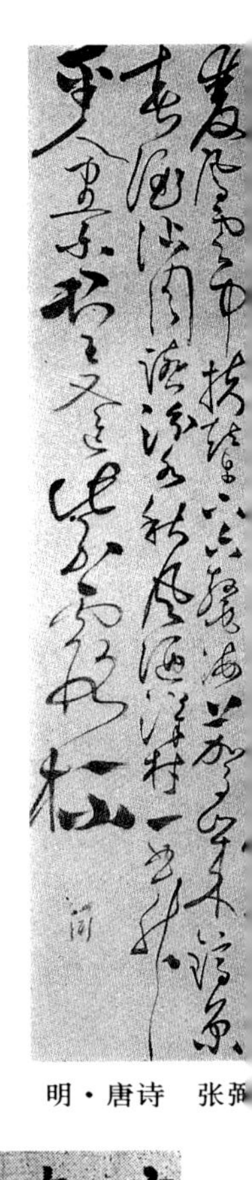

明·唐诗　张弼

元·玄妙观重修三门记　赵孟頫

元·仇锷茔铭稿　赵孟頫

元·独孤本兰亭序跋　柯九思

元·独孤本兰亭序跋　赵孟頫

元·张氏通波阡表　杨维桢

元·苏轼海棠诗卷　鲜于枢

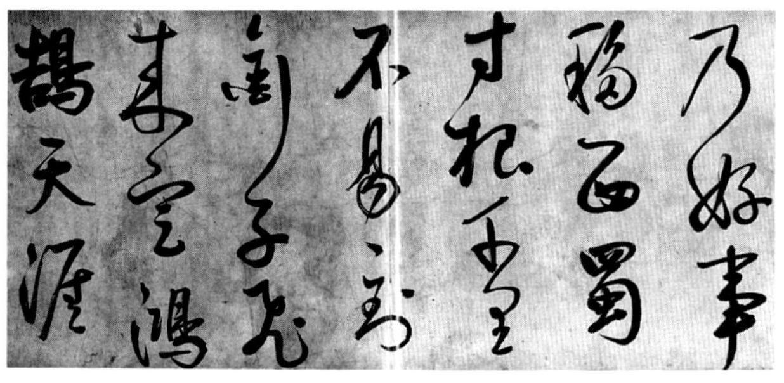

明·前后赤壁赋　祝允明

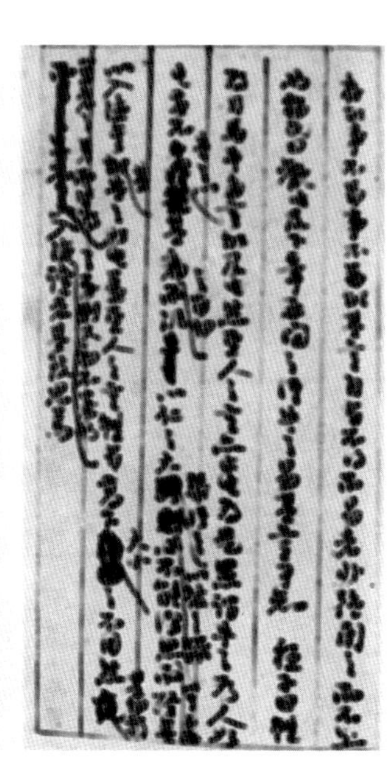

南宋·论语集注稿　朱熹

明·饭苓赋　祝允明

身無苦葉入秋肥紫玉分明滿一圍遺墨來
三猗物少舊銘猶在昔人非固辭莫怪還洛
受久假安知遂不歸應念老夫同氣味百
年文苑幸相依
謝文太僕送匏研
匏翁為[illegible]道書

明·谢文太仆送匏研诗　吴宽

是歲十月之望步自雪堂將歸於臨皋
二客從余過黃泥之坂霜露既降木葉
盡脫人影在地仰見明月顧而樂之行
歌相答已而歎曰有客無酒有酒無肴
月白風清如此良夜何客曰今者薄暮
舉網得魚巨口細鱗狀如松江之鱸顧
安所得酒乎歸而謀諸婦婦曰我有斗
酒藏之久矣以待子不時之需於是携
酒與魚復遊於赤壁之下江流有聲斷
岸千尺山高月小水落石出曾日月之
幾何而江山不可復識矣予乃攝衣而
上履巉巖披蒙茸踞虎豹登虬龍攀棲
鶻之危巢俯馮夷之幽宮蓋二客不能
從焉劃然長嘯草木震動山鳴谷應風
起水涌予亦悄然而悲肅然而恐凜乎
其不可留也反而登舟放乎中流聽其
所止而休焉時夜將半四顧寂寥適有
孤鶴橫江東來翅如車輪玄裳縞衣戛
然長鳴掠余舟而西也須臾客去予亦
就睡夢一道士羽衣翩躚過林皋之
揖余而言曰赤壁之遊樂乎問其姓
俛而不答嗚呼噫嘻我知之矣疇昔之
夜飛鳴而過我者非子也耶道士顧咲
予亦驚寤開戶視之不見其處
嘉靖己亥秋七月廿又三日徵明書
玉磬山房之北牖

明·后赤壁赋　文征明

[illegible]
陶淵明詩
甲寅七月朔書時年八十有五　徵明

明·陶渊明诗　文征明

[illegible]
守仁

明·七言绝句　王守仁

[illegible]
王寵

明·登上方寺诗　王宠

[illegible]
周天球

明·七绝　周天球

彥九郎還日本作詩餞之座間走筆甚不工也
萍蹤兩度到中華歸國憑將涉歷誇
劍佩丁年朝帝扆星辰午夜拂仙槎
驪歌送別三年客鯨海遙依萬里家
此行倘有重來便煩折瓊枝一朵花
正德七年壬申仲夏望日姑蘇唐寅書

明·饯房九郎还日本诗　唐寅

明·尺牍　王守仁

[illegible]

明·宋之问诗　王宠

[illegible]

己丑六月十二日雅宜子王寵書

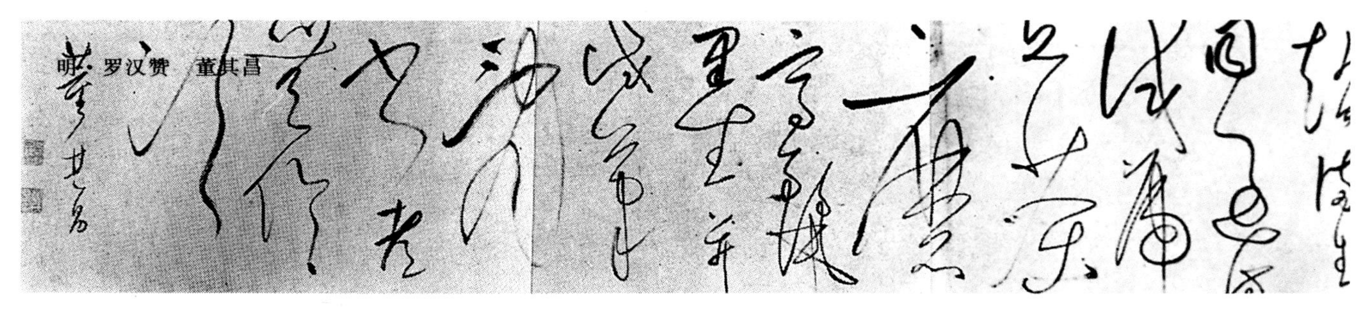

明·罗汉赞　董其昌

明·千字文　徐霖

[illegible]

嘉靖丁酉三月[illegible]望 九峰徐霖書

王书其殆庶乎机合乎道以终始者与其喻昭王曰伊尹放太甲而不疑太甲受放而不怨是存大业于至公而以天下为心者也夫欲极道之量务以天下为心者必致其主于盛隆合其趣于先王苟君臣同符斯大业定矣于斯时也乐生之志千载一遇也亦将行千载一隆之道岂局迹当时止于兼并而已哉夫兼并者非乐生之所屑强燕而废道又非乐生之所求也不屑苟得则心无近事不求小成斯意兼天下者也则举齐之事所以运其机而动四海也夫讨齐以明燕主之义此兵不兴于为利矣围城而害不加于百姓此仁心著于遐迩矣举国不谋其功除暴不以威力此至德全于天下矣迈全德以率列国则几于汤武之事矣乐生方恢大纲救民明信以待其弊使即墨莒人[illegible]我犹亲仇其上善守之智无所之施然则求仁得仁即墨大夫之义也任穷则从微子适周之道也开弥广之路以待田单之徒长容善之风以申

齐士之志使夫忠者遂节通者义著昭之东海属之华裔我泽如春下应如草道光宇宙贤者托心邻国倾慕四海延颈思戴燕主仰望风声二城必从则王业隆矣虽淹留于两邑乃致速于天下不幸之变世所不图败于垂成时运固然若乃逼之以威劫之以兵则攻取之事求欲速之功使燕齐之士流血于二城之间侈杀伤之残示四国之人是纵暴易乱贪以成私邻国望之其犹豺虎既大堕称兵之义而丧济弱之仁亏齐士之节废廉善之风掩宏通之度弃王德之隆虽二城几于可拔霸王之事逝其远矣然则燕虽兼齐其与世主何以殊哉其与邻敌何以相倾乐生岂不知拔二城之速了哉顾城拔而业乖岂不知不速之致变顾业乖与变同由是言之乐生不屠二城其亦未可量也

右军乐毅论后有书赐官奴四字官奴是子敬小名梁摹本有之余曾见于长安邹中乙为刻石者刻去[illegible]矣此

卷都不临帖但以意为之未能合也然学古人书正不必都似乃见[illegible]之讥[illegible]之[illegible]者书请余作小楷因论此道非性能而好之不易以为[illegible]语可念也余生十九年始事临池今六十有六矣四十余年功力未见有效[illegible]公云资性[illegible]为文学物犹不能悉留遗以垂成不而富而如倚急水滩船费尽气力不移寻丈无须纸成池[illegible]不是铁砚即索靖乎　庚申七月之望

其昌

明·乐毅论　董其昌

明·五言绝句　陈淳

明·感辽事作　张瑞图

明·新丰美酒诗
莫是龙

明·勺园对雪诗
米万钟

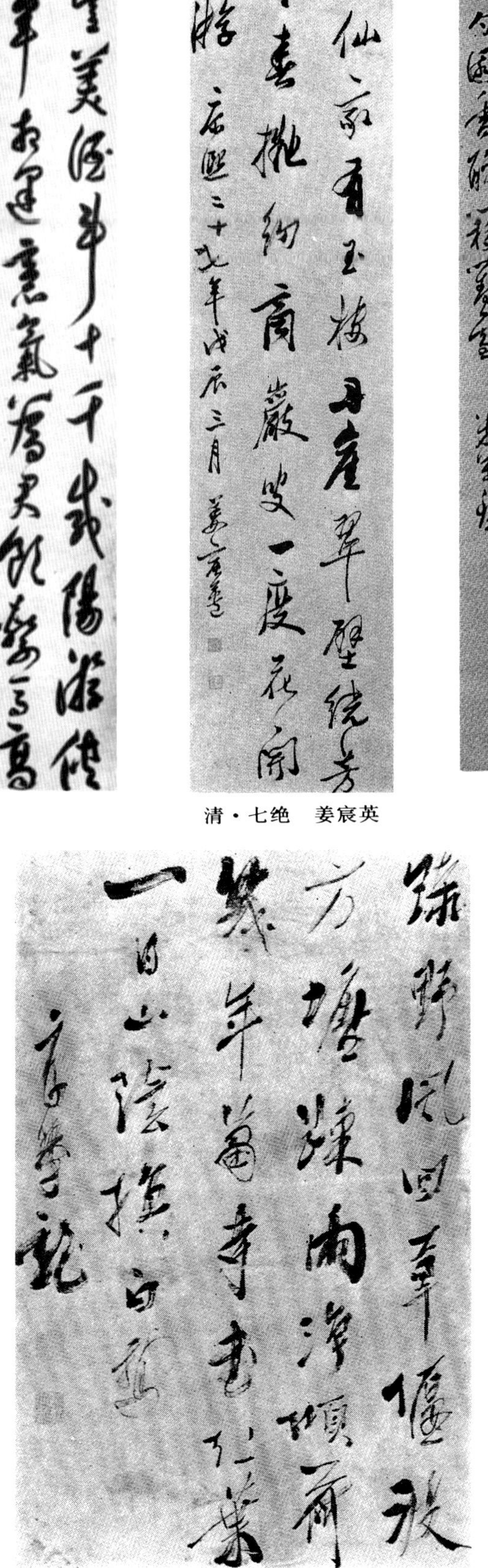

·七绝　陈继儒

清·七绝　姜宸英

明·五言诗　黄道周

明·五言律诗　李流芳

明·七绝　高攀龙

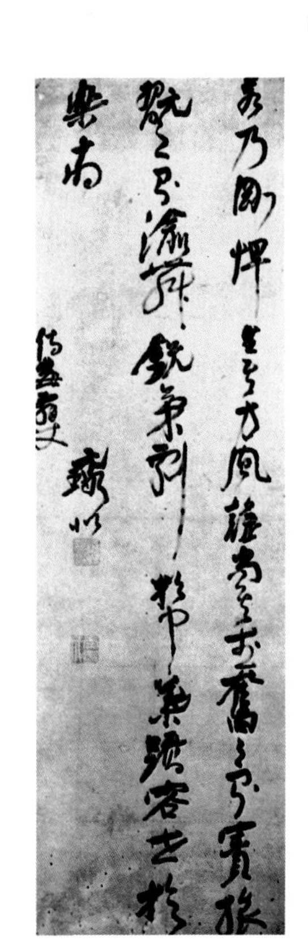

明·蜀都赋　倪元璐

清·七绝　王冏

清·自作五律　王铎

清·节临曹景完碑　朱彝尊

清・即事诗　毛奇龄

清・诗轴　傅山

清・五律　何焯

清・咏夹竹桃之一　冒襄

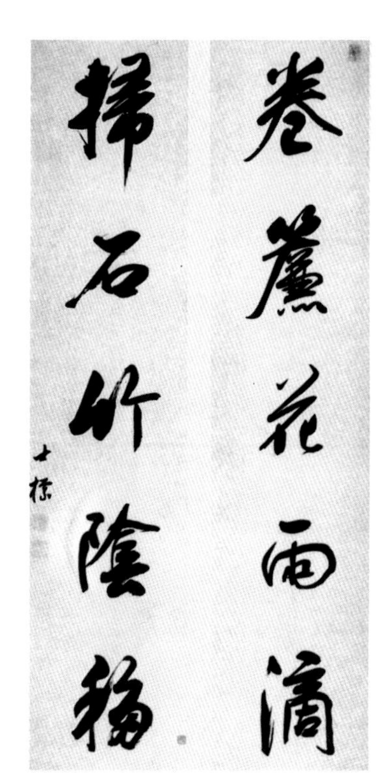

清・五言联　查士标

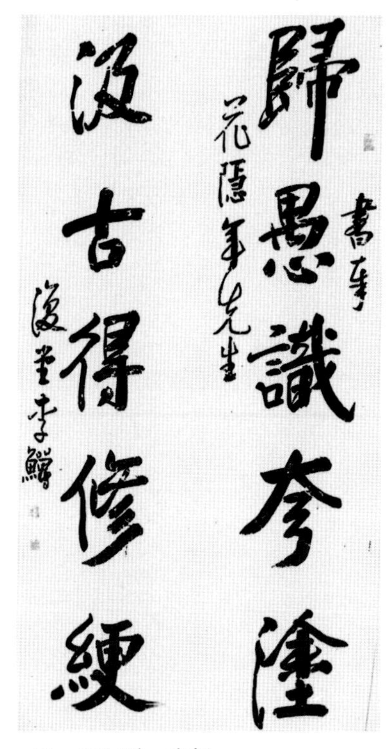

清・五言联　李鱓

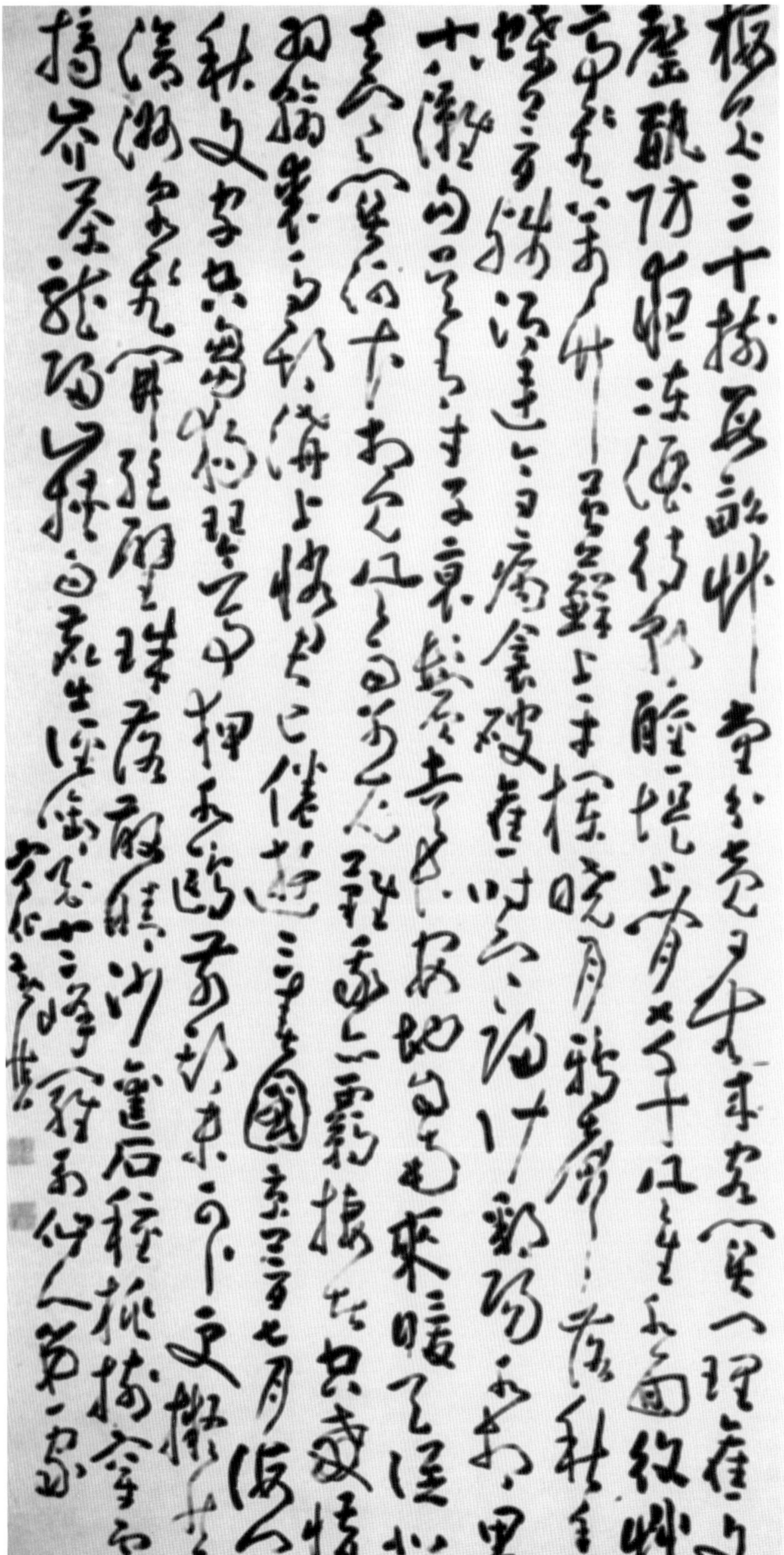

清・五律五首　黄慎

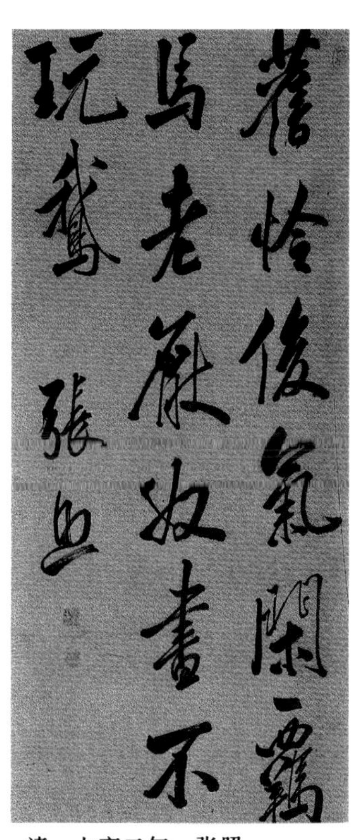

清・七言二句　张照

清・七绝　姚鼐

清・篆书轴　洪亮吉

清・七言联　钱大昕

清・李白长干行一首　郑燮

清・七绝　查升

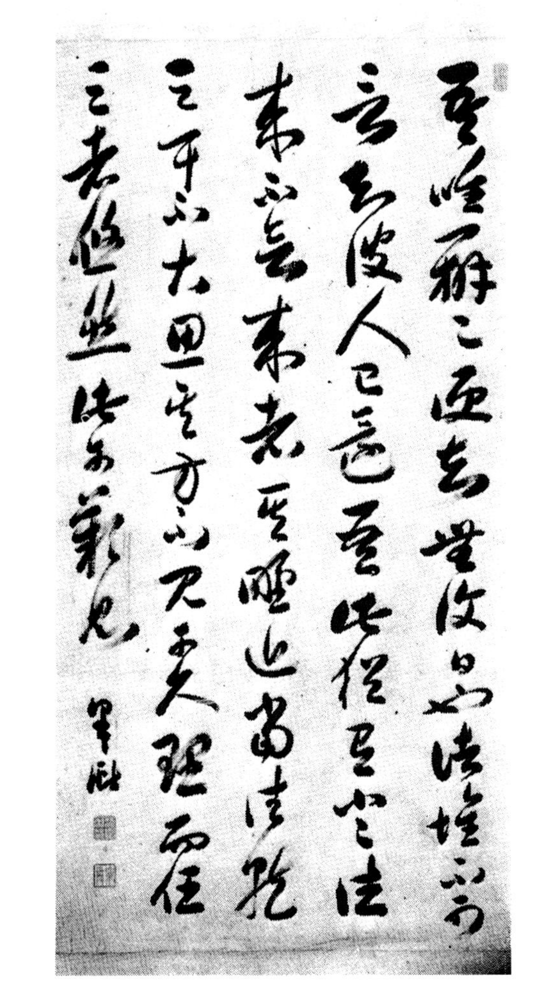

清・临王羲之帖 梁巘

作斷雲一片洞庭帆，玉破鱸魚金破柑。好作新詩繼桑苧，垂虹秋色滿東南。泛泛五湖天氣清，漫漫不辨水天形。何須織女支機石，且戴常娥寄客星。

臨米老蜀素帖[illegible]
[illegible]學長兄印可

清・临米芾蜀素帖　王澍

僧樓夕陽下徙倚聽鍾聲。林氣侵人暗池光，受月明漸穿風櫺入，坐與露階平。草硐山中路居然玉界行。

[illegible]涼閣與諸蓮巢唐耀卿
釋無恩道首待月之作　時丙午陽生之月　文治

清・待月之作　王文治

鄧文原謂東坡中年用宣城諸葛豐雞毛筆，故字稍加肥，晚歲自儋州回，挾天海風濤之氣，作字如古槎怪石，愈覺扶木奇鬼，持人書家不可及已。同里朱文鐵上舍抱負才負奇氣而不爲時用，以其磊砢鬱勃之積一寓於書，於魏晉以來諸作者無所不窺，而尤浸淫於宋之南宮、東坡，以盡其變。法臨天馬賦，見知於歸愚、香樹兩尚書，命貢諸石，以公同好。而文鐵尤致於東坡，以志必傳其所臨。東坡集陶歸去來辭詩，行餘寬博，有得於性情筆墨之外，其足以超時流惡札而直造古人無疑也。昔東坡和陶詩盡卷而止，自謂得性之所近。文鐵之臨坡

清・论书一则　段玉裁

[illegible]

清・诗稿　梁同书

清·语摘　邓石如

清·节临西狭颂　巴慰祖

清·唐诗集句　邓石如

清·苏轼诗　陈鸿寿

清·檀园论书一则　奚冈

清·倪宽传及张汤传等　徐三庚

清·临岐阳石鼓文　黄易

清·百玲珑石诗　阮元

清·雅文集联　胡震

清·论画语　翁同龢

清·七言联　何绍基

清·七言联　杨沂孙

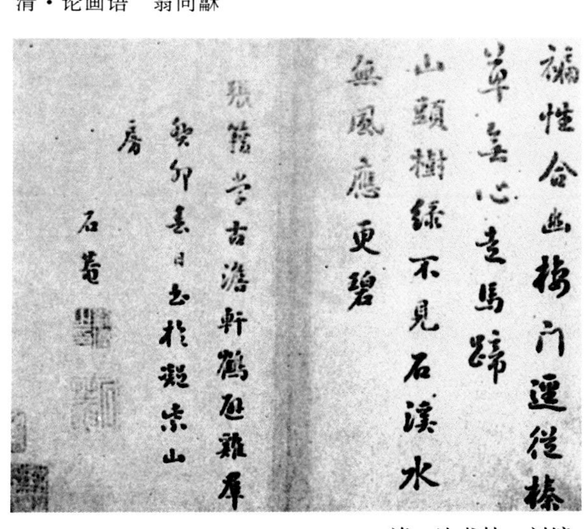

清·法书帖　刘墉

清·七言联　吴大澂

清·七言联　吴昌硕

清·五言联　康有为

清·家太常孟子题辞四条屏　赵之谦

# 古玉器

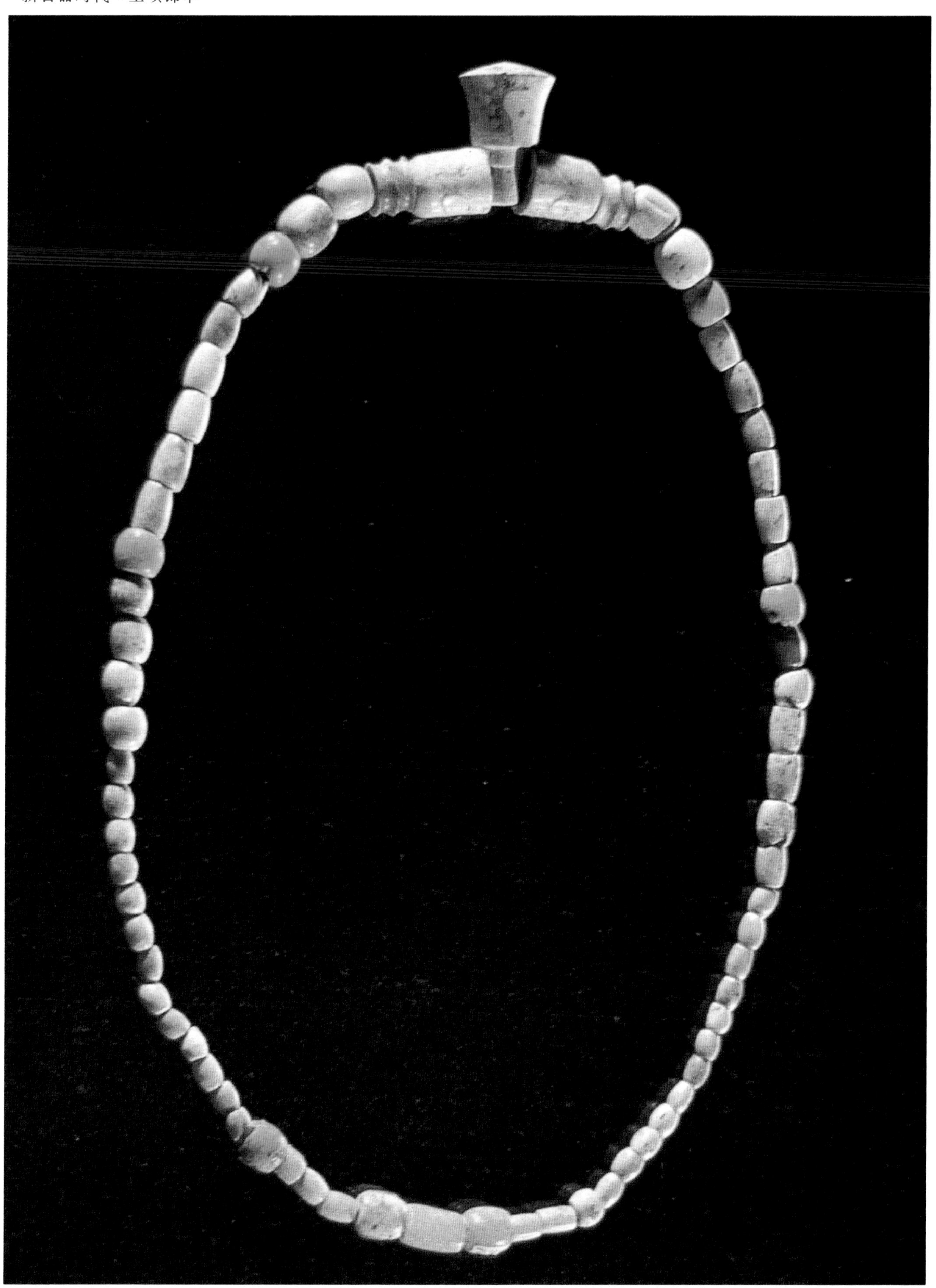

新石器时代·兽面纹玉琮

二里头文化·兽面纹玉柄形饰

商・兽面纹玉斧

商·拱手玉立人

商·跪踞玉人

商·“俏色”玉鳖

商·玉凤

西周·鸟纹玉刀

春秋·兽面纹玉饰

春秋龙纹玉玦

春秋·虎形玉璜

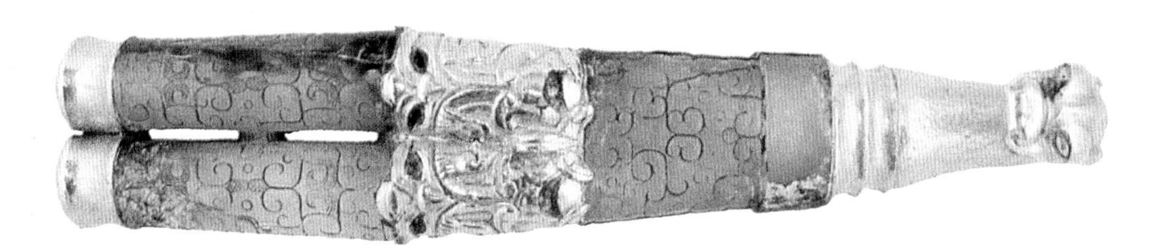

战国·金镶玉带勾

战国·镂空龙凤玉佩

西汉·人骑玉马

西汉·玉角形杯

西汉·玉龙佩附金带勾

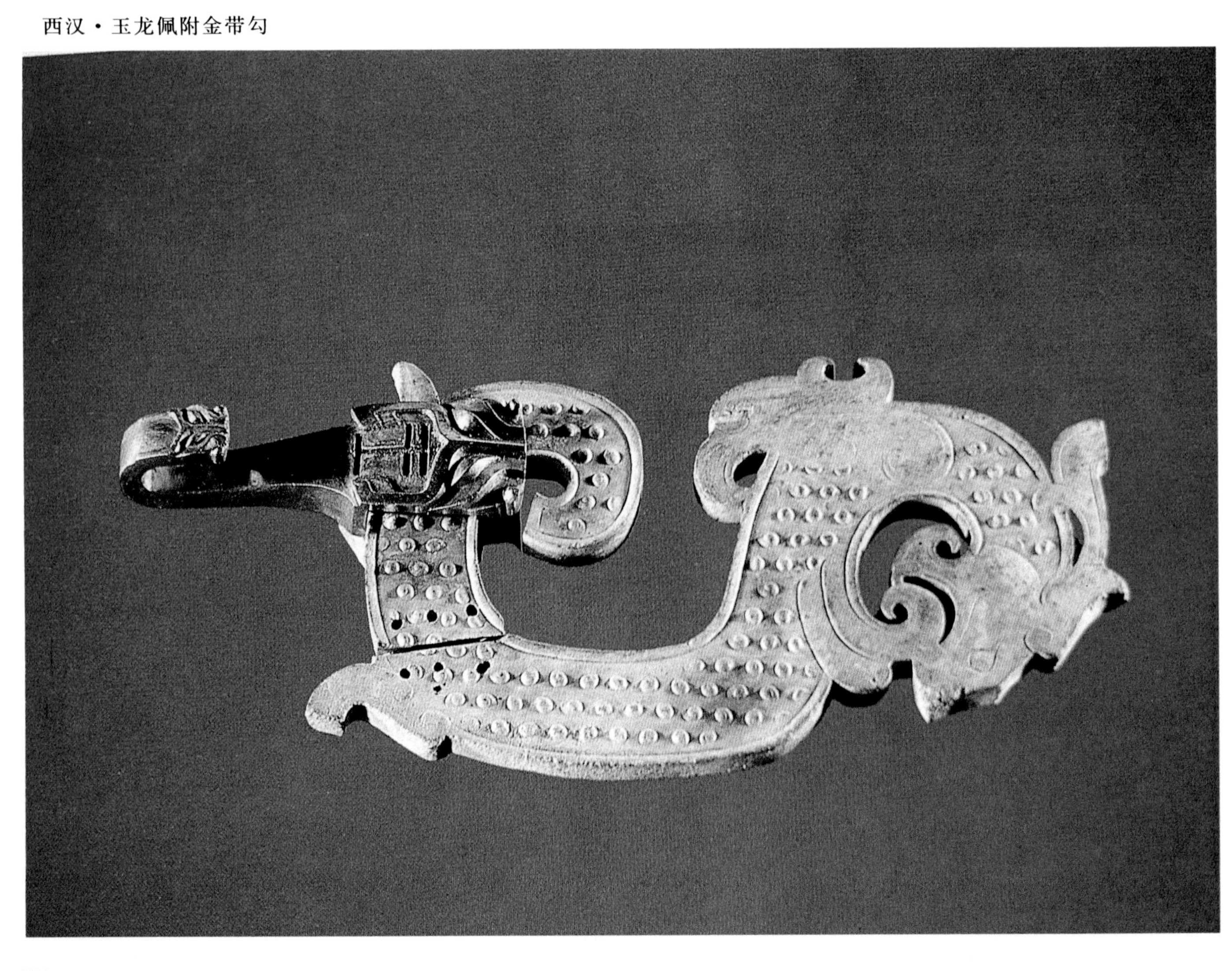

东汉·龙螭乳丁玉璧

隋·金扣玉盏

唐·玉飞天

唐·八瓣花形玉杯

唐·云形玉杯

北宋·透雕折技花玉锁

金・春水鸭戏玉饰

南宋・玉兔

元·龙纹活环玉尊

明·金镶玉碗

明·白玉角杯

明・渔夫莲荷琥珀杯

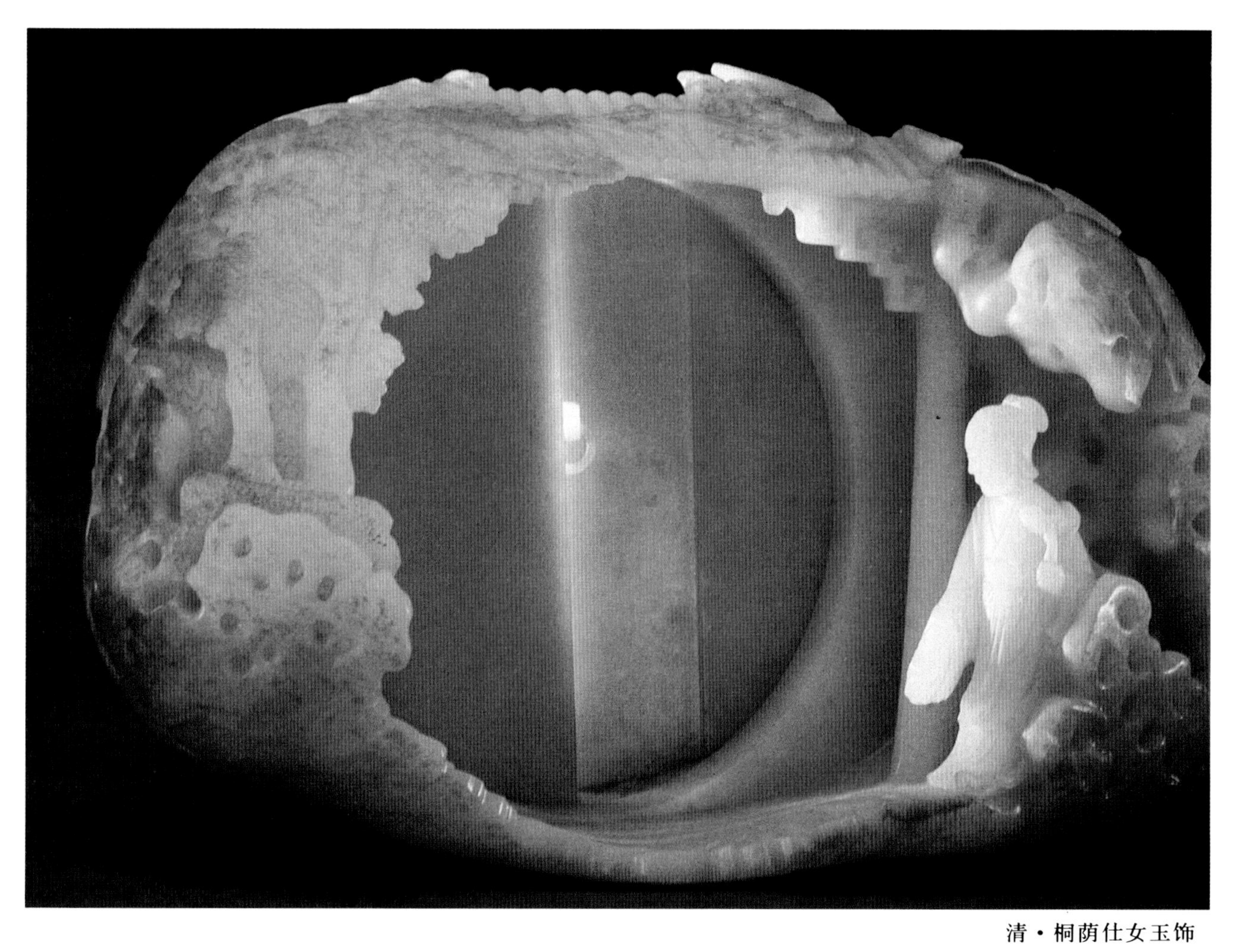

清・桐荫仕女玉饰

清·双童洗象玉饰

清·巧色玛瑙烟壶

清·仿古碧玉觥

清·玉翠盆景

清·(左)翠盖玛瑙烟壶(右)红料烟壶

清・塔形翡翠项饰串

新石器时代·玉璇玑

新石器时代·玉璜

新石器时代·玉琮

商·玉鸟

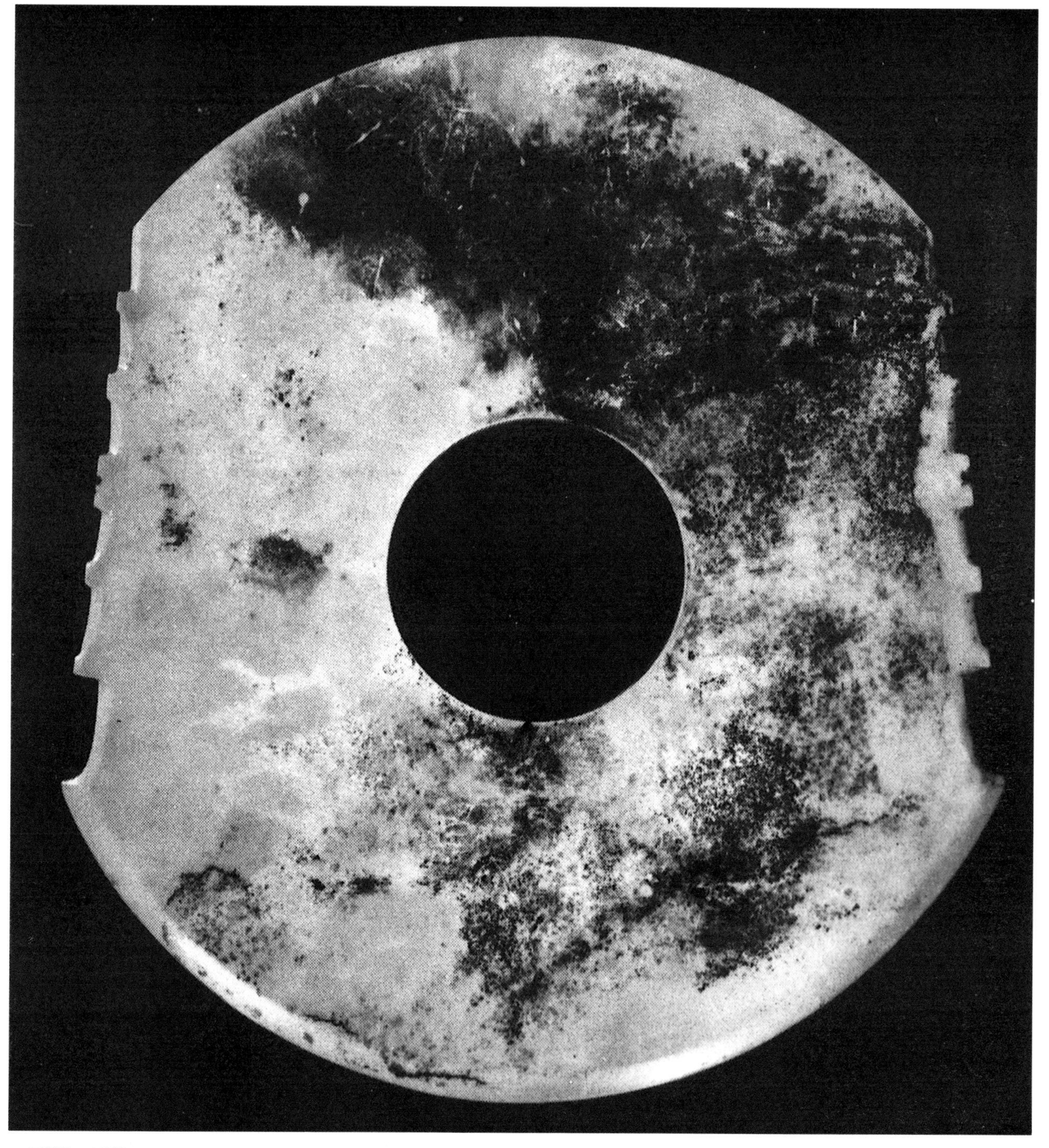

**西周·玉钺**

西周·鸟纹玉版

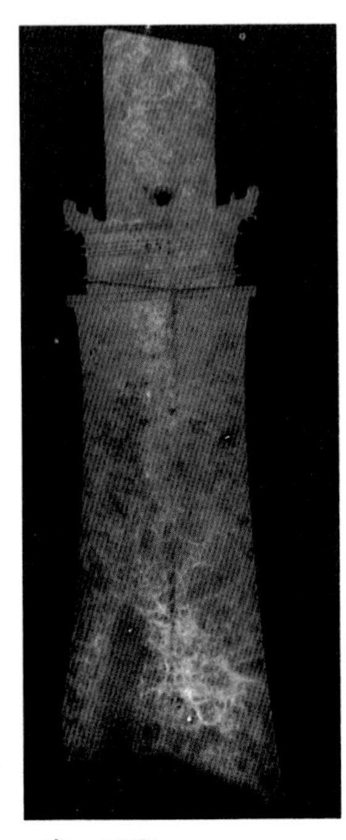
商·玉璋

春秋·玉人面

战国·玉舞人

战国·玉杯

商·玉人

战国·玉觹

战国·玉刀

战国·玉耳杯

战国·玉项饰

战国·玉圭

战国·玉剑珌

战国·玉梳

战国·玉龙佩

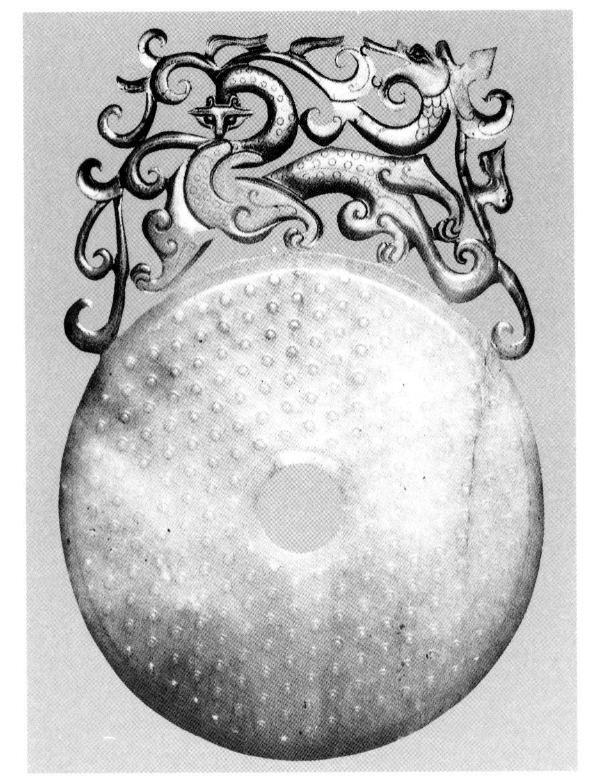

战国·玉带钩

战国·玉璧

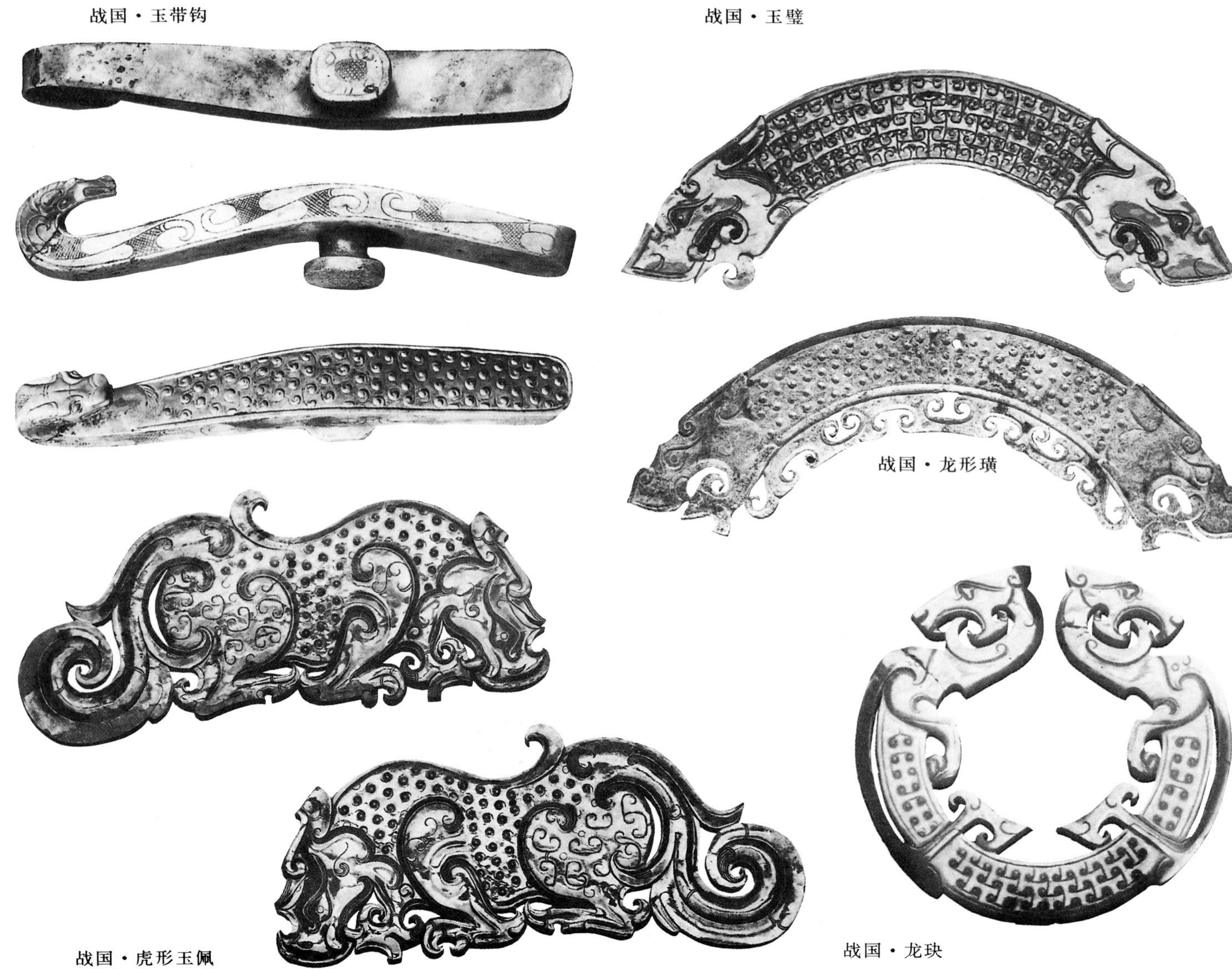

战国·龙形璜

战国·虎形玉佩

战国·龙玦

西汉·玉璧

战国·玉璧

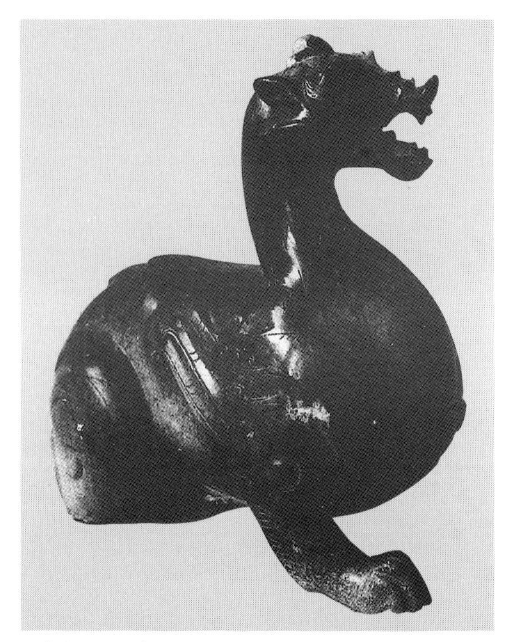

东汉·玉辟邪

唐·玉飞步摇

东汉·玉虎镇

西汉·玉天马

西晋·兽形玉镇

六朝·玉夔龙

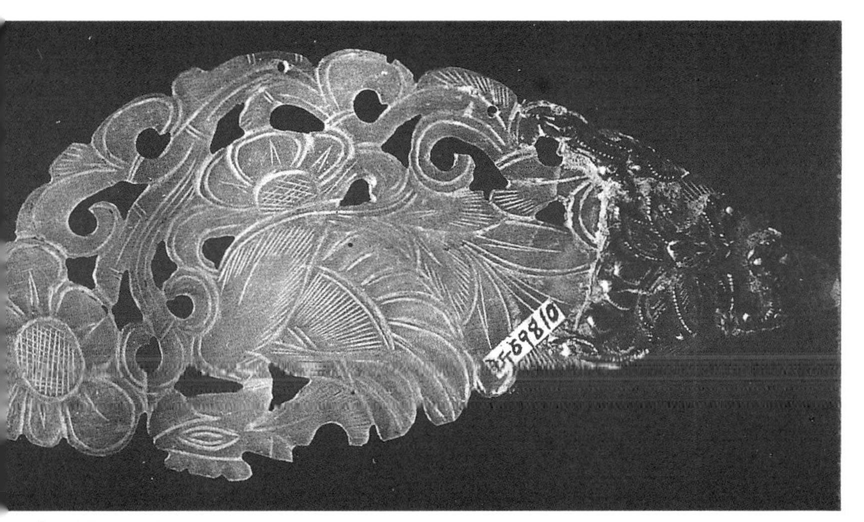

唐·丹凤玉发

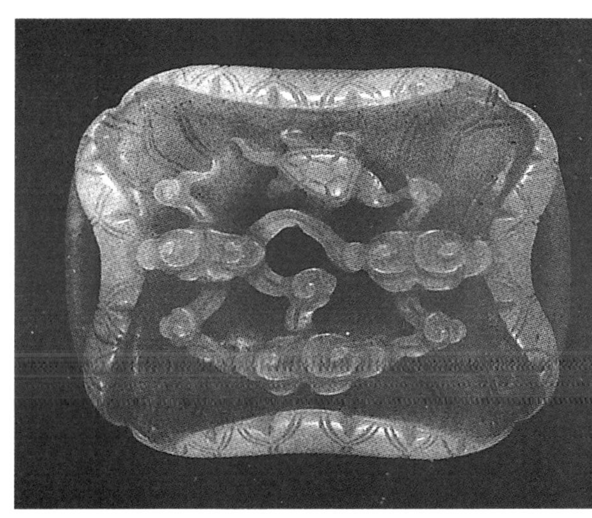

宋·玉龟荷叶

元·双螭玉盘

金·虎鹿双面玉饰

宋·仿古玉簋

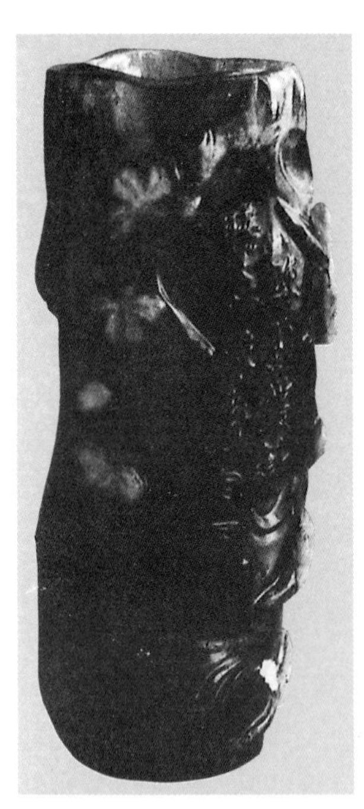
明・子冈款茶晶花插

明·玛瑙梅花杯

明・螭龙双耳玉杯

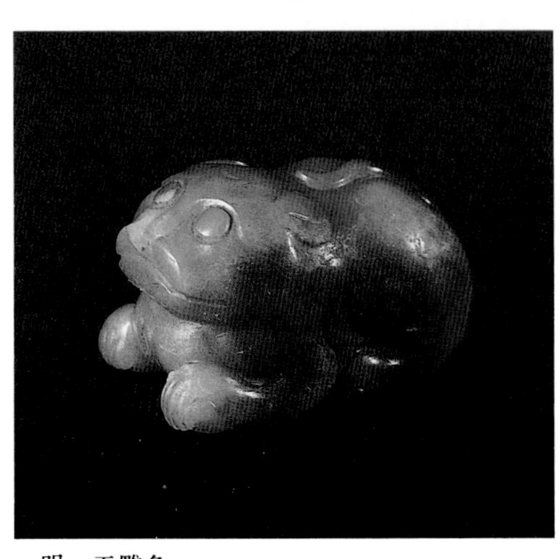
明・玉雕兔

明·九虎头玉璧

明·白玉觥

清·玉香炉

清·松竹梅双管玉花插

清・浮雕山水人物玉牌

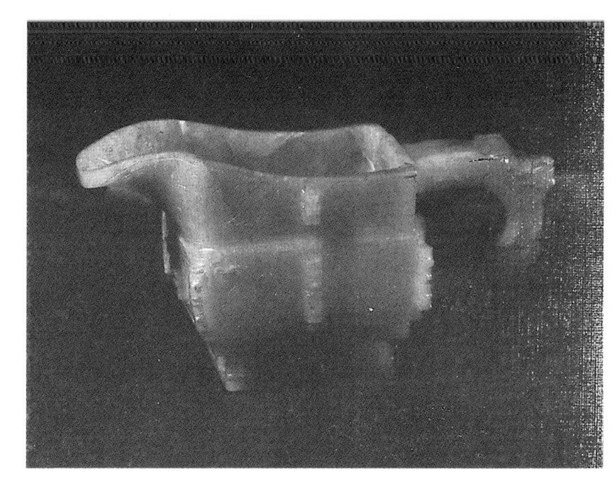

清・龙把黄玉杯

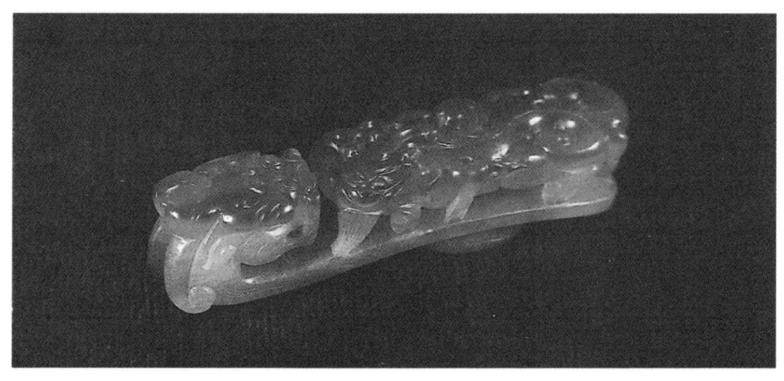

清・龙形翡翠带钩

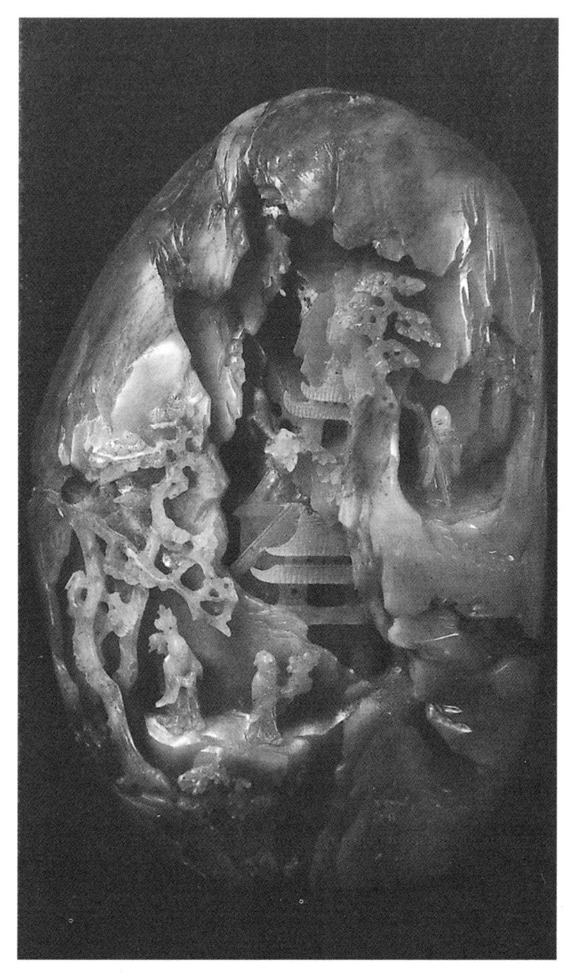

清・山水人物玉山子

清・玉辟邪

清・玉羊

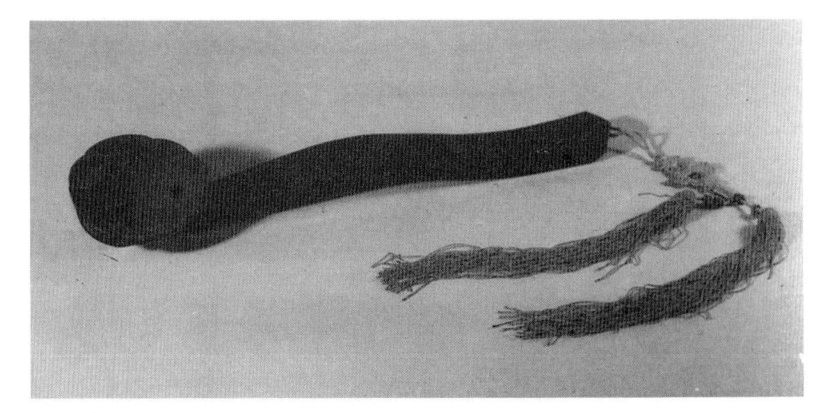

清・碧玉如意

# 古钱币

商·骨贝

西周·铜贝

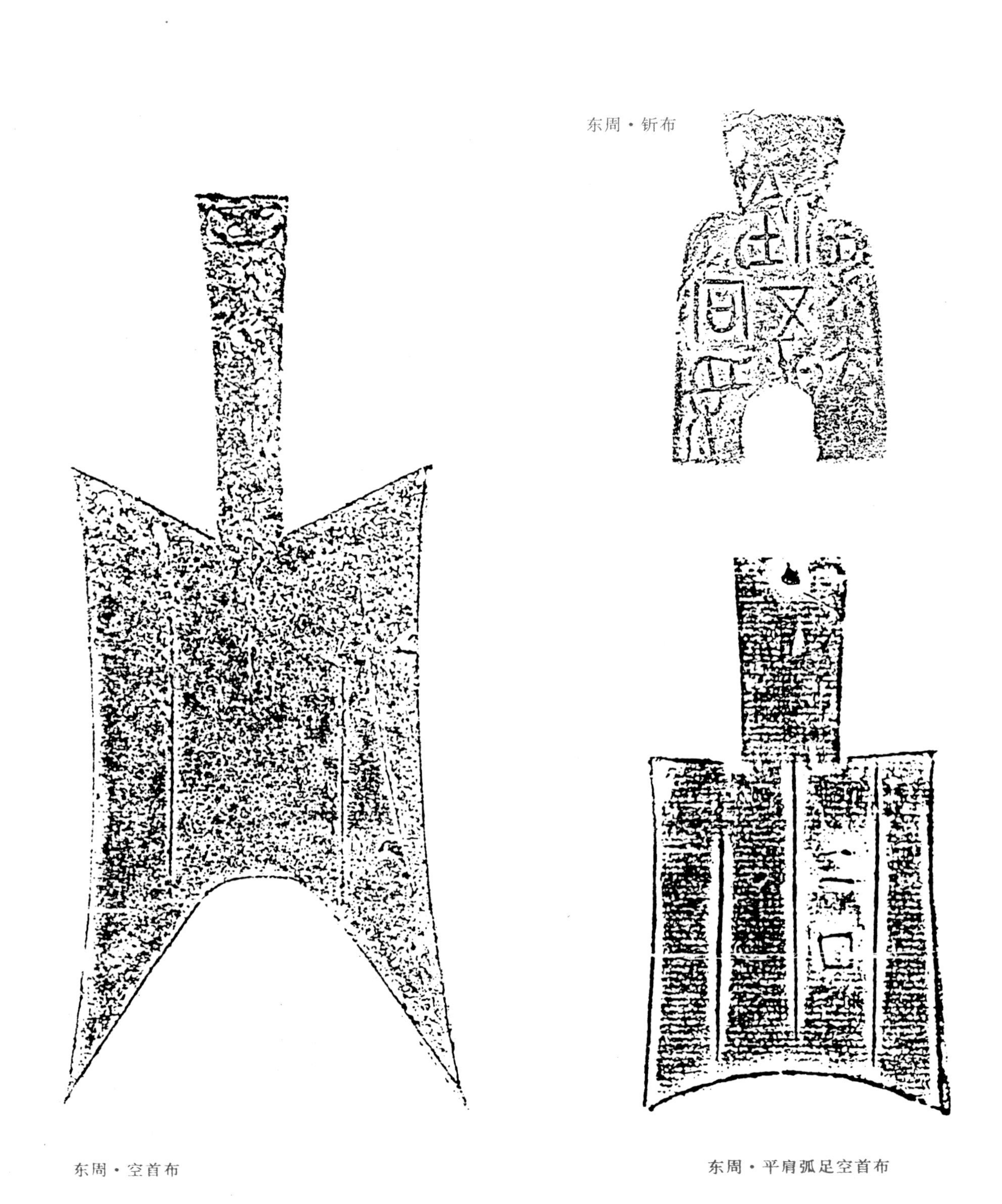

东周·钘布

东周·空首布

东周·平肩弧足空首布

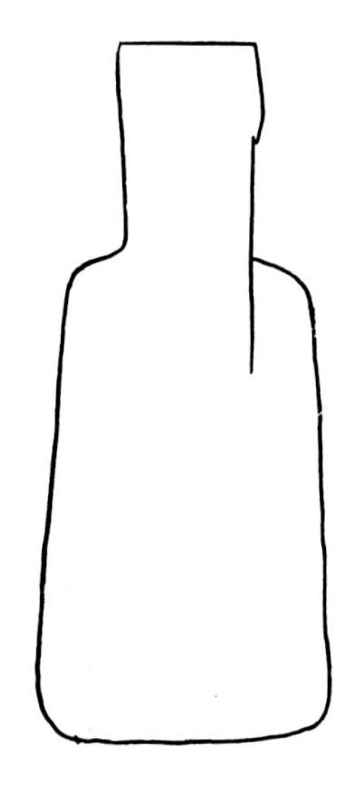

西周·铲

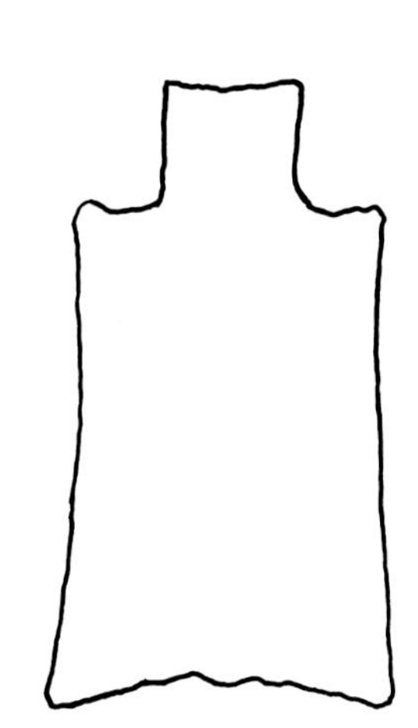

西周·镈

东周·斩布

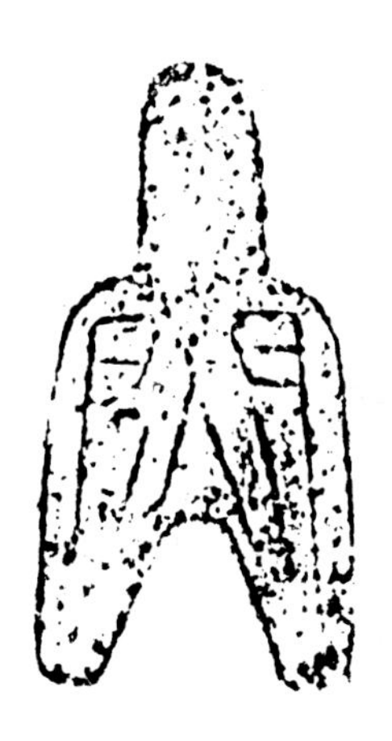

东周·圆足布

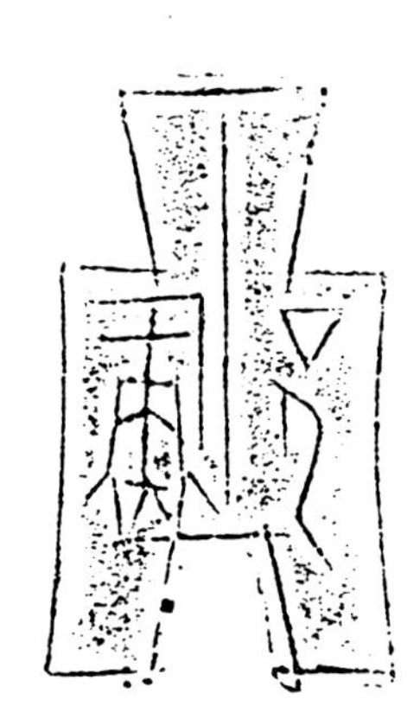

东周·方足布

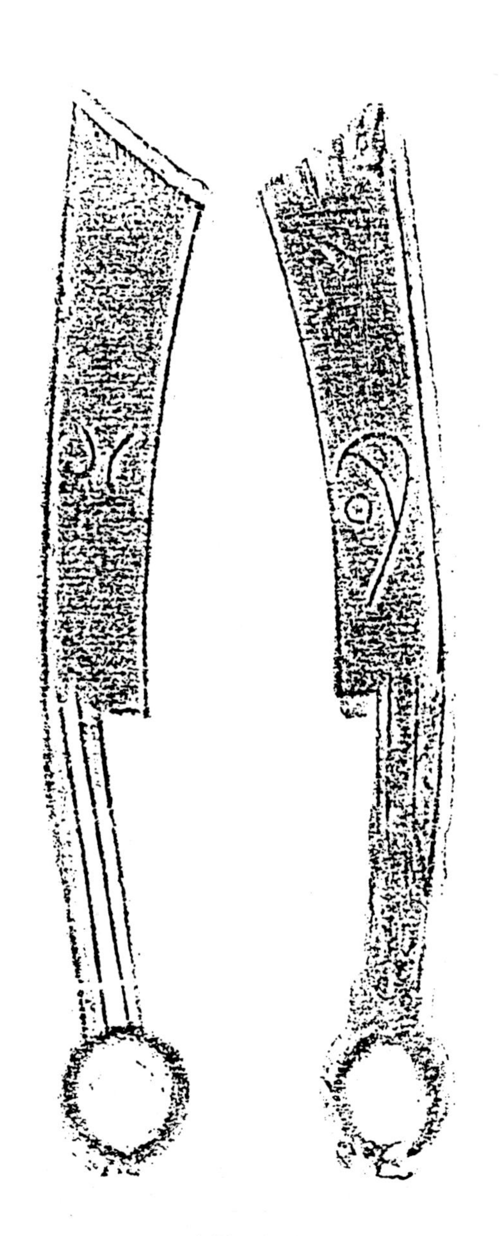

458　东周·明刀

东周·尖首刀

东周·圆首刀

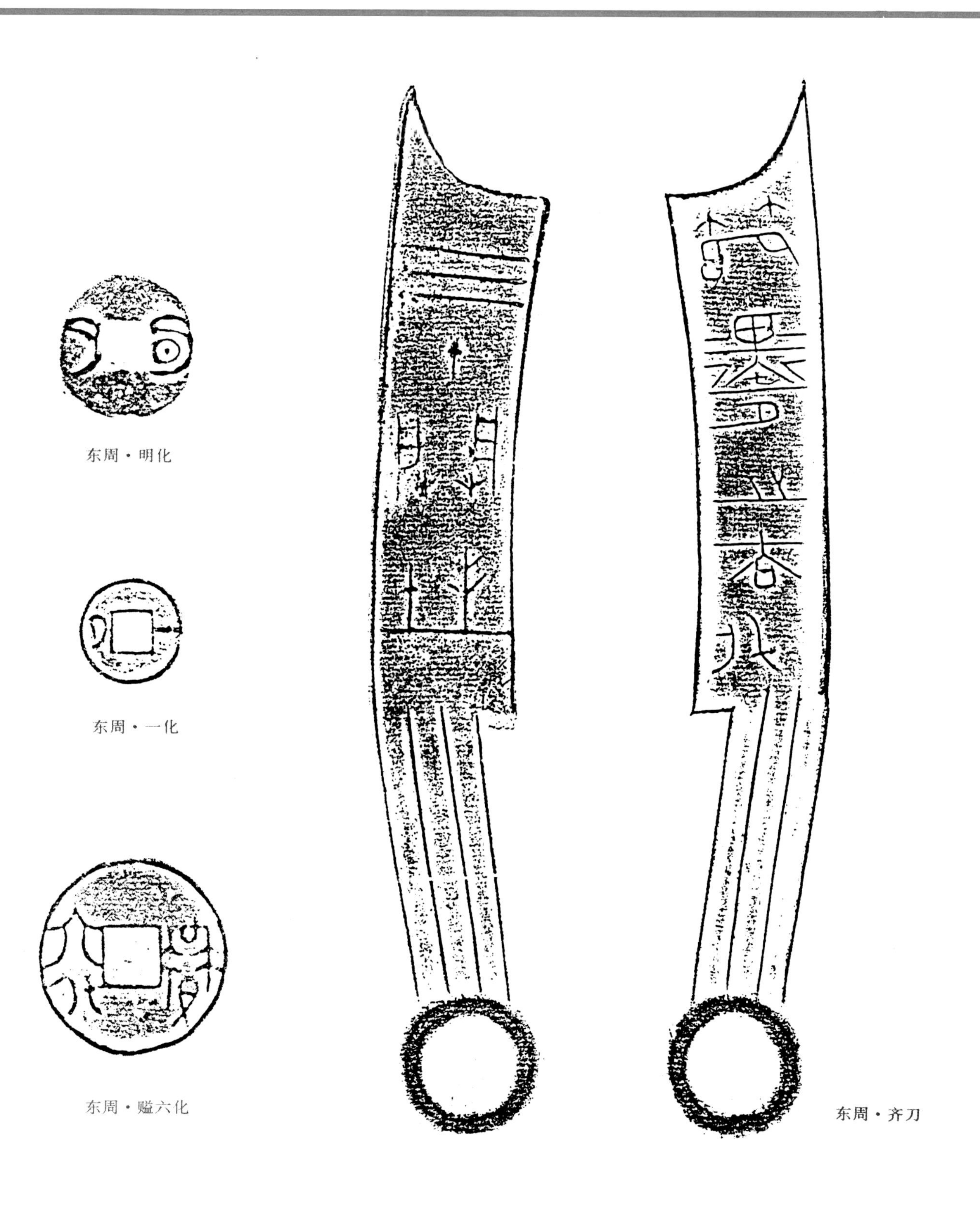
东周·明化

东周·一化

东周·賹六化

东周·齐刀

东周·圜钱

东周·半两

汉·四铢半两

东周·圜钱

东周·郢爯

秦·半两

汉·半两荚钱

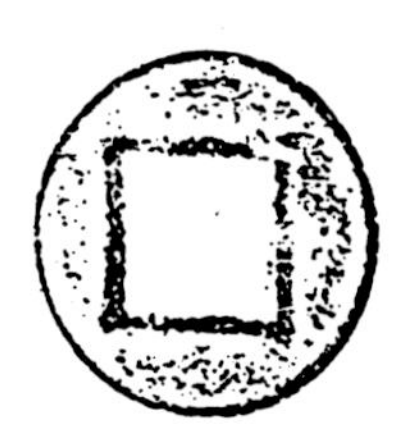

汉·传形五铢

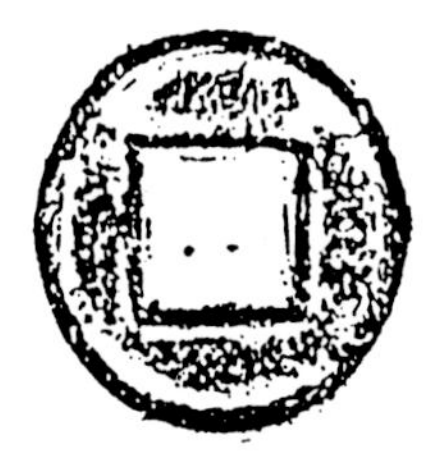

汉·郡国五铢

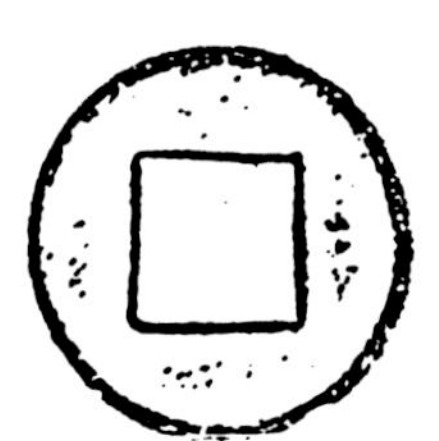

汉·赤仄五铢

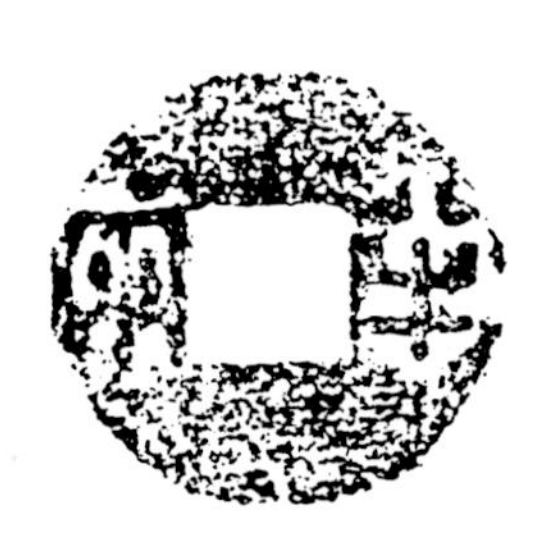

汉·八铢半两

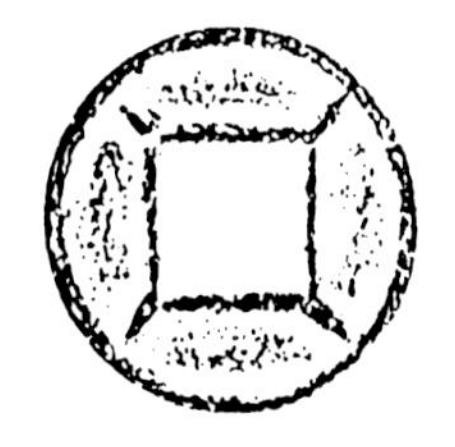

汉·背四出五铢

新莽·大泉五十

新莽·大布黄千

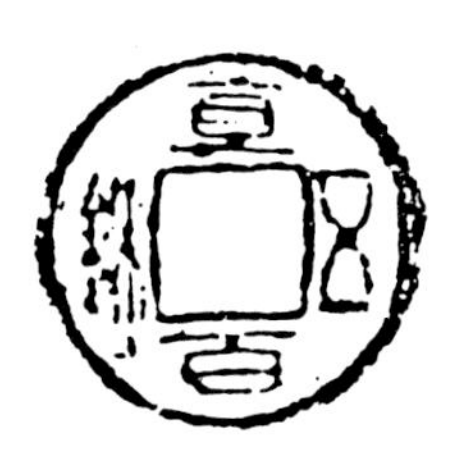

孙吴·直五百铢

新莽·布泉

新莽·货泉

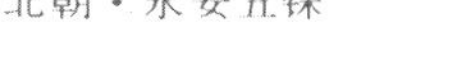

南北朝·永安五铢

南北朝·永通万国

南北朝·太和五铢

新莽·金错刀

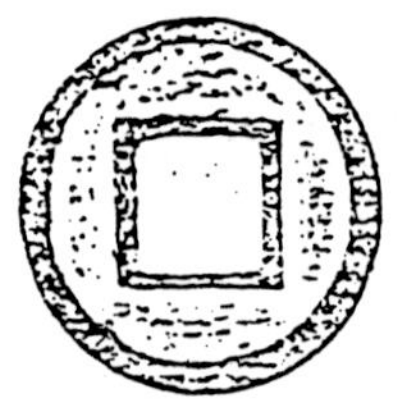

隋・开皇五铢

隋・五铢白钱

唐・开元通宝

唐・乾元重宝

唐・开元通宝

唐・得壹元宝

唐・顺天元宝

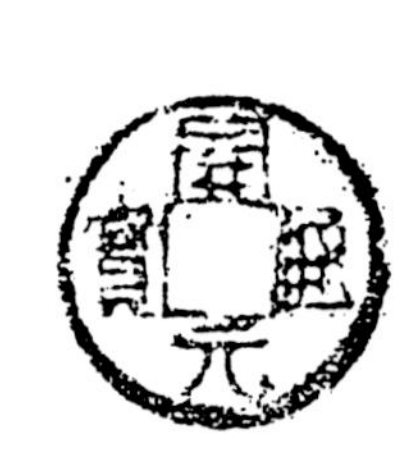

唐・开元通宝

宋・淳化元宝

宋・天禧通宝

五代・乾封泉宝

宋・元符通宝

宋·景德元宝

宋·明道元宝

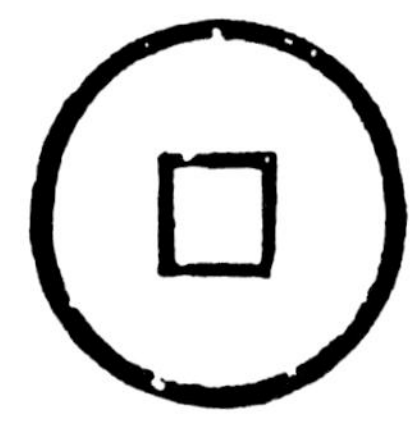

宋·大观通宝

宋·元丰通宝

宋·元祐通宝

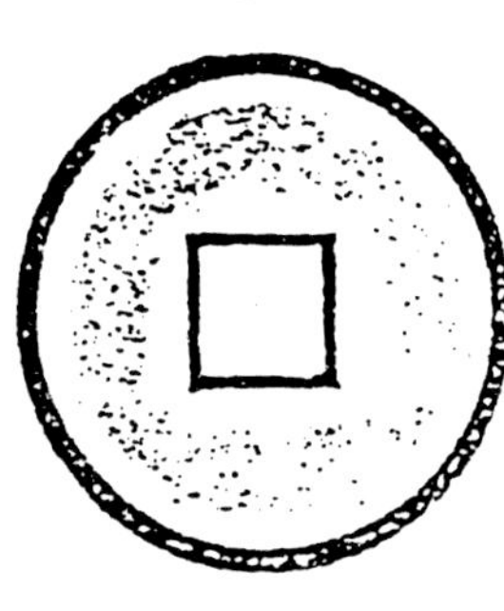

宋·崇宁通宝

宋·圣宋元宝

宋·宣和通宝

宋·建炎通宝

宋·崇宁重宝

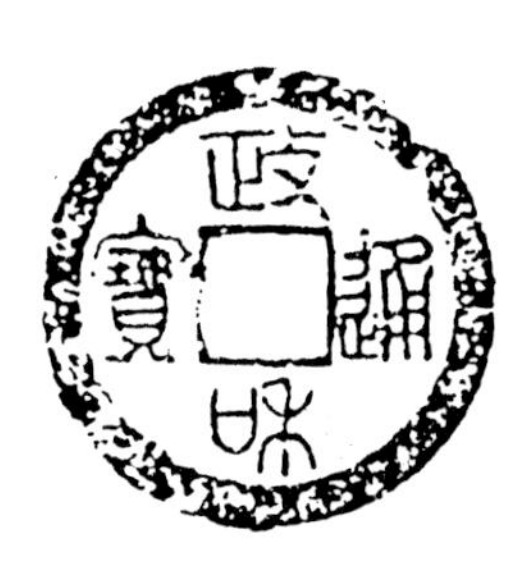

宋·政和通宝

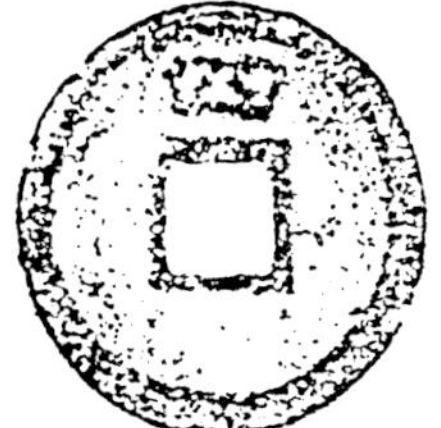

宋·绍定通宝

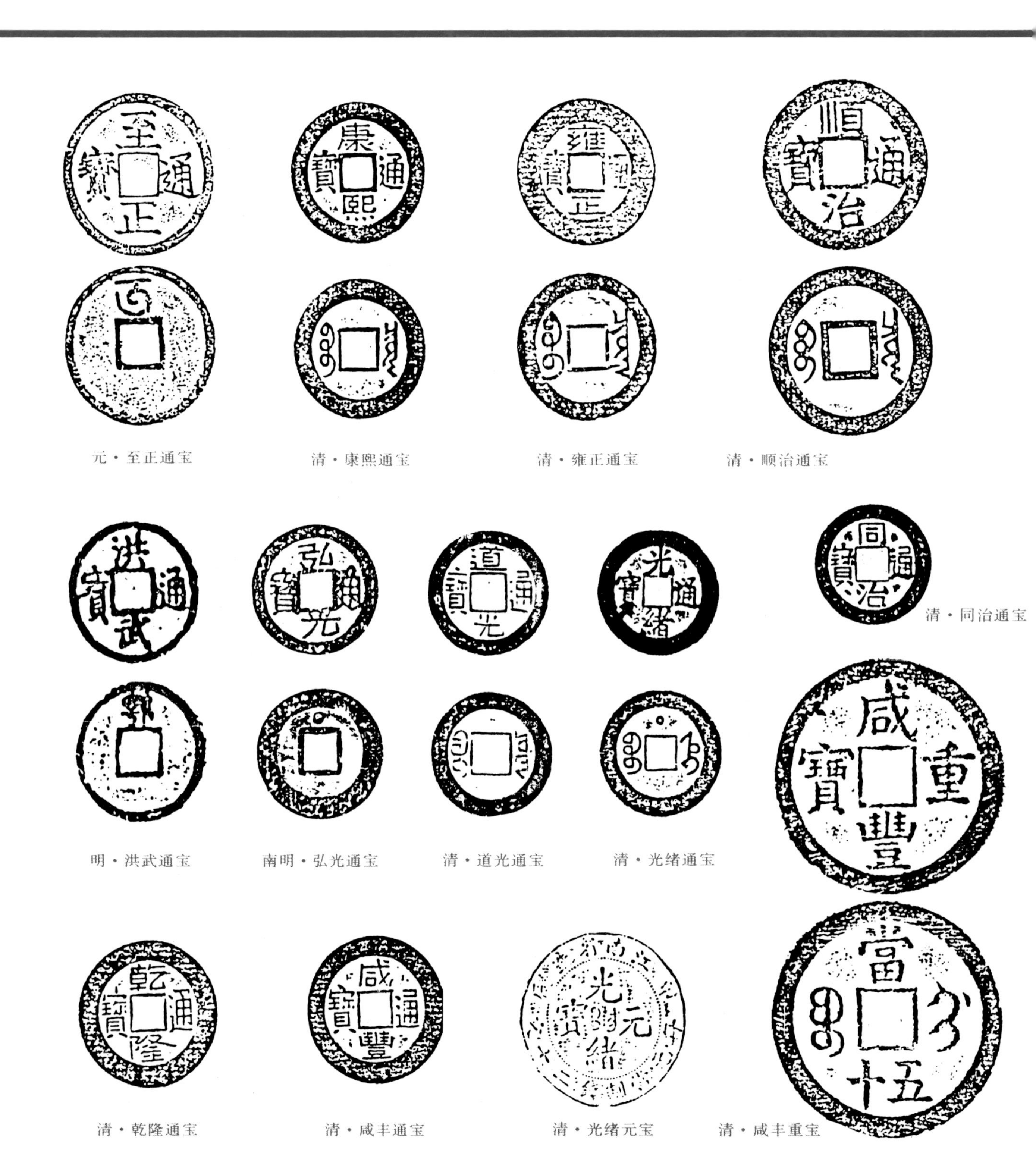

元·至正通宝　清·康熙通宝　清·雍正通宝　清·顺治通宝

清·同治通宝

明·洪武通宝　南明·弘光通宝　清·道光通宝　清·光绪通宝

清·乾隆通宝　清·咸丰通宝　清·光绪元宝　清·咸丰重宝

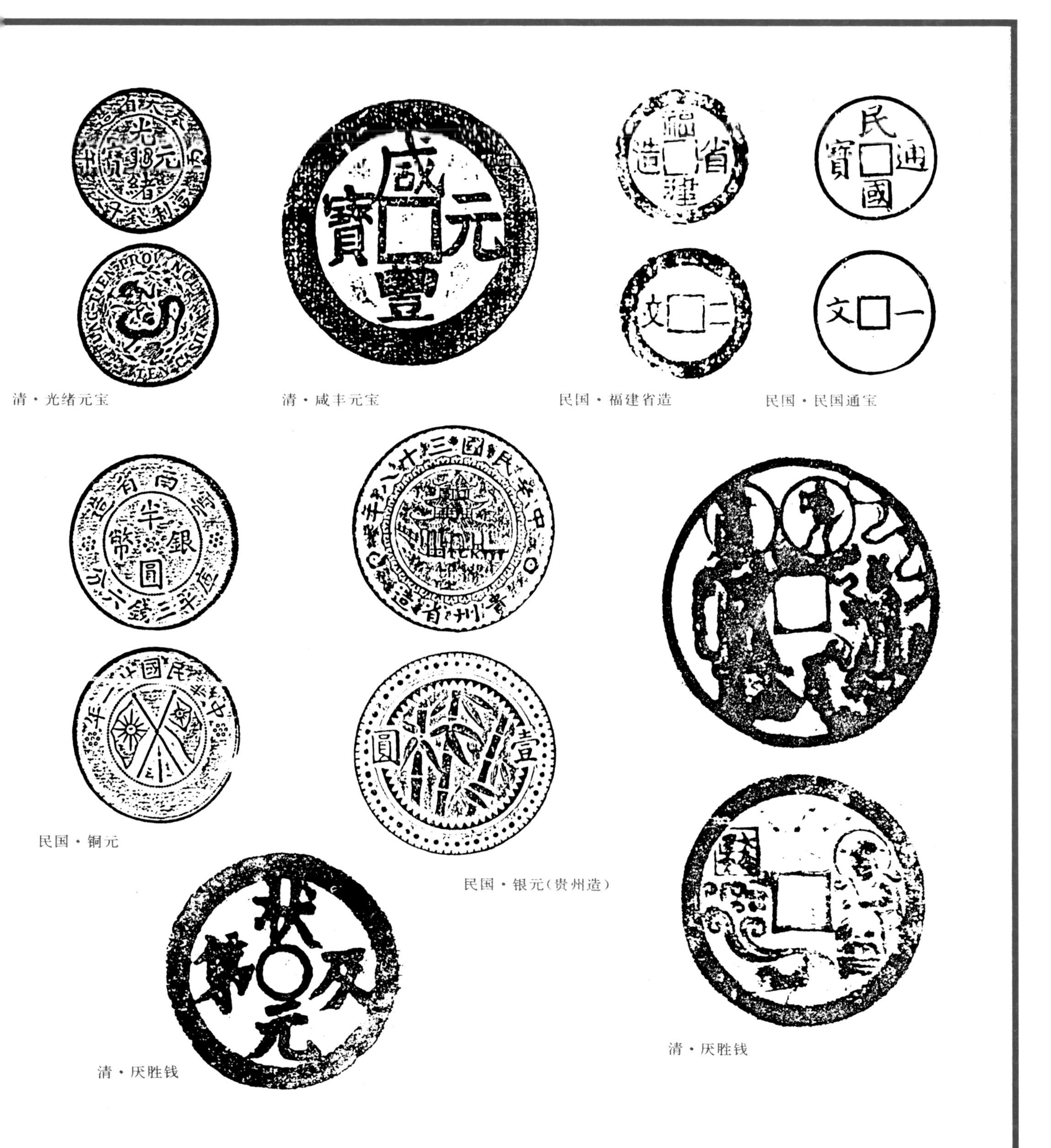

清・光绪元宝

清・咸丰元宝

民国・福建省造

民国・民国通宝

民国・铜元

民国・银元(贵州造)

清・厌胜钱

清・厌胜钱

新莽·契刀五百石范

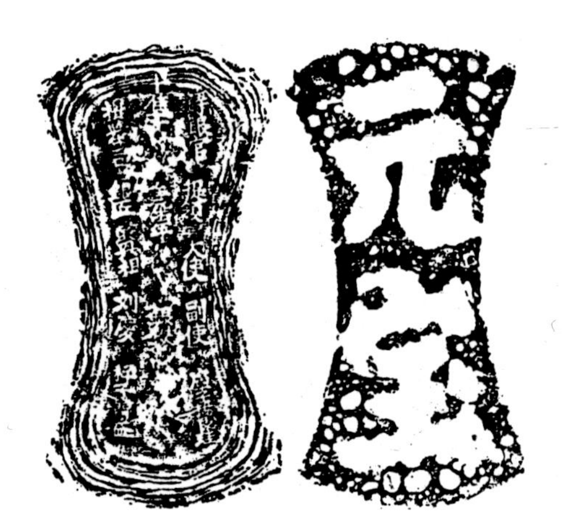

元·至元十四年元宝(拓片)

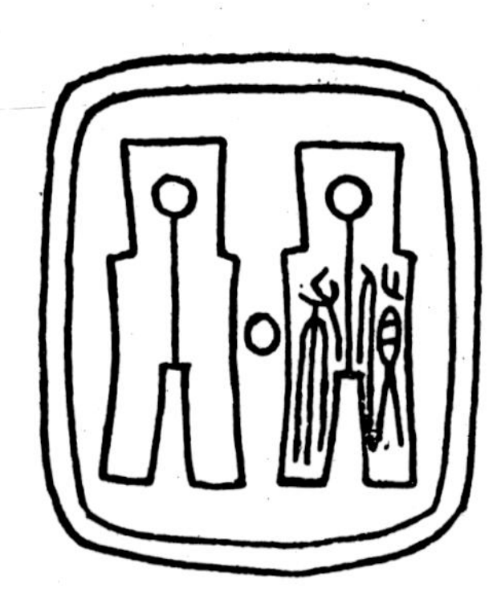

新莽·货布铜模

清·光绪十年吉林机器局"厂平壹两"

清·道光年铸银元(老公饼)

清·大清银行兑换券

# 古籍版本

陀罗尼经咒　唐成都府卞家刻本

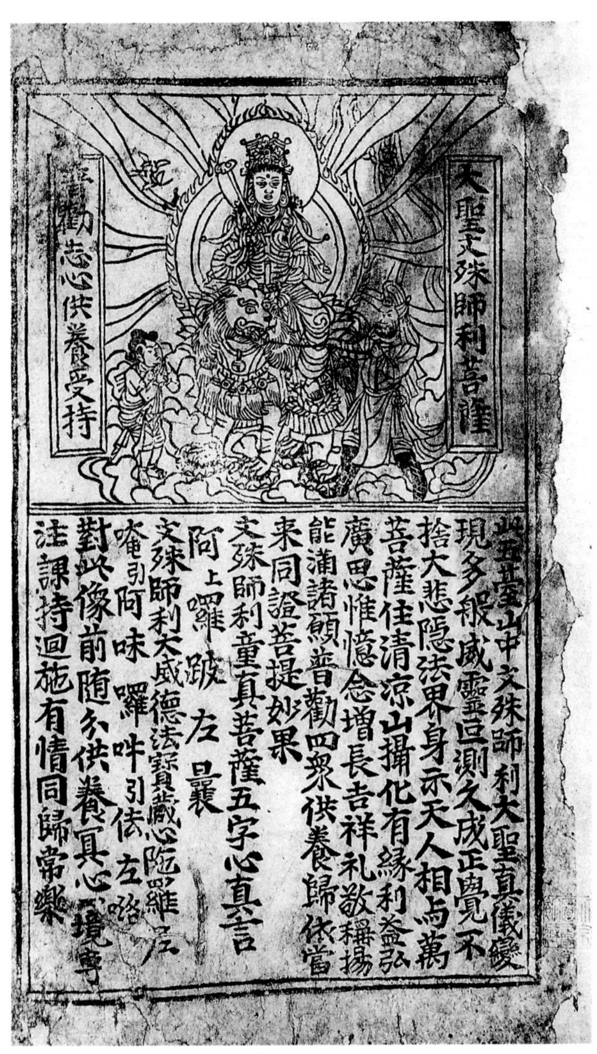


文殊师利菩萨像　五代刻本

文紀第四　班固　漢書四

祕書監上護軍琅邪縣開國子顔師古注

孝文皇帝 荀悅曰諱恒之字曰常應劭曰謚法慈惠愛人曰文 高祖中子也母曰薄姬 如淳曰姬音怡衆妾之總稱漢官儀曰姬妾數百外戚傳亦曰幸姬戚夫人臣瓚曰漢秩祿令及茂陵書姬並內官也秩比二千石位次婕妤下在八子上師古曰姬者本周之姓貴於衆國之女所以婦人美號皆稱姬焉故左氏傳曰雖有姬姜無棄蕉萃妾亦大國女後因總謂衆妾爲姬史記云高祖居山東時好美姬是也若姬是官號不應云幸姬戚夫人且外戚傳備列后妃諸官無姬職也如云衆妾總稱則近之不當音怡宜依字讀耳瓚說謬也 高祖十一年誅陳豨定代地立子恒爲代王都中都十七年秋高后崩 張晏曰代王之十七年也 諸呂謀爲亂欲危劉氏丞相陳平太尉周勃朱虛侯劉章等共誅之謀立代王語在高后紀高五王傳大

北宋刻递修本

文選卷第三十　梁昭明太子撰　五臣注

碑文下

王簡棲頭陀寺碑文一首

沈休文齊安陸昭王碑文一首

墓誌

任彥升劉先生夫人墓誌一首

行狀

任彥升齊竟陵文宣王行狀一首

弔文

賈誼弔屈原文一首

陸士衡弔魏武帝文一首

祭文

謝惠連祭古冢文一首

顔延之祭屈原文一首

王僧達祭顔光祿文一首

頭陀寺碑文一首

王簡棲 濟曰姓氏英賢錄云王巾字簡棲琅邪臨沂人也齊朝起家郢州從事後爲輔國錄事參軍

蓋聞挹朝夕之池者無以測其淺深仰蒼蒼之色者不足知其遠近 翰曰挹酌也朝夕池海也蒼蒼者天也 況視聽之外若存若亡心行之表不生不滅者哉 向曰無所故若存若亡心

宋杭州开纸马铺钟家刻本

文粹卷第六　古賦己　總十首　吳興姚鉉纂

名山 華山賦 楊敬之　霍山賦 皮日休

花卉草木 牡丹賦 舒元輿　長樂花賦 蘇頲

桃花賦 皮日休　秋蓮賦 宋之問

荔枝賦 張九齡　瑞橘賦 李德裕

伐櫻桃樹賦 蕭穎士　杞菊賦 陸龜蒙

華山賦　楊敬之

嶽之初成二儀氣凝其關小積焉爲丘大積焉爲山山之大者爲嶽其數五余尸其一焉嶽之尊燭日月居乾坤諸山並馳附麗其根渾渾河流從南而來自北而奔姑射九峻荊巫梁岷道之云遠兮徒邐而賓嶽之形物類不可階其上無齊其傍無依與之千仞不爲榮抑之千仞不爲卑天雨初霽三峯相差虹蜺出其中來飲河渭特立無朋似乎賢人守位北面而爲臣望之如雲就之如天仰不見其巔肅肅阿芊芊蟠五百里當諸侯田嶽之作鬼神反覆蛟龍不敢伏

宋绍兴九年临安府刻本

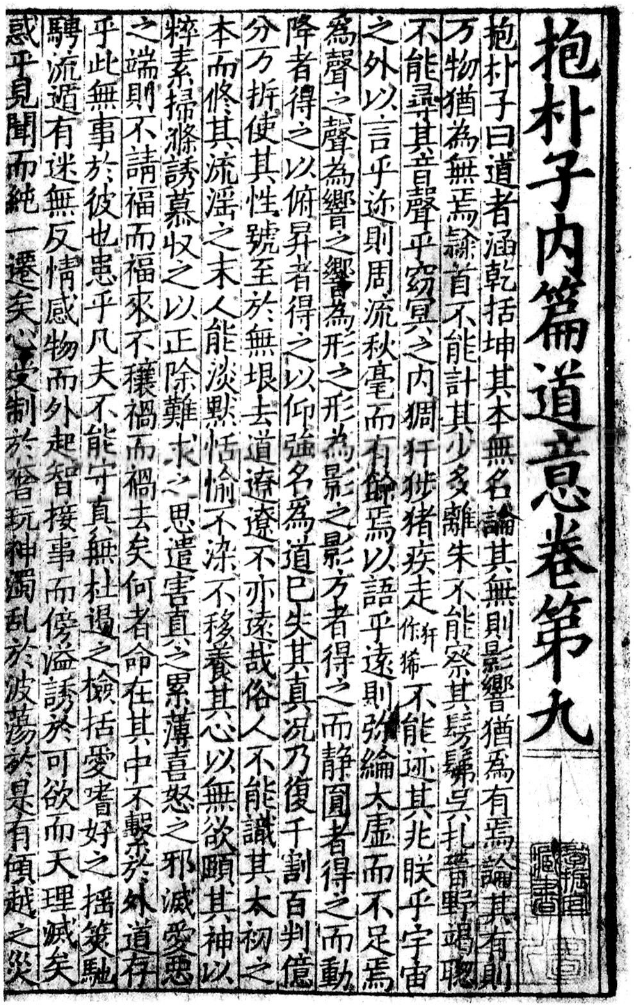

抱朴子内篇道意卷第九

抱朴子曰道者涵乾括坤其本無名論其無則影響猶為有焉論其有則万物猶為無焉隸首不能計其多少離朱不能察其髣髴吳札晉野竭聰不能尋其音聲乎窈冥之内猗狟疾走作犴猗不能迹其兆眹乎宇宙之外以言乎迩則周流秋毫而有餘焉以語乎遠則弥綸大虚而不足焉為聲之聲為響之響為形之形為影之影方者得之而静圓者得之而動降者得之以俯昇者得之以仰强名為道已失其真況乃復千割百判億分万析使其姓號至於無垠去道遼遼不亦遠哉俗人不能識其太初之本而脩其流濫之末人能淡默恬愉不染不移養其心以無欲頤其神以粹素掃滌誘慕收之以正除難求之思遣害真之累薄喜怒之邪滅愛惡之端則不請福而福來不禳禍而禍去矣何者命在其中不繫於外道存乎此無事於彼也患乎凡夫不能守真無杜遏之檢括愛嗜好之摇奪馳騁流遁有迷無反情感物而外起智接事而傍溢誘於可欲而天理滅矣惑乎見聞而純一遷矣心受制於奢玩神濁乱於波蕩於是有傾越之災

宋绍兴二十二年临安府荣六郎刻本

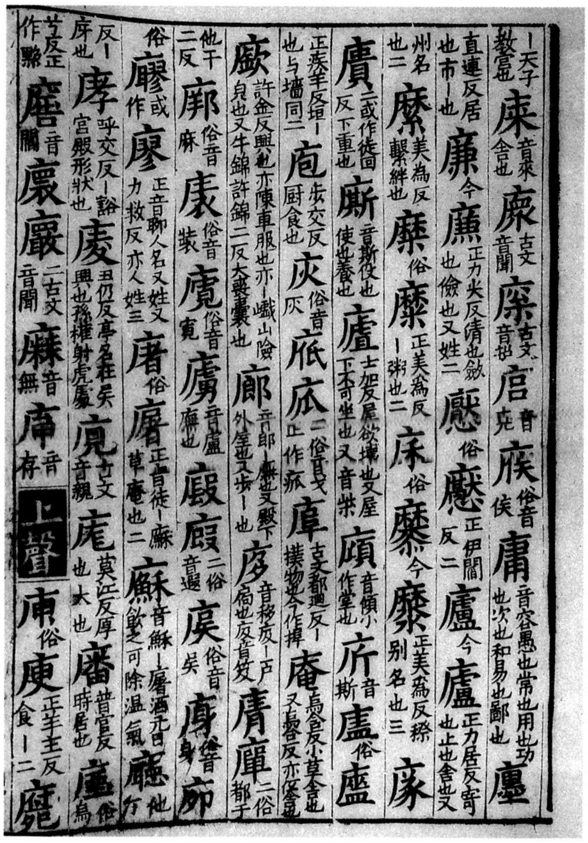

龙龛手鉴　宋刻本

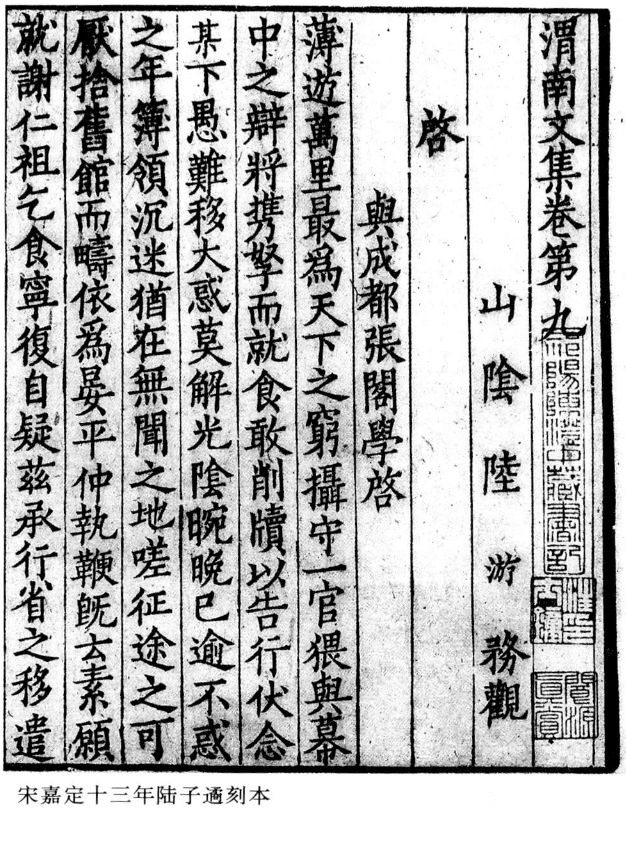

渭南文集卷第九

山陰陸游務觀

啓

與成都張閣學啓

薄遊萬里最爲天下之窮攝守一官猥與幕中之辯將携孥而就食敢削牘以告行伏念某下愚難移大惑莫解光陰晼晚已逾不惑之年簿領沉迷猶在無聞之地嗟征途之可厭捨舊館而疇依爲晏平仲執鞭既乏素願就謝仁祖乞食寧復自疑茲承行省之移遣

宋嘉定十三年陆子遹刻本

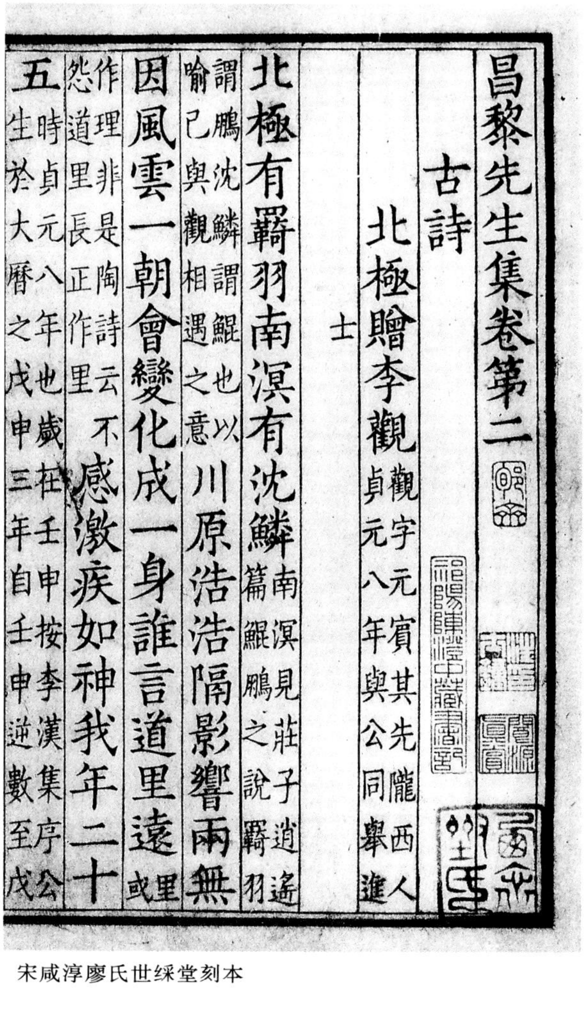

昌黎先生集卷第二

古詩

北極贈李觀 觀字元賓其先隴西人貞元八年與公同舉進士

北極有羇羽南溟有沈鱗 南溟見莊子逍遥篇鯤鵬之說羇羽謂鵬沈鱗謂鯤也以喻己與觀相遇之意 川原浩浩隔影響兩無因風雲一朝會變化成一身誰言道里遠 里或作理非是陶詩云不怨道里長正作里 感激疾如神我年二十五 時貞元八年也歲在壬申按李漢集序公生於大曆之戊申三年自壬申逆數至戊

宋咸淳廖氏世綵堂刻本

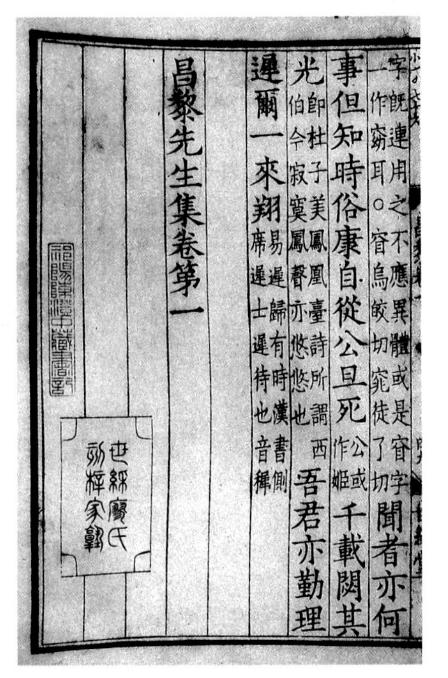

闚者亦何
事但知時俗康自從公旦死 千載闃其
吾君亦勤理
遲爾一來翔
昌黎先生集卷第一

世綵廖氏刻梓家塾

宋咸淳廖氏世綵堂刻本

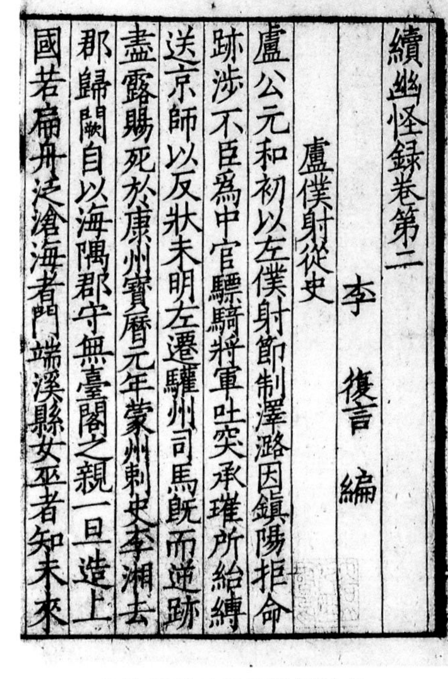

續幽怪録卷第二 李復言編
盧僕射從史
盧公元和初以左僕射節制澤潞因鎮陽拒命
跡涉不臣爲中官驃騎將軍吐突承璀所紿縛
送京師以反狀未明左遷驩州司馬既而逆跡
盡露賜死於康州實曆元年蒙州刺史李湘去
郡歸闕自以海隅郡守無臺閣之親一旦造上
國若扁舟泛滄海者門端溪縣女巫者知未來

宋临安府尹家书籍铺刻本

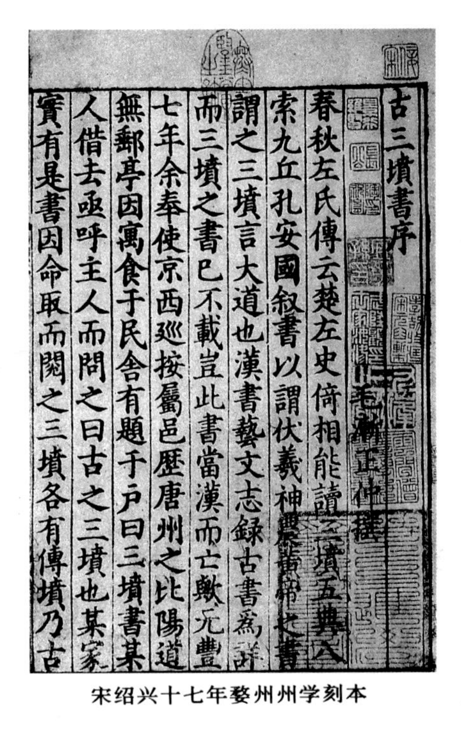

古三墳書序
春秋左氏傳云楚左史倚相能讀三墳五典八
索九丘孔安國叙書以謂伏羲神農黃帝之書
謂之三墳言大道也漢書藝文志録古書爲詳
而三墳之書已不載豈此書當漢而亡歟元豐
七年余奉使京西廵按屬邑歷唐州之比陽道
無郵亭因寓食于民舍有題于户曰三墳書某
人借去亟呼主人而問之曰古之三墳也某家
實有是書因命取而閲之三墳各有傳墳乃古

宋绍兴十七年婺州州学刻本

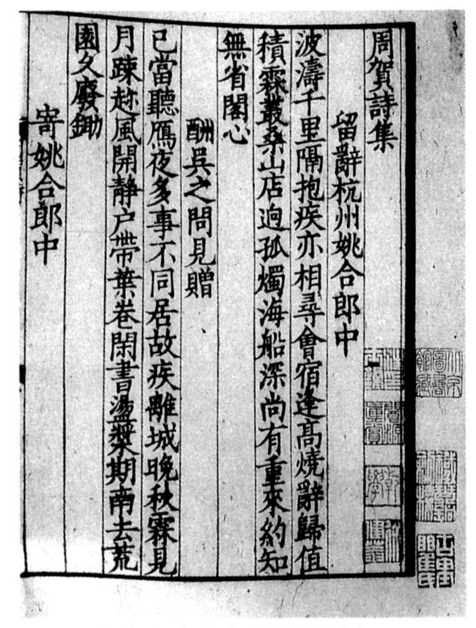

周賀詩集
留辭杭州姚合郎中
波濤千里隔抱疾亦相尋會宿逢高燒辭歸值
積霖叢桑山店迥孤燭海船深尚有重來約知
無省閣心
酬吳之問見贈
已當聽鴈夜多事不同居故疾離城晚秋霖見
月疎越風開静户帶葉卷閑書湯藥期南去荒
園久廢鋤
寄姚合郎中

宋临安府陈宅书籍铺刻本

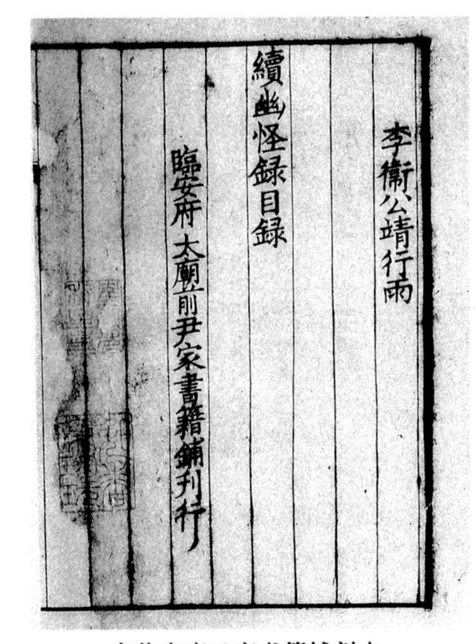

李衛公靖行雨
續幽怪録目録
臨安府太廟前尹家書籍鋪刊行

宋临安府尹家书籍铺刻本

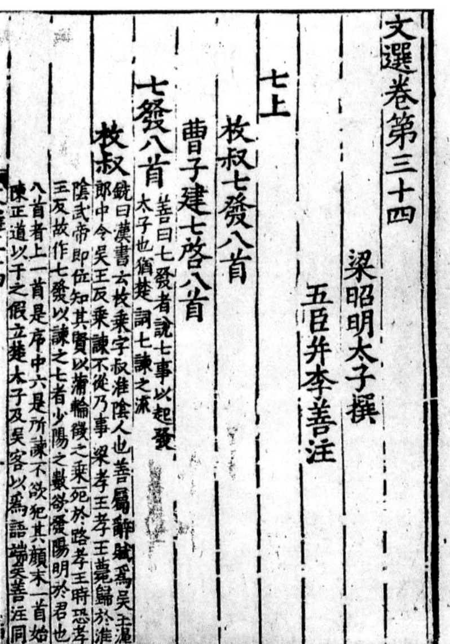

文選卷第三十四
梁昭明太子撰
五臣并李善注
七上
枚叔七發八首
曹子建七啓八首
七發八首
枚叔

宋绍兴明州刻递修本

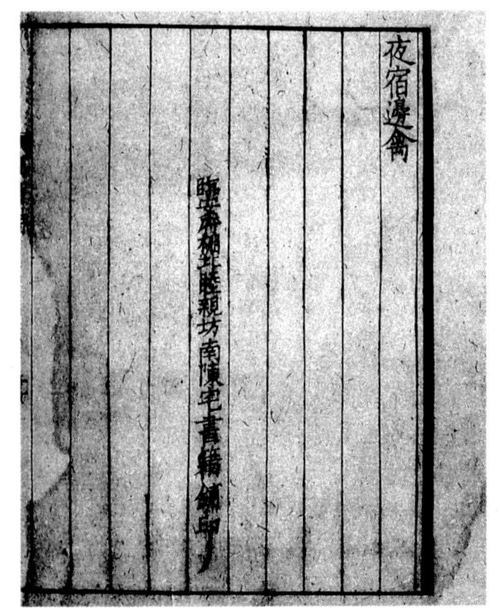

夜宿邊禽
臨安府棚北睦親坊南陳宅書籍鋪印

宋临安府陈宅书籍铺刻本

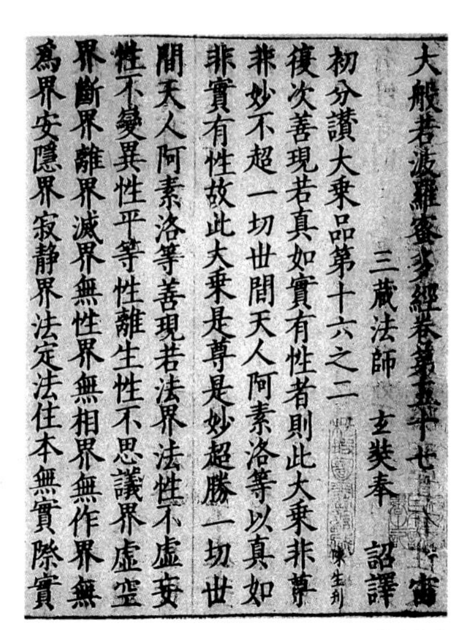

大般若波羅蜜多經卷第五百七十
三藏法師玄奘奉詔譯
初分讚大乘品第十六之二
復次善現若真如實有性者則此大乘非尊
非妙不超一切世間天人阿素洛等以真如
非實有性故此大乘是尊是妙超勝一切世
間天人阿素洛等善現若法界法性不虛妄
性不變異性平等性離生性不思議界虛空
界斷界離界滅界無性界無相界無作界無
爲界安隱界寂静界法定法住本無實際實

磧砂藏　宋平江府磧砂延圣院募刻本

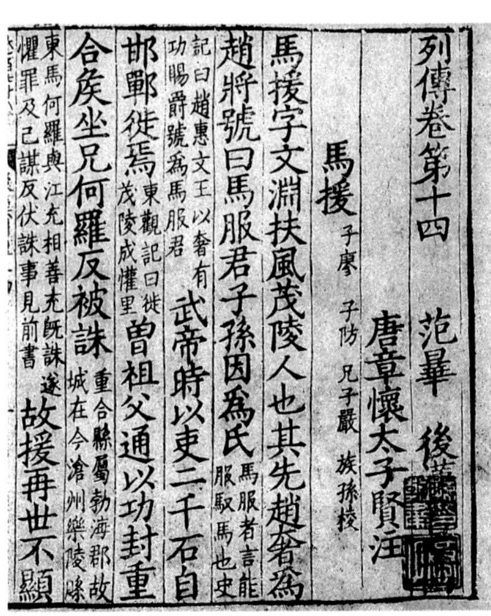

列傳卷第十四 范曄 後漢書
唐章懷太子賢注
馬援 子廖 子防 兄子嚴 族孫稜
馬援字文淵扶風茂陵人也其先趙奢爲
趙將號曰馬服君子孫因爲氏馬服君者言能服馭馬也史記曰趙惠文王以奢有功賜爵號爲馬服君武帝時以吏二千石自
邯鄲徙焉東觀記曰徙茂陵成懽里曾祖父通以功封重
合矦重合縣屬勃海郡故城在今滄州樂陵縣東坐兄何羅反被誅馬何羅與江充相善充既誅遂懼罪及己謀反伏誅事見前書故援再世不顯

宋绍兴淮南路转运司刻宋之递修本

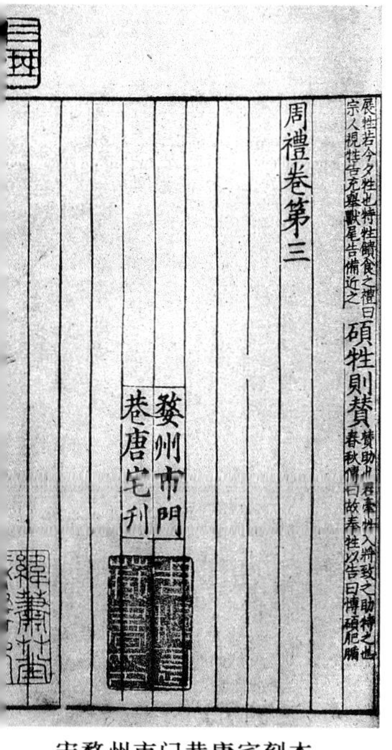

周禮卷第三

碩牲則贊

婺州市門巷唐宅刊

宋婺州市门巷唐宅刻本

曾南豐先生文粹卷第三

序

李白詩集後序

李白詩集二十卷舊七百若干篇今九百若干篇者知制誥常山宋敏求次道之所廣也次道既以類廣白詩自爲序而未考次其作之先後余得其書乃考其先後而次第之蓋白蜀郡人初隱岷山出居襄漢之間南游江淮至楚觀雲夢雲夢許氏者高宗時宰相圉師之家也以女妻白因留雲夢者三年去之齊魯居徂來山竹溪入吳至長安明皇聞其名召見以爲翰林供奉頃之不合去北抵趙魏燕晉西涉岐邠歷商於至洛陽游梁最久復之齊魯南浮淮泗再入吳轉徙金陵上秋浦潯陽天寶十四載安祿山反明年明皇在蜀永王璘節度東南白時臥廬山璘迫致之璘軍敗丹陽白奔亡至宿松坐繫潯陽獄宣撫大使崔渙與御史中丞宋若思驗治白以爲罪薄宜貰而若思軍赴河南遂釋白囚使謀其軍事上書肅宗薦白才可用不

宋刻本

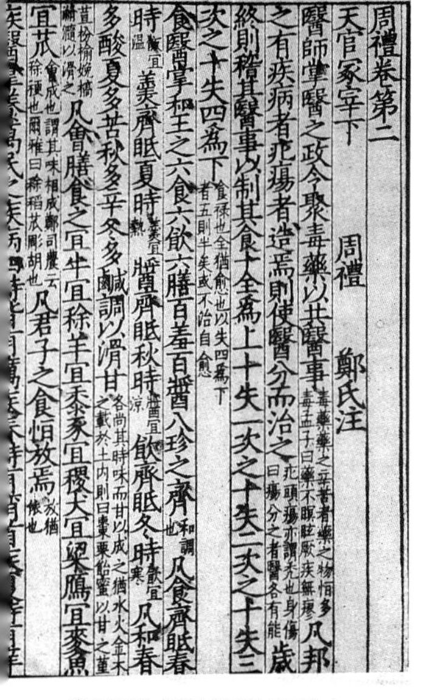

周禮卷第二

天官冢宰下　周禮　鄭氏注

醫師掌醫之政令聚毒藥以共醫事 凡邦之有疾病者疕瘍者造焉則使醫分而治之 歲終則稽其醫事以制其食十全爲上十失一次之十失二次之十失三次之十失四爲下 食醫掌和王之六食六飲六膳百羞百醬八珍之齊 凡食齊眡春時 羹齊眡夏時 醬齊眡秋時 飲齊眡冬時 凡和春多酸夏多苦秋多辛冬多鹹調以滑甘 凡會膳食之宜牛宜稌羊宜黍豕宜稷犬宜粱鴈宜麥魚宜苽 凡君子之食恒放焉

宋婺州市门巷唐宅刻本

高祖本紀第八　史記八

高祖 漢書音義曰諱邦張晏曰禮謚法無高以爲功最高而爲漢帝之太祖故特起名焉 沛豐邑中陽里人姓劉氏 李斐曰沛小沛也劉氏隨魏徙大梁移在豐居中陽里孟康曰後沛爲郡豐爲縣 字季父曰太公母曰劉媼 文穎曰幽州及漢中皆謂老嫗爲媼孟康曰長老尊稱也左師謂太后曰媼愛燕后賢長安君禮樂志地神曰媼媼母別名也音烏老反 其先劉媼嘗息大澤之陂夢與神遇是時雷電晦冥太公往視則見蛟龍於其上已而有身遂產高祖高祖爲人隆

宋绍兴淮南路转运刻本

禮記集說卷第四

幼子常視毋誑童子不衣裘裳立必正方不傾聽

鄭氏曰視今之示字小未有所知常示以正物以正教之無誑欺裘大溫消陰氣使不堪苦不衣裘裳便易立必正方不傾聽習其自端正

孔氏曰自此至而對一節明父母教子及衣裘之法古者觀視於物及以物視人則皆作示傍著見小兒恒習效長者長者不宜示以欺誑故曾子兒啼妻云勿啼吾當烹汝殺豕曾子聞輒止妻後向曾子說之曾子曰勿教兒欺即殺豕食兒是不誑也童子未成人之名也衣猶著也童子體熱不宜著裘又應給役著裳則不便故童子並緇布襦袴也二十則可衣裘裳故內則云二十可以衣裘帛詩云乃生男子載衣之裳是初生暫衣此禮爾立必正嚮一方不得傾頭屬聽左右也

宋嘉熙四年新定郡斋刻本

崑山雜詠下

題西隱　甲申歲

趙彥端德莊

西風數客一闌干秋色翛然得細看潦水倍知寒事早夕陽更覺晚山寬小留待月鐘無遽半醉題詩燭未殘憶得向來幽獨處黃精未熟客衣單

崑山之勝有慧聚慧聚之勝有上方自唐詩人及我前輩皆賦詩遂名四

崑山雜詠下　一

宋开禧三年昆山县斋刻本

尚書正義卷第六

國子祭酒上護軍曲阜縣開國子臣孔穎達奉

勑撰

禹貢第一　夏書

禹別九州分其圻界隨山濬川刊其木深其流任土作貢任其土地所有定其貢賦之差此堯時事而在夏書之首禹之王以是功 疏 禹別至作貢 正義曰禹分別九州之界隨其所至之山刊除其木深其大川使得注海水害既除地復本性任其土地所有定其貢賦之差史錄其事以為禹貢之篇

傳分其圻界 ▲正義曰詩傳云圻疆也分其疆界

宋两浙东路荣盐司刻本

陸士龍文集卷第七

晉清河內史陸　雲　士龍

騷

九愍

昔屈原放逐而離騷之辭興自今及古文雅之士莫不以其情而玩其辭而表意焉遂廁作者之末而述九愍

矞皇聖之豐祜膺萬葉之多福貞龍暉以底載啓元辰而誕育考度中以錫命端嘉令而自肅蘭情馥以芬香瓊懷皎其如玉希千載以遥想昶遠思而自怡範方地而式矩儀穹天而承規結丹欵於璇璣恊朱誠於四時咨中心之信脩佩日月以為旗悲年歲之

宋庆元六年华亭县学刻本

南山經第一　郭氏傳

南山經之首曰䧿山其首曰招搖之山臨于西海之上在蜀伏山山南之西頭濱西海也多桂桂葉似枇杷長二尺餘廣數寸味辛白花叢生山峯冬夏常青間無雜木呂氏春秋曰招搖之桂多金玉有草焉其狀如韭璨曰韭音九爾雅云霍山亦多之而青花其名曰祝餘或作桂荼食之不飢有木焉其狀如穀而黑理穀楮也皮作紙璨曰穀亦名構名穀者以其實如穀也其華四照言有光燄也若木華赤其光照地亦此類也見離騷經其名曰迷穀佩之不迷有獸焉其狀如禺而白耳禺似獼猴而大赤目長尾今江南山中多有說者不了此物名禺作牛字圖亦作牛形或作猴皆失之也禺字音遇伏行人走其名曰狌狌食之善走生生禺獸狀如猿伏行交足亦此類也見京房易麗䴥之水出焉䴥音几而

宋淳熙七年池阳郡斋刻本

文選卷第八

梁昭明太子撰

文林郎守太子內率府録事參軍事崇賢館直學士臣李善注上

畋獵中

司馬長卿上林賦　郭璞注

楊子雲羽獵賦

上林賦一首　司馬　長卿

亡是公听然而笑善曰說文曰听笑貌也牛隱切曰楚則失矣而齊亦未為得也夫使諸侯納貢者非為財幣所以述職也郭璞曰諸侯朝於天子曰述職善曰尚書大傳曰古者諸侯之於天子五年一朝見述其職述職者述其所職也封疆

宋淳熙七年池阳郡斋刻本

儀禮要義卷第二十一　聘禮

一　束帛加璧設皮聘使爲主君行享

擯者出請云云賓裼奉束帛加璧享云云庭實皮則攝之釋曰自此盡以束帛如享禮論享禮之事知皮是虎豹皮者經云毛在內不欲文之豫見是有文之皮郊特牲云虎豹之皮示服猛也束帛加璧往德也文無所屬則天子諸侯皆得用之此聘使爲君行之故知皮是虎豹之皮也齊語云桓公知諸侯歸已令諸侯輕其幣用

宋淳祐十二年魏克愚刻本

傷寒要旨藥方

桂枝湯第一　鹿末

桂三兩　芍藥三兩

甘草二兩

每服五錢水一盞半入生薑五片棗二箇同煎至一盞去滓服須臾喫熱稀粥一盞溫覆令一時許遍身漐漐微汗不可令如水流離病必不除若一服汗出病差停後服不汗更服依前法又不汗

宋乾道七年姑孰郡斋刻本

項羽本紀第七○索隱曰項羽掘起爭雄一朝假号西楚竟未踐天子之位而身首別離斯亦不可稱本紀宜降爲世家　史記七

項籍者下相人也駰案地理志臨淮有下相縣○索隱曰縣名屬臨淮案應劭云相水出沛國沛國有相縣其水下流又因置縣故名下相也字羽○索隱曰按序傳籍字子羽也初起時年二十四其季父項梁○索隱曰崔浩云伯仲叔季兄弟之次故叔云叔父季云季父梁父即楚將項燕爲秦將王翦所戮者也駰案始皇本紀云項燕自殺○索隱曰此云爲王翦所戮與楚漢春秋同而始皇本紀云項燕自殺不同者蓋燕爲王翦所圍逼而自殺故不同也項氏世世爲楚將封於項○索隱曰地理志項城縣屬汝南故姓項氏項籍少時學書不成去學劍又不成項梁怒之籍曰書足以記名姓而已劍一人敵不足學學萬人敵於是項梁乃教籍兵法籍大喜略知其意又不肯竟學項梁嘗有櫟陽逮○索隱曰按逮訓及謂有罪相連及爲櫟陽縣所逮錄也故漢史制獄有逮捕乃請蘄蘇林曰蘄音機縣屬沛國獄掾曹咎書抵櫟

宋淳熙三年张杅桐川郡斋刻本

金石錄卷第四　目錄　唐

第六百一唐孔穎達碑　于志寧撰正書無姓名貞觀二十二年

第六百二唐長廣長公主墓誌　正書無書撰人姓名貞觀二十二年十一月

第六百三唐太府卿李護墓誌　正書無書撰人姓名貞觀二十三年三月

第六百四唐晉州刺史裴府君碑　上官儀撰正書姓名殘缺貞觀二十三年

第六百五唐溫泉銘　太宗御製并行書

第六百六周大宗伯唐瑾碑　于志寧撰歐陽詢正書

第六百七隋皇甫誕碑　于志寧撰歐陽詢正書　碑在京兆府

第六百八隋工部尚書段文振碑　潘徽撰歐陽詢八分書以上四碑皆貞觀

中立

宋淳熙龙舒郡斋刻本

捘閣衰茲功德追薦
考妣二親爰及
恩有次祈自身平安願延法算隆興元
年六月一日勸緣住山沙門　宗遠謹題

福州東禪等覺院住持傳法賜紫智華與僧契璋等謹募衆緣恭為
今上皇帝　太皇太后　皇太后祝延聖壽國泰民安開鏤
大藏經印板一副計五百餘函　元祐五年正月　日謹題

菩薩瓔珞經卷第四　前都勸首慧空大師 沖真 忘
姚秦涼州沙門竺佛念譯
音響品第九
尒時世尊復欲重宣如來神足無量法義便以
一偈遍滿十方無量世界尒時如來即說頌曰
有無從空生　彼聲非我有　聲聲各各異
故說尊法教　佛行不可量　非有亦不無
一音演諸法　由此得成佛
尒時世尊說此偈已便見十方諸佛世尊各
稱歎說善哉善哉諸佛清淨衆行齊同十方
無央數世雄最勝同一音響演說諸法六度
無極一一度中皆有無量諸佛種姓無盡之
法不可思議云何種姓不可思議如十方佛

万寿大藏　宋元祐五年福州院刻本

居士集卷第一　歐陽文忠公集一
古詩三十八首
顔跖
顔回飲瓢水陋巷臥曲肱盜跖㕮人肝九
州恣横行回仁而短命跖壽死免兵愚夫
仰天呼禍福豈足憑跖身一腐鼠死朽化
無形萬世尚遭戮筆誅甚刀刑思其生所
得豺犬飽臭腥顔子聖人徒生知自誠明
惟其生之樂豈減跖所榮死也至今在光
輝（一作光輝）如日星譬如埋金玉不耗精與英

宋庆元三年周必大刻本

福州開元禪寺住持傳法賜紫慧通大師了一謹募衆緣恭為
今上皇帝祝延聖壽文武官僚資崇祿位圓成雕造
毗盧大藏經板一副旹紹興戊辰閏八月　日謹題
開元釋教録略出卷第三　英
崇福寺沙門　智昇　撰
深　履
長阿含經二十二卷
姚秦罽賓三藏佛陀耶舍共竺法念譯
計四百四十八紙　自二帙
中阿含經六十卷
東晉罽賓三藏瞿曇僧伽提婆譯

毗卢大藏　宋绍兴十八年福州开元寺刻本

帝紀第一上　范曄　後漢書一
唐章懷太子賢注
世祖光武皇帝諱秀字文叔（禮祖有功而宗有德光武中興故廟稱世祖謚法能紹前業曰光克定禍亂曰武伏侯古今注曰秀之字曰茂伯仲叔季兄弟之次長兄伯升次仲故字文叔焉）南陽蔡陽人（南陽郡今鄧州縣也蔡陽縣故城在今隨州棗陽縣西南）高祖九世之孫也出自景帝生長沙定王發（長沙郡今潭州縣也）發生舂陵節侯買（舂陵鄉名本屬零陵泠道縣在今永州唐興縣北元帝時徙南陽仍號舂陵故城今在隨州棗陽縣東事具宗室四王傳）買生鬱林太守外（鬱林郡今鬱州縣前書曰郡守秦官秩二千石景帝更名太守）外生鉅鹿都尉回（鉅鹿郡今邢州縣也前書曰都尉本郡尉秦官也掌佐守典武職秩比二千石景帝更名都尉）回生南頓令欽（南頓縣屬汝南郡故城在今陳州項城縣西前書曰令長皆秦官也萬戶以上爲令秩千石至六百石不滿萬戶爲長秩五百石至三百石）欽生光武光武年九歲而孤養於叔父良身長七尺三寸美須眉大口隆準日角（隆高也許負云鼻頭爲準鄭玄尚書中候注云日角謂庭中骨起狀如日）性勤於稼穡（種曰稼斂曰穡）而兄伯升好俠養士常非笑光武事田業比之高祖

宋王叔边刻本

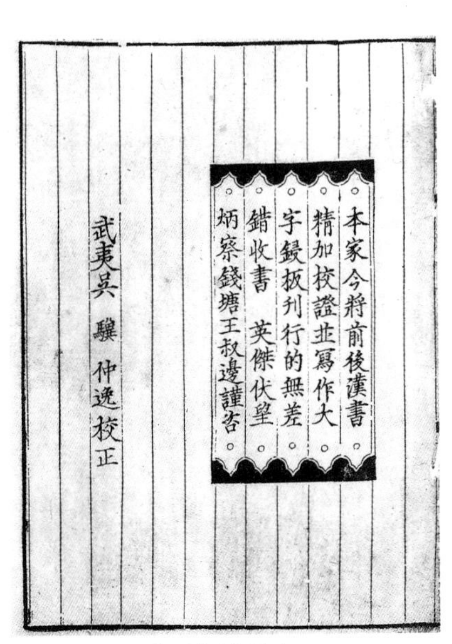
本家今將前後漢書精加校證並寫作大字鋟板刊行的無差錯收書英傑伏望炳察錢塘王叔邊謹咨
武夷吳　驥　仲逸校正

宋王叔边刻本

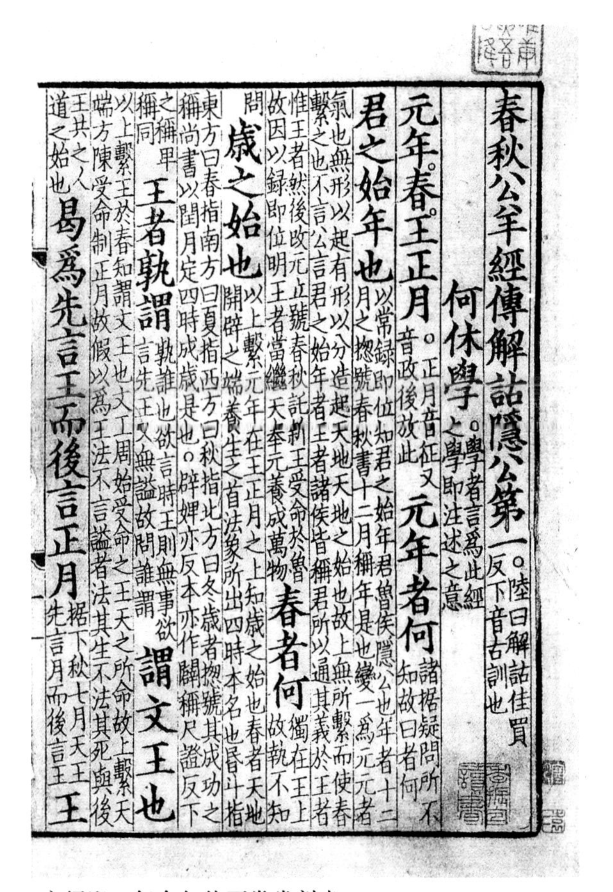

春秋公羊經傳解詁隱公第一 ○陸曰解詁佳買反下音古訓也

何休學 ○學者言爲此經之學即注述之意

元年春王正月 ○正月音征又音政後放此 元年者何 諸據疑問所不知故曰者何

君之始年也 以常錄即位知君之始年君魯侯隱公也年者十二月之摠號春秋書十二月稱年是也變一爲元元者

氣也無形以起有形以分造起天地天地之始也故上無所繫而使春繫之也不言公言君之始年者王者諸侯皆稱君所以通其義於王者

惟王者然後改元立號春秋託新王受命於魯故因以錄即位明王者當繼天奉元養成萬物 春者何 獨在王上故執不知

問 歲之始也 以上繫元年在王正月之上知歲之始也春者天地開辟之端養生之首法象所出四時本名也昬斗指

東方曰春指南方曰夏指西方曰秋指北方曰冬歲者摠號其成功之稱尚書以閏月定四時成歲是也 ○辟婢亦反本亦作闢稱尺證反下

之稱甲稱同 王者孰謂 孰誰也欲言時王則無事欲言先王又無謚故問誰謂 謂文王也

以上繫王於春知謂文王也文王周始受命之王天之所命故上繫天端方陳受命制正月故假以爲王法不言謚者法其生不法其死與後

王共之人道之始也 曷爲先言王而後言正月 据下秋七月天王先言月而後言王 王

宋绍熙二年余仁仲万卷堂刻本

績失據之過哉。余竊悲之久矣。往者略依胡母生條例 ○母音無 多得其正。故遂隱括。使就繩墨焉 ○隱括古奪反結也

公羊穀梁二書書肆苦無善本謹以家藏

監本及江浙諸處官本參校頗加釐正惟是陸氏

釋音字或與正文字不同如此序釀嘲陸氏釀作

讓隱元年嫡子作適歸含作晗召公作邵桓四年

曰蒐作廋若此者衆皆不敢以臆見更定姑兩存

之以俟知者紹熙辛亥孟冬朔日建安余仁仲敬書

宋绍熙二年余仁仲万卷堂刻本

禮記卷第一 ○陸德明音義曰本或作曲禮上者後人加也檀弓

曲禮上第一 雜記放此曲禮者是儀禮之舊名委曲說禮之事

禮記 ○陸曰此記二禮之遺闕故名禮記 鄭氏注

曲禮曰毋不敬 禮主於敬 ○陸曰毋音無說文云止之詞其字從女內有一畫象有姦之形禁止之勿令姦古人云毋猶

今人言莫也案毋字與父母字不同俗本多亂讀者皆朱點毋字以作無音非也後放此疑者特復音之 儼若思 儼矜莊貌

人之坐思貌必儼然 ○儼魚檢反本亦作嚴同矜居冰反 安定辭 審言語也易曰言語者君子之

樞機 ○樞昌朱反 安民哉 此上三句可以安民說曲禮者美之云耳 ○敖不可長欲不可

從志不可滿樂不可極 四者慢遊之道桀紂所以自禍 ○敖五報反慢也王肅五高反遨遊也長

丁丈反盧植馬融王肅並直良反欲如字一音喻從足用反放縱也樂音洛皇侃音岳極如字皇紀力反桀其列反夏之末主名癸紂直丑反

殷之末主名辛 ○賢者狎而敬之 狎習也近也謂附而近之習其所行也月令曰雖有貴戚近習 ○狎戶甲

反近附近之近下注內不出者皆同慽音戚本亦作戚 畏而愛之 心服曰畏曾子曰吾先子之所畏 愛而

宋余仁仲万卷堂家塾刻本

禮記卷第三

經伍阡柒拾肆字

注肆阡捌伯玖拾捌字

音義貳阡玖伯壹拾陸字

余仁仲刊于家塾

宋余仁仲万卷堂家塾刻本

新校正老泉先生文集卷之一
論　東萊呂祖謙伯恭編註
○易
自此至詩論凡四篇皆以禮立說此篇論禮窮於易達故聖人神之以易
聖人之道得禮而信得易而尊信之而不可廢尊之而不敢廢故
聖人之道所以不廢者禮爲之明而易爲之幽也生民之初無貴
賤無尊卑無長幼不耕而不饑不蠶而不寒故其民逸民之勞苦
而樂逸也若水之走下而聖人者獨爲之君臣而使天下貴役賤
爲之父子而使天下尊役卑爲之兄弟而使天下長役幼蠶而後
衣耕而後食率天下而勞之一聖人之力固非足以勝天下之民
之衆而其所以能奪其樂而易之以其所苦而天下之民亦遂肯
弃逸而即勞欣然戴之以爲君師而遵蹈其法制者禮則使然也
聖人之始作禮也其說曰天下無貴賤無尊卑無長幼是人之相
殺無已也不耕而食鳥獸之肉不蠶而衣鳥獸之皮是鳥獸與人

宋绍熙四年吴炎刻本

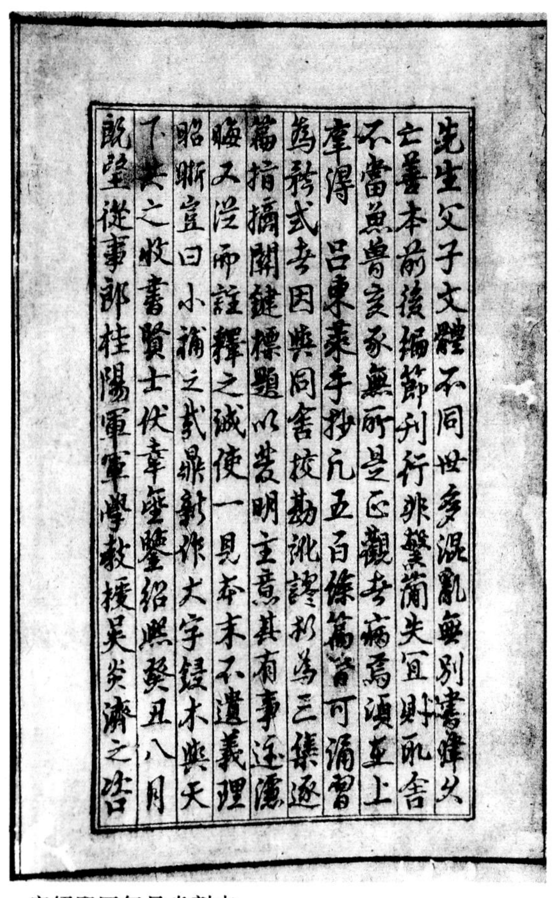
先生父子文體不同世多混亂無別書肆久
亡善本前後編節刊行非繁簡失宜則取舍
不當魚魯亥豕無所是正觀者病焉頃在上
庠得　呂東萊手抄凡五百餘篇皆可誦習
爲矜式者因與同舍校勘訛謬析爲三集逐
篇指摘關鍵標題以發明主意其有事迹隱
晦又從而註釋之誠使一見本末不遺義理
昭晰豈曰小補之哉鼎新作大字鋟木與天
下共之收書賢士伏幸垂鑒紹熙癸丑八月
既望從事郎桂陽軍軍學教授吳炎濟之咨

宋绍熙四年吴炎刻本

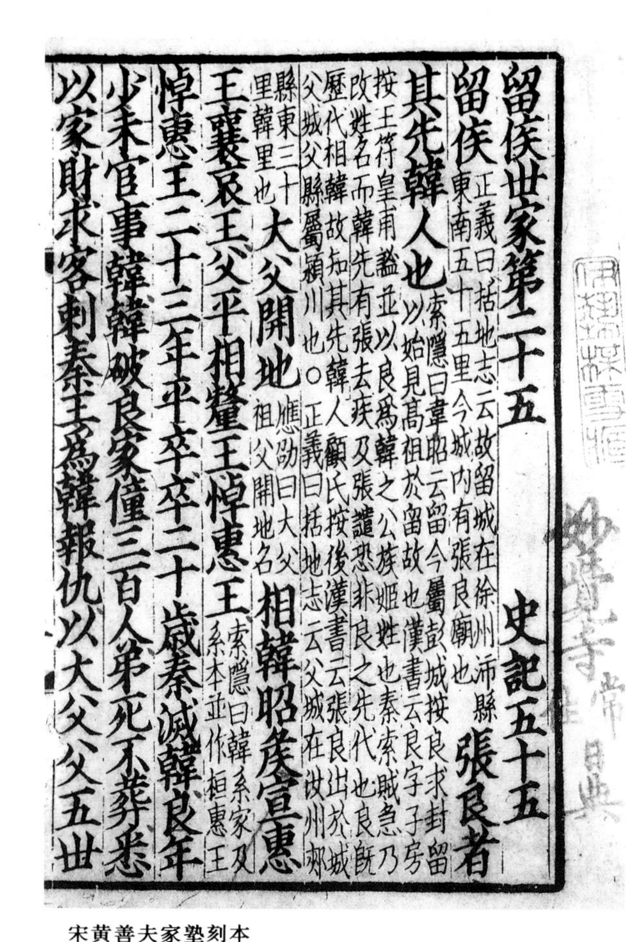
留侯世家第二十五　史記五十五
留侯正義曰括地志云故留城在徐州沛縣東南五十五里今城內有張良廟也張良者
其先韓人也索隱曰韋昭云留今屬彭城按良求封留以始見高祖於留故也漢書云良字子房按王符皇甫謐並以良爲韓之公族姬姓也秦索賊急乃改姓名而韓先有張去疾及張譴恐非良之先代也良既歷代相韓故知其先韓人顏氏按後漢書云張良出於城父城父縣屬潁川也○正義曰括地志云父城在汝州郟縣東三十里韓里也大父開地應劭曰大父祖父開地名相韓昭侯宣惠
王襄哀王父平相釐王悼惠王索隱曰韓系家及系本並作桓惠王
悼惠王二十三年平卒卒二十歲秦滅韓良年
少未宦事韓韓破良家僮三百人弟死不葬悉
以家財求客刺秦王爲韓報仇以大父父五世

宋黄善夫家塾刻本

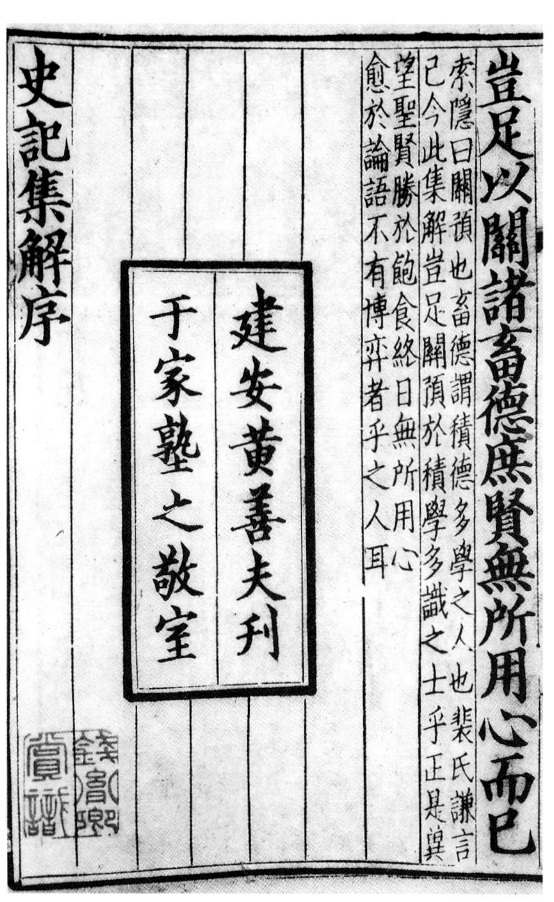
豈足以關諸畜德庶賢無所用心而已
索隱曰關預也畜德謂積德多學之人也裴氏謙言己今此集解豈足關預於積學多識之士乎正是冀望聖賢勝於飽食終日無所用心愈於論語不有博弈者乎之人耳
建安黃善夫刊于家塾之敬室
史記集解序

宋黄善夫家塾刻本

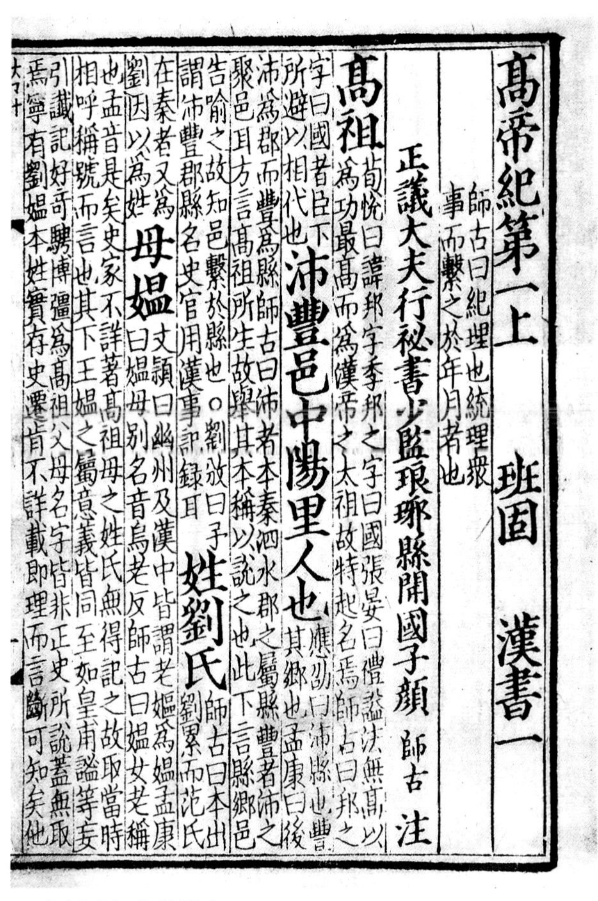
高帝紀第一上　班固　漢書一

師古曰紀理也統理衆事而繫之於年月者也

正議大夫行秘書少監琅琊縣開國子顏師古注

高祖 荀悅曰諱邦字季邦之字曰國張晏曰禮謚法無髙以為功最高而為漢帝之太祖故特起名焉師古曰邦之字曰國者臣下所避以相代也 沛豐邑中陽里人也 應劭曰沛縣也豐其鄉也孟康曰後沛為郡而豐為縣師古曰沛者本秦泗水郡之屬縣豐者沛之聚邑耳方言高祖所生故舉其本稱以說之也此下言縣鄉邑告喻之故知邑繫於縣也。劉攽曰予謂沛豐郡縣名史官用漢事記錄耳 姓劉氏 師古曰本出劉累而范氏在秦者又為劉因以為姓 母媼 文穎曰幽州及漢中皆謂老嫗為媼孟康曰媼母別名音烏老反師古曰媼女老稱也孟音是矣史家不詳著高祖母之姓氏無得記之故取當時相呼稱號而言也其下王媼之屬意義皆同至如皇甫謚等妄引讖記好奇騁博彊為高祖父母名字皆非正史所說蓋無取焉寧有劉媼本姓實存史遷肯不詳載即理而言斷可知矣他

宋刘元起家塾刻本

建安劉元起刊

于家塾之敬室

宋刘元起家塾刻本

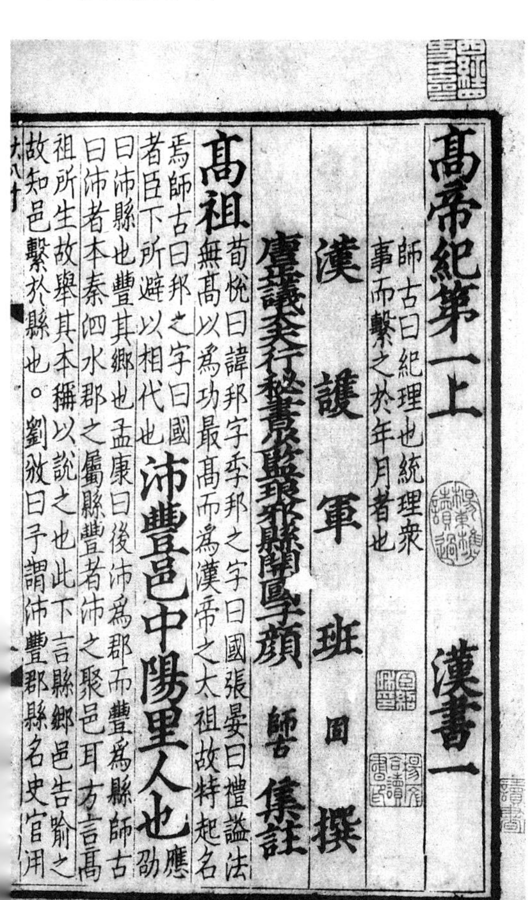
高帝紀第一上　漢書一

師古曰紀理也統理衆事而繫之於年月者也

漢　護　軍　班　固　撰

唐正議大夫行秘書少監琅邪縣開國子顏師古　集註

高祖 荀悅曰諱邦字季邦之字曰國張晏曰禮謚法無髙以為功最高而為漢帝之太祖故特起名焉師古曰邦之字曰國者臣下所避以相代也 沛豐邑中陽里人也 應劭曰沛縣也豐其鄉也孟康曰後沛為郡而豐為縣師古曰沛者本秦泗水郡之屬縣豐者沛之聚邑耳方言高祖所生故舉其本稱以說之也此下言縣鄉邑告喻之故知邑繫於縣也。劉攽曰予謂沛豐郡縣名史官用

宋蔡琪家塾刻本

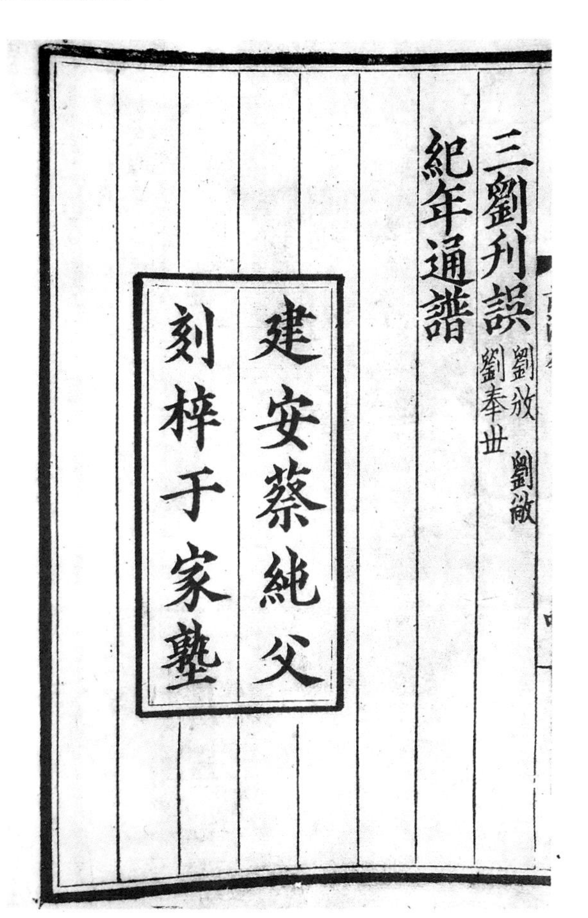
三劉刊誤　劉敞　劉攽　劉奉世

紀年通譜

建安蔡純父

刻梓于家塾

宋蔡琪家塾刻本

揮麈前録卷之一

朝請大夫主管台州崇道觀汝陰王　明清

唐明皇實録云開元十七年秋八月上降誕之日大置酒合樂燕百僚於華萼樓下尚書左丞相源乾曜右丞相張説率百官上表願以八月五日爲千秋節著之甲令布於天下咸使燕樂休假三日詔從之誕日建節蓋肇于此天寶七載八月巳亥詔改爲天長節其後肅宗以九月三日生爲地平天成節史不書日文宗以十月十日生爲慶成節武宗六月十二生爲慶陽節僖宗八月五日生爲應天節昭宗二月二十二日生爲嘉會節哀帝十月

宋龙山书堂刻本

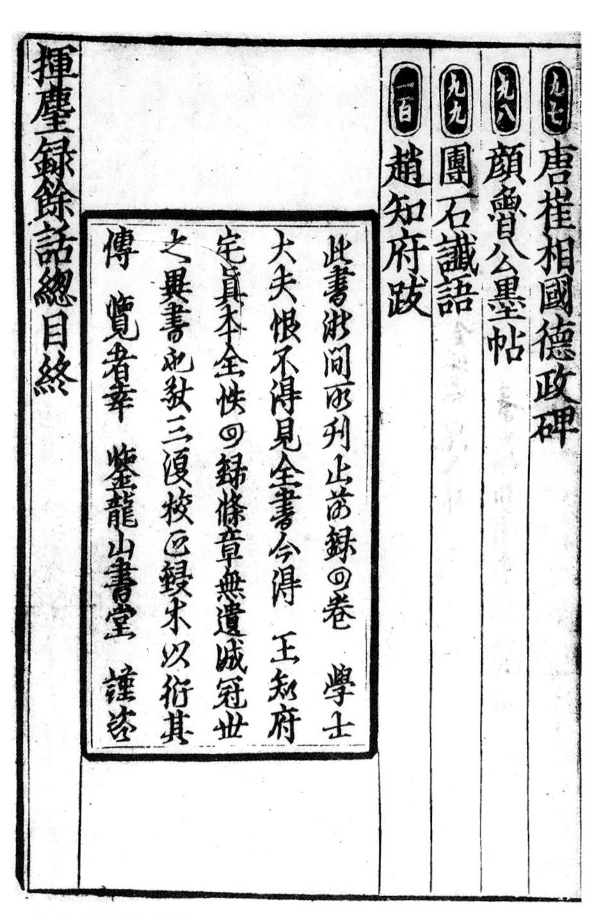

九七　唐崔相國德政碑

九八　顔魯公墨帖

九九　圜石讖語

一百　趙知府跋

此書浙間所刊止前録四卷　學士大夫恨不得見全書今得　王知府宅眞本全帙四録條章無遺誠冠世之異書也敬三復校正鋟木以衍其傳　覽者幸　鑒龍山書堂　謹咨

揮麈録餘話總目終

宋龙山书堂刻本

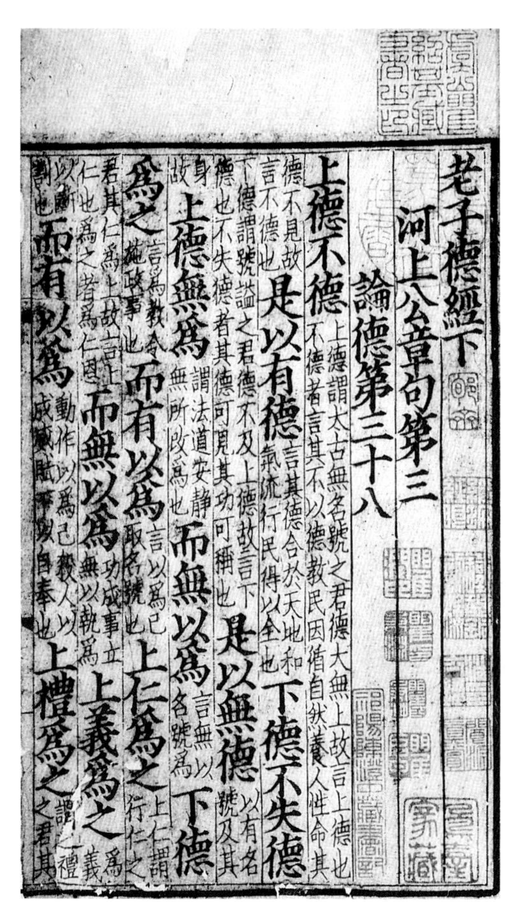

老子德經下

河上公章句第三

論德第三十八

上德不德上德謂太古無名號之君德大無上故言上德也不德者言其不以德教民因循自然養人性命其德不見故言不德也是以有德言其德合於天地和氣流行民得以全也下德不失德下德謂號謚之君德不及上德故言下德也不失德者其德可見其功可稱也是以無德以有名號及其身故上德無爲謂法道安靜無所改爲也而無以爲言無以名號爲下德爲之言爲教令施政事也而有以爲言以爲己取名號也上仁爲之上仁謂行仁之君其仁爲上故言上仁也爲之者爲仁恩而無以爲功成事立無以執爲上義爲之爲義以斷割也而有以爲動作以爲己殺人以成威賦斂以自奉也上禮爲之謂禮之君其

宋虞氏家塾刻本

老子篇目終

建安虞氏

刊于家塾

宋虞氏家塾刻本

張子語録中
温良恭儉遜何以盡夫子之德人只爲少他名
道德之字不推廣見得小温良恭儉遜聖人
惟恐不能盡此五德如夫子之道忠恕而已
聖人惟憂不能盡忠恕聖人豈敢自謂盡忠
恕也所求乎君子之道四是實未能道何嘗
有盡聖人人也人則有限是誠不能盡道也
聖人之心則直欲盡道事則安能得盡如博
施濟衆堯舜實病諸堯舜之心其施直欲至
于無窮方爲博施言朔南暨聲教西被于流

宋福建漕治刻本

張子語録後録下
後學天台吳堅
刊于福建漕治

宋福建漕治刻本

新編近時十便良方卷第十二
治一切氣疾諸方上
心腹痛方　小湯氣附
單方
治道途呼吸寒氣忽覺惡心口吐清涎心腹痛宜服薑散
子方。與衍方
右使良薑不以多少剉如骰子大如寒氣心腹痛即取
壹塊含之嚥津極妙
最聖散治心脾疼。胡氏方
右取吳茱萸肆拾玖粒或百粒以下手挼令光用生薑
醋湯下即時痛止
備急療心痛桂酒方
右將桂心末温酒服方寸匕須臾陸祭服乾薑依上法

宋万卷堂刻本

太醫局方
普濟本事方
王氏博濟方
海上方
斗門方
初虞世方
集驗方
雞峯普濟方
蘇沈良方
李畋該聞集
孫尚藥方
本草衍義
南陽活人書
郭氏家藏方
萬卷堂作十三行大字
刊行庶便檢用請詳鑒

宋万卷堂刻本

无垢如清淨 而明所分別 其智不可獲
菩薩所欣樂 開化於衆生 則獲彼明智
何緣來至此 吾是故阿難 論講于往來
為少智之人 覩示所興念 吾是故阿難
論說於往來 人懷精進者 介乃曉了此
有德者分別 解深妙之義 能獲於斯等
速得成大道
佛告阿難如來至眞等正覺班宣善
薩為往來當如是義亦是善權方
便也

阿惟越致遮經卷上 第三十五張 草字号

佛說阿惟越致遮經卷上

大宋開寶六年癸酉歲奉
勅雕造 陸永

熙寧辛亥歲仲秋初十日中書劄子奉
聖旨賜大藏經板於顯聖寺聖壽禪院印造
提轄管句印經院事演梵大師 慧敏等

蓋聞施經妙善獲三乘之惠因讚誦眞詮超五趣之業果然願普窮法界廣
及無邊水陸群生同登覺岸時皇宋大觀二年歲次戊子十月 日謹題
莊主僧 福滋 管經僧 福海 庫頭僧 福深
供養主僧 福[illegible] [illegible]

大观二年印本

金藏 金刻本

證得法身非是有情為求佛果捨精
進因又佛證得无始時來無別无量
作求佛果勤精進因若諸有情捨勤
功用如是證得恒不成因故又斷此
因不應道理謂諸菩薩悲願纏心於諸
有情慈如一子諸有情類處大牢獄
具受艱辛是故菩薩於諸有情利益
安樂若作是心餘既能作我當不作
不應道理恒作是心餘於是心餘於此事若作
不作我定當作是故不應斷如是因
論曰阿毗達磨大乘經中攝大乘品
我阿僧伽略釋究竟

攝大乘論釋第十

釋曰正趣大乘御遣无量殊勝論者
軌範世親略釋究竟

攝大乘論釋卷第十

美原縣任張村惠志惠保惠直惠彥
共捨淨財雕論一卷各爲答報先祖父
母存歿咸安然願四恩三有法界含生俱
霑此善 正隆三年十月 日記

金藏 金刻本

止觀輔行傳弘決卷第一

毗陵沙門 湛然 述

第五善知識中大因緣等者付法藏文末云習近聖法得至涅槃由
善知識又云爲得道全因緣者是眞善知識又如阿難白佛善知識
者是得道半因緣佛言不也善知識者是得道全因緣阿難當知
此閻浮提除大迦葉舍利弗其餘衆生若不遇我無解脫期是故
我言善知識者能大利益增一云莫與惡知識與愚共從事當與善
知識智者而交通若人本無惡親近於惡人後必成惡人惡名徧天
下善知識反此是故應親近大論有二因緣得無上道一者內自思
惟二者得善知識大經十八闍王來至佛所佛告大衆菩提近因莫
過善友闍王不遇耆婆當由墮阿鼻此即通叙須善知識之來意也
釋中先事次理初事善知識中初言外護者自己身心爲內望他身心
爲外爲外所護故名外護言同行者己他互同遞相策發入異行同
故名同行言教授者宣傳聖言名之爲教訓誨於我名之爲授又
上言被下名之爲教教於所受名之爲授通言知識者法華疏云
聞名爲知見形爲識是人益我菩提之道名善知識若深下正釋簡
隨自意者方法少故可自營理不廢進修故不必須道俗咸得故不
簡白黑但能等者薄德仰他故爲營理誰能純善勸莫見過未
堪違順勸莫觸惱及莫稱歎言帆舉者如船得帆所進過常藉小
精進過實稱揚名爲帆舉忽生受著翻致損失雖本無心坏器易壞
內防魔事外杜憍矜三昧法船方達彼岸今讃小善者是從兩常人
非專爲他三昧者外護則自除嫉妬發彼善根如母養子等者母雖
慈養子必策虎雖猛銜子必寬外護知識如母如虎將護行者如勿
舉勿惱舊行道人等者若未親行暗於可否一向混俗不了開遮又

宋刻本

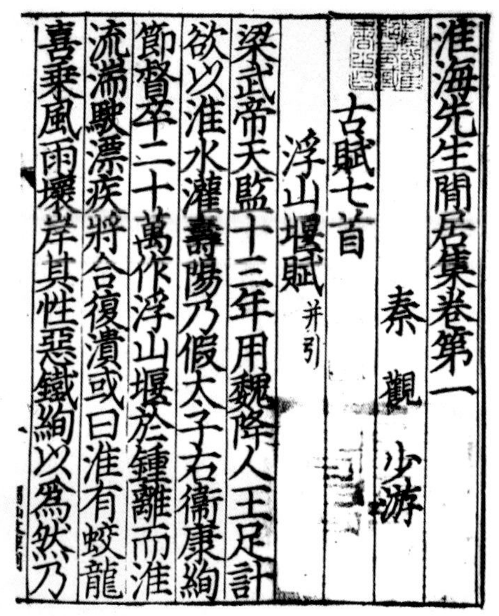

淮海先生閒居集卷第一
秦觀 少游
古賦七首
浮山堰賦 并引
梁武帝天監十三年用魏降人王足計欲以淮水灌壽陽乃假太子右衛康絢節發卒二十萬作浮山堰於鍾離而淮流漲歇漂疾將合復潰或曰淮有蛟龍喜乘風雨壞岸其性惡鐵絢以為然乃

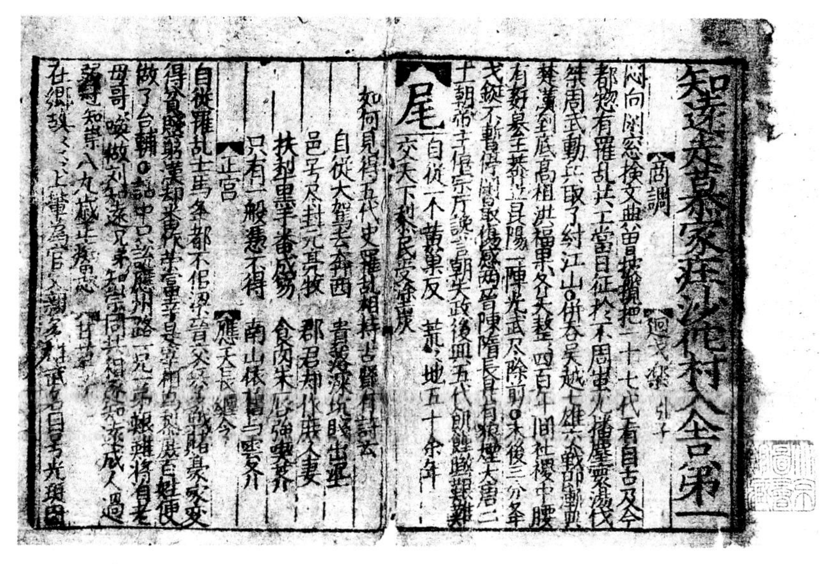

知遠走慕家莊沙佗村入舍第一
【商調】【迴戈樂】引子
閑向閑窗檢文典曾披覽把一十七代看自古及今都總有罷亂共工當日征於不周蚩尤播塵寰湯伐桀周武動兵取了紂江山併吞吳越七雄交戰
【尾】自從一个黃巢反荒荒地五十餘年交天下黎民受塗炭
知何見得五代史罷亂相持古賢有詩云
【正宮】
【應天長】纏令

刘知远诸宫调　金刻本

金刻本

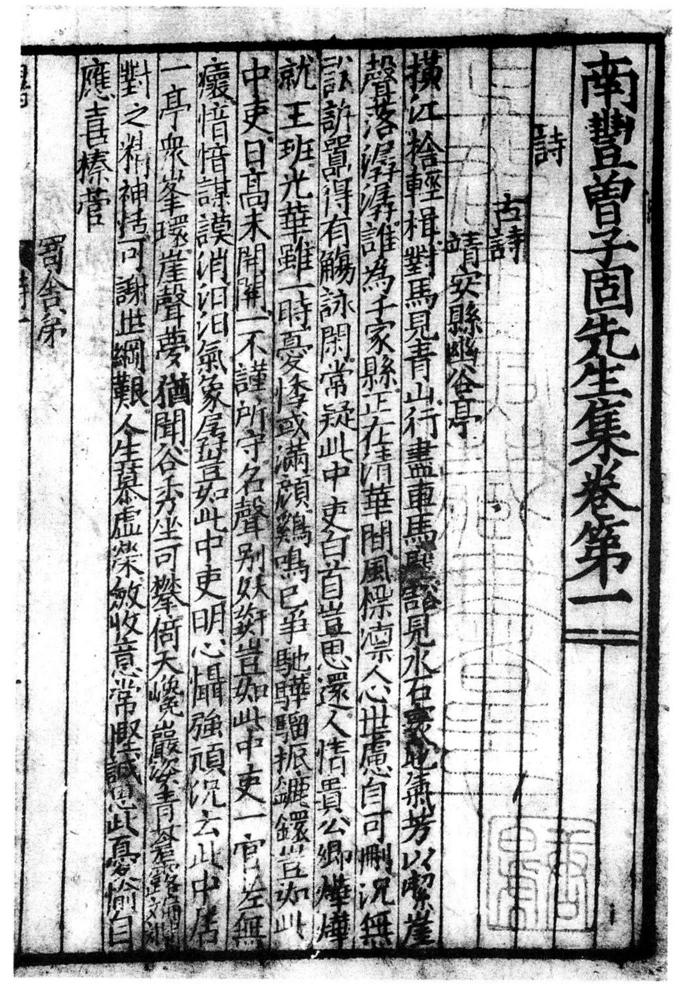

南豐曾子固先生集卷第一
詩
古詩
靖安縣幽谷亭
擷江捨輕楫對馬見青山行盡車馬塵豁見水石閒泉芳以嚇崖聲落潺潺誰為子家縣正在清華間風標凜公心世慮自可刪況無訟訴嚚得有觴詠閑常疑此中吏白首豈思還人情貫公媚燁燁就王班光華雖一時憂悴或滿顏鷄鳴已爭馳驊騮振鑣鐶豈如此中吏日高未開關一不謹所守名聲別妍姦豈如此中吏一官在無瘝愔愔謀謨消汩汩氣象屠豈如此中吏明心掃強頑況此中居一亭眾峯環崖聲夢猶聞谷秀坐可攀倚天峻巖嶔青蒼蒼對之精神怡可謝世網艱人生營慮虛榮斂收意常暇誠此息偷白應喜榛菅

金刻本

壬辰重改證呂太尉經進莊子全解卷第一
逍遙游第一
北冥有魚其名為鯤鯤之大不知其幾千里也化而為鳥其名為鵬鵬之背不知其幾千里也怒而飛其翼若垂天之雲是鳥也海運則將徙於南冥南冥者天池也通天下一氣也陽極而生陰陰極而生陽陰與陽其本未始有異也一進一退一北一南如環之無端內之一身外之萬物隨之以消息盈虛者莫非是也則北冥之鯤化而為南冥之鵬若彼其大惡得以耳目之所不及而以為無哉四方上下不可窮者也是以謂之冥然此以南冥為天池而𮕻之告湯則以窮髮之北冥海為天池蓋陰陽之極皆冥於天而已矣齊諧者志怪者也諧之言曰鵬之徙於南冥也水擊三千里摶扶搖而上者九萬里去以六月息者也野馬也塵埃也生物之以息相吹也天之蒼蒼其正色邪其遠而無所至極邪其視下也亦若是則已矣聖人之以人道觀天下者則怪在所不語也齊萬物而和同之則未始有夫未始有人情恢恑憰怪道通為一此齊諧所以志怪而不以為異也陽數奇陰數耦陽生於子而達

黄帝内經素問卷第十二

啓玄子次註林億孫奇高保衡等奉敕校正孫兆重改誤

風論　痺論

痿論　厥論

風論篇第四十二 新校正云按全元起本在第六卷

黄帝問曰風之傷人也或為寒熱或為熱中或為寒中或為癘風或為偏枯或為風也其病各異其名不同或内至五藏六府不知其解願聞其說岐伯對曰風氣藏於皮膚之間内不得通外不得泄風者善行而數變腠理開則洒然寒閉則熱而悶其寒也則衰食飲其熱也則消肌肉故使人怢慄而不能食名曰寒熱

金刻本

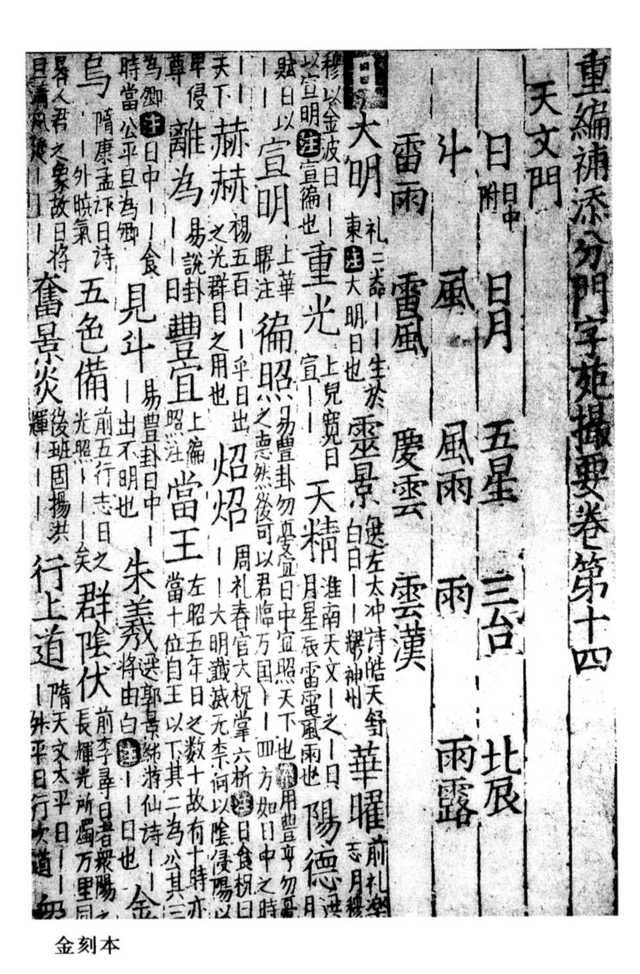

重編補添分門字苑撮要卷第十四

天文門

日 附日中　日月　五星　三台　北辰

斗　風　風雨　雨　雨露

雷雨　雷風　慶雲　雲漢

大明　壺景　華曜

宣明　重光　天精　陽德

赫赫　徧照　炤炤

離為　豐宜　當王

日中　見斗　朱羲

五色備　群陰伏

烏　奮景炎　行上道

金刻本

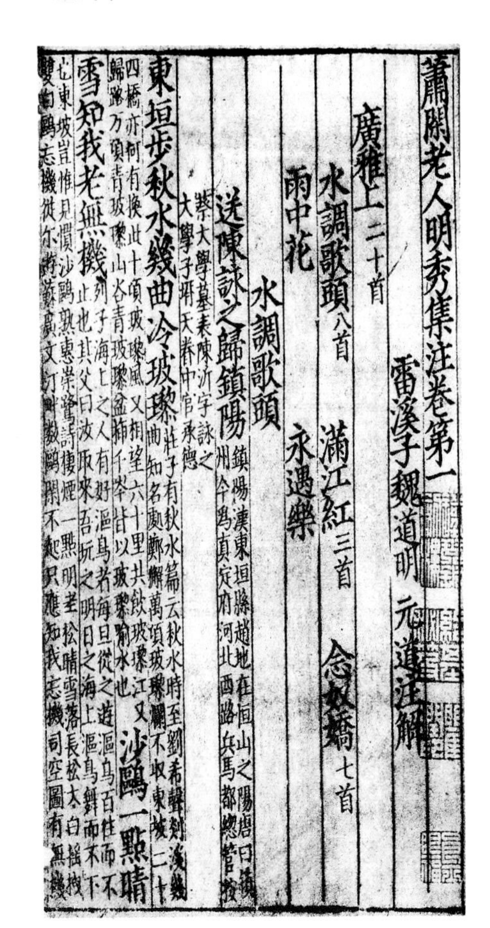

蕭閑老人明秀集注卷第一

雷溪子魏道明元道注解

廣雅上二十首

水調歌頭八首　滿江紅三首　念奴嬌七首

雨中花　永遇樂

水調歌頭

送陳詠之歸鎮陽

東垣步秋水幾曲冷玻瓈

雪知我老無機

金刻本

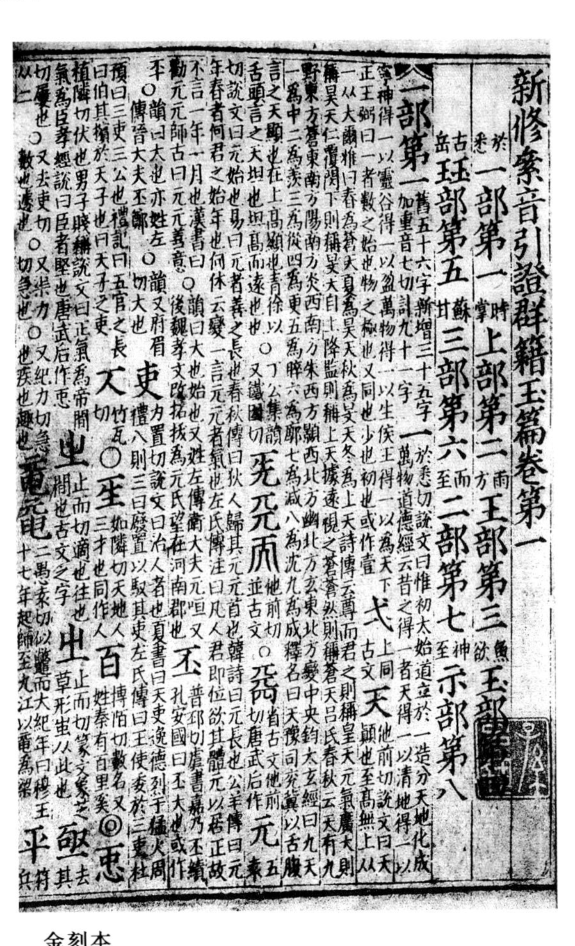

新修絫音引證群籍玉篇卷第一

一部第一　上部第二　王部第三　玉部第四

珏部第五　三部第六　二部第七　示部第八

一部第一

天　元　丕　吏

金刻本

老矣昔崇慶元年歲在壬申姑洗朔日老先生姪男
韓道昇謹誌
真定府松水昌黎郡韓孝彦次男韓道昭改併重編
男韓德恩　姪韓德惠　婿王德珪　同詳定
洨川荆　珍開板

崇慶新彫五音集韻序
聲韻之學其來尚矣書契既造文籍乃生然訓解之
士猶多闕焉迨於隋唐斯有陸生長孫之徒詞學過
人聞見甚博于是同劉臻輩探賾索隱鈎深致遠
取古之所有今之所記者定為切韻五卷析為十
策夫切韻者蓋以上切下韻合而翻之因其號以
為名則字統字林韻集韻略不足比也議者猶謂
注有差錯文復漏誤若無刊正何以討論則唐韻

金崇庆元年新周改并五音集韵　交州荆珍刻本

左朝散郎權發遣樂州軍州主管學事縉雲馮
時行序
通鑑一書學者常病卷帙浩繁未易徧窺往往采
摭切要以便披閱然或好尚不同去取各異惟此
本寔東萊先生親節詳而不繁嚴而有要標目音
注各有條理然其間閒人異事嘉言善行閒有遺
脫者證以監本悉爲補入又每卷末各附温公考
異隨事增以諸儒精議及諸綱目其舉要曆則見
歷代之年數其君臣事要則爲事類之領會又如
紀傳要括秘承外紀問疑釋例世系地理圖之類
皆甚精要比之諸本加數倍矣纖悉備具靡有缺
遺不欲私藏爰攻梓以與天下賢士夫共之泰和
甲子下癸丑歲孟冬朔日平陽張宅晦明軒謹識

蒙古宪宗三年至五年张宅晦明轩刻本

尚書注疏卷第一
國子祭酒上護軍曲阜縣開國子臣孔穎達等奉　勅撰
尚書序（疏）正義曰道本冲寂非有名言既形以道生物由名舉則凡諸經史因物立名物有本形形從事著聖賢闡教事顯於言言惬羣心書而示法既書有法因號曰書後人見其久遠自於上世尚者上也言此上代以來之書故曰尚書且言者意之聲書者言之記是故存言以聲意立書以記言故易曰書不盡言言不盡意是言者意之筌蹄書言相生者也書者舒也書緯璇璣鈐云書者如也則書者寫其言如其意情得展舒也又劉熙釋名云書者庶也以記庶物又為著言事得彰著五經六籍皆是筆書此獨稱書者以彼五經者非是君口出言即書為法所書之事各有云為遂以所為別立其稱稱以事立故不名書至於此書者本書君事事雖有別正是君言言而見書因而立號以此之故名異諸部但諸部之書隨事立名名以事舉要名立之後亦是筆書故百氏六經總曰書也論識所謂題意別名名自載耳昭二年左傳曰晉韓起適魯觀書於太史氏見易象與魯春秋此總名書也序者言序述尚書起記存亡註說之由序為尚書而作故曰尚書序周頌曰繼序思不忘毛傳云序者緒也則緒述其事使理相胤續若繭之抽緒但易有序卦子夏作詩序孔子亦作尚書序故孔君因此作序名也鄭玄謂之贊者以序不分散避其序名故謂之贊贊者明也佐也佐成序義明以注解故也安國以孔子之序分附篇端故已之總述亦謂之序事不煩重義無所嫌故也
古者伏犧氏之王天下也始畫八卦造書契以代結繩之政由是文籍生焉（疏）古者至生焉　正義曰代結繩者言前世之政用結繩今有書契以代之則伏犧時始有文字以書事故曰由是文籍生焉自今本昔曰古古者以聖德伏物教人取犧牲故曰伏犧字或作宓犧音亦同律曆志曰結作網罟以取犧牲故曰伏犧或曰包犧言取犧而包之顧氏讀包為庖取其犧牲以供庖厨顧氏又引帝王世紀云伏犧母曰

蒙古刻本

增節標目音註精議資治通鑑卷第一
東陽　呂　祖謙　伯恭
論看通鑑法
昔陳瑩中嘗謂通鑑如藥山隨取隨得然雖是有藥山又須是會
採若不能採則不過博聞強記而已壺丘子問於列子曰子好遊
乎列子對曰人之所遊觀其所見我之所遊觀其所變此可取以
為看史之法大抵看史見治則以為治見亂則以為亂見一事則
止知一事何取觀史如身在其中見事之利害時之禍患必掩卷
自思使我遇此等事當作如何處之如此觀史學問亦可以進智
識亦可以高方為有益
讀史先看統體合一代綱紀風俗消長治亂觀之如秦之暴虐漢之
寬大皆其統體也（其偏勝及流弊處皆當深考）復須識一君之統體如文帝之寬
宣帝之嚴之類統體蓋為大綱如一代統體在寬雖有一兩君稍嚴
不害其為寬一君統體在嚴雖有一兩事稍寬不害其為嚴讀史自
以意會之可也至於戰國三分之時既有天下之統體復有一國

蒙古宪宗三年至五年张宅晦明轩刻本

元至大三年曹氏进德斋刻递修本

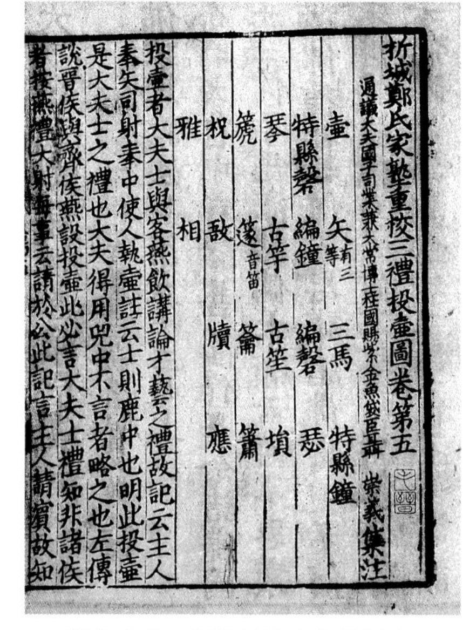

蒙古定宗二年析城郑氏家塾刻本

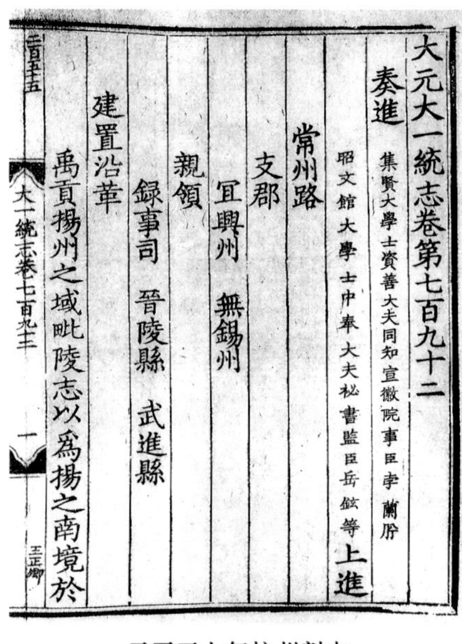

元至正七年杭州刻本

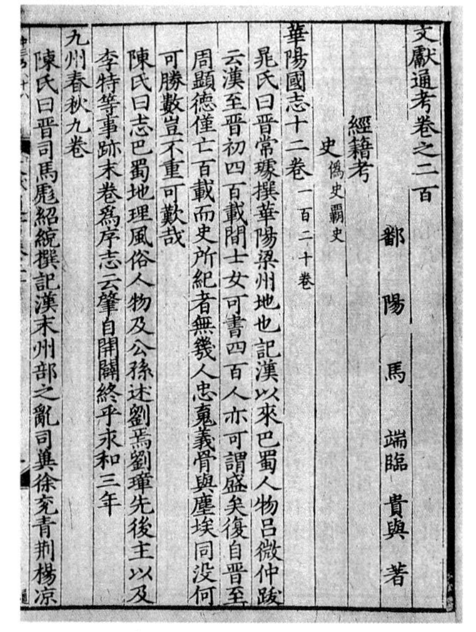

元泰定元年西湖书院刻本

元至正十四年嘉兴路儒学刻本

元大德十年绍兴路儒学刻明修本

元至正五年江浙等处行中书省刻本

普宁藏
元至元十六年杭州路馀杭大普宁寺刻本

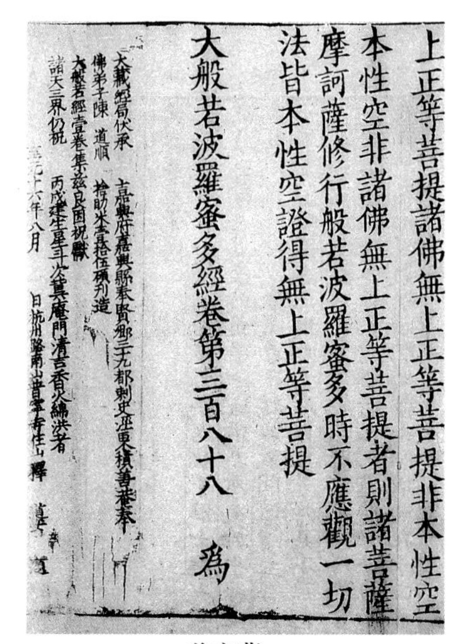

普宁藏
元至元十六年杭州路馀杭大普宁寺刻本

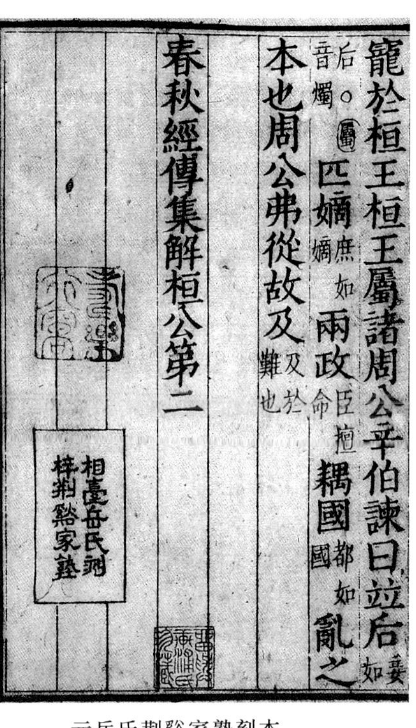
寵於桓王桓王屬諸周公平伯諫曰竝后妾如后匹嫡庶如嫡兩政臣擅命耦國都如國亂之本也周公弗從故及及於難也

春秋經傳集解桓公第二

相臺岳氏刻梓荊谿家塾

元岳氏荆谿家塾刻本

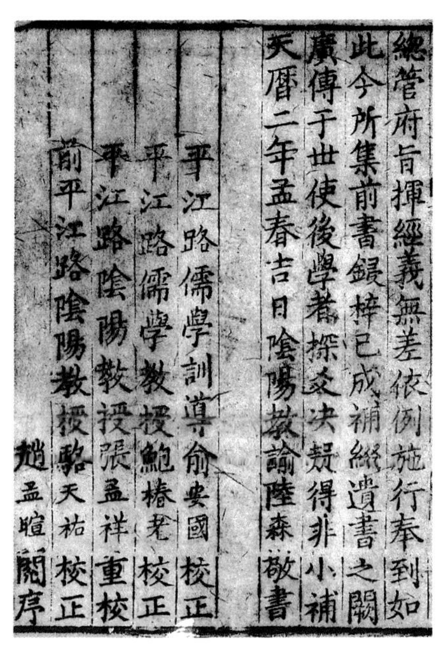
總管府旨揮經義無差依例施行奉到如
此今所集前書録梓已成補綴遺書之闕
廣傳于世使後學者探究决疑得非小補
天曆二年孟春吉日陰陽教諭陸森敬書
平江路儒學訓導俞安國校正
平江路儒學教授鮑椿老校正
平江路陰陽教授張孟祥重校
前平江路陰陽教授駱天祐校正
趙孟暄閲序

玉灵聚义　元天历二年平江路儒学刻本

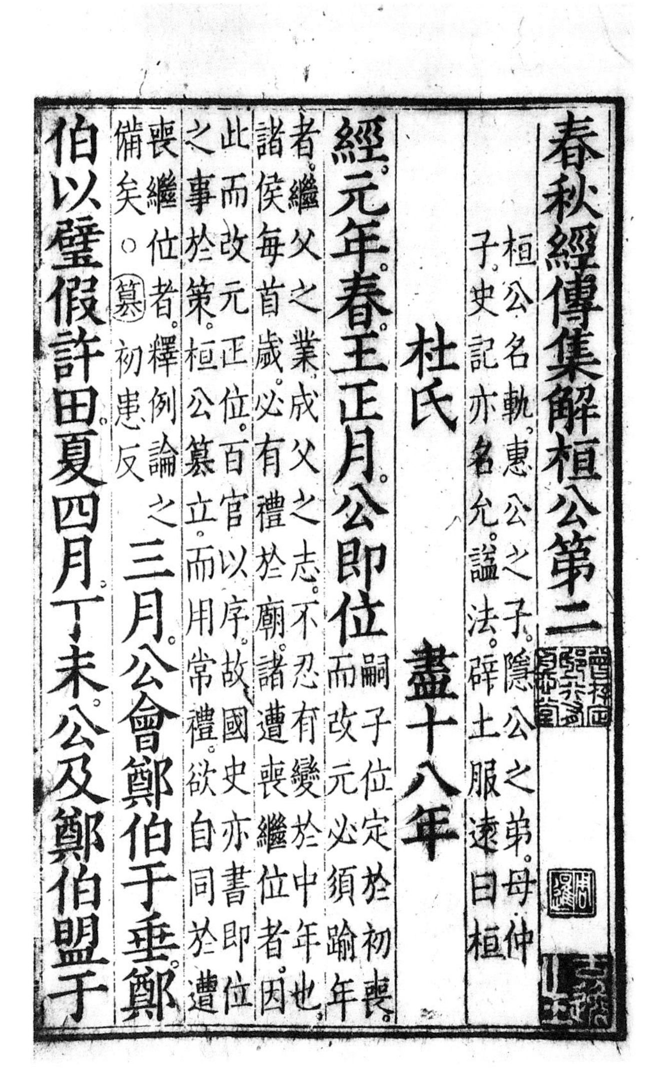
春秋經傳集解桓公第二

杜氏　盡十八年

桓公名軌惠公之子隱公之弟母仲子史記亦名允謚法辟土服遠曰桓

經元年春王正月公即位嗣子位定於初喪而改元必須踰年者繼父之業成父之志不忍有變於中年也諸侯每首歲必有禮於廟諸遭喪繼位者因此而改元正位百官以序故國史亦書即位之事於策桓公篡立而用常禮欲自同於遭喪繼位者釋例論之備矣○篡初患反三月公會鄭伯于垂鄭伯以璧假許田夏四月丁未公及鄭伯盟于

元岳氏荆谿家塾刻本

東坡樂府卷上　眉山蘇軾子瞻

水龍吟

古來雲海茫茫道山絳闕知何處人間自有赤城居士龍蟠鳳翥清淨無為坐忘遺照八篇奇語向玉霄東望蓬萊晻靄有雲駕驂風馭行盡九州四海笑紛紛落花飛絮臨江一見謫仙風采無言心許八表神遊浩然相對酒酣箕踞待垂天賦就騎鯨路穩約相將去

又贈趙晦之吹笛侍兒

元延祐七年叶曾南阜书堂刻本

石田先生文集卷第一

五言古詩

都門一百韻用韓文公會合聯句詩韻

詩中有二字非元韻盖祖常荒學不能用古韻故也延祐五年八月作

遐躬操耒耜奉身寡帷幙田居水舂碓城宿霜
鳴柝凝塵尚沉冥幽賞任飄泊行歌鮮同歡起
舞真獨作嘯詠氣頗雄攀躋力或弱椽木植幢
陰醜石掀獸惡心恥婦女仁志薄游俠諾校書
楊雄官入粟卜式爵娛情恇會呼失意被蜂蠆
佩履侍殿陛觚牘宴館閣儺童飼棧駒賤婢占

元至元五年扬州路儒学刻本

張陳王周傳第十　漢書四十

正議大夫行秘書少監琅邪縣開國子顏師古注

張良字子房其先韓人也大父開地相韓應劭曰大父祖父開地名也
昭侯宣惠王襄哀王父平相釐王師古曰釐讀曰僖悼惠王悼惠
王二十三年平卒卒二十歲秦滅韓良年少未宦事韓韓
破良家僮三百人弟死不葬悉以家財求客刺秦王為韓
報仇以五世相韓故師古曰從昭侯至悼惠王凡五君良嘗學禮淮陽東
見倉海君晉灼曰海神也如淳曰東夷君長也師古曰二說並非蓋當時賢者之號也良既見之因而求
得力士為鐵椎重百二十斤秦皇帝東游至博狼沙
中服虔曰河南陽武南地名也今有亭師古曰狼音浪良與客狙擊秦皇帝師古曰狙謂密

元大德九年太平路儒学刻明递修本

荀韓鍾陳傳第五十二　後漢書六十二

荀淑傳　子爽　孫悅

荀淑字季和潁川潁陰人也荀卿十一世孫也卿名況趙人也為楚蘭陵令著書二十二篇號荀卿子避宣帝諱故改曰孫也少有高行博學而不好章句
多為俗儒所非而州里稱其知人安帝時徵拜郎中後再遷
當塗長當塗縣名故城在今宣州去職還鄉里當世名賢李固李膺等
皆師宗之及梁太后臨朝有日食地震之變詔公卿舉賢
良方正光祿勳杜喬少府房植舉淑對策譏刺貴倖為大
將軍梁冀所忌出補朗陵侯相續漢書曰淑對策譏刺梁氏故出也蒞事
理稱為神君頃之棄官歸閑居養志產業每增輒以贍宗

元大德九年宁国路儒学刻本

列傳第十六　北史二十八

陸俟

源賀曾孫彪　玄孫師

劉尼

薛提

陸俟代人也曾祖幹祖引世領部落父突道武初帥部人
從征伐數有戰功位離石鎮將上黨太守關內侯俟少聰
慧明元踐祚襲爵關內侯位給事中典選部蘭臺事當官
無所撓太武征赫連昌詔俟督諸軍鎮大磧以備蠕蠕與西平
公安頡攻剋武牢賜爵建鄴公拜冀州刺史時考州郡唯

元大德信州路儒学刻明嘉靖元年重修本

稼軒長短句卷之一

哨遍

秋水觀

蝸角鬬爭左觸右蠻一戰連千里君試思方寸此心微總虛空并包無際喻此理何言泰山毫末從來天地一稊米嗟小大相形鳩鵬自樂之二蟲又何知記跖行仁義孔丘非更殤樂長年老彭悲火鼠論寒氷蠶語熱定誰同異 噫貴賤隨時連城纔

元大德三年广信书院刻本

元豐類稾卷第三

古詩

遊麻姑山九首

軍南古原行數里忽見峻嶺橫千尋誰開一徑破蒼翠對植松栢何森森疤根自迸古崖出老色不畏莓苔侵脩竹整整儼朝士下蔭石齒明如金遂登半嶺望城郭但見積靄縈江潯岡陵稍轉露樓閣沙莽忽盡橫園林秋光已逼花草歇寒氣況乘巖谷深我馳輕輿豈知倦倏忽遂覺窮嶔崟龍門誰來此中鑿玉簡不記何年沉泉聲可聽巨衆籟泉意欲寫無瑤琴

元大德八年丁思敬刻本

雍虞先生道園類稾卷之一

賦

别知賦送袁伯長

余忽忽歔此之無故兮幾偃蹇以自窮逝歛裳以遐征兮抗九霄之雲風飒三辰之徘徊兮遲後古以爲期何夫子之倀倀兮亦踉蹌而狂兹于嗟乎世德之浩浩兮恥謂人以不賢陳珮玉於交逵兮披徒輿以瑤環設厚顔之鬱沈兮孰敢即問乎津涯發疾呌于咽嗌兮衆披靡而莫支夫冶倡之狐惑兮豈不足於

元至正五年杭州路儒学刻本

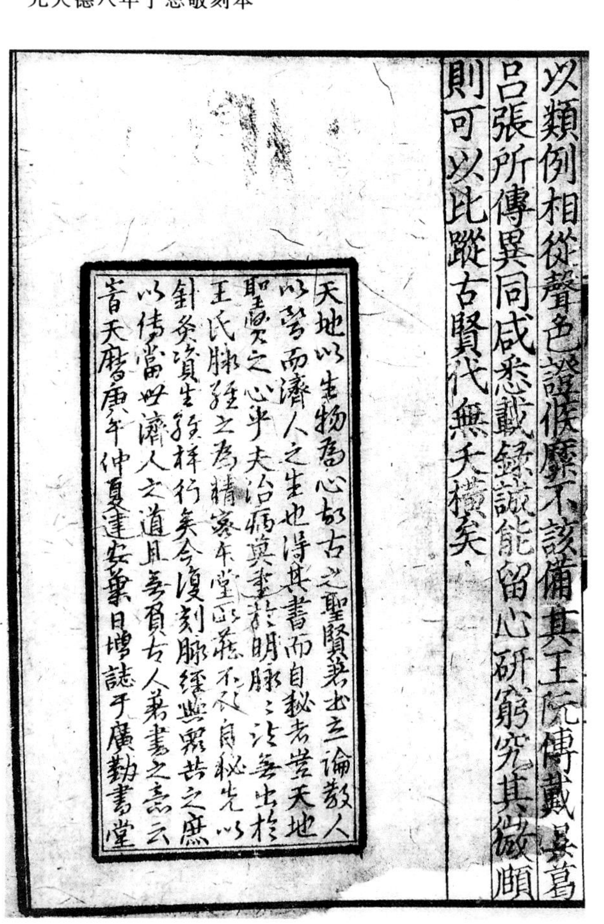
以類例相從聲色證候靡不該備其王氏傳載吳葛呂張所傳異同咸悉載錄誠能留心研窮究其微賾則可以比蹤古賢代無夭橫矣。

天地以生物爲心故古之聖賢著書立論教人以醫而濟人之生也得其書而自秘者豈天地聖賢之心乎夫治病莫重於明脈脈法無出於王氏脈經之爲精密本堂不敢自秘先以針灸資生發祥行矣今復刻脈經與衆共之庶以仁傳當世濟人之道且無負古人著書之意云旹天曆庚午仲夏建安葉日增誌于廣勤書堂

新刊王氏脉经天历三年广勤书院刻本

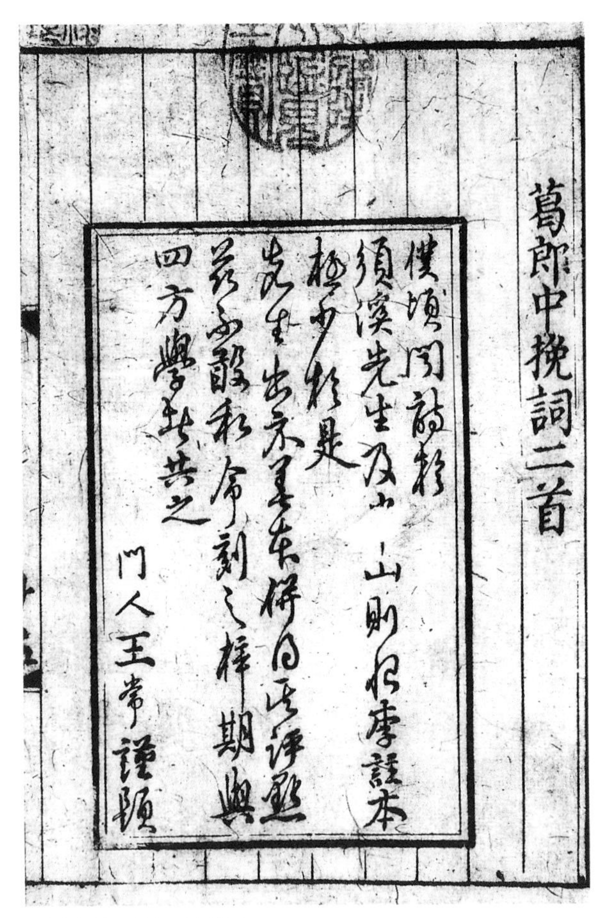

葛郎中挽詞二首

僕頃聞詩於
須溪先生及山 山則作李註本
極其精是
先生出示王荊公詩自為評點
簡而嚴私命刻之梓 期與
四方學者共之
門人王常謹題

元大德五年王常刻本

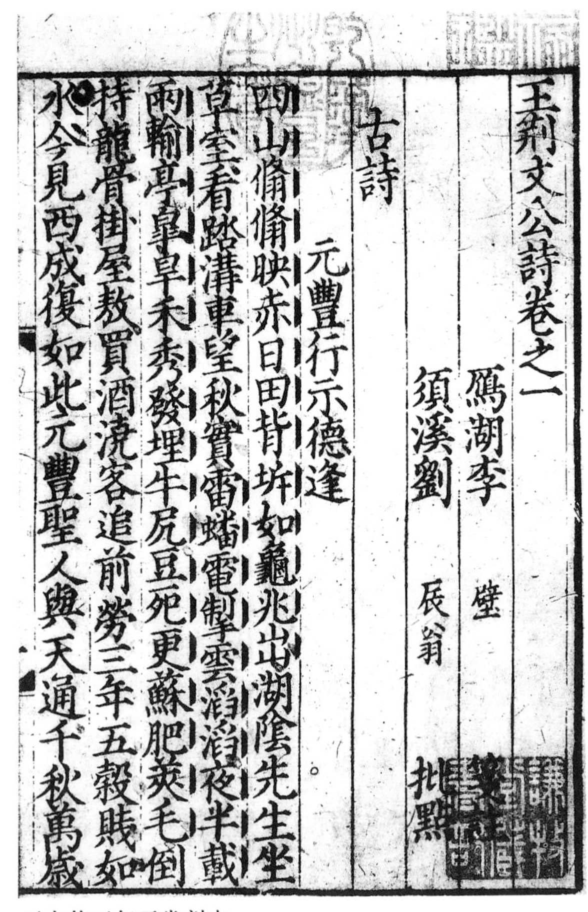

王荊文公詩卷之一
鴈湖李 壁 箋
須溪劉 辰翁 批點
古詩
元豐行示德逢
四山翛翛映赤日田背坼如龜兆出湖陰先生坐
草室看踏溝車望秋實雷蟠電掣雲滔滔夜半載
雨輸亭皋旱禾秀發埋牛尻豆死更蘇肥莢毛倒
持龍骨挂屋敖買酒澆客追前勞三年五穀賤如
水今見西成復如此元豐聖人與天通千秋萬歲

元大德五年王常刻本

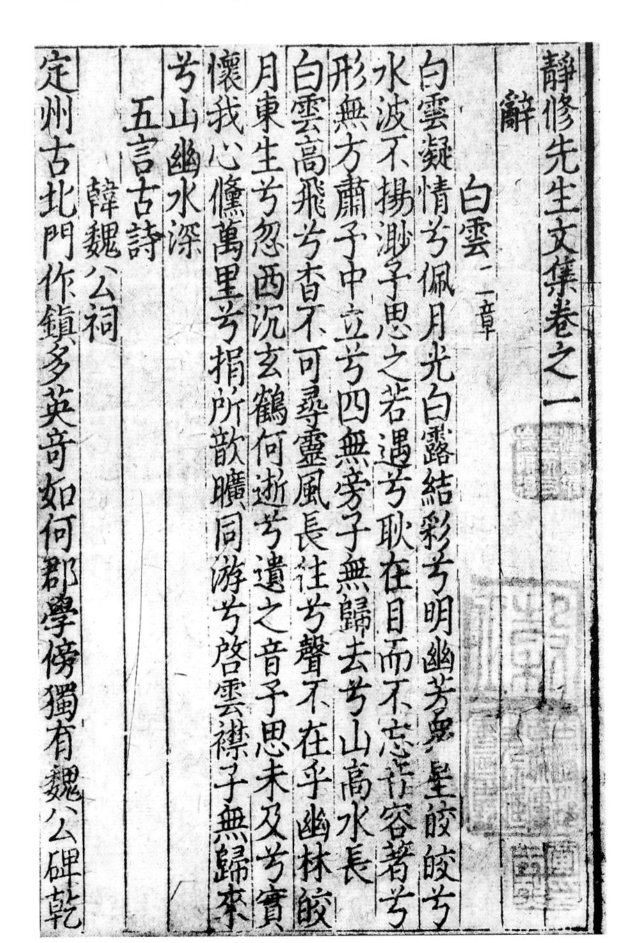

靜修先生文集卷之一
辭
白雲 二章
白雲凝情兮佩月光白露結彩兮明幽芳奧星皎皎兮
水波不揚渺予思之若遇兮耿在目而不忘詑容著兮
形無方肅予中立兮四無旁子無歸去兮山高水長
白雲高飛兮杳不可尋靈風長往兮聲不在乎幽林皎
月東生兮忽西沉玄鶴何逝兮遺之音予思未及兮實
懷我心儵萬里兮捐所歆曠同游兮啓雲襟子無歸來
兮山幽水深
五言古詩
韓魏公祠
定州古北門作鎮多英奇如何郡學傍獨有魏公碑乾

元至顺元年宗文堂刻本

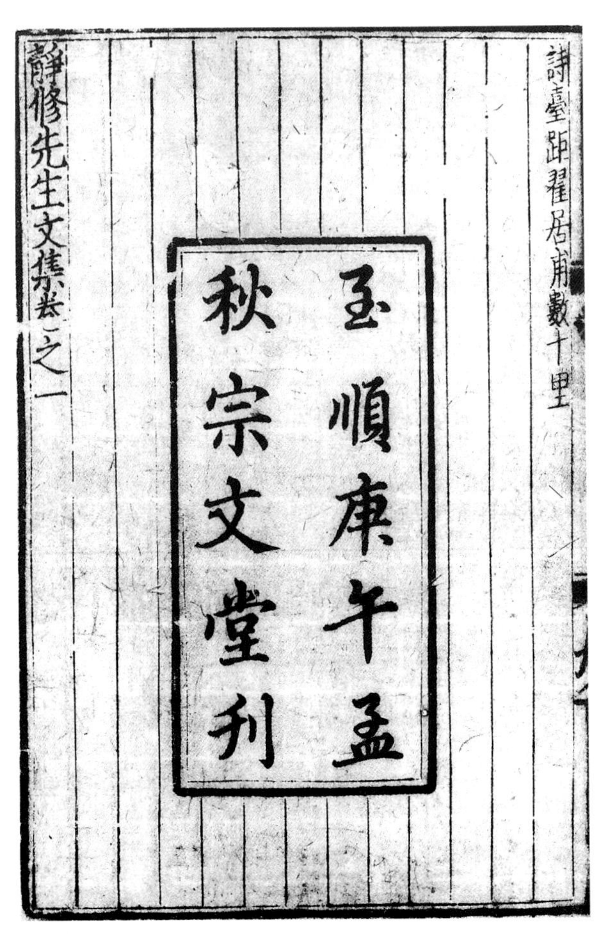

詩臺距翟居甫數十里

至順庚午孟
秋宗文堂刊

靜修先生文集卷之一

元至顺元年宗文堂刻本

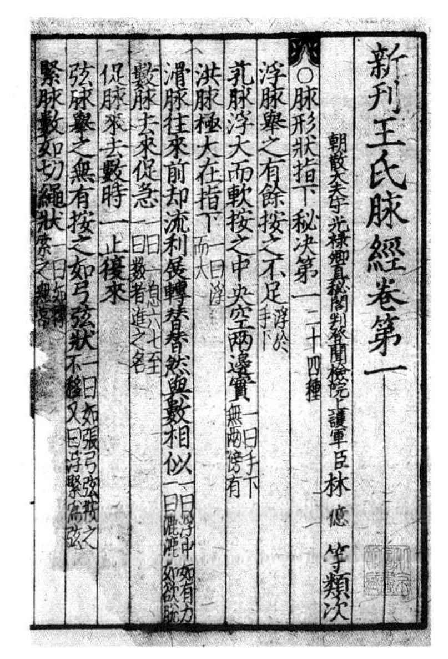
新刊王氏脉經卷第一

○脉形狀指下秘決第一 二十四種

浮脉舉之有餘按之不足

芤脉浮大而軟按之中央空兩邊實

洪脉極大在指下

滑脉往來前却流利展轉替替然與數相似

數脉去來促急

促脉來去數時一止復來

弦脉舉之無有按之如弓弦狀

緊脉數如切繩狀

元天历三年广勤书院刻本

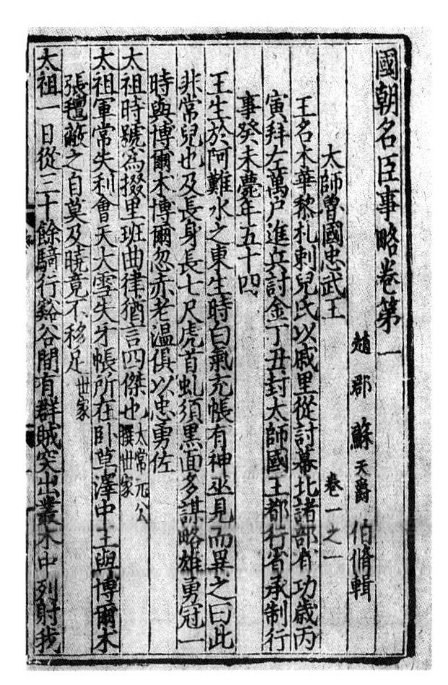
國朝名臣事略卷第一

太師魯國忠武王

王名木華黎札剌兒氏以威鎮從討暮北諸部有功歲丙寅拜左萬戶進討金丁丑封太師國王都行省承制行事癸未薨年五十四

元元统三年余志安勤有堂刻本

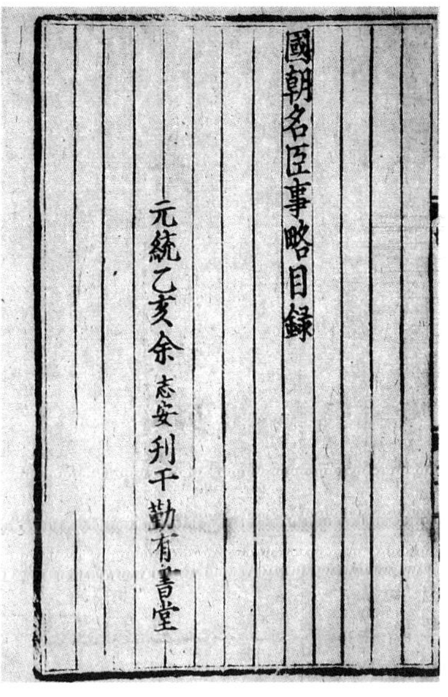
國朝名臣事略目録

元統乙亥余志安刊于勤有書堂

元元统三年余志安勤有堂刻本

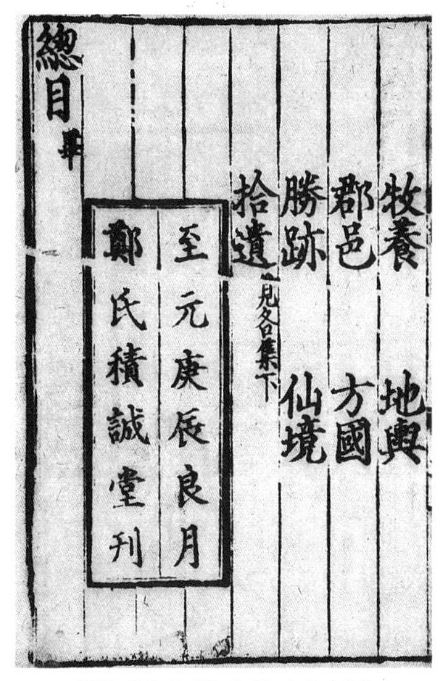
總目

牧養 地輿

郡邑 方國

勝跡 仙境

拾遺

至元庚辰良月

鄭氏積誠堂刊

元至元六年郑氏积诚堂刻本

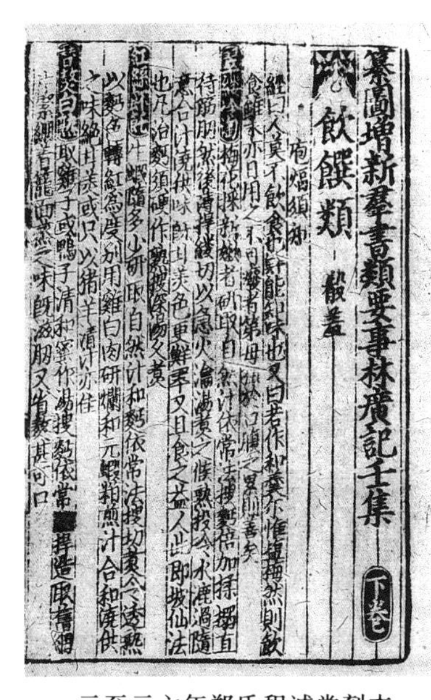
纂圖增新羣書類要事林廣記壬集

飲饌類

元至元六年郑氏积诚堂刻本

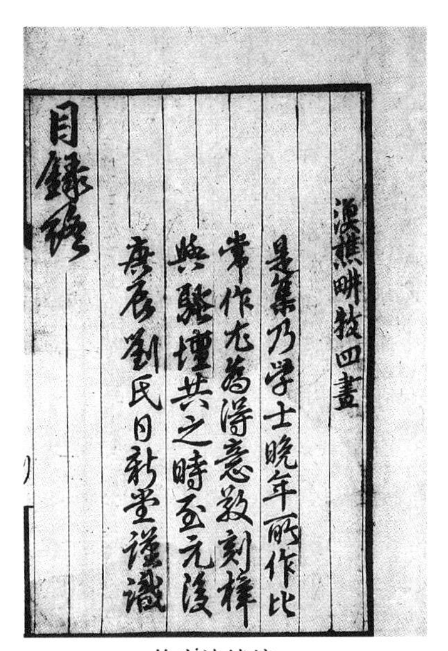
目録終

漁樵耕牧四畫

是集乃學士晚年所作比常作尤爲得意敬刻梓與騷壇共之時至元後庚辰劉氏日新堂謹識

伯生诗续编

元至元六年刘氏日新堂刻本

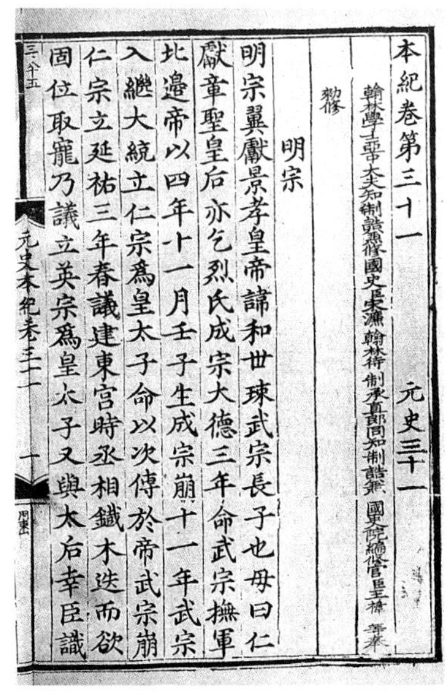
本紀卷第三十一 元史三十一

明宗

明宗翼獻景孝皇帝諱和世㻋武宗長子也母曰仁獻章聖皇后亦乞烈氏成宗大德三年命武宗撫軍北邊帝以四年十一月壬子生成宗崩十一年武宗入繼大統立仁宗爲皇太子命以次傳於帝武宗崩仁宗立延祐三年春議建東宮時丞相鐵木迭兒欲固位取寵乃議立英宗爲皇太子又與太后幸臣識

明洪武三年内府刻本

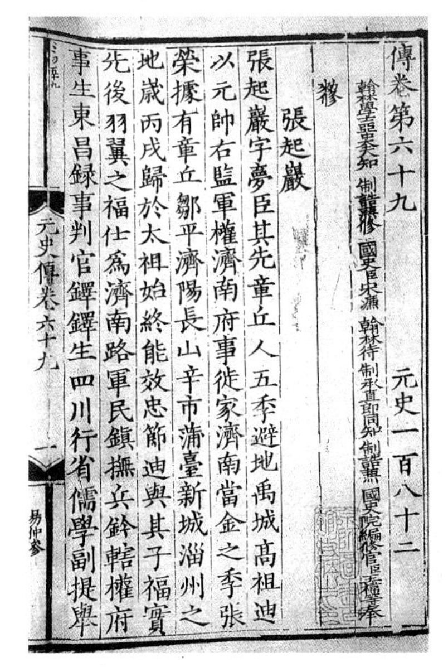
傳卷第六十九 元史一百八十二

張起巖

張起巖字夢臣其先章丘人五季避地禹城高祖迪以元帥右監軍權濟南府事徙家濟南當金之季張榮據有章丘鄒平濟陽長山辛市蒲臺新城淄州之地歲丙戌歸於太祖始終能效忠節迪與其子福實先後羽翼之福仕爲濟南路軍民鎮撫兵鈐轄權府事生東昌録事判官鐸鐸生四川行省儒學副提舉

明洪武三年内府刻本

翠巖精舍

校正無誤

新刊足註明本廣韻

五音四聲切韻圖譜詳明

至正丙申仲夏绣梓印行

广韵 元至正十六年翠岩精舍刻本

阿毗達磨品類足論卷第七　渭七

尊者世友造　三藏法師玄奘奉　詔譯

辯攝等品第六之三

身業云何謂身表及無表語業云何謂語表
及無表意業云何謂思善業云何謂善身語
業及善思不善業云何謂不善身語業及不
善思無記業云何謂無記身語業及無記思　渭七
學業云何謂學身語業及學思無學業云何
謂無學身語業及無學思非學非無學業云
何謂有漏身語業及有漏思見所斷業云何

南藏　明洪武五年刻本

宋學士文粹卷第三

志釋寄胡徵君仲申

華容孝廉與廣平文學遇于神明之臺孝廉問曰予締子交已越二紀
其貌固狎其志則未之聞也子能為我揚搉古今而釋之乎文學曰走
也不敏長自當究鶴毳編襦芝緼食動趾踉蹡發辭謇吃忽挾緗縹
去應都邑見者大噯指為木刻錯愕周章無地寄迹獨孝廉燬我以溫
顏前我以重席迪我以三古之芳猷期我以九能之至域拜孝廉之既
厚矣孝廉有問敢對以臆寓形霄壤不翅蠛蠓時幻歲遷電滅鳥空唯
極所適其樂則鴻出游大澤才鶱氣雄鼻尖出火耳後生風金張前驅
許史後從牽黃臂蒼簾矢韔弓仰落雙鵰俯搤長熊毛血旁灑塵坌四
封入㩜邃館庭實惟供罍尊芻午豆俎衛從肉腴含春酎暈移童罍周
八音律合六同部分立坐造布西東綠華白台南威紫衡壓酷輔奇光璪
質姣容歌喉撼塵舞袖翩龍其有事固日新而弗足也竊有志焉孝廉
能許之乎孝廉曰欲敗度縱敗禮古人所戒子豈宜蹈之願聞其佗文
學曰班生投毫令名煌燿終童請纓其齒甚少不有熖熖孰潛其爝非
勳銘於鼎然必達摽於粤徼軒冕以之蟬聯紳笏以之㛹嫽衛霍擁軨

明洪武十年郑济刻本

埤雅卷第四

中大夫守尚書左丞上柱國吳郡開國公賜紫金魚袋陸　佃　撰

釋獸

象　貉　貍　狼
蝟　狐　貔　貓
駝　麋　狨　猴
貘　羆　貂　猨

象

象南越大獸長鼻牙望前如後三年一乳行孕內兼十牛命
在其鼻其所食物皆以鼻取之蓋獸之象以鼻致用而不以
口天之象以氣致用而不以言故天之象與獸之象同字且
令服馴巨象以小斧刃斲之其金瘡見星月即合又若與垂

明建文二年林瑜陈大本刻本

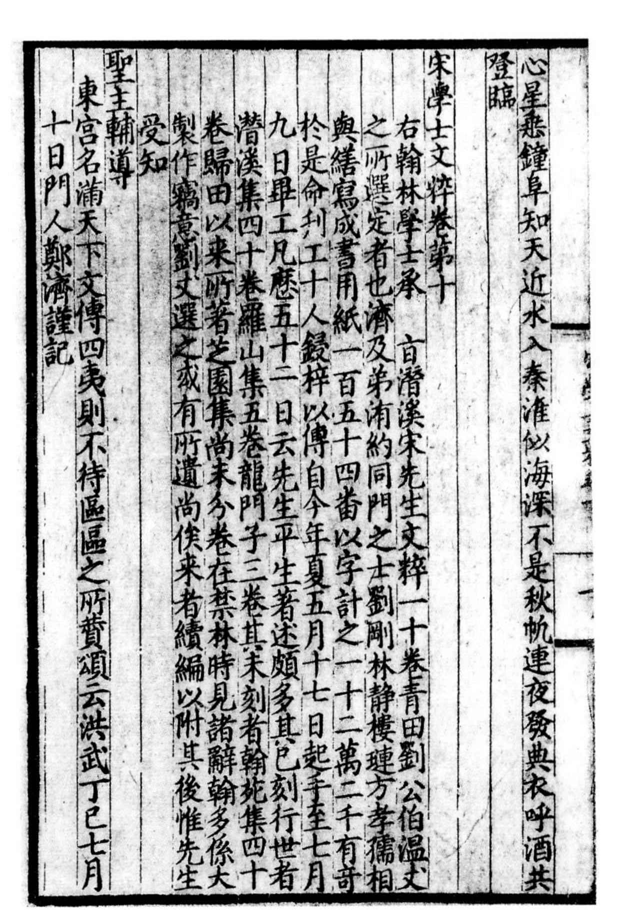

心星懸鐘阜知天近水入秦淮似海深不是秋帆連夜發典衣呼酒共
登臨

宋學士文粹卷第十

右翰林學士承　旨潛溪宋先生文粹一十卷青田劉公伯溫丈
之所選定者也濟及弟洧約同門之士劉剛林靜樓璉方孝孺相
與繕寫成書用紙一百五十四番以字計之一十二萬二千有奇
於是命刊工十人鋟梓以傳自今年夏五月十七日起手至七月
九日畢工凡歷五十二日云先生平生著述頗多其已刻行世者
潛溪集四十卷羅山集五卷龍門子三卷其未刻者翰苑集四十
卷歸田以来所著芝園集尚未分卷在禁林時見諸辭翰多係大
製作竊意劉文選之或有所遺尚俟来者續編以附其後惟先生
受知
聖主輔導
東宮名滿天下文傳四夷則不待區區之所贊頌云洪武丁巳七月
十日門人鄭濟謹記

明洪武十年郑济刻本

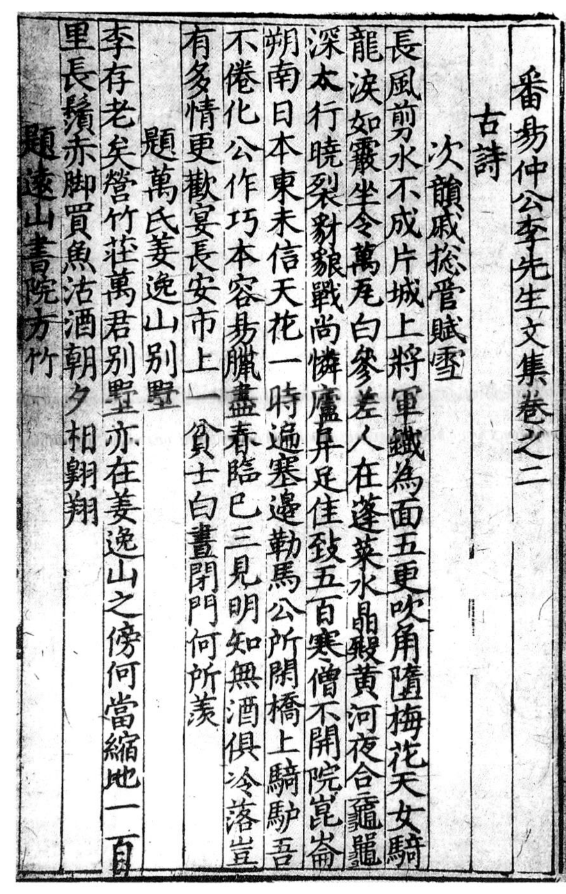

番易仲公李先生文集卷之二

古詩

次韻戚㧾晉賦雪

長風剪水不成片城上將軍鐵為面五更吹角墮梅花天女騎龍淚如霰坐令萬瓦白參差人在蓬萊水晶殿黃河夜合鼉鼉深太行曉裂豺貔戰尚憐廬阜足佳致五百寒僧不開院崑崙朔南日本東未信天花一時遍塞邊勒馬公所閑橋上騎驢吾不倦化公作巧本容易臘盡春臨已三見明知無酒俱冷落豈有多情更歡宴長安市上一貧士白晝閉門何所羨

題萬氏姜逸山別墅

李存老矣營竹莊萬君別墅亦在姜逸山之傍何當縮地一百里長鬚赤脚買魚沽酒朝夕相翱翔

題遂山書院方竹

明永乐三年李光刻本

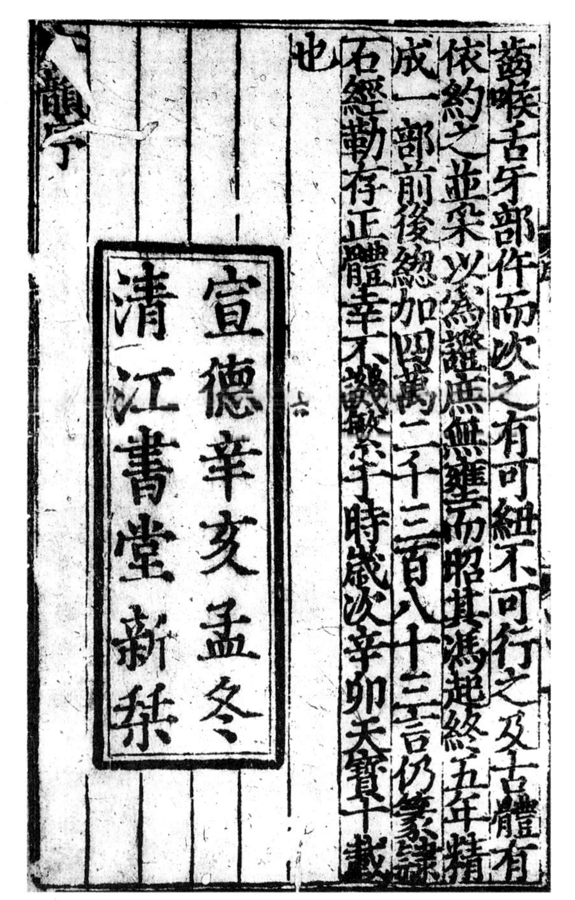

齒喉舌牙部件而次之有可紐不可行之及古體有依約之並采以為證庶無壅而昭其憑起終五年精成一部前後總加四萬二千三百八十三言仍篆隸石經勒存正體幸不譏煩于時歲次辛卯天寶十載也

宣德辛亥孟冬
清江書堂新栞

廣韻

广韵　明宣德六年清江书堂刻本

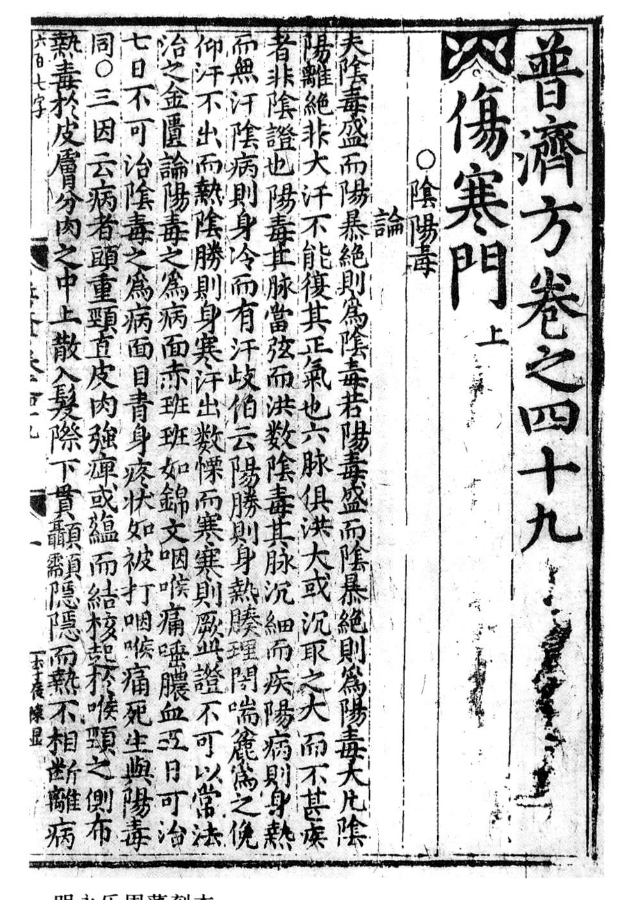

普濟方卷之四十九

傷寒門 上

○陰陽毒

論

夫陰毒盛而陽暴絕則為陰毒若陽毒盛而陰暴絕則為陽毒大凡陰陽離絕非大汗不能復其正氣也六脉俱洪大或沉取之大而不甚疾者非陰證也陽毒其脉當弦而洪數陰毒其脉沉細而疾陽病則身熱而無汗陰病則身冷而有汗岐伯云陽勝則身熱腠理閉喘麤為之俛仰汗不出而熱陰勝則身寒汗出數慄而寒寒則厥厥證不可以常法治之金匱論陽毒之為病面赤斑斑如錦文咽喉痛唾膿血五日可治七日不可治陰毒之為病面目青身疼狀如被打咽喉痛死生與陽毒同○三因云病者頭重頸直皮肉強痹或蘊而結核起於喉頸之側布熱毒於皮膚分肉之中上散入髮際下貫顳顬隱隱而熱不相斷離病

明永乐周藩刻本

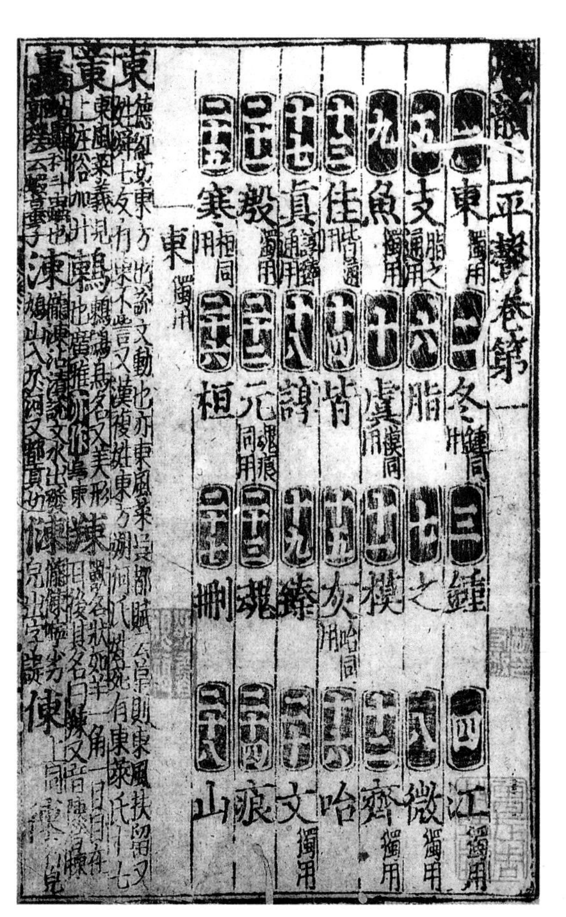

廣韻上平聲卷第一

一東獨用　二冬鍾同用　三鍾　四江獨用
五支脂之同用　六脂　七之　八微獨用
九魚獨用　十虞模同用　十一模　十二齊獨用
十三佳皆同用　十四皆　十五灰咍同用　十六咍
十七真諄臻同用　十八諄　十九臻　二十文獨用
二十一殷獨用　二十二元魂痕同用　二十三魂　二十四痕
二十五寒桓同用　二十六桓　二十七刪山同用　二十八山

東獨用

广韵　明宣德六年清江书堂刻本

大雲輪請雨經卷上上下同卷　清二
唐特進試鴻臚卿三藏沙門大廣智不空奉　詔譯
如是我聞一時佛住難陀塢波難陀龍王宮
吉祥摩尼寶藏大雲道場寶樓閣中與大苾

御製
天清地寧陰陽和順七政明朗
風雨調均百穀常豐萬類咸暢
烽警不作禮教興行子孝臣忠
化醇俗厚人皆慈善物靡害災
外順內安一統熙皥九幽六道
普際光明既往未來俱登正覺
大明正統五年十一月十一日

北藏　明正统五年刻本

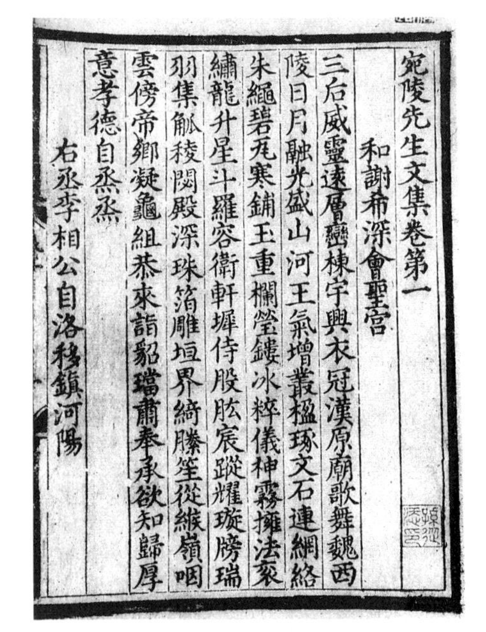

宛陵先生文集卷第一
和謝希深會聖宮
三后威靈遠層巒棟宇興衣冠漢原廟歌舞魏西
陵日月馳光盛山河王氣增叢楹琢文石連網絡
朱繩碧瓦寒鋪玉重欄瑩鏤冰粹儀神霧擁法衆
繡龍升星斗羅容衛軒墀侍股肱宸蹤耀璇牓瑞
羽集觚稜閟殿深珠箔雕垣界綺縢笙從緱嶺咽
雲傍帝鄉凝龜組恭來謁貂璫肅奉承欲知歸厚
意孝德自烝烝
右丞李相公自洛移鎮河陽

明正统四年袁旭刻本

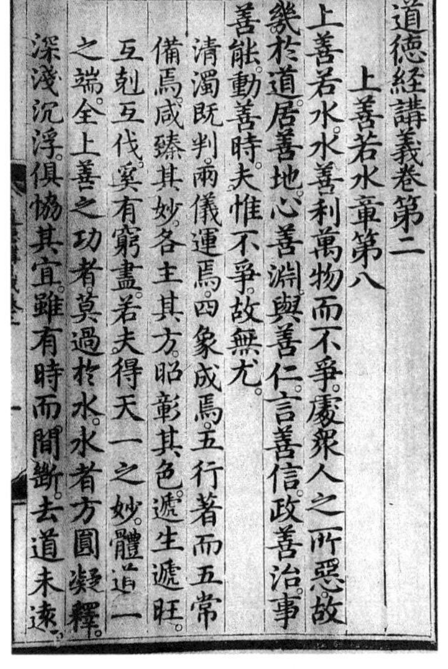

道德經講義卷第二
上善若水章第八
上善若水水善利萬物而不爭處衆人之所惡故
幾於道居善地心善淵與善仁言善信政善治事
善能動善時夫惟不爭故無尤
清濁既判兩儀運焉四象成焉五行著而五常
備焉咸臻其妙各主其方昭彰其色遞生遞旺
互尅互代寔有窮盡若夫得天一之妙體道一
之端全上善之功者莫過於水水者方圓凝釋
深淺沉浮俱協其宜雖有時而間斷去道未遠

明宣德七年周思德刻本

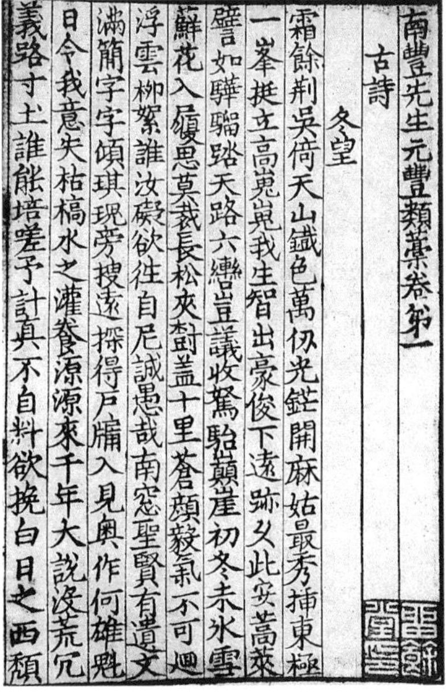

南豐先生元豐類藁卷第一
古詩
冬望
霜餘荊吳倚天山鐵色萬仞光鋩開麻姑最秀插東極
一峯挺立高巍我生智出豪俊下遠跡久此安蒿萊
譬如驊騮踣天路六轡豈議收駑駘巔崖初冬未冰雪
蘚花入履思莫裁長松夾樹蓋十里蒼顏毅氣不可迴
浮雲柳絮誰汝礙欲往自尼誠愚哉南窗聖賢有遺文
滿簡字字頌琪瑰旁搜遠探得戶牖入見奧作何雄魁
日令我意失枯槁水之灌養源源來千年大說沒荒冗
義路寸土誰能培嗟予計真不自料欲挽白日之西頹

明正统十二年邹旦刻本

桂林郡志卷之十九
灌陽縣
縣因革
灌陽在郡南九十里以灌水名隋大業十三年蕭銑析湘
源置灌陽隸零陵郡唐武德七年廢上元二年永州刺史
宇文審請復置縣仍屬永州晉天福四年置全州始隸焉
舂陵古碑載三國時有熊尚初拜騎都尉灌陽長然灌陽
之名舊矣蕭銑因以名邑又按古寧灌合二鄉隸昭州恭
城縣以遼絕而割二鄉合湘源之昭義置縣焉唐地理志
爲中縣九域志爲下縣至元年間定爲下縣
皇朝因之

明景泰元年刻本

寰宇通志卷之四十
九江府
建置沿革　禹貢荊揚之域天文斗牛分野春秋時吳楚之
交吳滅盡爲楚地秦始置九江郡漢改淮南國尋分爲豫
章郡領潯陽歷陵柴桑彭澤等縣又分置廬江郡而潯陽
隸焉武帝復爲九江郡東漢末潯陽南境入吳屬彭澤郡
北境入魏屬廬江郡後盡歸于吳晉平吳屬鄱陽豫章武
昌三郡元康初於潯陽置江州梁因侯景之亂移治湓口
即今府城是也隋改江州爲九江郡唐復爲江州五代吳
楊氏陞奉化軍節度宋平江南降爲軍州分隸江南東道

明景泰七年内府刻本

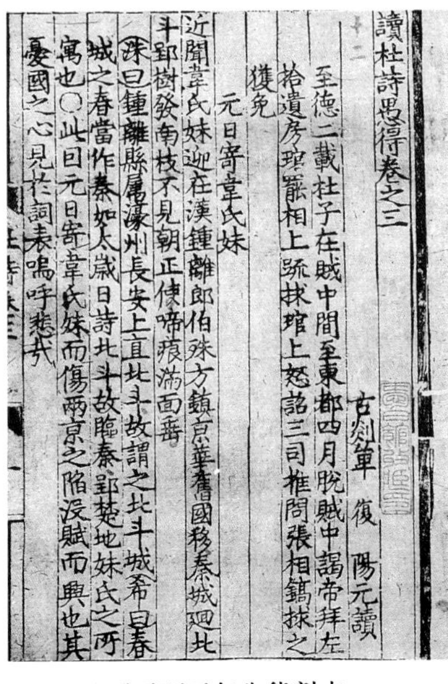

讀杜詩愚得卷之三
古剡單　復　陽元　讀
至德二載杜子在賊中間至東都四月脫賊中謁帝拜左
拾遺房琯罷相上疏救琯上怒詔三司推問張相鎬救之
獲免
元日寄韋氏妹
近聞韋氏妹迎在漢鍾離郎伯殊方鎮京華舊國移秦城迥北
斗郢樹發南枝不見朝正使啼痕滿面垂
洪曰鍾離縣屬濠州長安上直北斗故謂之北斗城希曰春
城之春當作秦如太歲日詩北斗故臨秦郢楚地妹氏之所
寓也○此因元日寄韋氏妹而傷兩京之陷沒賊而與也其
憂國之心見於詞表嗚呼悲夫

明天顺元年朱熊刻本

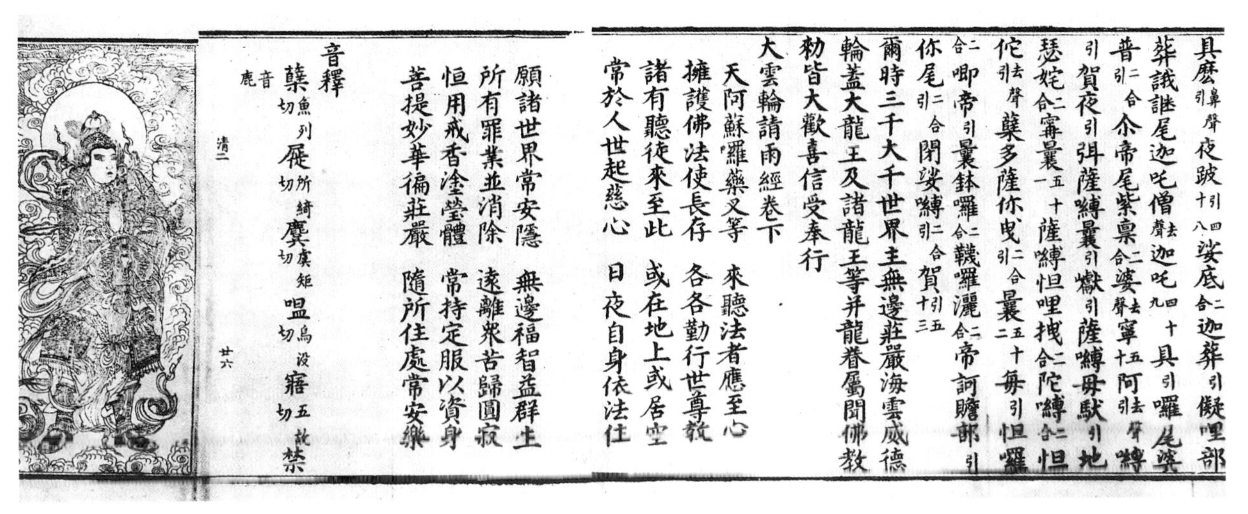

具麼引鼻聲夜跛十八引四婆底二合迦葬引儗哩部
葬誐誰尾迦吒僧去聲迦吒九四十具引囉尾婆
普二合引尒帝尾紫稟二合婆去聲寧十五阿去聲引嚩
引賀夜引弭薩嚩曩引嶽引薩嚩毋馱引地
瑟姹二合寗曩五十一薩嚩怛哩拽二合陀嚩二合怛
佗去聲引蘖多薩你曳二合引曩五十二毋引怛囉
二合唧帝引曩鉢囉二合韈囉灑二合帝訶瞻部引
你尾二合引閉娑嚩二合引賀五十三引
爾時三千大千世界主無邊莊嚴海雲威德
輪蓋大龍王及諸龍王等并龍眷屬聞佛教
勑皆大歡喜信受奉行
大雲輪請雨經卷下

天阿蘇囉藥叉等　來聽法者應至心
擁護佛法使長存　各各勤行世尊教
諸有聽徒來至此　或在地上或居空
常於人世起慈心　日夜自身依法住
願諸世界常安隱　無邊福智益群生
所有罪業並消除　遠離衆苦歸圓寂
恒用戒香塗瑩體　常持定服以資身
菩提妙華徧莊嚴　隨所住處常安樂

音釋
蘖魚列切　屣所綺切　麌虞矩切　嗢烏没切　瘖五故切　禁
鹿音

清二　廿六

北藏　明正统五年刻本

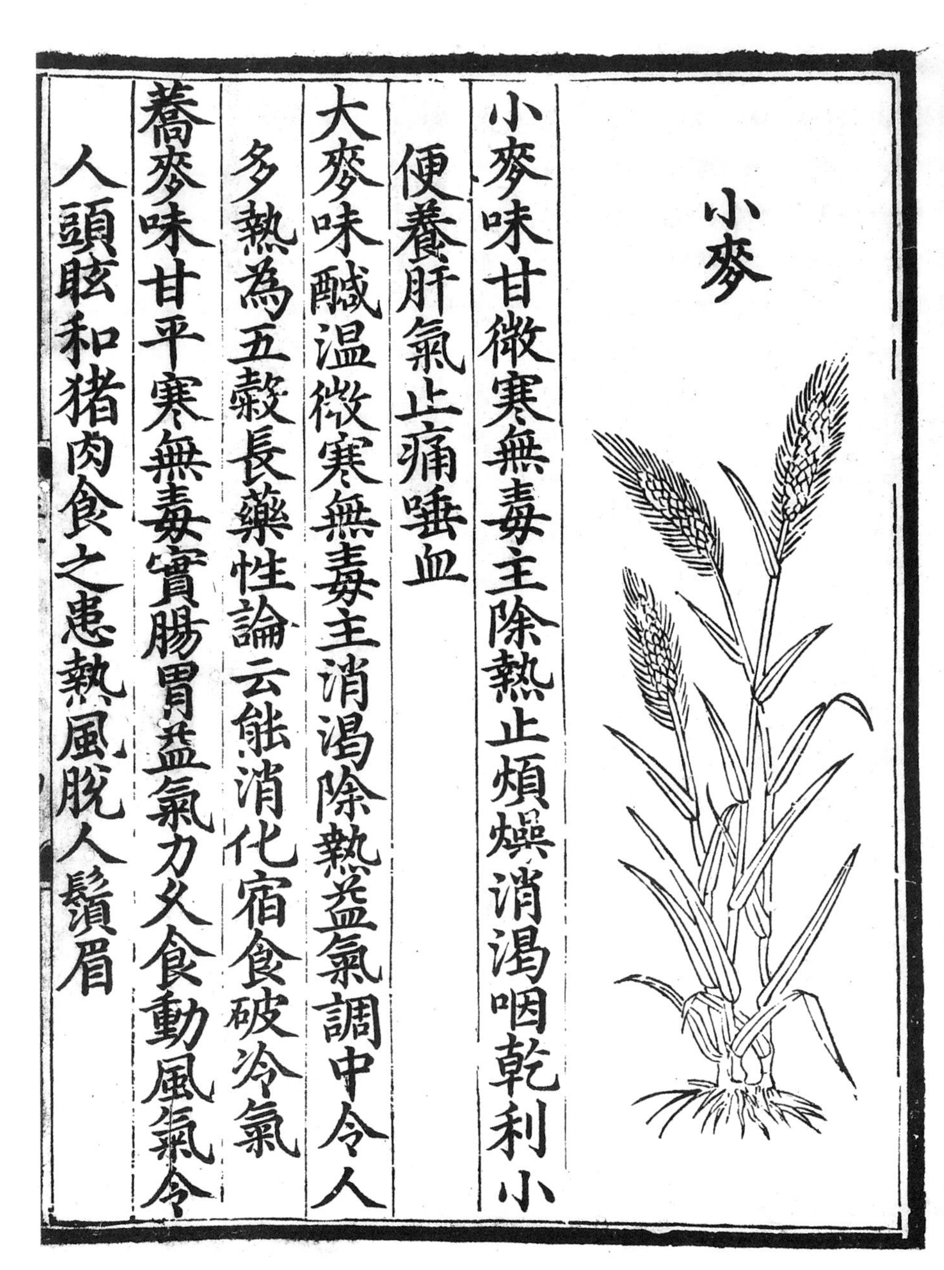

小麥

小麥味甘微寒無毒主除熱止煩燥消渴咽乾利小
便養肝氣止痛唾血
大麥味鹹温微寒無毒主消渴除熱益氣調中令人
多熱為五穀長藥性論云能消化宿食破冷氣
蕎麥味甘平寒無毒實腸胃益氣力久食動風氣令
人頭眩和猪肉食之患熱風脫人鬚眉

饮膳正要　明景泰七年内府刻本

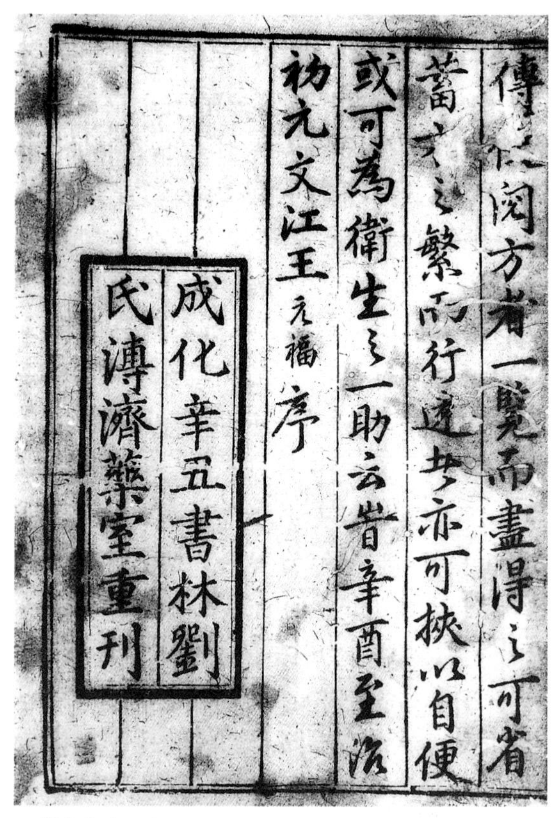
傳於閱方者一覽而盡得之可省
蓄之繁而行遠者亦可挾以自便
或可為衛生之一助云旹辛酉至治
初元文江王元福序

成化辛丑書林劉
氏溥濟藥室重刊

明成化十七年书林刘氏溥济药室刻本

類編經驗醫方大成總目

文江孫允賢編纂

古今醫方汗牛充棟雖良醫有不能盡閱閱之有不能盡用者文江孫氏允賢以為儒醫茍用一方有驗者必集而類編之以方名附各門類散之下名曰醫方集成意使今之醫者雖行萬里不必挾他醫書而治病之要瞭然在目其於活人之心視杏林陰德不啻過矣不敢私秘敬鋟諸梓與天下明醫之士共之

卷之一

諸風 附風論

明成化十七年书林刘氏溥济药室刻本

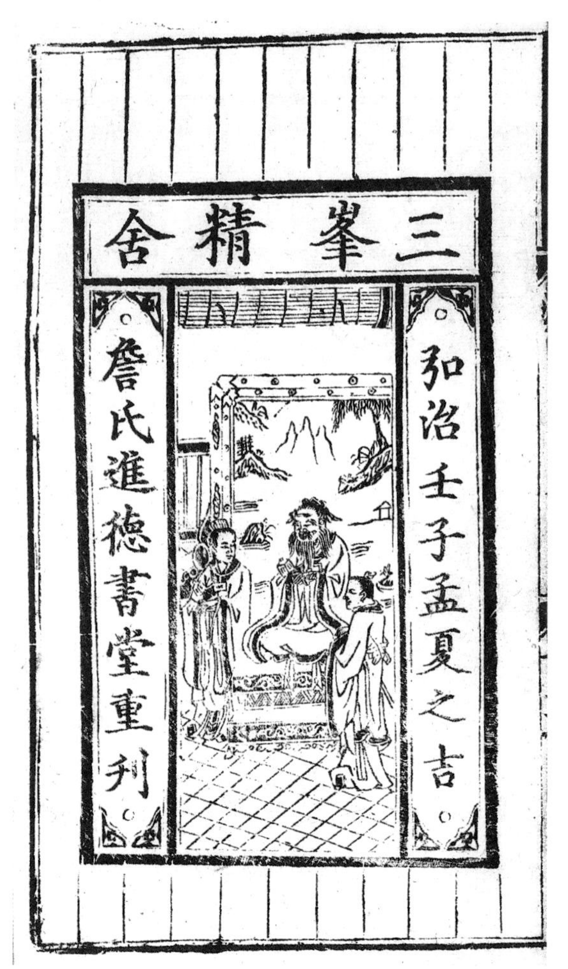


明弘治五年詹氏进德书堂刻本

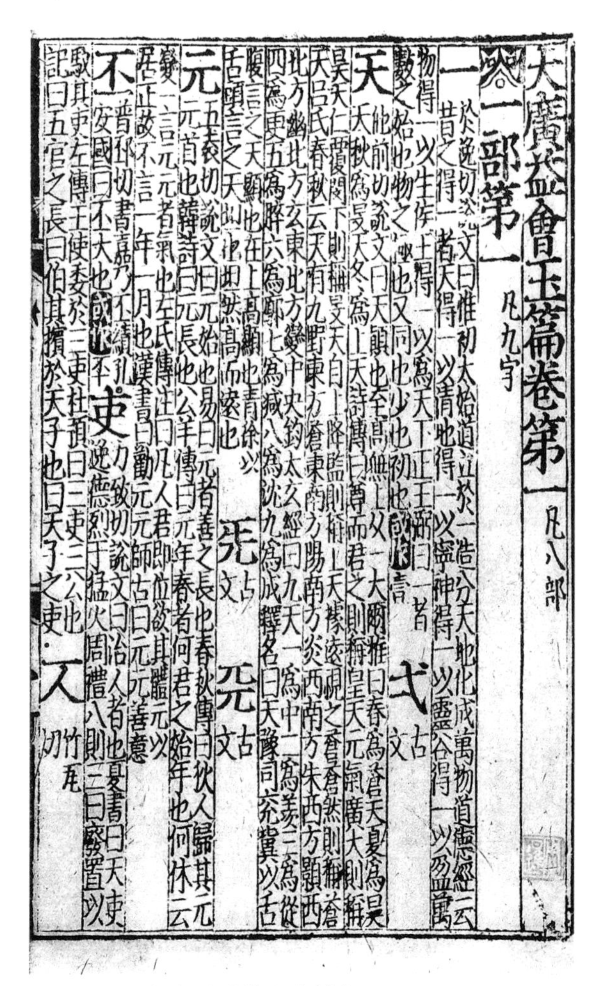
大廣益會玉篇卷第一 凡八部

一部第一 凡九字

明弘治五年詹氏进德书堂刻本

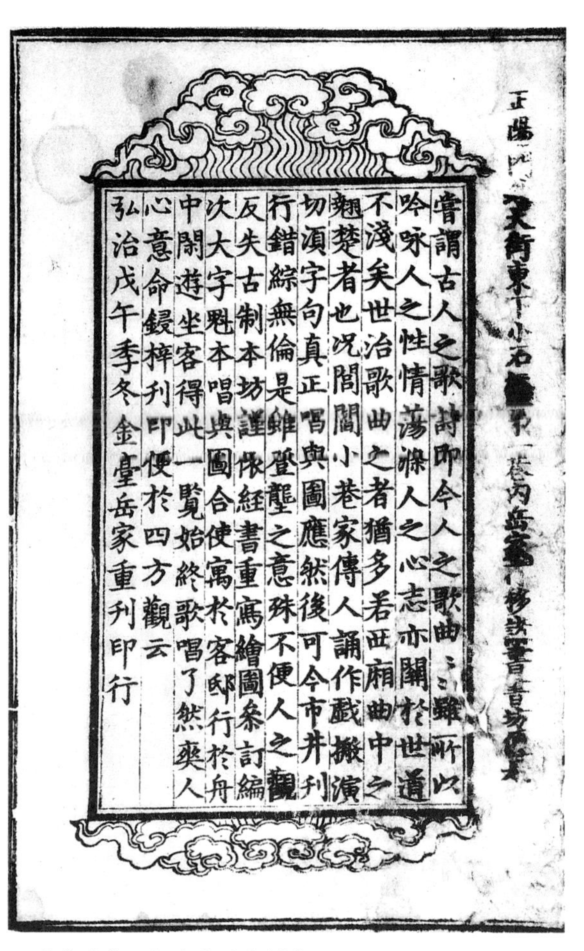
正陽門東大街東下小石橋第一巷內岳家

嘗謂古人之歌詩即今人之歌曲。詩雖所以吟咏人之性情蕩滌人之心志亦關於世道不淺矣世治歌曲之者猶多若西廂曲中之翹楚者也況閭閻小巷家傳人誦作戲搬演切須字句真正唱與圖應然後可令市井刊行錯綜無倫是雖登壟之意殊不便人之觀反失古制本坊謹依經書重寫繪圖參訂編次大字魁本唱與圖合使寓於客邸行於舟中閒遊坐客得此一覽始終歌唱了然爽人心意命鍰梓刊印便於四方觀云

弘治戊午季冬金臺岳家重刊印行

明弘治十一年金台岳家刻本

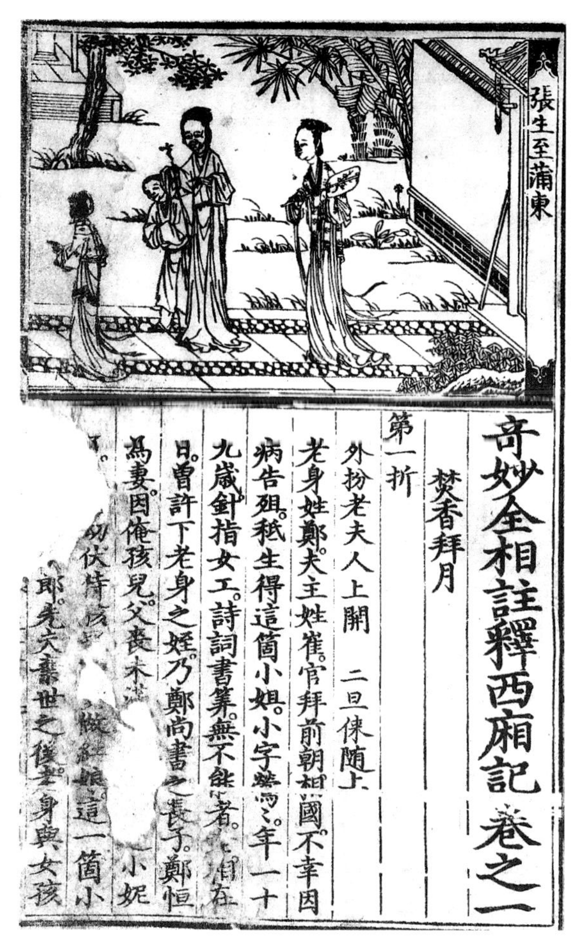


奇妙全相註釋西廂記卷之一

焚香拜月

第一折

外扮老夫人上開　二旦倈隨上

老身姓鄭。夫主姓崔。官拜前朝相國。不幸因病告殂。秖生得這箇小姐。小字鶯鶯。年一十九歲。針指女工。詩詞書筭。無不能者。老相在日。曾許下老身之姪。乃鄭尚書之長子鄭恒為妻。因俺孩兒父喪未滿……小妮……伏侍……喚做紅娘。這一箇小……郎。先夫棄世之後。老身與女孩

明弘治十一年金台岳家刻本

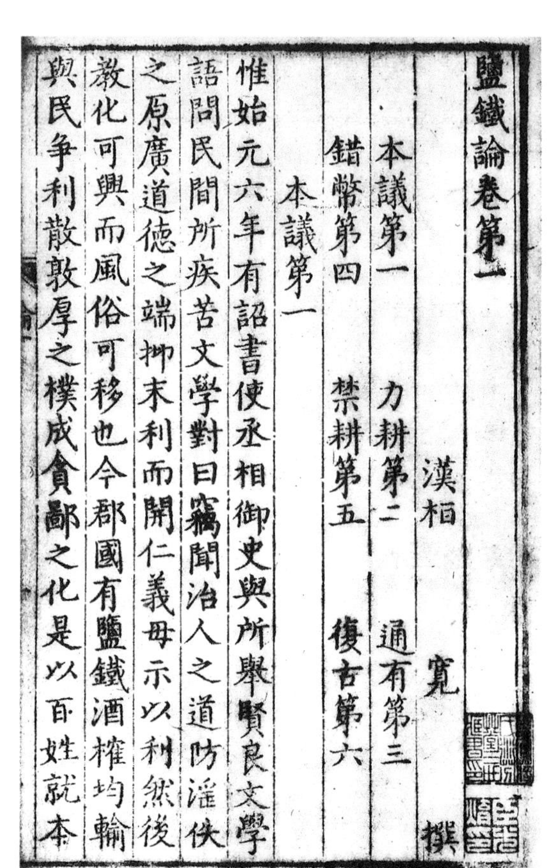
鹽鐵論卷第一

漢　桓寬　撰

本議第一　力耕第二　通有第三

錯幣第四　禁耕第五　復古第六

本議第一

惟始元六年有詔書使丞相御史與所舉賢良文學語問民間所疾苦文學對曰竊聞治人之道防淫佚之原廣道德之端抑末利而開仁義毋示以利然後教化可興而風俗可移也今郡國有鹽鐵酒榷均輸與民爭利散敦厚之樸成貪鄙之化是以百姓就本

明弘治十四年涂禎刻本

禎游學宮時得漢廬江太守丞汝南桓寬次公所著鹽鐵論讀之愛其辭博其論覈可以施之天下國家非空言也惜所抄紙墨歲久漫漶或不能句有遺恨焉迺者承乏江陰始得宋嘉泰壬戌刻本於薦紳家如獲拱璧因命工刻梓嘉與四方大夫士共之

弘治辛酉十月朔日新淦涂禎識

明弘治十四年涂禎刻本

明正德六年杨氏清江书堂刻本

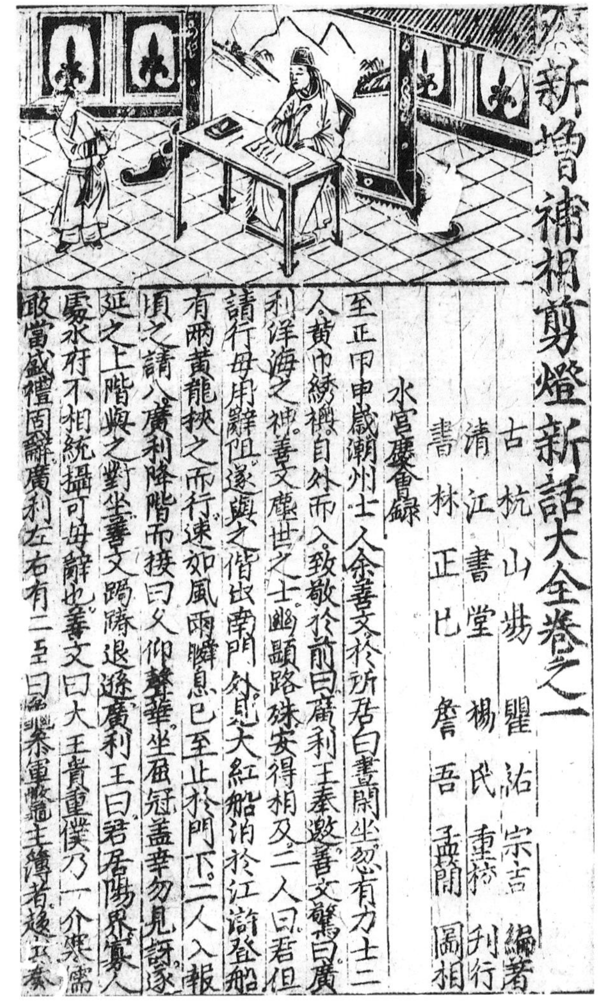

新增補相剪燈新話大全卷之一
古杭山陽瞿佑宗吉編著
清江書堂楊氏重梓刊行
書林正巳詹吾孟簡圈相
水宮慶會錄
至正甲申歲潮州士人余善文於所居白晝閒坐忽有力士二
人黃巾繡襖自外而入致敬於前曰廣利王奉邀善文驚曰廣
利洋海之神善文塵世之士幽顯路殊安得相及二人曰君但
請行毋用辭阻遂與之偕出南門外見大紅船泊於江滸登船
有兩黃龍挾之而行速如風雨瞬息已至止於門下二人入報
頃之請入廣利降階而接曰久仰聲華坐屈冠蓋幸勿見訝遂
延之上階與之對坐善文跼蹐退遜廣利王曰君居陽界寡人
處水府不相統攝可毋辭也善文曰大王貴重僕乃一介寒儒
敢當盛禮固辭廣利左右有二臣曰黿參軍鱉主簿者趨出奏

明正德六年杨氏清江书堂刻本

文獻通考卷之一
鄱陽 馬 端臨 貴與 著述
東陽 邵 豳 宗周 校刊
田賦考
堯遭洪水天下分絕使禹平水土別九州冀州厥土白壤無塊曰壤厥
田惟中中田第五厥賦上上錯賦第一錯雜出第二之賦兗州厥土黑墳色黑而墳起厥
田惟中下田第六厥賦貞賦正也州第九賦正與九州相當作十有三載乃同治水十三年乃有賦法與他州同青州厥土白墳厥田惟上下田第三厥賦中上賦第四徐州厥
土赤埴墳土黏曰埴厥田惟上中田第二厥賦中中賦第五揚州厥土惟塗泥泥也
厥田惟下下田第九厥賦下上上錯賦第七雜出第六荊州厥土惟塗泥厥田
惟下中田第八厥賦上下賦第三豫州厥土惟壤下土墳壚高者壤下者壚壚疏也厥
田惟中上田第四厥賦錯上中賦第二雜出第一梁州厥土青黎色青黑沃壤也厥田惟

明正德十一年至十四年
刘洪慎独斋刻十六年重修本

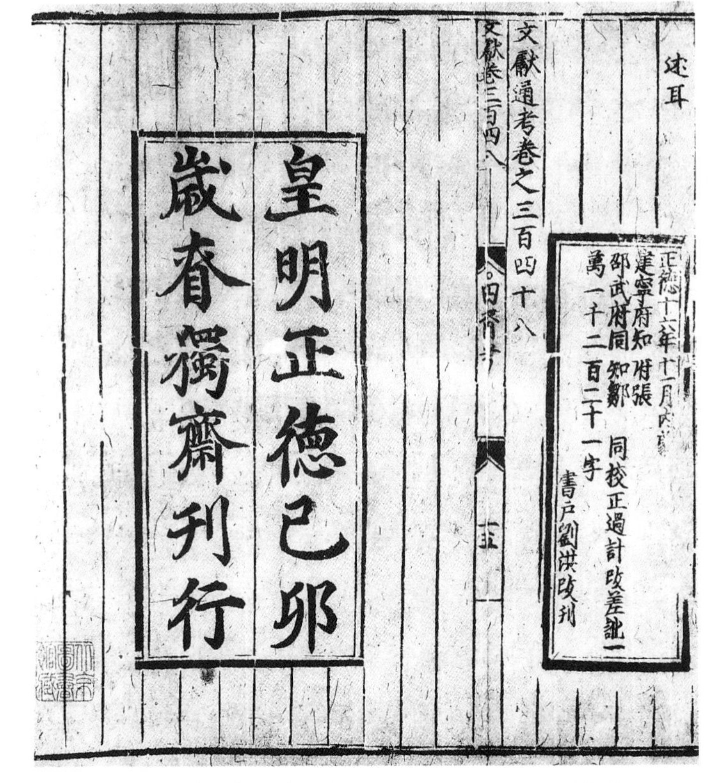


明正德十一年至十四年刘洪慎独斋刻十六年重修本

花間集卷第一
銀青光祿大夫行衛尉少卿趙崇祚集
温廷筠五十首
菩薩蠻
小山重疊金明滅。鬢雲欲度香顋雪。懶起畫蛾
眉。弄粧梳洗遲。照花前後鏡。花面交相映。新
帖繡羅襦。雙雙金鷓鴣。
其二
水精簾裏頗黎枕。暖香惹夢鴛鴦錦。江上柳如
煙。鴈飛殘月天。藕絲秋色淺。人勝參差剪。雙

明正德十六年陆元大刻本

右花間集十卷皆唐末才士長短句
情真而調逸思深而言婉嗟乎雖文
之靡無補於世亦可謂工矣建康舊
有本比得往年例卷猶載郡將監司
僚幕之行有六朝實錄與花間集之
贐又他處本皆訛舛乃是正而復刊
聊以存舊事云紹興十八年二月二
日濟陽晁謙之題
正德辛巳吳郡陸元大宋本重刊

明正德十六年陆元大刻本

金臺書鋪汪諒見居
正陽門內西第一巡警更鋪對門今將所刻古書目錄列于左及
家藏今古書籍不能悉載願市者覧焉
翻刻司馬遷正義解註史記一部　重刻名賢叢話詩林廣記一部
翻刻梁昭明解註文選一部　重刻韓詩外傳一部十卷韓頁集
翻刻黃鶴解註杜詩一部全集　重刻潛夫論漢王符撰一部
翻刻千家註蘇詩一部　重刻太古遺音大全一部
翻刻解註唐音一部　重刻臞仙神奇秘譜一部
翻刻玉機微義一部係醫書　重刻詩對押韻一部
翻刻武經直解一部劉寅進士註　重刻孝經註疏一冊
俱宋元板　俱古板
嘉靖元年十二月望日金臺汪諒古板校正新刊

明嘉靖元年汪谅刻本

文選卷第一
梁昭明太子選
唐文林郎守太子右內率府錄事參軍事崇賢館直學士臣李善注
奉政大夫同知池州路總管府事張伯顏助率重刊
賦甲　賦甲者舊題甲乙所以紀卷先後今卷既改故甲乙並除存其首題以明舊式
京都上
班孟堅兩都賦二首　自光武至和帝都洛陽西京父老有怨班固恐帝去洛陽故上此詞以諫和帝大悅也
兩都賦序
班孟堅　范曄後漢書曰班固字孟堅北地人也年九歲能屬文長遂博貫載籍顯宗時除蘭臺令

明嘉靖元年汪谅刻本

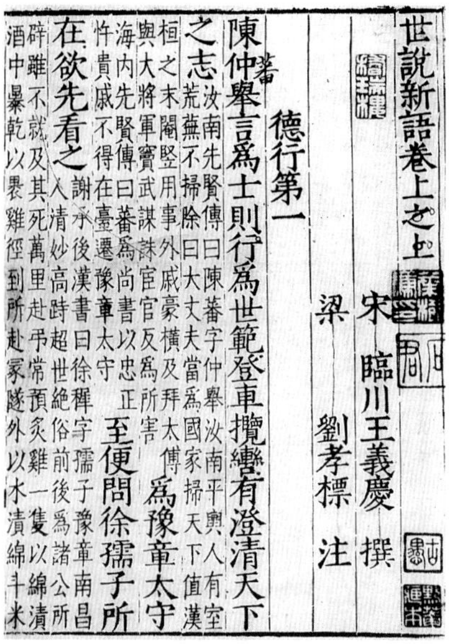

世說新語卷上之上

宋 臨川王義慶 撰

梁 劉孝標 注

德行第一

陳仲舉言爲士則行爲世範登車攬轡有澄清天下之志汝南先賢傳曰陳蕃字仲舉汝南平輿人有室荒蕪不掃除曰大丈夫當爲國家掃天下值漢桓之末閹豎用事外戚豪横及拜太傅與大將軍竇武謀誅宦官反爲所害爲豫章太守至便問徐孺子所在欲先看之謝承後漢書曰徐穉字孺子豫章南昌人清妙高時超世絶俗前後爲諸公所辟雖不就及其死萬里赴弔常預炙雞一隻以綿漬酒中暴乾以裹雞徑到所赴冢隧外以水漬綿斗米

明嘉靖十四年袁褧嘉趣堂刻本

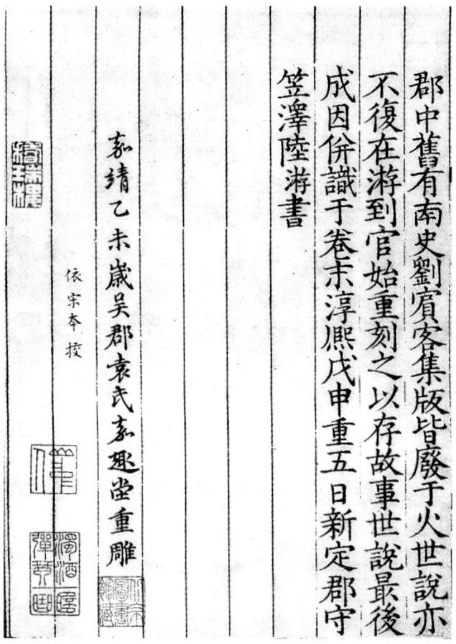

郡中舊有南史劉賓客集版皆廢于火世說亦不復在澣到官始重刻之以存故事世說最後成因併識于卷末淳熙戊申重五日新定郡守笠澤陸游書

嘉靖乙未歲吳郡袁氏嘉趣堂重雕

依宋本校

明嘉靖十四年袁褧嘉趣堂刻本

欒城集卷第四

詩七十四首

次韻子瞻廣陵會三同舍各以其字爲韻

劉貢甫

貢甫少多才交遊一何衆談詞坐傾倒玉麈日揮弄逡巡不爲詹巧捷有微中羣情忌超邁微過出嘲諷南遷時已久未見肯力貢舌在終自奇御滿安足痛人生百年內僅比一朝夢駸駸就消涸斗水傾漏甕江淮未可嫌遲晚聊自送試觀終日閑何似兩耳鬨

孫巨源

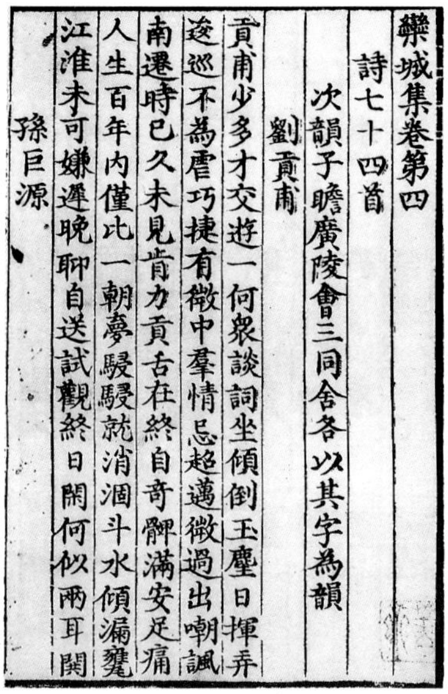

明嘉靖二十年蜀藩朱让栩刻本

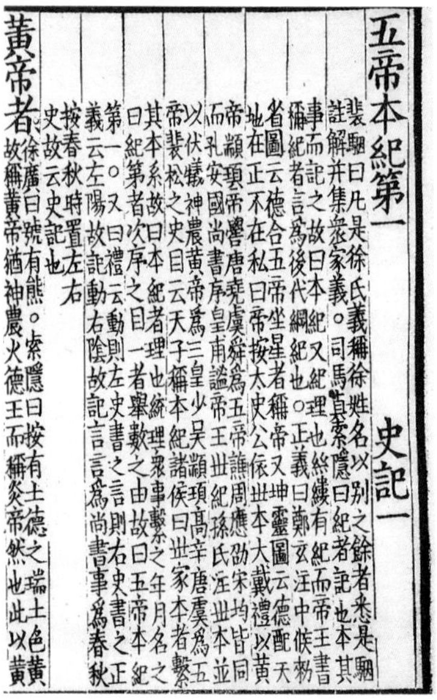

五帝本紀第一 史記一

裴駰曰凡是徐氏義稱徐姓名以別之餘者悉是駰註解并集衆家義○司馬貞索隱曰紀者記也本其事而記之故曰本紀又紀理也絲縷有紀而帝王書稱紀者言爲後代綱紀也○正義曰鄭玄注中候勑省圖云德合五帝坐星者稱帝又坤靈圖云德配天地在正不在私曰帝按太史公依世本大戴禮以黃帝顓頊帝嚳唐堯虞舜爲五帝譙周應劭宋均皆同而孔安國尚書序皇甫謐帝王世紀孫氏注世本並以伏犧神農黃帝爲三皇少昊顓頊高辛唐虞爲五帝裴松之史目云天子稱本紀諸侯曰世家本者繫其本系故曰本紀者理也統理衆事繫之年月名之曰紀第者次序之目一者舉數之由故曰五帝本紀第一○又曰禮云動則左史書之言則右史書之正義云左陽故記動右陰故記言言爲尚書事爲春秋按春秋時置左右史故云史記也

黃帝者徐廣曰號有熊○索隱曰按有土德之瑞土色黃故稱黃帝猶神農火德王而稱炎帝然也此以黃

史记集解索引正义

明嘉靖十三年秦藩刻本

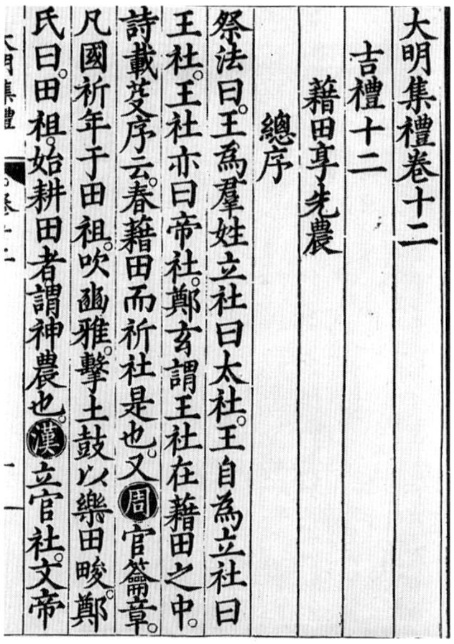

大明集禮卷十二

吉禮十二

耤田享先農

總序

祭法曰王爲羣姓立社曰太社王自爲立社曰王社王社亦曰帝社鄭玄謂王社在耤田之中詩載芟序云春耤田而祈社是也又周官籥章凡國祈年于田祖吹豳雅擊土鼓以樂田畯鄭氏曰田祖始耕田者謂神農也漢立官社文帝

明嘉靖九年内府刻本

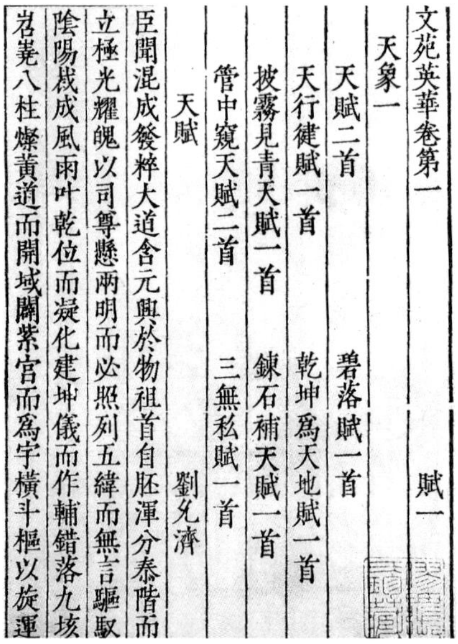

文苑英華卷第一 賦一

天象一

天賦二首 碧落賦一首

天行健賦一首 乾坤爲天地賦一首

披霧見青天賦一首 鍊石補天賦一首

管中窺天賦二首 三無私賦一首

天賦 劉允濟

臣聞混成發粹大道含元與於物祖首自胚渾分泰階而立極光耀䰟以司尊懸兩明而必照列五緯而無言驅馭陰陽戕成風雨叶乾位而凝化建坤儀而作輔錯落九垓岩羗八柱燦黃道而開域闢紫宮而爲宇横斗樞以旋運

明隆庆元年胡维新戚继光刻本

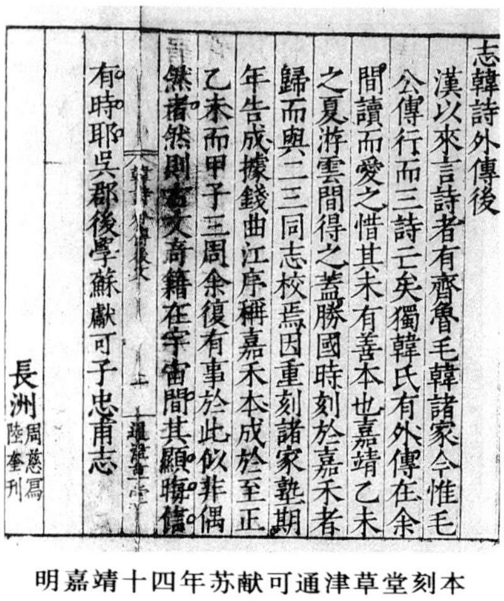

志韓詩外傳後

漢以來言詩者有齊魯毛韓諸家今惟毛公傳行而三詩亡矣獨韓氏有外傳在余間讀而愛之惜其未有善本也嘉靖乙未之夏游雲間得之蓋勝國時刻於嘉禾者歸而與二三同志校焉因重刻諸家塾期年告成據錢曲江序稱嘉禾本成於至正乙未而甲子三周余復有事於此似非偶然者然則古文奇籍在宇宙間其顯晦儻有時耶吳郡後學蘇獻可子忠甫志

長洲周慈寫 陸奎刊

明嘉靖十四年苏献可通津草堂刻本

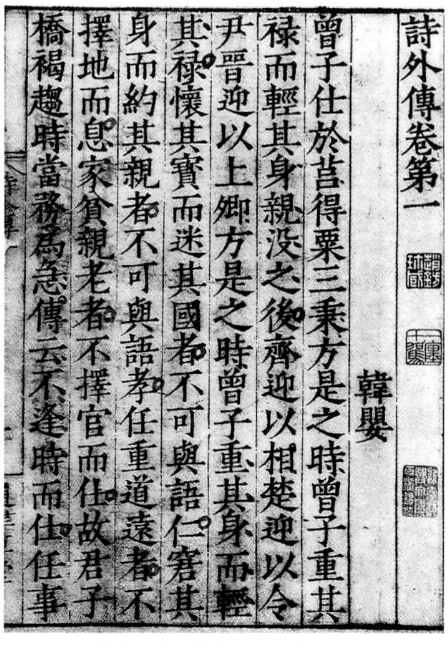

詩外傳卷第一

韓嬰

曾子仕於莒得粟三秉方是之時曾子重其祿而輕其身親没之後齊迎以相楚迎以令尹晉迎以上卿方是之時曾子重其身而輕其祿懷其寶而迷其國者不可與語仁窘其身而約其親者不可與語孝任重道遠者不擇地而息家貧親老者不擇官而仕故君子橋褐趨時當務爲急傳云不逢時而仕任事

明嘉靖十四年苏献可通津草堂刻本

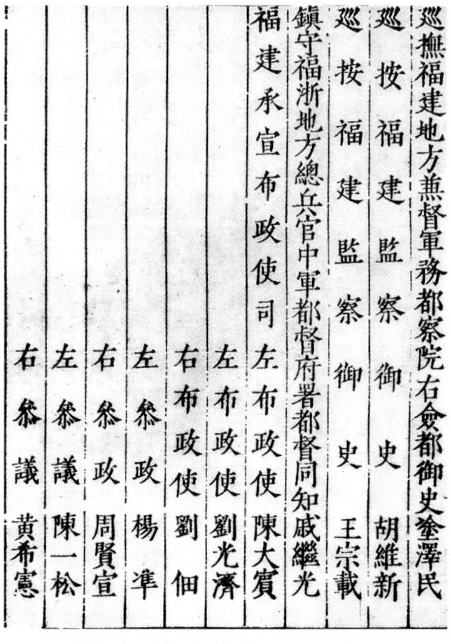

巡撫福建地方兼督軍務都察院右僉都御史瑩澤民

巡按福建監察御史 胡維新

巡按福建監察御史 王宗載

鎮守福浙地方總兵官中軍都督府署都督同知戚繼光

福建承宣布政使司左布政使 陳大賓

左布政使 劉光濟

右布政使 劉佃

左參政 楊準

右參政 周賢宣

左參議 陳一松

右參議 黃希憲

明隆庆元年胡维新戚继光刻本

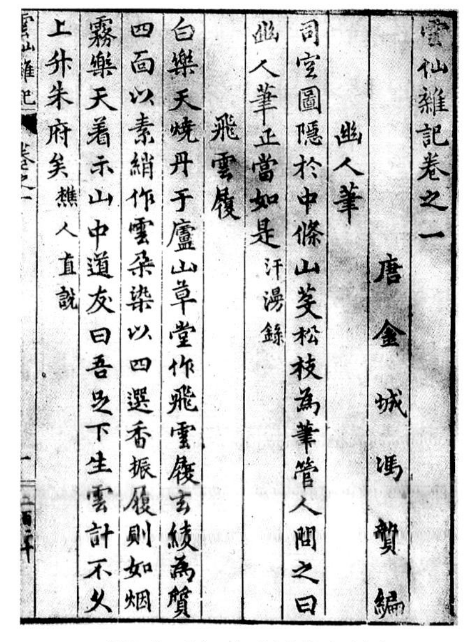

雲仙雜記卷之一　唐金城馮贄編

幽人筆

司空圖隱於中條山芟松枝為筆管人間之曰幽人筆正當如是　汗漫錄

飛雲履

白樂天燒丹于廬山草堂作飛雲履玄綾為質四面以素綃作雲朵染以四選香振履則如烟霧樂天着示山中道友曰吾足下生雲計不久上昇朱府矣　樵人直說

明隆庆五年叶氏绿竹堂刻本

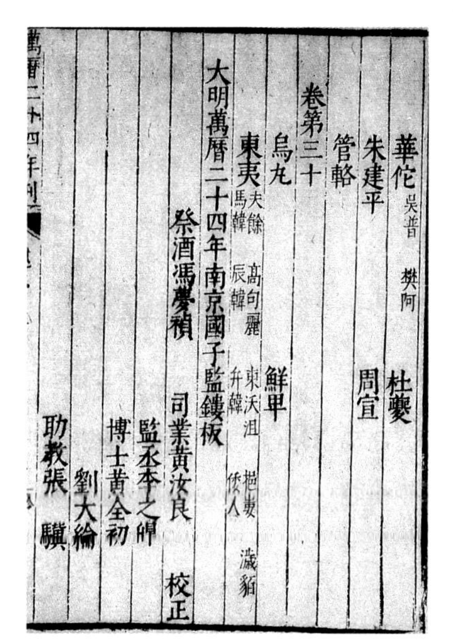

華佗　吳普　樊阿　杜夔
朱建平　周宣
管輅
卷第三十
烏丸　鮮卑
東夷　夫餘　高句麗　東沃沮　挹婁　濊貊　馬韓　辰韓　弁韓　倭人
大明萬曆二十四年南京國子監鐫板
祭酒馮夢禎　司業黃汝良　校正
監丞李之諤　博士黃全初　劉大綸
助教張驥

武帝紀第一　魏書　國志一

太祖武皇帝沛國譙人也姓曹諱操字孟德漢相國參之後
太祖一名吉利小字阿瞞　王沈魏書曰其先出於黃帝當高陽世陸終之子曰安是為曹姓周武王克殷存先世之後封曹俠於邾春秋之世與於盟會逮至戰國為楚所滅子孫分流或家於沛漢高祖之起曹參以功封平陽侯世襲爵土絕而復紹至今適嗣國於容城
桓帝世曹騰為中常侍大長秋封費亭侯
司馬彪續漢書曰騰父節字元偉素以仁厚稱鄰人有亡豕者與節豕相類詣門認之節不與爭後所亡豕自還其家豕主人大慚送所認豕并辭謝節節笑而受之由是鄉黨貴歎焉長子伯興次子仲興次子叔興騰字季興少除

三国志注　明万历二十四年南京国子监刻本

入糞壤中不見今人正旦以細繩繫綿人枝橐掃中云乞如願

金虀玉膾

吳都獻松江鱸魚煬帝曰所謂金虀玉膾東南佳味也　南部烟花記

閃電窻

帝觀書處窻户玲瓏相望金鋪玉觀輝映溢目號為閃電窻　南部烟花記

雲仙雜記卷第十終

玉峰葉氏菉竹堂中繡梓印行

明隆庆五年叶氏绿竹堂刻本

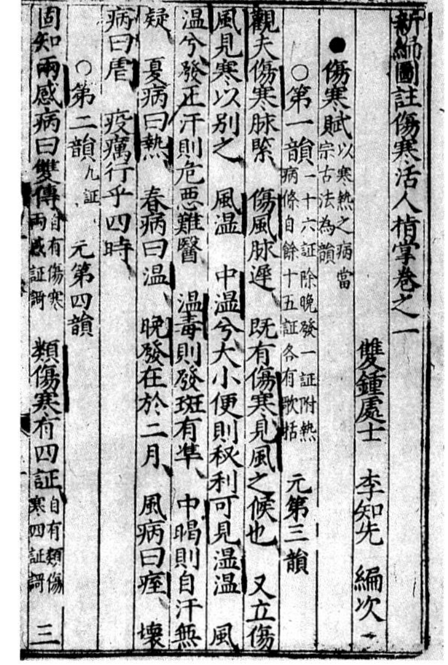

新刊圖註傷寒活人指掌卷之一　雙鍾處士　李知先　編次

●傷寒賦　以寒熱之病當宗古法為賦　元第三韻

○第一韻　病一十六証除晚發一証附熱病條自餘十五証各有歌括

觀夫傷寒脉緊　傷風脉遲　既有傷寒見風之候也　又立傷風見寒以別之　風溫　中溫今大小便則秋利可見溫溫　風溫今發正汗則危惡難醫　溫毒則發斑有準　中暍則自汗無疑　夏病曰熱　春病曰溫　晚發在於二月　風病曰痓　濕病曰濕　疫癘行乎四時

○第二韻　九証　元第四韻

固知兩感病曰雙傳　兩感証附傷寒　類傷寒有四証　自有類傷寒四証詞

明万历二十八年乔山堂刘龙田刻本

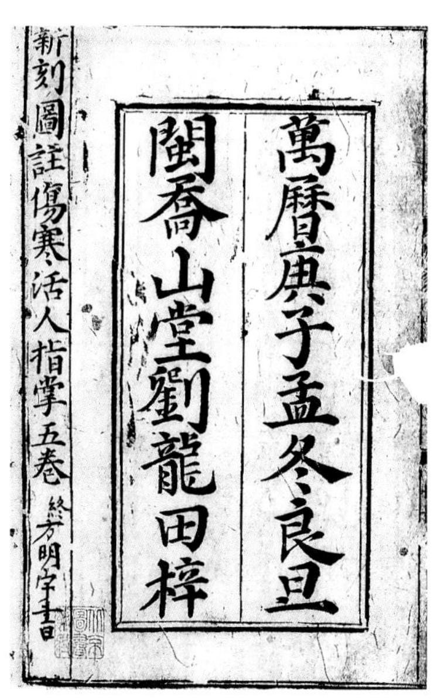

萬曆庚子孟冬良旦
閩喬山堂劉龍田梓
新刻圖註傷寒活人指掌五卷　終　芳明字書

明万历二十八年乔山堂刘龙田刻本

環翠堂精訂陳大聲草堂餘意
高士里藏板
全一

明万历三十九年汪氏环翠堂刻本

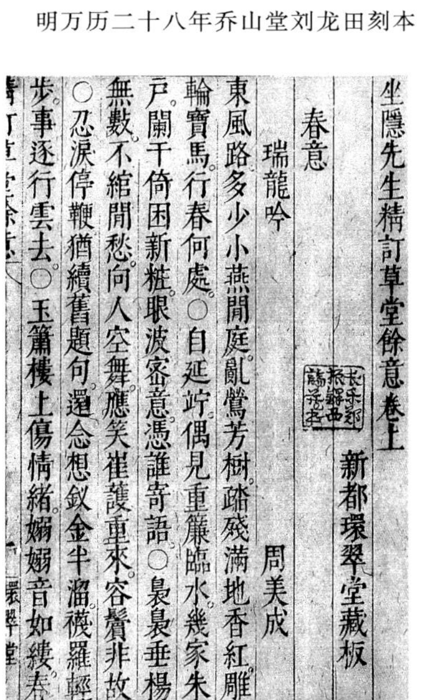

坐隱先生精訂草堂餘意卷上　新都環翠堂藏板

春意

瑞龍吟　周美成

東風路多少小燕閒庭亂鶯芳樹踏殘滿地香紅雕輪寶馬行春何處○自延佇偶見重簾臨水幾家朱户闌干倚困新粧眼波寄意憑誰寄語○裊裊垂楊無數不綰閒愁向人空舞應笑催護重來容鬢非故○忍淚停鞭猶續舊題句遍念想釵金半溜襪羅輕步事逐行雲去○玉簫樓上傷情緒嫋嫋音如縷春

明万历三十九年汪饶芳环翠堂刻本

新刻出像官板大字西遊記月字卷之一　華陽洞天主人校　金陵世德堂梓行

第一回

靈根育孕源流出　心性修持大道生

詩曰

混沌未分天地亂　茫茫渺渺無人見
自從盤古破鴻濛　開闢從茲清濁辨
覆載群生仰至仁　發明萬物皆成善
欲知造化會元功　須看西遊釋厄傳

蓋聞天地之數有十二萬九千六百歲為一元將一元分為十二會乃子丑寅卯辰巳午未申酉戌亥之十二支也每會該一萬八百歲且就一日而論子時得陽氣而丑則雞鳴寅不通光

明世德堂刻本

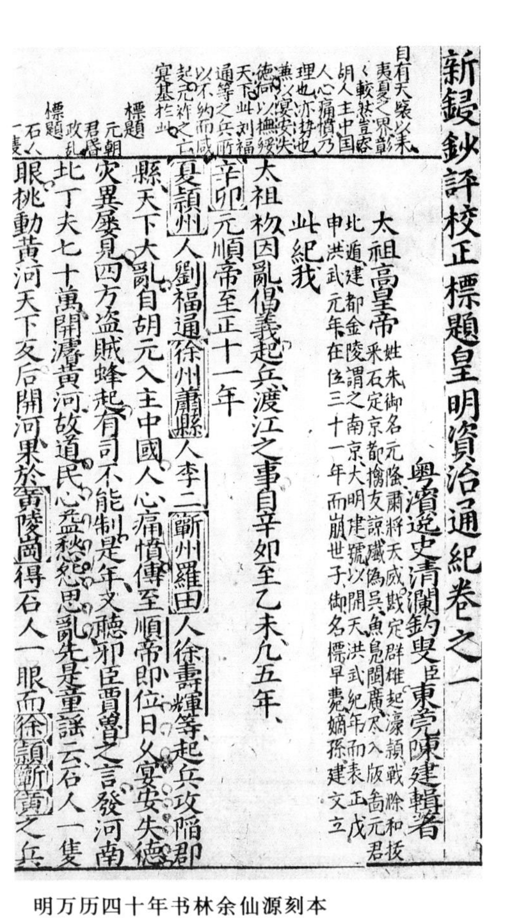
新鍥鈔評校正標題皇明資治通紀卷之一
粵濱逸史清瀾釣叟臣東莞陳建輯著
太祖高皇帝 姓朱御名元璋肅將天威戡定群雄起濠潁戰除和拔采石定京都擒友諒殲偽吳魚鳧閩廣尽入版啚元君北遁建都金陵謂之南京大明建號以開天洪武紀年而表正戊申洪武元年在位三十一年而崩世子御名標早薨嫡孫建文立
此紀我
太祖初因亂倡義起兵渡江之事自辛卯至乙未凡五年、
辛卯元順帝至正十一年
夏潁州人劉福通徐州蕭縣人李二蘄州羅田人徐壽輝等起兵攻陷郡
縣天下大亂自胡元入主中國人心痛憤傳至順帝即位日以宴安失德
灾異屢見四方盜賊蜂起有司不能制是年又聽邪臣賈魯之言發河南
北丁夫七十萬開濬黄河故道民心益愁怨思亂先是童謡云石人一隻
眼挑動黄河天下反后開河果於黄陵岡得石人一眼而徐潁蘄黄之兵

明万历四十年书林余仙源刻本

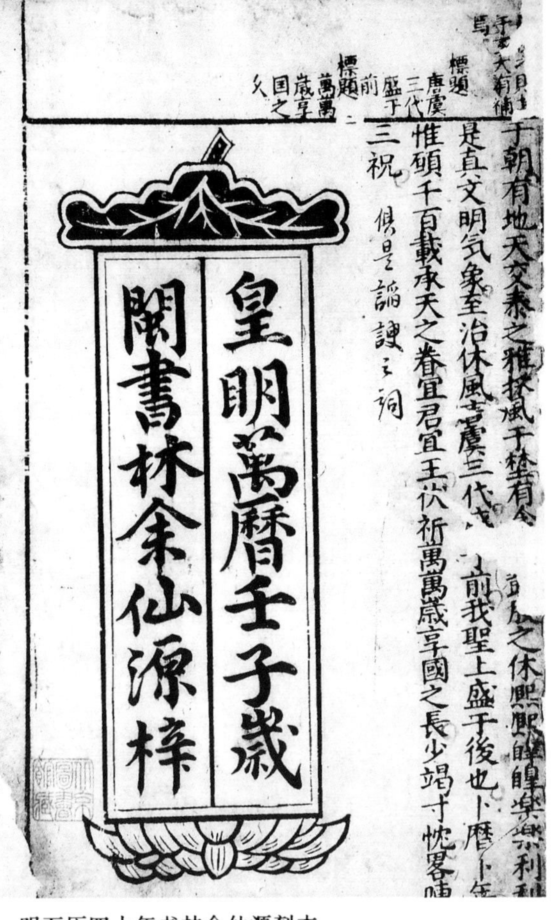
于朝有地天交泰之雅扶風于楚有……之休熙熙皞皞樂樂利利
是真文明气象至治休風唐虞三代……前我聖上盛于後也卜曆卜年
惟頌千百載承天之眷宜君宜王以祈萬萬歲享國之長少竭寸忱畧陳
三祝 俱是謡諛之詞
皇明萬曆壬子歲
閩書林余仙源梓

明万历四十年书林余仙源刻本

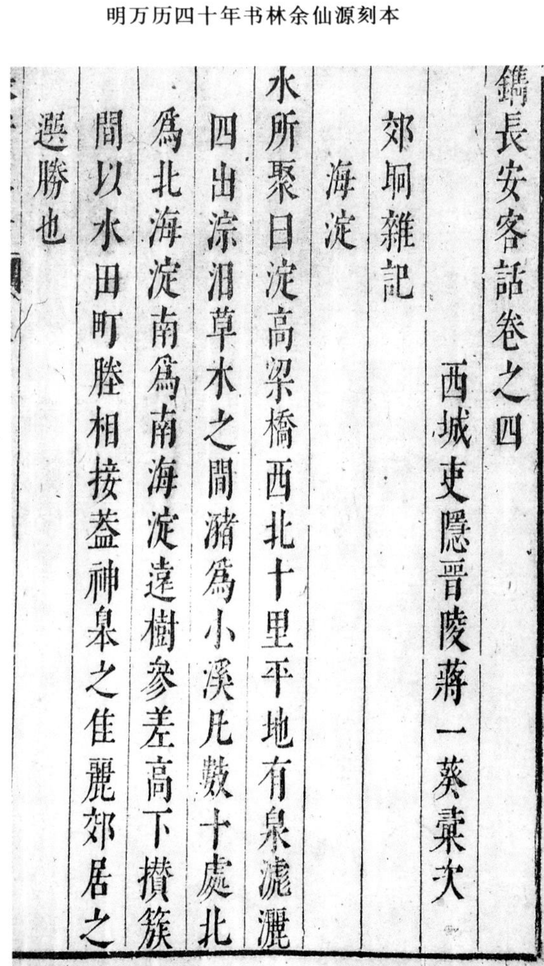
鐫長安客話卷之四
西城吏隱晋陵蔣一葵[illegible]
郊坰雜記
海淀
水所聚曰淀高梁橋西北十里平地有泉滮灑
四出淙汩草木之間瀦爲小溪凡數十處北
爲北海淀南爲南海淀遠樹參差高下攢簇
間以水田町塍相接蓋神皋之佳麗郊居之
選勝也

明万历天启间刻本

曲律卷第一
會稽方諸生王驥德伯良撰
柳城翁孫如法世行訂
勾餘 鬱藍生呂天成勤之校
論曲源第一
曲樂之支也自康衢擊壤黃澤白雲以降於是越人
易水大風瓠子之歌繼作聲漸靡矣樂府之名昉於
西漢其屬有鼓吹橫吹相和清商雜調諸曲六代沿
其聲調稍加藻豔於今曲畧近入唐而以絕句爲曲
如清平鬱輪涼州水調之類然不盡其變而於是始

明天启五年王氏方诸馆刻本

玉臺新詠卷第一

陳尚書左僕射太子少傅東海徐陵字孝穆撰

古詩八首　古樂府詩六首　枚乘雜詩九首
李延年歌詩一首并序　蘇武詩一首　辛延年羽林郎詩一首
班婕妤怨詩一首并序　宋子侯董嬌饒詩一首　漢時童謠歌一首
張衡同聲歌一首　秦嘉贈婦詩三首并序　秦嘉妻徐淑荅詩一首
蔡邕飲馬長城窟行一首　陳琳飲馬長城窟行一首　徐幹詩二首室思一首
情詩一首　繁欽定情詩一首　古詩無人名爲焦仲卿妻作并序

古詩八首

上山采蘼蕪下山逢故夫長跪問故夫新人復何如新人雖言好未若故人姝
顔色類相似手爪不相如新人從門入故人從閤去新人工織縑故人工織素
織縑日一匹織素五丈餘將縑來比素新人不如故
凜凜歲云暮螻蛄多鳴悲涼風率已厲遊子寒無衣錦衾遺洛浦同袍與我違
獨宿累長夜夢想見容輝良人惟古歡枉駕惠前綏願得常巧笑攜手同車歸
既來不須臾又不處重闈諒無晨風翼焉得凌風飛眄睞以適意引領遥相睎

明崇祯六年赵均刻本

昔昭明之撰文選其所具錄采文而間一緣情孝穆之撰玉臺其所應令詠新
而專精取艶舍此而求先乎此者惟尼父之刪述耳將安取宗焉今案劉肅大
唐新語云梁簡文爲太子時好作豔詩境內化之浸以成俗晚欲改作追之不
及乃令徐陵撰玉臺新詠以大其體此爲十卷得詩七百六十九篇世所通行
㞮增又幾二百惟庚子山七夕一詩本集俱闕獨存此宋刻耳實山馮已蒼未
見舊本時常病此書原始梁朝何緣子山厠入北之詩孝穆濫竊羹之詠此本
則簡文尚稱皇太子元帝亦稱湘東王可以明證惟武帝之署梁朝孝穆之列
陳衛并獨不稱名此一經其子姓書一爲後人更定無疑也得此始盡釋羣疑
耳至若徐幹室思一首分六章今誤作雜詩五首以末章爲室思一首之類顔
延之秋胡詩一首作九首亦仍其誤魏文帝甄皇后樂府塘上行今作武帝已
誤直作甄后大謬傅玄和班氏詩誤秋胡詩沈約八詠舊本二首在八卷中其
六首附于卷末自是孝穆收錄其合作者止此故望秋月臨春風刪去登臺會
圃四字昔之分刻尚存史闕之遺意今合刻遂全失撰者初心此皆顯失敢不
詳言至于字句小異兹固未可悉呈矣苟不精考雷同相從轉展傳會與昔人
本旨何與故今又合同志中詳加對証雖隨珠多纇虹玉仍瑕然東宫之令旨
選傳學士之崇尊斯在竊恐求人好僞葉公懼真敢協同人傳諸解士矯釋莫
貴逸駕終馳焉耳崇禎六年歲次癸酉四月既望吳郡寒山趙均書于小宛堂

玉臺新詠跋

明崇祯六年赵均刻本

洛陽伽藍記卷第三　城南

城南　魏撫軍府司馬楊衒之撰

景明寺宣武皇帝所立也景明年中立因以爲
名在宣陽門外一里御道東其寺東西南北
方五百步前望嵩山少室却負帝城青林垂
影綠水爲文形勝之地爽塏獨美山懸臺觀
光盛一千餘間複殿重房交疏對霤青臺紫
閣浮道相通雖外有四時而內無寒暑房簷

明末毛晋绿君亭刻本

者其與鬻子尉繚子並實
爲一家言可也
皇明隆武貳年春王正月
豫章宗後學人霖伯甫
氏拜手敬識

明隆武二年熊之璋刻本

春秋存佚卷之一

明閩中余　光

余　颺仝治

弟余　亮

余　𩗗仝讀

吳門人陸世鎏　較

隱公惠公子名息姑姬姓侯爵自周公子伯禽始受封傳世二十三而至隱公在位十一年

胡安國曰春秋不作於孝公惠公者東遷之始流風遺俗猶有存者鄭武公入爲司徒善於其職則

春秋存佚《卷一　隱元年　一　文來閣

肰自信者自二人始肰則春秋之學今日其盡在莆中矣乎

弘光乙酉仲春玉峰門人

陸世鎏頓首跋

明弘光元年文来阁刻本

明隆武二年熊之璋刻本

重刊熊勿軒先生文集卷之四

後學武陵張堯政評

宋武夷熊　禾著　明後學錢塘葛寅亮閱

後裔溫嶺熊爋徹較

詩七言絕句

石壁泉

一滴流漿石骨穿于今一掬㵒炎氛鶴儽業已成陳跡瀑布聲中隱劍痕

上張廉訪

明僧弘秀集卷一

虞山毛晉子晉父編

季潭六十七首

戰城南

進兵龍城南轉戰天山道烽烟漲平漠殺氣霾荒徼將軍重爵位天子尚征討不辭鬭死多但恨生男少

俠客行

平生重然諾意氣橫高秋拔劒悲風吼上馬行報仇報仇向何處堂堂九衢路突上秦王庭直入韓相府回身覩劒鍔血漬霜華薄敢持一片心爲君摧五岳五岳即可摧此心終不灰恥沒兒女手完質歸泉臺

明僧弘秀集《汲古閣　毛氏正本　一

江南曲

汎舟出晴溪溪迴抱山轉欲采芙蓉花亭亭秋水遠心非檣上帆隨風豈舒卷但得紅芳遲何辭歲年晚

隴頭水

明崇祯六年毛晋汲古阁刻本

甲申集　西陵詩

余懷　著

初至湖上寓心函上人小樓題贈

湖上高樓接暮煙支公愛鶴此栖禪遊踪到處風
生屐得句歸時月滿船白社可容狂士入青山終
藉麗人傳夜來鳥外聞鐘磬身在旃檀第一天

和許孟宏艮橋步月

萬里雲門路不封水因邀月亦修容六橋花柳春

清初刻本

鐵橋志書上卷

鄭元勳超宗閱

廣陵後學梁于涘飲光選

宗　灝開先較

盤江鐵橋記　董應揚撰

夫橋濟津達阻所在有之然不過或編竹或架
木或甃石已耳未聞以鐵者以鐵則亘古迄今
僅兩見焉一見於瀾江漢相諸葛孔明征南時
造也一見於盤江則明總憲朱同翁通滇時造

清康熙四年紫阳书院刻本

通志堂集卷八

納蘭　性德　容若　原名成德

詞三

琵琶仙　中秋

碧海年年試問取冰輪爲誰圓缺吹到一片秋香
清輝了如雪愁中看好天良夜知道盡成悲咽隻
影而今那堪重對舊時明月　花徑裏戲捉迷藏
曾惹下蕭蕭井梧葉記否輕紈小扇又幾番涼熱
祗落得塡膺百感總茫茫不關離別一任紫玉無

清康熙三十年徐乾学刻本

浮山文集前編卷之九

嶺外稿下

林子詩序　銓

余識林子六長自南海始余方以北都萬死歸爲同郡之奸仇
所陷遠遊南海南海令姚有僕以張芷園之言服其苦節與林
子言之故三人者相朝夕也今忽忽七年矣余與林子幸覯中
興而中間間阻各歷苦難余又于沅靖經■毒匿髮于苗峝踰
年乃得重解后灕江依留守相國之庇吟咏強歡握手太息而
有僕先以監虞軍死難其子至今困躓於時家人細弱復陷異

清初刻本

吕晚村先生文集卷一

書

與張考夫書

何如老兄於錢氏有死者復生生者不愧之訂故數年顚蹶之誠不敢唐突以請所請者期滿謝事後必欲重累杖履耳凡某之區區不僅爲兄輩計也此理之不明又數百年矣毒鼓妖幢潛奪程朱之坐以蠱惑天下也亦久矣此又孟子以後聖學未有之禍亂也生心害事至於此極誰爲厲階不知所届此凡有血氣所當共任之責况於中讀書識字又頗知義

清雍正三年吕氏天盖楼刻本

御製

佛光恩照三千大千　隨緣徧滿
恒沙法界普度衆生　悉證菩提
身心安泰年時豐稔　風雨調順
日月升恒乾坤清寧　百昌蕃熾
上下樂利中外協和　庶物咸亨
萬善圓成情與無情　同登正覺
大清雍正十三年四月初八日

放光般若波羅蜜經卷第一　來一

西晉三藏無羅叉共竺叔蘭譯

放光品第一

聞如是一時佛在羅閱祇耆闍崛山中與大比丘衆五千人俱皆是阿羅漢諸漏已盡意

清雍正十三年内府刻本

冬心先生集卷第一

錢塘金　農　壽門

子處田野與物無爭賦雜體一章頌稼事也遍爲告誡以當農謠

蠶桑月令過芒種天所子老巫卜兆卦請驗古諺語勤墾穲稏與田家若驕陽行禱不雨厄勸龍各一觴蹋踏復蹋踏龍阪筋力顫鞭箠爾雖長寧識牛性善西埭比戶怔窄衣只掩骼鬲泥三尺渾朝來喧桀蠲王命布農事秋收戒其荒曖曖墟中煙五里聞炊香太歲值豐年出入皆

清雍正十一年般若庵刻本

如苔池水將鎔色似火花枝已釀胎此日芹盤爭送菜春風暗裏逐人來

冬心先生集卷第二

雍正癸丑十月開雕于廣陵般若庵

清雍正十一年般若庵刻本

御纂醫宗金鑑卷一

訂正仲景全書傷寒論註

傷寒論後漢張機所著發明內經奧旨者也並不引古經一語皆出心裁理無不該法無不備蓋古經皆有法無方自此始有法有方啓萬世之法程誠醫門之聖書但世遠殘闕多編次傳寫之誤今博集諸家註釋採其精粹正其錯譌刪其駁雜補其闕漏發其餘蘊於以行之天下則大法微言益昭諸萬世矣

清乾隆内府刻本

湖山類稾卷之二

水雲汪　元量　大有

須溪劉　辰翁　會孟　批點

北征

北師有嚴程挽我投燕京挾此萬卷書明發萬里行出門隔山嶽未知死與生三宮錦帆張粉陣吹鸞笙遺氓拜路傍號哭皆失聲吳山何青青吳水何泠泠山水豈有極天地終無情回首叫重華蒼梧雲正橫

吳江

清乾隆三十年鲍氏知不足斋刻本

拙政園詩餘卷中

茂苑　徐　燦湘蘋

中調

臨江仙

繫舟

穿寞汀洲春欲暮數聲杜宇颯收夕陽斜繫小孤舟綠沉嘶馬路紅點榜人頭　煙柳易殘人易老幾多悶悶愁潛雲朦月伴魚鉤一春消息事已付水中漚

拙政園詩餘

耕烟館藏板

清乾隆吴氏祥经楼刻本

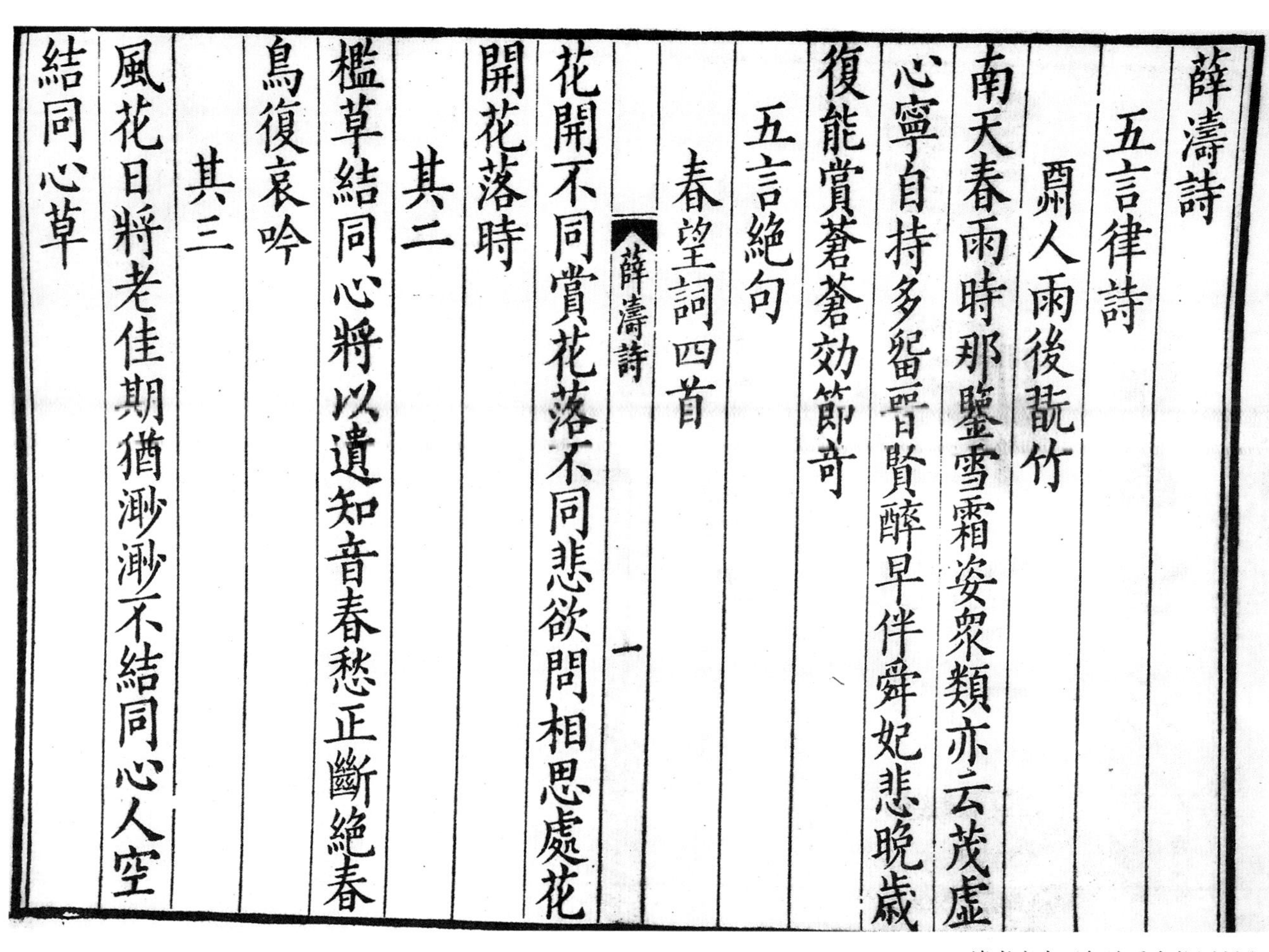
薛濤詩
五言律詩
酬人雨後翫竹
南天春雨時那鑒雪霜姿衆類亦云茂虚
心寧自持多留晋賢醉早伴舜妃悲晩歳
復能賞蒼蒼劾節奇
五言絶句
春望詞四首
薛濤詩 一
花開不同賞花落不同悲欲問相思處花
開花落時
其二
攬草結同心將以遺知音春愁正斷絶春
鳥復哀吟
其三
風花日將老佳期猶渺渺不結同心人空
結同心草

清嘉庆十五年沈氏左倪园刻本

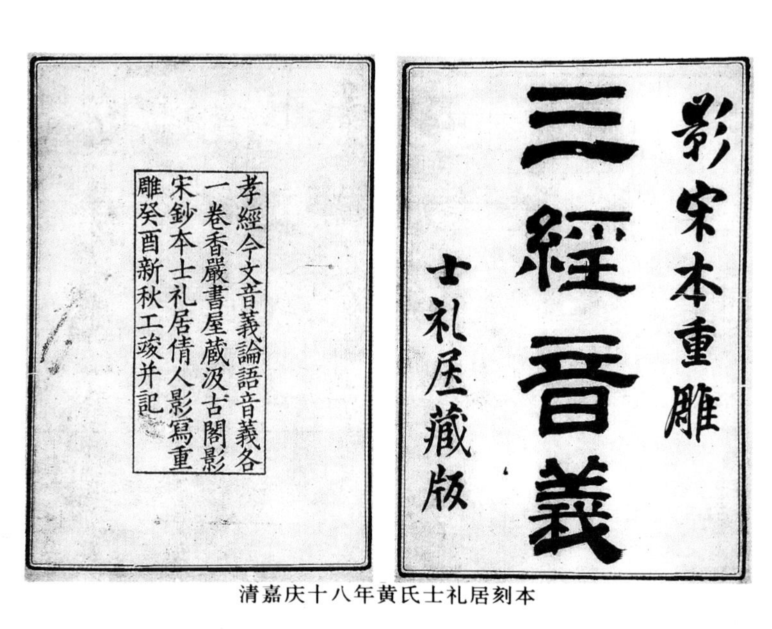
孝經今文音義論語音義各一卷香嚴書屋藏汲古閣影宋鈔本士礼居倩人影寫重雕癸酉新秋工竣并記

影宋本重雕
三經音義
士礼居藏版

清嘉庆十八年黄氏士礼居刻本

論語音義一
唐國子博士兼太子中允贈齊州刺史吳縣開國男陸　德明撰
論語序 此是何晏上集解之序今亦隨本音之
中壘力軌反 校尉戶教反 劉向舒尚反 大子大傅並音泰 夏戶雅反 侯勝音升或外證反 丞相息亮反 傅之直專反下同 頗多破可反 琅音郎本或作瑯 邪似嗟反又也差反 膠東音交琅邪膠東皆郡名 壞得恠音 大守音泰下大常同守手又反 爲之註本又作注之戍反又張注反 頗爲于僞反 名曰論語論如字綸也倫也理也次也撰也荅述曰語撰次孔子荅弟子及時人之語也鄭玄云仲弓子游子夏等撰 集解佳買反何晏集解孔安國馬融包氏周氏鄭玄陳羣王肅周生烈義并下已意故謂之集解
學而第一 以學爲首者明人必須學也

清嘉庆十八年黄氏士礼居刻本

元本訂正
字鑑
學經書塾彫版

清道光五年许梿刻本

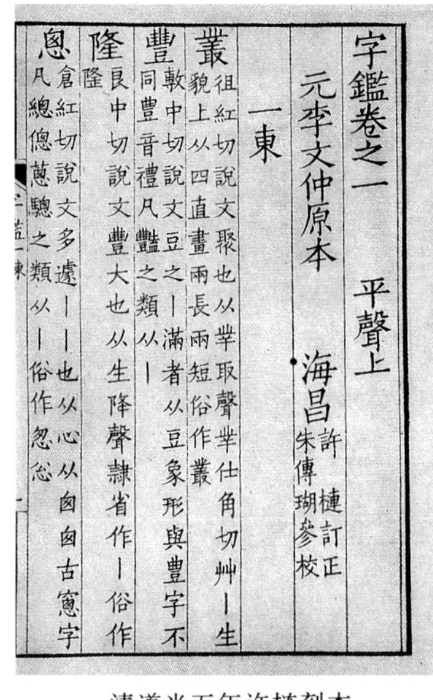

字鑑卷之一　平聲上
元李文仲原本　海昌許梿訂正 朱傳瑚參校
一東
叢 徂紅切說文聚也从丵取聲丵仕角切艸丨生貌上从四直畫兩長兩短俗作叢
豐 敷中切說文豆之丨滿者从豆象形與豊字不同豊音禮凡豔之類从丨
隆 良中切說文豐大也从生降聲隸省作丨俗作隆
悤 倉紅切說文多遽丨丨也从心从囪囪古窻字凡總傯蔥驄之類从丨俗作怱忩

清道光五年许梿刻本

儀禮疏卷第一　唐朝散大夫行太學博士弘文館學士臣賈公彥等撰
儀禮疏序
竊聞道本沖虛非言無以表其疏言有微妙非釋無能悟其理是知聖
人言曲事資注釋而成至於周禮儀禮發源是一理有終始分爲二部
並是周公攝政太平之書周禮爲末儀禮爲本本則難明末便易曉是
以周禮注者則有多門儀禮所注後鄭而已其爲章疏則有二家信都
黃慶者齊之盛德李孟悊者隋日碩儒慶則舉大略小經注疎漏猶登
山遠望而近不知悊則舉小略大經注稍周似入室近觀而遠不察二
家之疏互有脩短時之所尚李則爲先案士冠三加有緇布冠皮弁爵
弁既冠又著玄冠見於君有此四種之冠故記人下陳緇布冠委貌周
弁以釋經之四種經之與記都無天子冠法而李云委貌與弁皆天子
始冠之冠李之謬也喪服一篇凶禮之要是以南北二家章疏甚多時
之所以皆資黃氏案鄭注喪服引禮記檀弓云經之言實也明孝子有
忠實之心故爲制此服焉則經之所作表心明矣而黃氏妄云衰以表

清道光十年汪氏艺芸书舍刻本

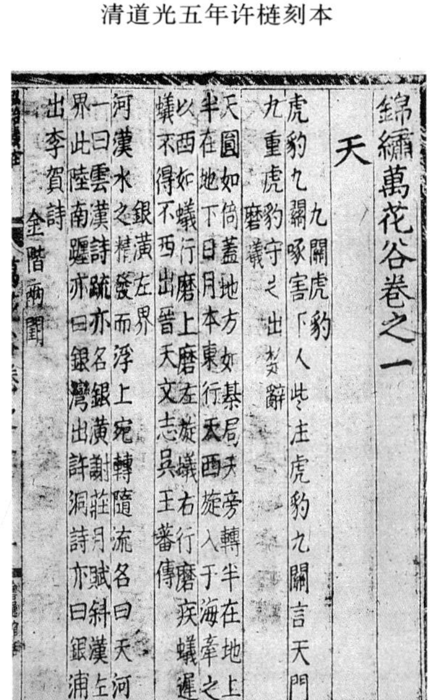

錦繡萬花谷卷之一
天
虎豹九關　九關虎豹
九重　虎豹九關啄害下人　注虎豹九關言天門九重虎豹守之出楚辭
磨蟻　天圓如倚蓋地方如棊局天旁轉半在地上半在地下日月本東行天西旋入于海牽之以西如蟻行磨上磨左旋蟻右行磨疾蟻遲不得不西出晉天文志吳王蕃傳
銀潢　左界　河漢水之精發而浮上宛轉隨流名曰天河一曰雲漢詩疏亦名銀潢謝莊月賦斜漢左界此陸南蹕亦曰銀灣出許洞詩亦曰銀浦出李賀詩　金階兩闥

明弘治五年华燧会通馆铜活字本

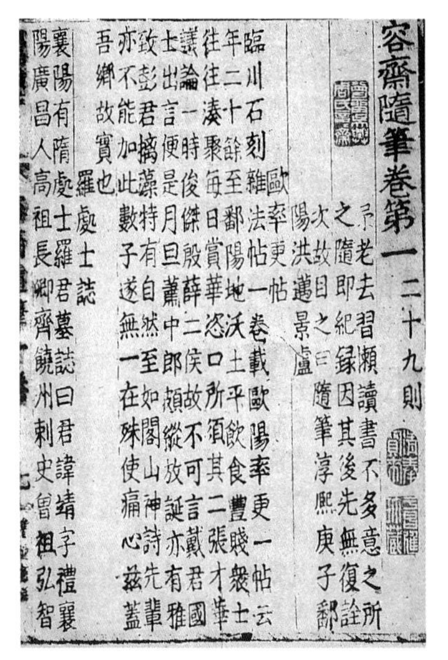

容齋隨筆卷第一　二十九則
予老去習懶讀書不多意之所至隨即紀錄因其後先無復詮次故目之曰隨筆淳熙庚子鄱陽洪邁景盧
歐率更帖　臨川石刻雜法帖一卷載歐陽率更一帖云年二十餘至鄱陽地沃土平飲食豐賤衆士往往湊聚每日賞華恣口所須其二張才華議論一時俊傑殷薛二侯故不可言戴君國士出言便是月旦薰然中郎頗縱放誕亦有雅致彭君摛藻特有自然至如閣山神詩先輩亦不能加此數子遂一在殊使痛心茲蓋吾鄉故實也
羅處士誌　襄陽有隋處士羅君墓誌曰君諱靖字禮襄陽廣昌人高祖長卿齊饒州刺史曾祖弘智

明弘治五年华燧会通馆铜活字本

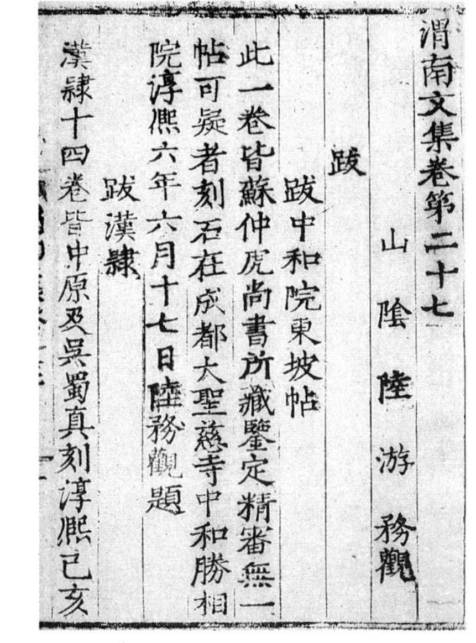

渭南文集卷第二十七　山陰陸游務觀
跋
跋中和院東坡帖
此一卷皆蘇仲虎尚書所藏鑒定精審無一帖可疑者刻石在成都大聖慈寺中和勝相院淳熙六年六月十七日陸務觀題
跋漢隸
漢隸十四卷皆中原及吳蜀真刻淳熙己亥

明弘治十五年华珵铜活字印本

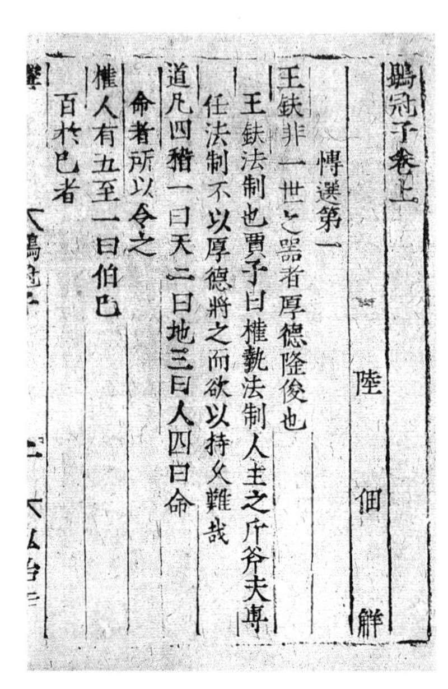

鶡冠子卷上　陸佃解
博選第一
王鈇非一世之器者厚德隆俊也
王鈇法制也賈子曰權執法制人主之斤斧夫專任法制不以厚德將之而欲以持久難哉
道凡四稽一曰天二曰地三曰人四曰命
命者所以令之
權人有五至一曰伯已
百於已者

明弘治碧云馆活字印本

鶡冠子卷中　陸佃解
度萬第八
龐子問鶡冠子曰聖與神謀道與人成
子曰道不同不相爲謀
子曰苟非其人道不虛行
願聞度神慮成之要奈何鶡冠子曰天者神也地者形也地濕而火生焉
至陽赫赫赫赫出乎地

明弘治碧云馆活字印本

西菴集卷之二
樂府
將進酒
青瑤案上離鸞琴一徽已直千黃金開樽花下對明月
欲彈一曲還沉吟沉吟沉吟幾低首彈商聲勸君酒雍
門風樹春蕭蕭地下田文骨應朽
紫騮馬
紫騮馬黃金羈兒家夫壻金陵兒金陵正值繁華時日
與遊俠相追隨追隨遊俠金陵下長跨金羈紫騮馬賭
勝初登蹴踘場縱酒還來鬭鷄社越羅楚練照晴空飛

明弘治十六年金兰馆铜活字印本

白氏長慶集卷之十四
翰林中送獨孤二十七起居罷職出院
碧落留雲住青冥放鶴還銀臺向南路從此到間人
重尋杏園
忽憶芳時頻酩酊却尋醉處重徘徊杏花結子春深後誰解多情又獨來
曲江獨行
獨來獨去何人識厩馬朝衣野客心閑愛无風水邊坐楊花不動樹陰匕
同李十一醉憶元九
花時同醉破春愁醉折花枝作酒籌忽憶故人天際去計程今日到涼州
同錢員外題絕粮僧巨川
三十年來坐對山唯將无事化人間齋時

明正德八年华坚兰雪堂铜活字印本

欲送殘春招酒伴客中誰最有風情兩瓶箬下新䓜得一曲霓裳初教成排比管弦行翠袖指麾船舫點紅旌慢牽好向湖心去恰似菱花鏡上行
戲醉客
莫言魯國書生儒莫把杭州刺史欺醉客請君開眼望綠楊風下有紅旗
紫陽花
何年植向仙壇上早晚移栽到梵家雖在人間人不識與君名作紫陽花
白氏長慶集卷之二十

明正德八年华坚兰雪堂铜活字印本

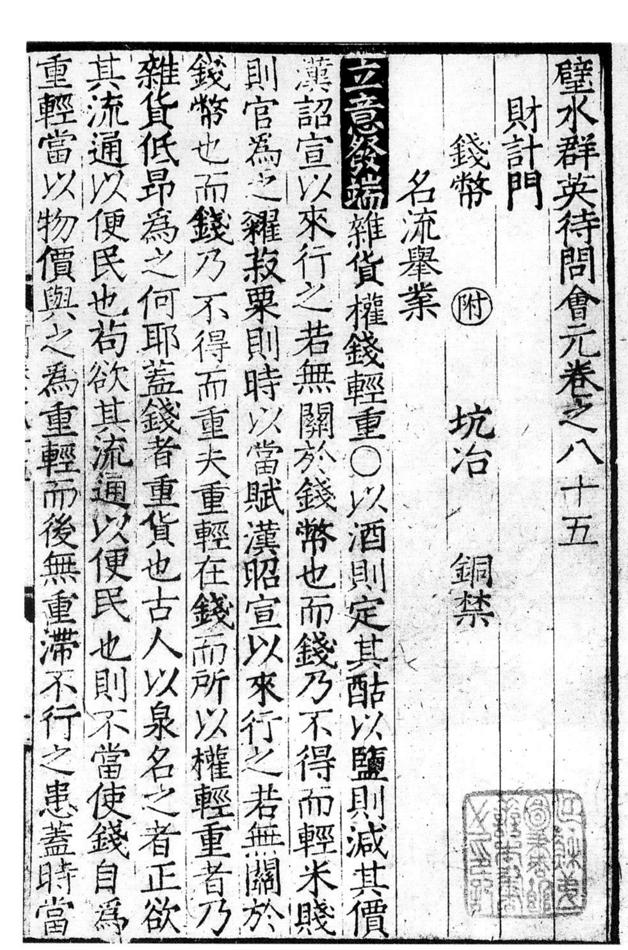
璧水群英待問會元卷之八十五
財計門
錢幣 附 坑冶 銅禁
名流舉業
立意發端 雜貨權錢輕重〇以酒則定其酤以鹽則減其價漢詔宣以來行之若無關於錢幣也而錢乃不得而輕米賤則官爲之糴救粟則時以當賦漢昭宣以來行之若無關於錢幣也而錢乃不得而重夫重輕在錢而所以權輕重者乃雜貨低昂爲之何耶蓋錢者重貨也古人以泉名之者正欲其流通以便民也苟欲其流通以便民也則不當使錢自爲重輕當以物價與之爲重輕而後無重滯不行之患蓋時當

明丽泽堂活字印本

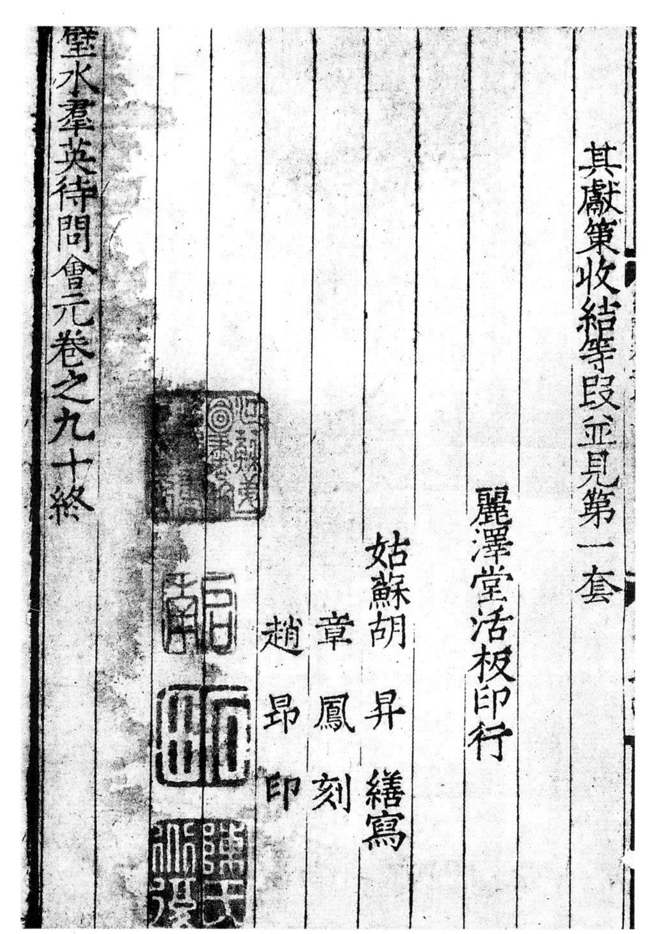
其獻策收結等段並見第一套
麗澤堂活板印行
姑蘇胡昇繕寫
章鳳刻
趙昂印
璧水群英待問會元卷之九十終

明丽泽堂活字印本

開元天寶遺事卷上

建業張氏銅板印行

王有太平字

開元元年內中因雨過地潤微裂至夜有光宿衛者記其處所曉乃奏之上令其鑿地得寶玉一片如柏板樣上有古篆天下太平字百僚稱賀收之內庫

步輦召學士

明皇在便殿甚思姚元之論時務七月十五日

明建业张氏铜活字印本

夕宴中秋醉廣寒閶風銀闕鎖三山美人半夜歌明月聲在玉壺天地間

八十五

新供御馬可曾騎青鬣連錢碧玉蹄每在殿前祗候駕金鞍卸下不聞嘶

八十六

六龍蜘稼奉宸遊齋賀豐年薦麥秋後苑宴回卿相出內官全合送[illegible]

八十七

明五川精舍铜活字印本

太平御覽卷第十一

天部十一

雨下　祈雨　霽

雨下

河圖帝道紀曰雨者天地之施也

遁甲開山圖曰霍山南岳有雲師雨虎蔡氏解曰雲師如蚕長六寸有毛似兎雨虎如蚕長七八寸似蛭雲雨之時出在石上肉甘可熟而食

又有鄭有不毛山上有無爲之君分布雲雨於九州之內蔡氏曰不毛山不生草木占無爲之君常處其上布灑雲雨九州之內平均

河圖秘徵真若急恚怒無雲而雨

黃帝素問曰清陽爲天濁陰爲地地氣上爲雲天氣下爲

明万历二年周堂铜活字印本

吳中水利通志卷第一

蘇州府

叙水

太湖在郡西南三十餘里即禹貢之震澤周禮之具區左氏傳之笠澤又謂之五湖而其說不同一云周行五百里故名一云太湖東通松江南通霅溪西通荆溪北通隔湖東連韭溪凡五道故名一云太湖上稟咸池五車之氣故一水五名然今湖亦自有五名自莫釐山東與徐侯山相值者中爲菱湖莫釐西北與菱湖連者爲莫湖南連莫湖東逼胥山者爲胥湖東長山湖連者…曰

明嘉靖三年安国铜活字印本

一十五石其軍站除贍役地外依上起科僧道也里可温荅失蠻不分常住并權豪官負不納官粮之家以地五頃著夫一名從行都水監選委廉幹官部夫督役其有鲞豆事功廉能稱職者行都水監具迹舉明其著夫人戶雜泛差役權行蠲免

嘉靖甲申錫山安國活字銅板刊行

吳中水利通志卷第十三

明嘉靖三年安国铜活字印本

唐詩類苑第五卷

仁和卓明卿澂父編輯

華亭張之象玄超

長洲毛文蔚豹孫同校

歲時部

春

王維早春行一首

紫梅發初遍黃鳥歌猶澁誰家折楊女弄春如不及愛水看粧坐羞人映花立香畏風吹散衣愁露霑濕玉閨青門裏日落香車入游衍益相思含啼向綵帷

明万历十四年崧斋活字印本

墨子卷之八終

嘉靖三十一年歲次壬子季夏之吉芝城銅板活字

道藏本校　沛七

明嘉靖三十一年芝城铜活字印本

墨子卷之一

親士第一

入國而不存其士則亡國矣見賢而不急則緩其君矣非賢無急非士無與慮國緩賢忘士而能以其國存者未曾有也昔者文公出走而正天下桓公去國而霸諸侯越王勾踐遇吳王之醜而尚攝中國之賢君三子之能達名成功於天下也皆於其國抑而大醜也太上無敗其次敗而有以成此之謂用民吾聞之曰非無安居也我無安心也非無足財也我無足心也是故君子自難而易彼衆人自易而難彼君子進不敗其志內究其情雖雜庸民終無怨心彼有自信者也是故爲其所難者必得其所欲焉未聞

明嘉靖三十一年芝城铜活字印本

唐眉山詩集卷第六

五言排律

七三　峽路十韻

上馬復下馬羸軀不暫停鈴聲今古道柳色短長亭亂石波翻雪洪崖岫破青羊歸沿絕壁鹿飲入寒汀兩岸渾遮月中天略見星雲來通玉壘江去背滄溟春少花難拆霜多葉易零愛山猶著物畏棧未忘形事業知安在艱危已備經宦遊方此始何日遂鴻冥

七七　上益昌守李大夫

標致自清流知名二十秋諸儒堂上席羣客帳前籌

清雍正三年汪亮采南陔草堂活字印本

乾象典第一卷

天地總部彙考一

易經

繫辭上傳

天一地二天三地四天五地六天七地八天九地十

本義 此言天地之數陽奇陰偶即所謂河圖者也

天數五地數五五位相得而各有合天數二十有五

地數三十凡天地之數五十有五此所以成變化而

行鬼神也

古今圖書集成　曆象彙編乾象典第一卷天地總部彙考一之一

古今图书集成　清雍正四年内府铜活字印本

淞南志卷之二

東吳後學陳元模燦辰氏編輯

山水

秦柱山　在淞南尚書浦之右上有烽火樓吳壽夢所築遣兵屯戍以防海寇秦時始皇帝東巡狩嘗登此望海故又曰秦望唐時薛據有登秦望山詩明時里人建堂三楹顏曰新茶軒為遊息地樓與軒今俱廢周世昌曰按圖經秦望山在海鹽縣東十八里秦始皇登此望海秦柱山在崑山縣南三十里于墩浦高止二丈去海甚遠豈能望之耶盧公武郡志云

淞南志　卷二　一

清嘉庆活字印本

農書卷三

元王禎撰

農桑通訣三

鋤治篇第七

傳曰農夫之務去草也芟夷蘊崇之絕其本根勿使能殖則善者信伸音矣蓋稂莠不除則禾稼不茂種苗者不可無鋤芸之功也又說文云鋤言助也以助苗也故字從金從助凡穀須鋤乃可滋茂諺云鋤頭自有三寸澤也詩曰其鎛音博斯趙以薅荼蓼鎛芸田器古之鎛其今

農書　卷三

清乾隆武英殿聚珍版印本

卷五百十八　起哲宗元符二年十一月盡其月

卷五百十九　起哲宗元符二年十二月盡其月

卷五百二十　起哲宗元符三年正月盡其月

嘉慶己卯仲夏海虞張氏愛日精廬印行

目下終

续资治通鉴长编　清嘉庆二十四年张氏爱日精庐活字印本

泥版試印初編
涇上翟金生西園氏著并自造泥字
孫發曾振如
男
一棠名亭
一傑輿甫　同造泥字
一新煥然
孫
家祥餘慶
檢字
內姪查夏生禹功

泥版試印初編

門人左駿章伯聲
壻查騰蛟雨門
受業
左
寬裕者校字
內姪查藻言松亭
姪翟齊宗渭川
查光垣翰卿
外孫查光鼎鑄山歸字
王惟樱理齋

清道光二十四年泥活字印本

泥版試印初編
涇上翟金生西園氏著併造印
五言絕
拙著編成賦五絕句
自刊
一生籌活版半世作雕蟲珠玉千箱積經營卌
載功
自檢
不待文成就先將字備齊正如兵養足用武一
時提

泥版試印初編　一

自著
舊吟多散佚新作少蒐推爲試澄泥版重尋故
紙堆
自編
明知終覆瓿此日且編成自笑無他技區區過
一生

清道光二十四年泥活字印本

帝里明代人文畧卷之三
青谿甘表路鴻休子僊氏輯　金陵甘煦祺壬仝弟熙實菴校訂
鰲曉亭
炳星如
陳遇
陳靜誠先生遇字中行金陵人天資沉粹篤學博
覽至正中授江東明道書院山長溫州路教授元
末棄官歸安淡守約自名靜誠人稱之曰靜誠先
生先生每日焚香拜天願早生仁聖以救創殘高

清道光三十年甘氏津逮楼活字印本

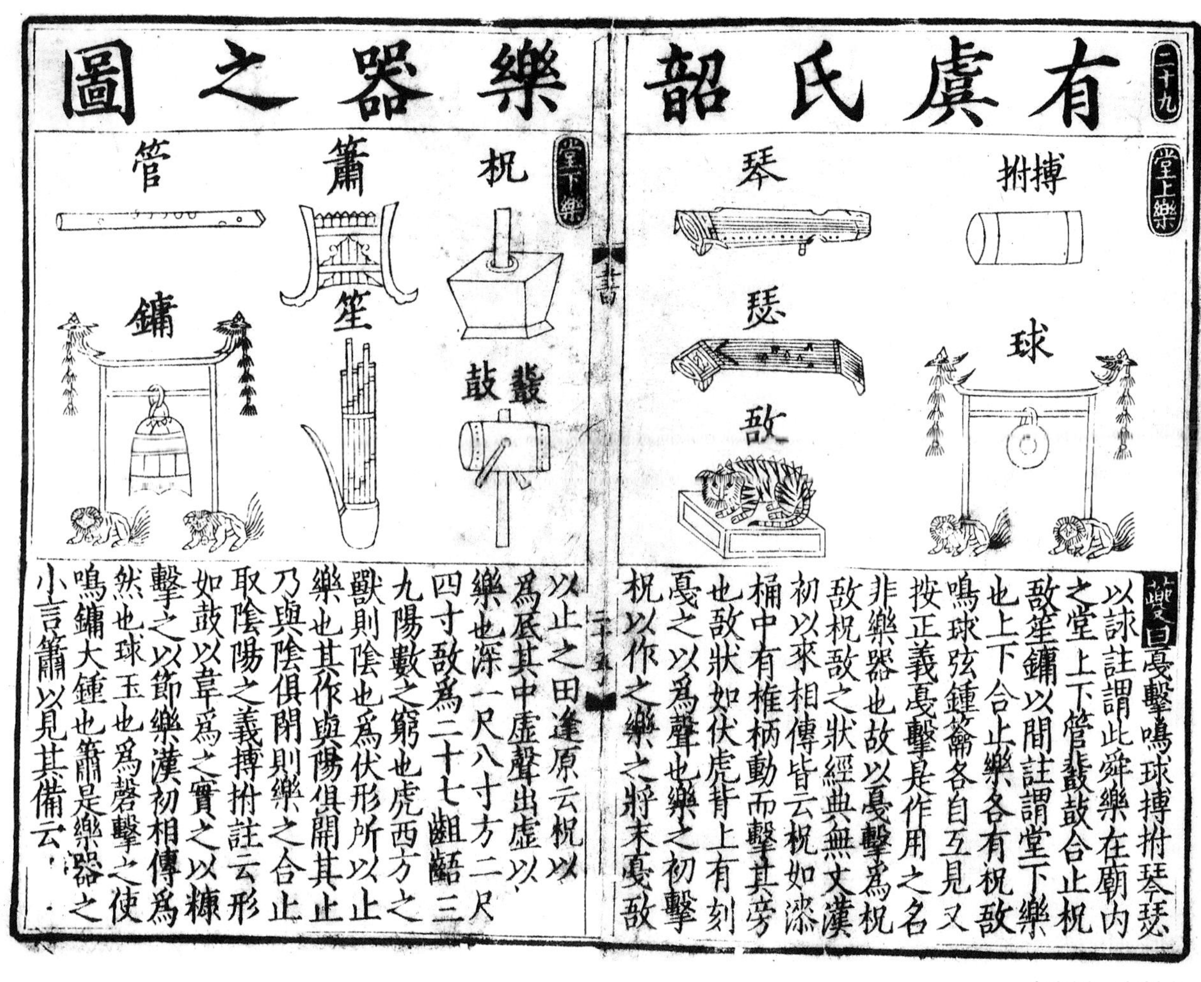

有虞氏韶樂器之圖



戛曰戛擊鳴球搏拊琴瑟以詠註謂此舜樂在廟内之堂上下管鼗鼓合止柷敔笙鏞以間註謂堂下樂也上下合止樂各有柷敔鳴球弦鍾籥各自互見又按正義戛擊是作用之名非樂器也故以戛擊爲柷敔柷敔之狀經典無文漢初以來相傳皆云柷如漆桶中有椎柄動而擊其旁也敔狀如伏虎背上有刻戛之以爲聲也樂之初擊柷以作之樂之將末戛敔以止之田逢原云柷以爲底其中虛聲出虛以樂也深一尺八寸方二尺四寸敔爲二十七鉏鋙三九陽數之窮也虎西方之獸則陰也爲伏形所以止樂也其作與陽俱開其止乃與陰俱閉則樂之合止取陰陽之義搏拊註云形如鼓以韋爲之實之以糠擊之以節樂漢初相傳爲然也球玉也爲磬擊之使鳴鏞大鍾也笙簫是樂器之小言簫以見其備云

尚书图　宋刻本

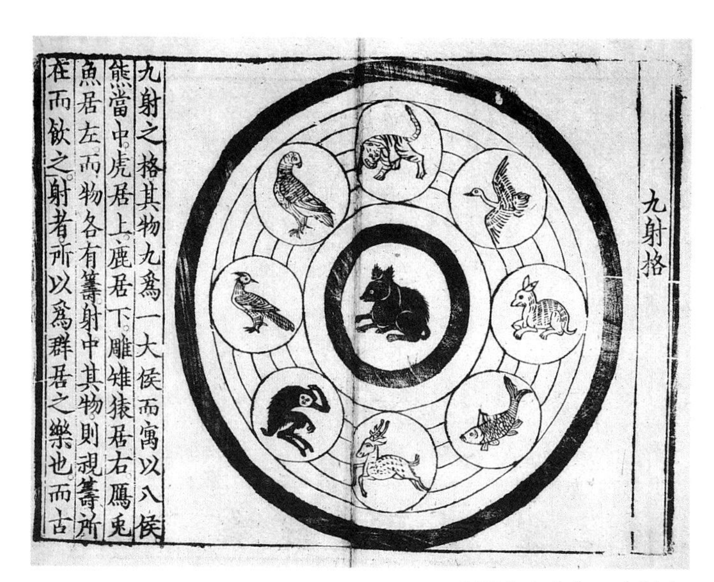

九射格

九射之格其物九爲一大侯而寓以八侯熊當中虎居上鹿居下雕雉猿居右鴈兎魚居左而物各有籌射中其物則視籌所在而飲之射者所以爲群居之樂也而古

欧阳文忠公集　宋刻本

东家杂记　宋刻本

观世音菩萨普门品经　明弘治二十八年应天府沙福智刻本

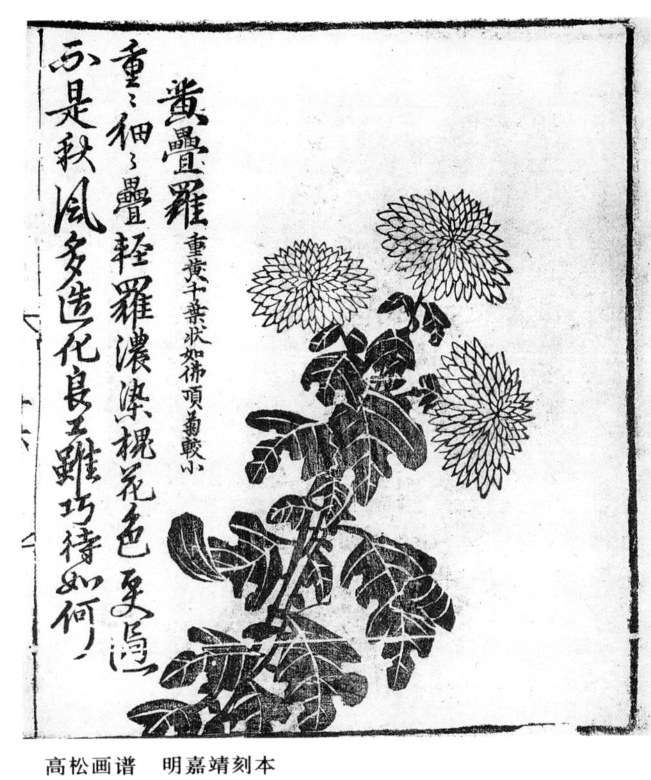


高松画谱　明嘉靖刻本

高松画谱　明嘉靖刻本

至大重修宣和博古图录　元刻本

古杂剧　明万历顾曲斋刻本

古杂剧　明万历顾曲斋刻本

红佛记　明刻套印本

红佛记　明刻套印本

柳枝集　明崇祯刻本

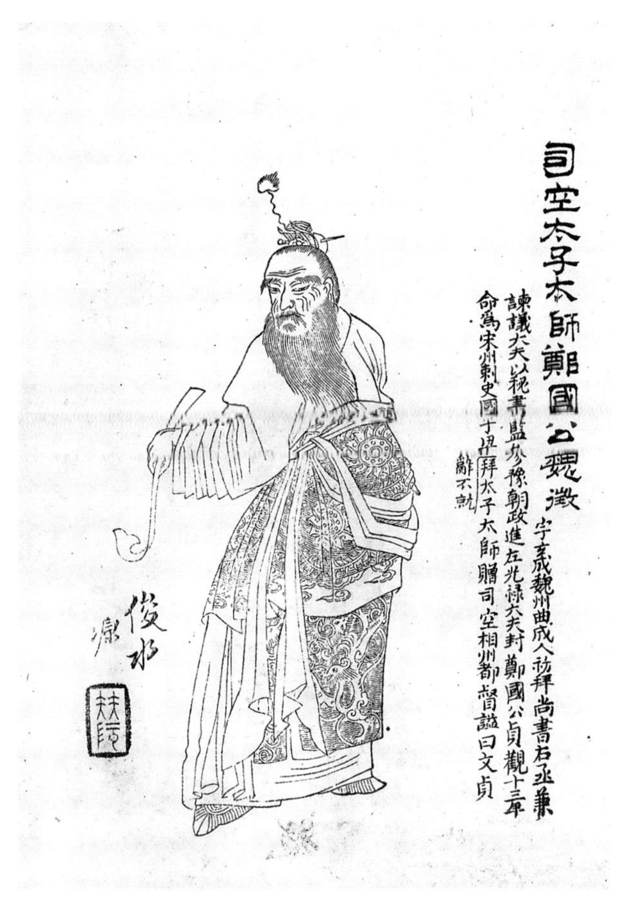


凌烟阁功臣图　清康熙吴门桂笏堂刻本

白岳凝烟　清康熙五十三年刻本

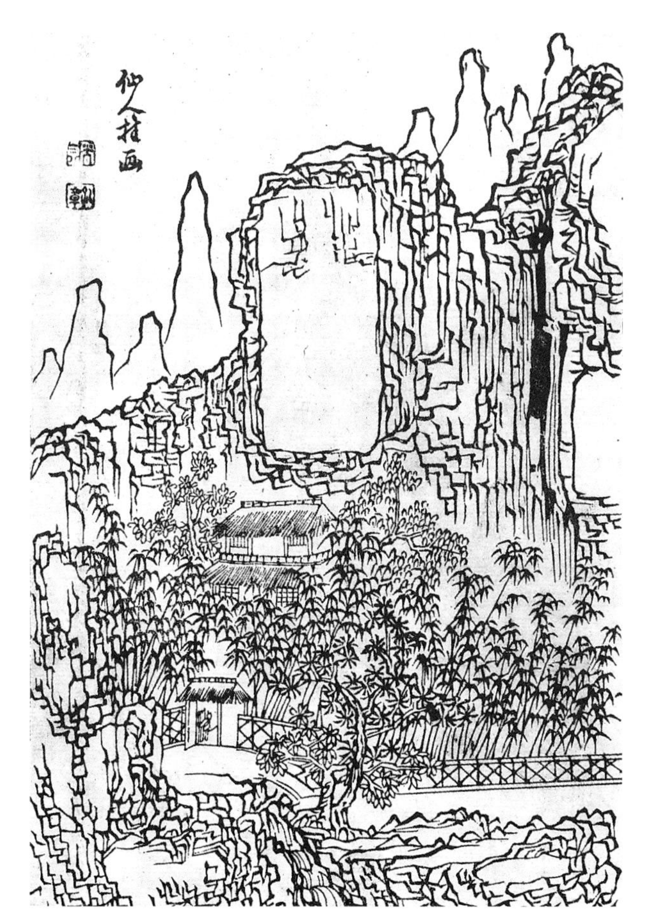

白岳凝烟　清康熙五十三年刻本

秦月楼　清康熙文喜堂刻本

牡丹亭记　明刻套印本

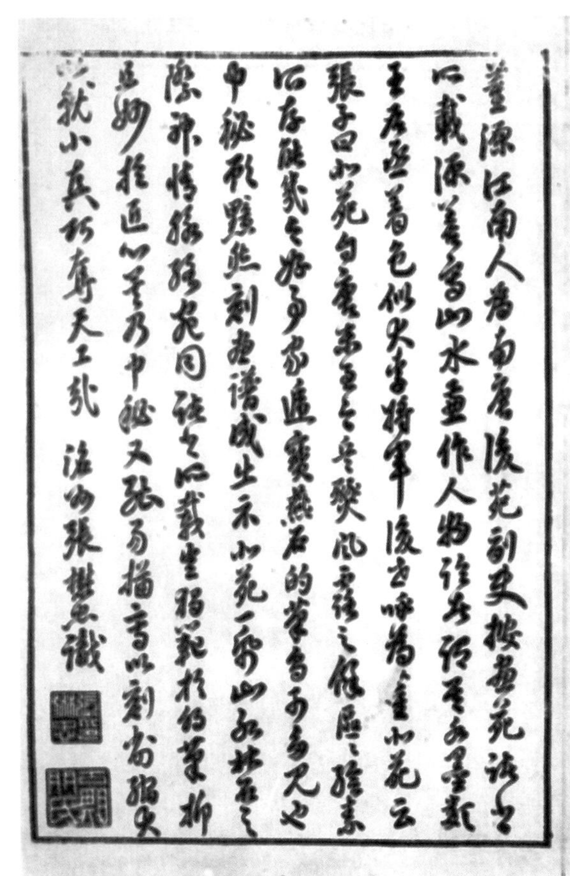

历代名公画谱　明万历三十一年虎林双桂堂刻本

牡丹亭记　明刻套印本

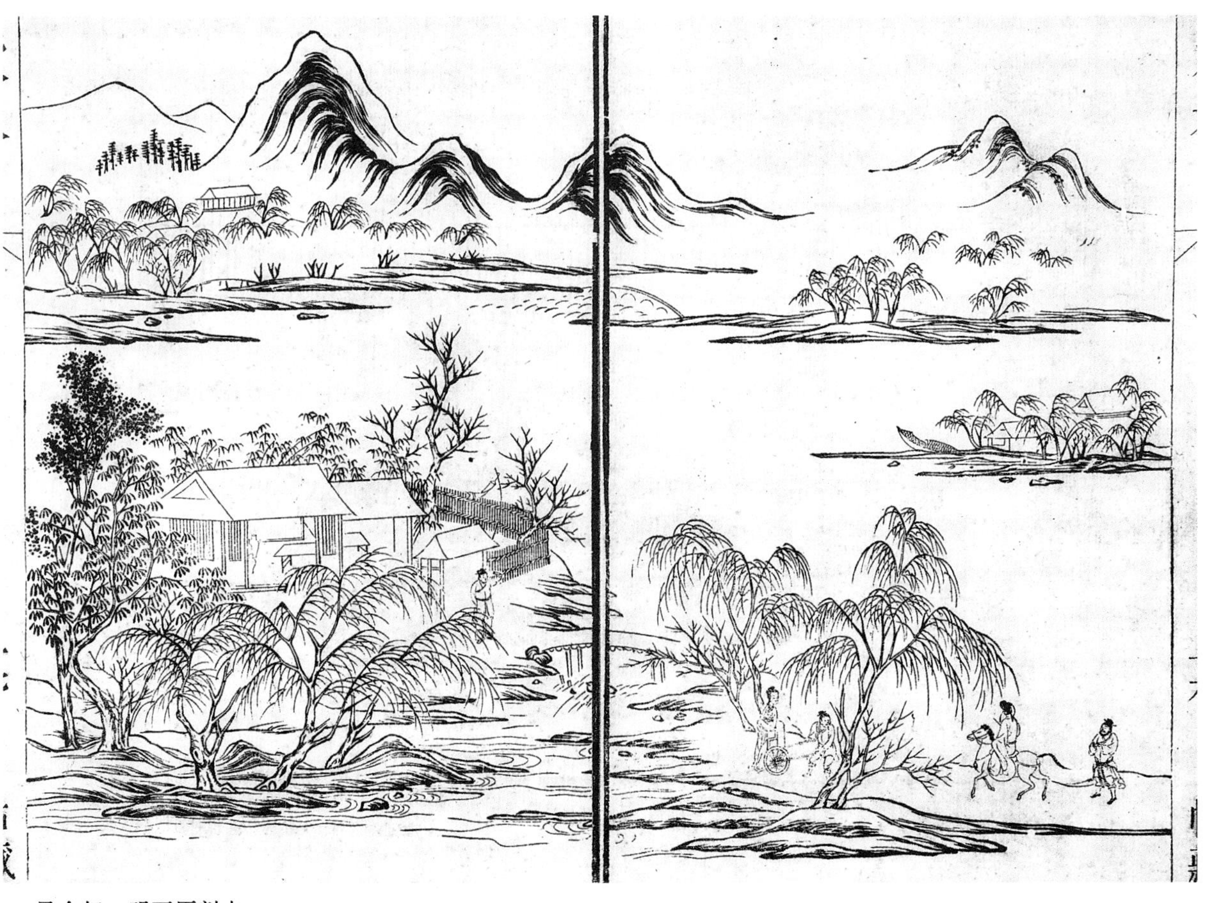

昆仑奴　明万历刻本

秦楼月　清康熙文喜堂刻本

古玺印

古文房四宝

西汉・螭纽玉印(皇后之玺)

西汉・龙纽金印(文帝行玺)

西汉・伏兽纽玉印(婕好妾娋)

东汉·(左)蛇纽金印(汉委奴国王)、(右)龟纽金印(广陵王玺)

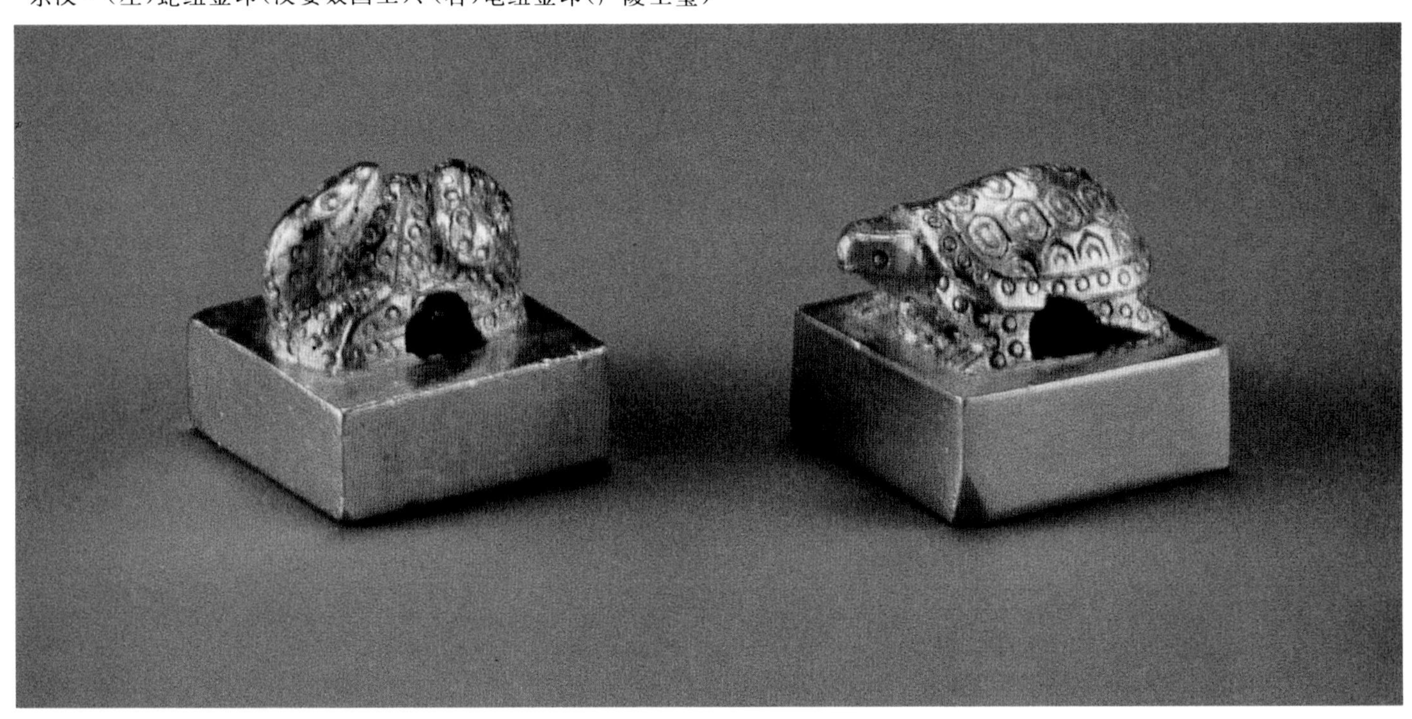

东汉·龟纽银印(琅邪相印章)

东汉—三国·兽纽子母铜印(张懿印信)

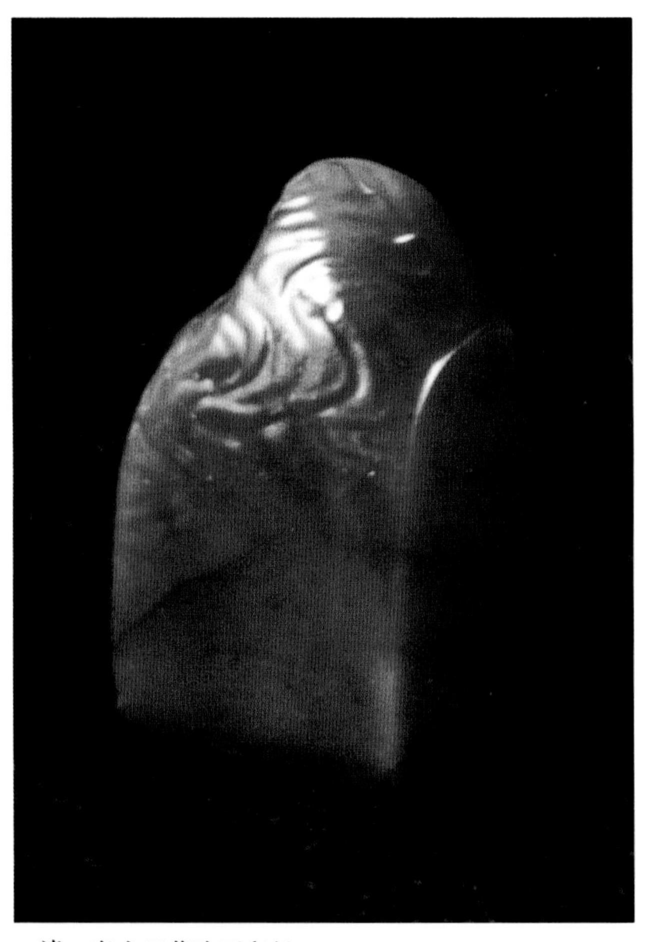

清·寿山田黄冻石印材

清·寿山白芙蓉石印材

清·寿山田黄石石印材(尚均制纽)

清·昌化鸡血石印材(顶戴红)

秦·毛笔（附笔套） 书刀（附刀鞘）

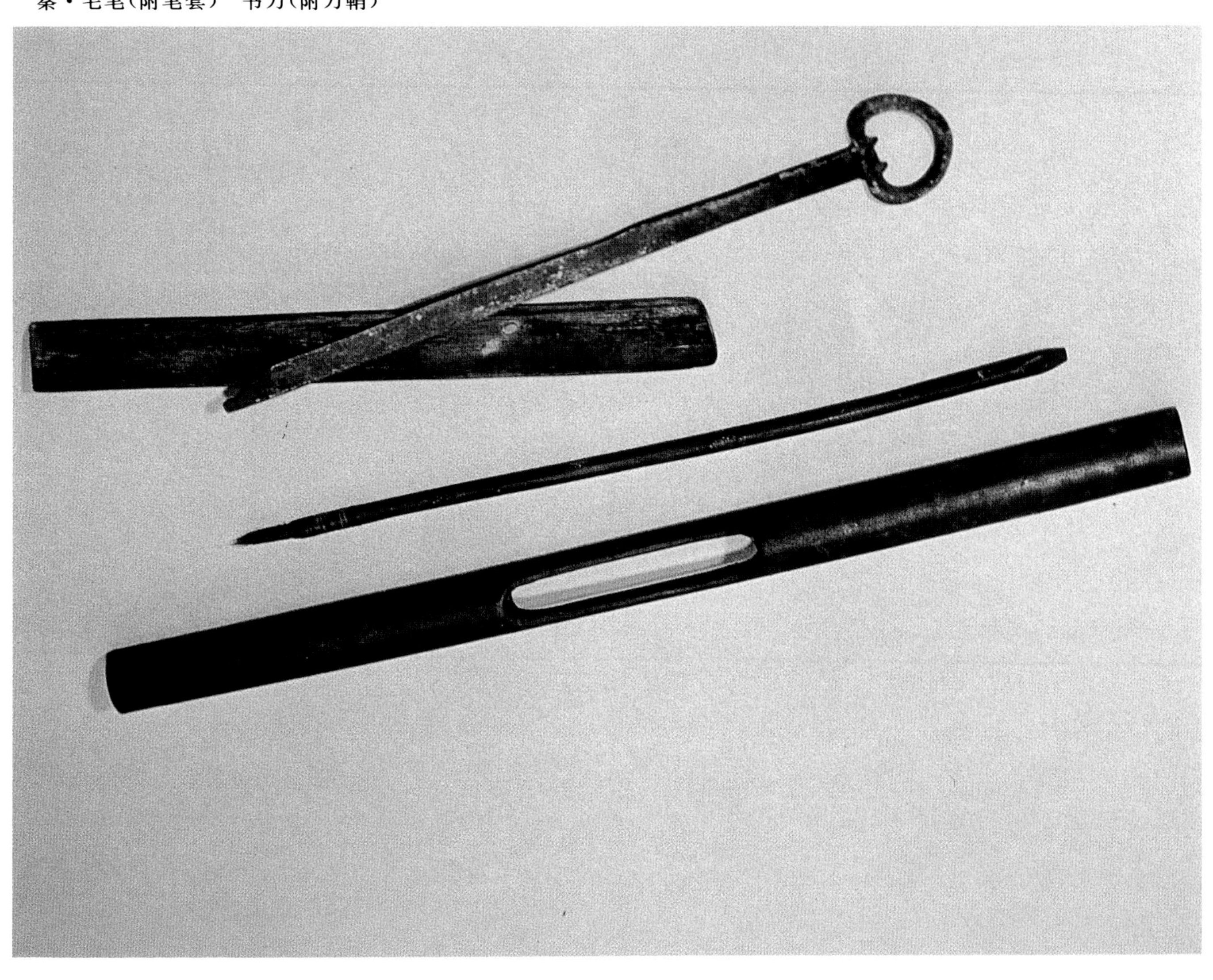

东汉·兽形鎏金嵌宝石铜砚

东汉·磨形提梁三足石砚

唐・毛笔

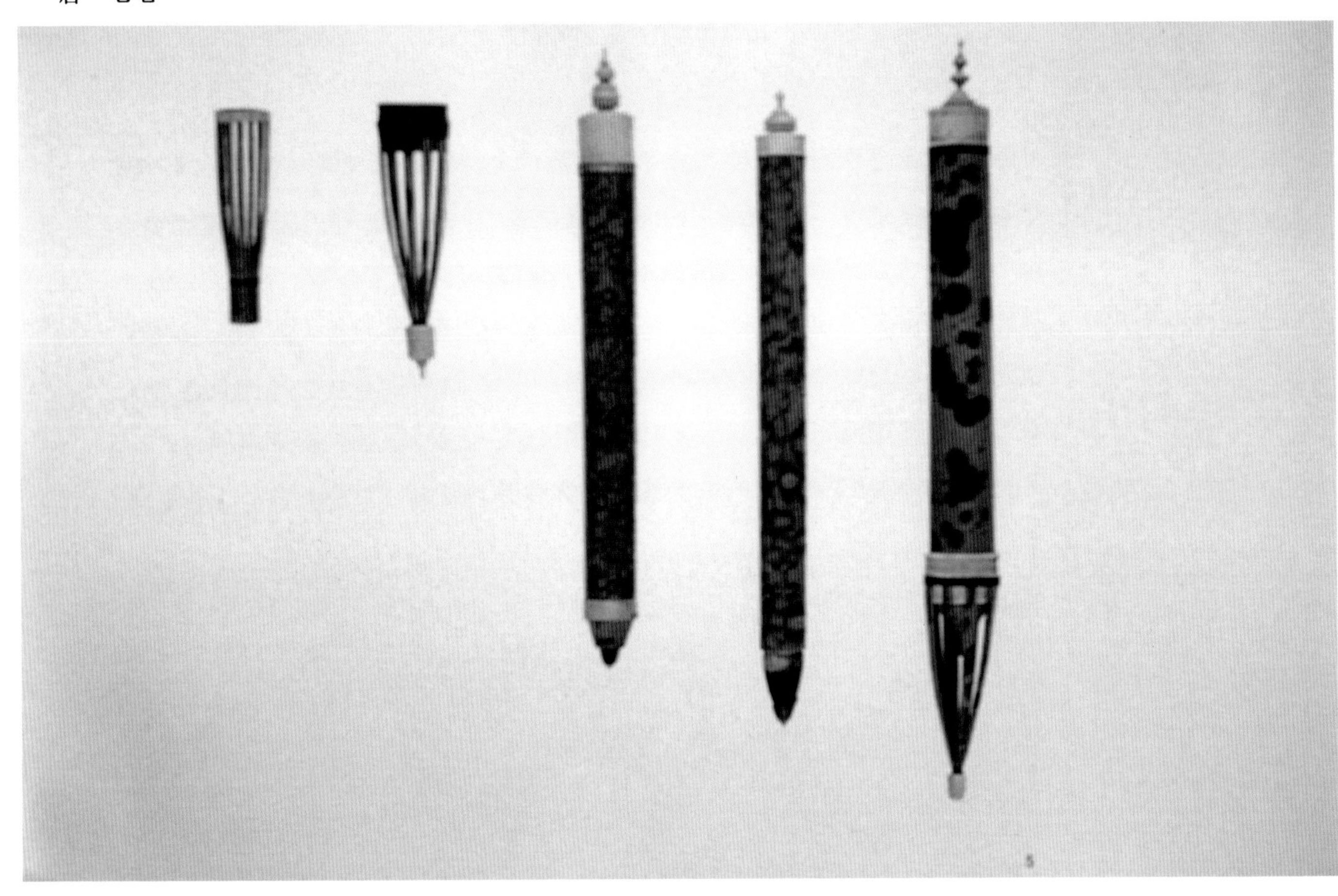

唐・白瓷多足辟雍砚

唐·（上）箕形陶砚、（下）凤字陶砚

明・瓷青写经纸

宋・金粟山写经纸

阿毗達磨法蘊足論卷第一　海鹽金粟山廣惠禪院大藏　同　一十八紙

三藏法師玄奘奉　詔譯

學處品第一

稽首佛法僧　真淨無價寶　今集衆法蘊　普施諸群生

阿毗達磨如大海　大山大地大虛空

具攝無邊聖法財　今我正勤略顯示

嗢拕南曰

學支淨果行聖種　正勝足念諦靜慮

無量無色定覺支　雜根處蘊界緣起

一時薄伽梵在室羅筏住逝多林給孤獨園介時世尊告苾芻衆諸有於彼五怖罪怨不寂靜者彼於現世為諸聖賢同所訶厭名為犯戒自損傷者有罪有過生多非福身壞命終墮險惡趣生地獄中何等為五謂殺生者殺生緣故生怖罪怨不離殺生是名第一不與取者劫盜緣故生怖罪怨不離劫盜是名第二欲邪行者邪行緣故生怖罪怨不離邪行是名第三虛誑語者虛誑緣故生怖罪怨不離虛誑是名第四飲諸酒放逸處者飲諸酒放逸處緣故生怖罪怨不離飲酒諸放逸處是名第五有於如是五怖罪怨不寂靜者彼於現世為諸聖賢同所訶厭名為犯戒自損傷者有罪有過生多非福身壞命終墮險惡趣生地獄中

諸有於彼五怖罪怨能寂靜者彼於現世為諸聖賢同所稱歎名為持戒

清・朱红御墨

清・蟾形端砚

**清·黄杨木雕笔筒**

（吴之璠作“东山捷报”）

清·象牙雕笔筒(黄振效作“渔乐”)

近代·胡开文制地球墨

战国·“大賡”印

战国·“睫都萃车马”印

战国·“章生徒”印

战国·“文余西疆司寇”印

战国·“尚玺”印

战国·“上官黑”印

战国·“郙坤师玺”

战国·“陈邑”印

战国·“(画印)”印

战国·“郾旻”印

战国·“肖賡”印

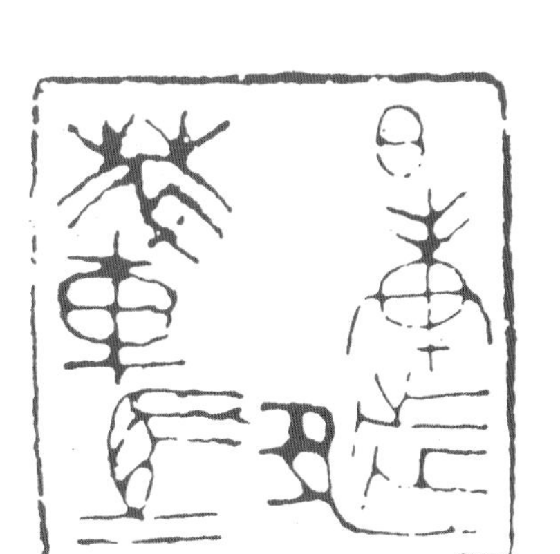

秦·“泠贤”印

秦·“江去疾(双面印)”印

西汉·“皇后之玺”印

西汉·“文帝行玺”印

西汉·“石洛侯印”印

新莽·“常乐苍龙曲侯”印

新莽·“蒙阴宰之印”印

东汉·“朔宁王太后玺”印

东汉·“武猛校尉”印

汉·“薄戎奴”印

汉·“武意”印

汉·“邓弄”印

汉·“张九私印”印

汉·“公孙部印”印

汉·“(画印)”印

魏晋南北朝·“菅纳六面印”印　　汉·“(画印)”印　　汉·“张懿双套印”印

魏晋南北朝·“刘龙三套印”印　　唐·“中书省之印”印　　五代·“右策宁州留后朱记”印

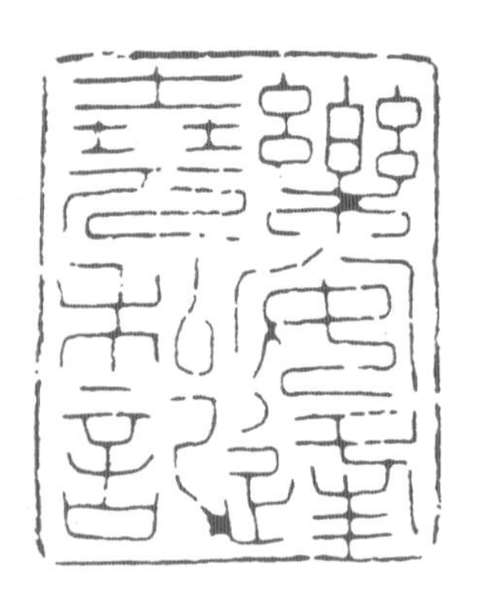

北宋·“乐安逢尧私记”印

南宋·“拱圣下七都虞侯朱记”印

元·“清河郡”印

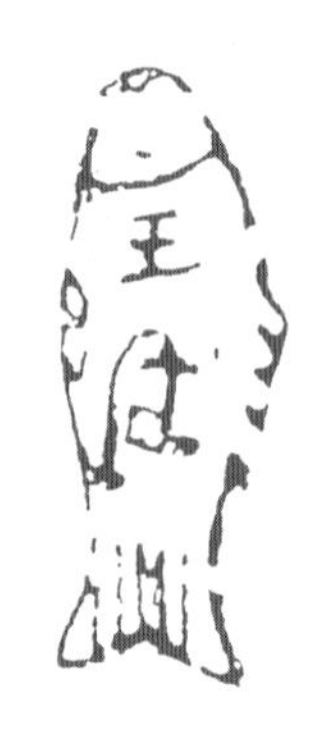

元·“王(押)”印

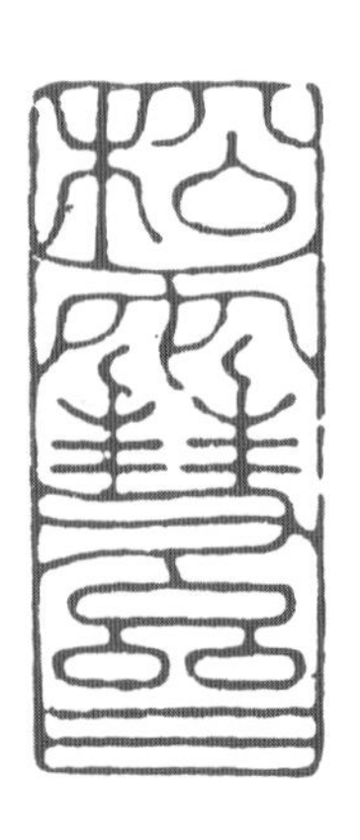

元·“松雪斋”印　赵孟頫(传)

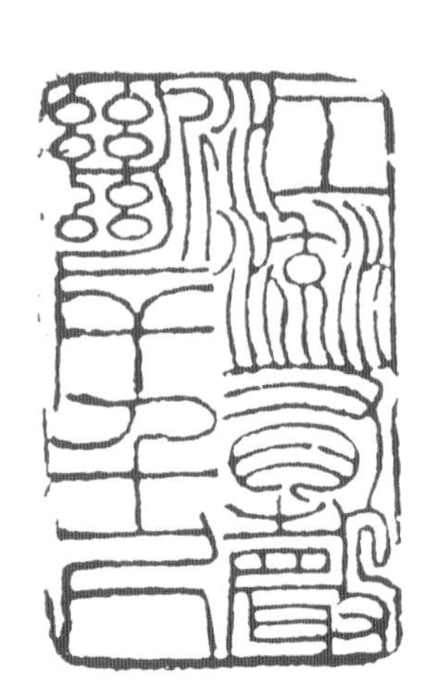

清·“江流有声断岸千尺”印　邓石如

明·“寒山”印　赵宧光

元·"布衣道士"印　吾衍(传)　　元·"王元章氏"印　王冕　　明·"我思古人实获我心"印　苏宣　　明·"七十二峰深处"印　文彭
明·"朱完之印"印　　明·"吴彬之印"印　梁千秋　　明·"笑谈间气吐霓虹"印　何震　　明·"赵俶"印　汪关
明·"杨文骢印"印　朱简　　明·"淳于德"印　金光先　　清·"天君泰然"印　黄吕　　清·"香南雪北之庐"印　董洵

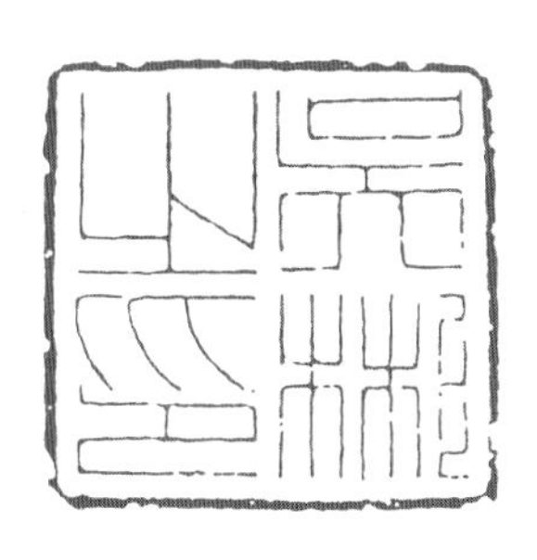

清·“蒋山堂印”印　蒋仁
清·“豆华馆里草虫啼”印　丁敬
清·“晏端书印”印　吴熙载

清·“人在蓬莱第一峰”印　吴咨
清·“郭麐印信”印　郭麐
清·“一日之迹”印　吴熙载

清·“頫罗庵主”印　奚冈
清·“恐修名之不立”印　陈豫钟
清·“江郎山馆”印　陈鸿寿

清·“乔木世臣”印　黄易
清·“辟翁”印　胡唐
清·“萍寄室”印　赵之琛

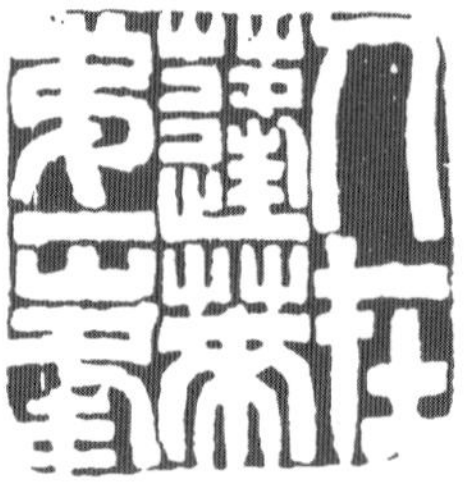

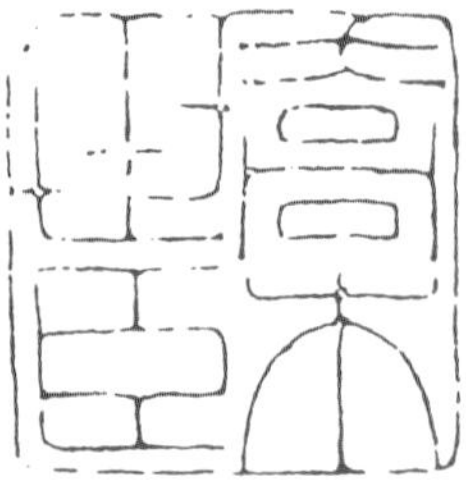
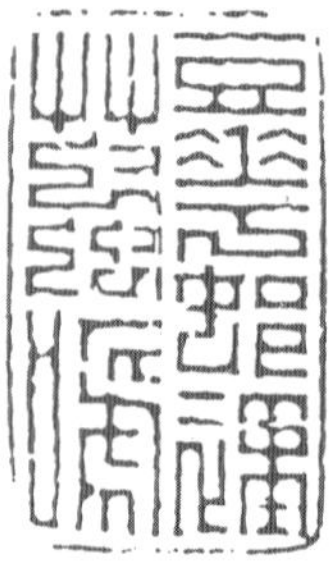
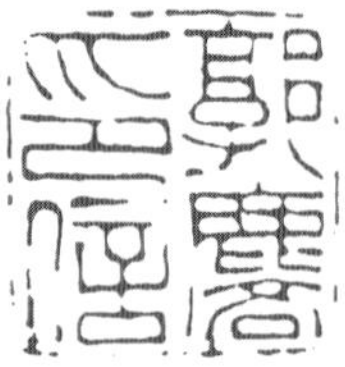

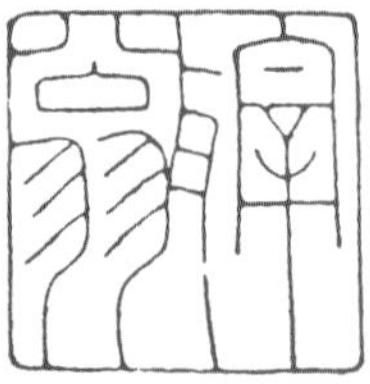

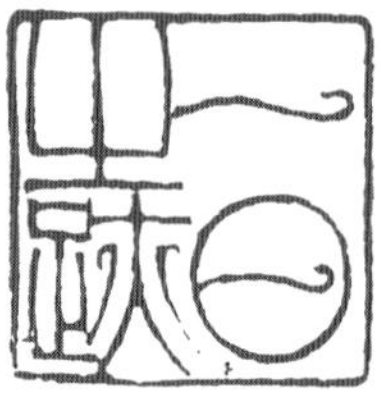

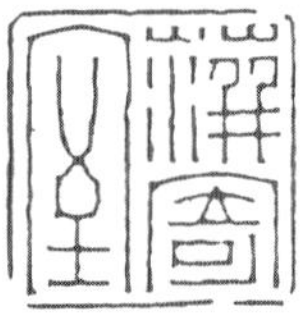
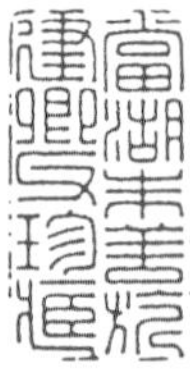

清·“当湖朱善旂卿父珍藏”印　翁大年

## 清

梦轩"印　赵之谦

县潘伯寅平生真赏"印　赵之谦

初所得金石文字"印　胡震

"颐庵"印　任颐

"石门胡镢长生安乐"印　胡镢

"蕉研斋"印　吴昌硕

"梁麟章印"印　黄士陵

"天与湖山供坐啸"印　杨澥

"滋畬"印　徐三庚

"季荃一号定斋"印　黄士陵

"千石公侯寿贵"印　钱松

"己卯优贡辛巳学廉"印　巴慰祖

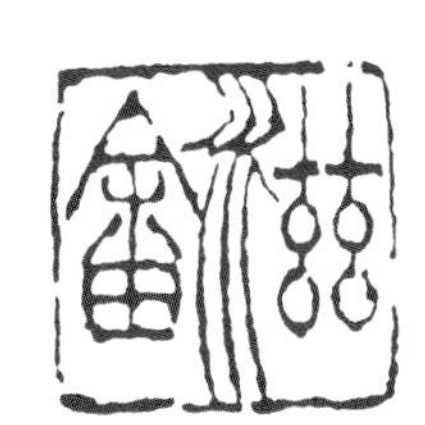

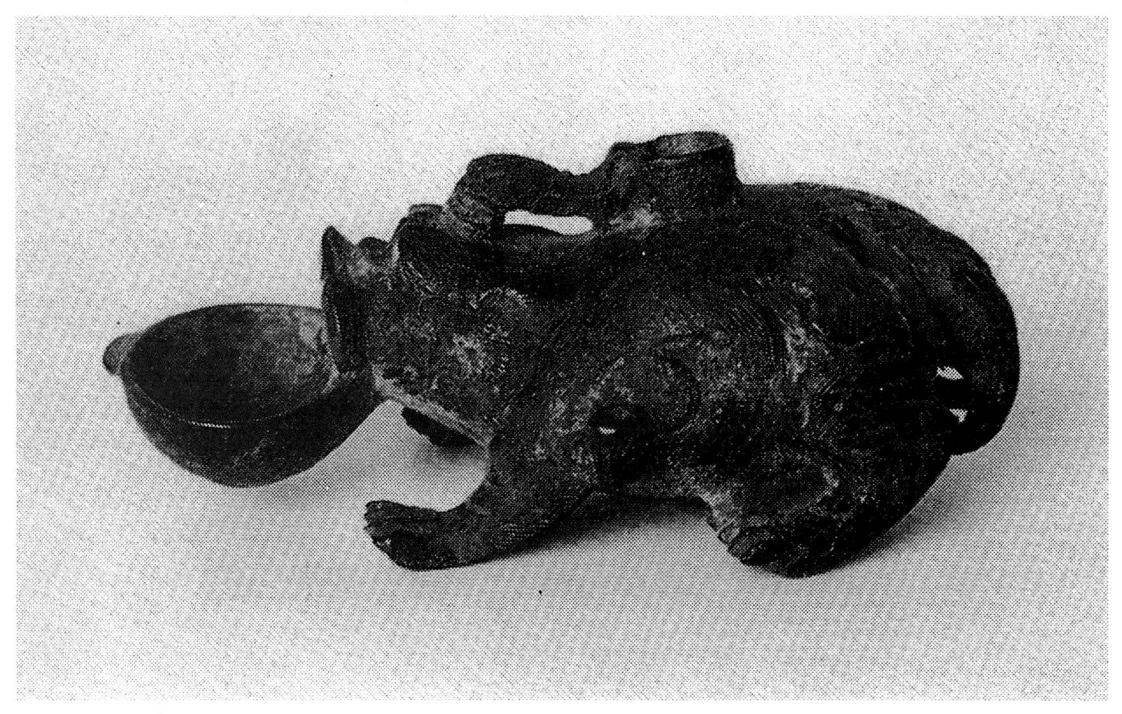

东汉·神兽镀金铜水滴

三国·辟邪形水滴

唐·“文府”墨

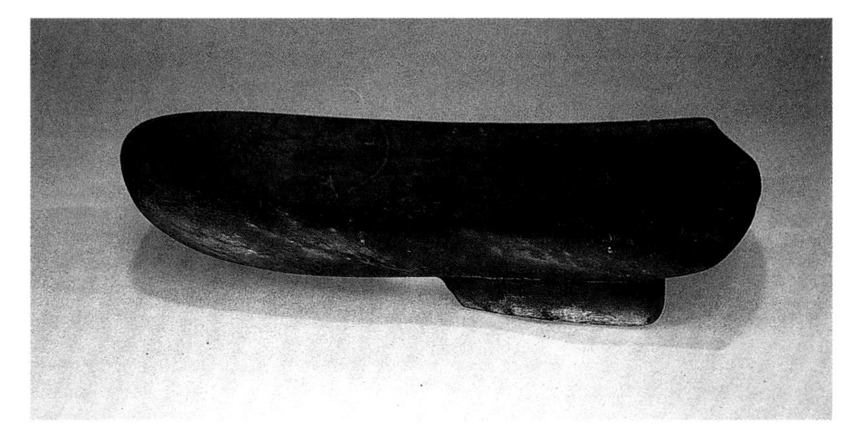

唐·箕形歙砚

三国·鸮形铜水滴

唐·白瓷砚

宋·踢球图象牙笔筒

北宋·磁州窑牡丹纹瓷笔洗

唐·陶砚

唐·凤字砚

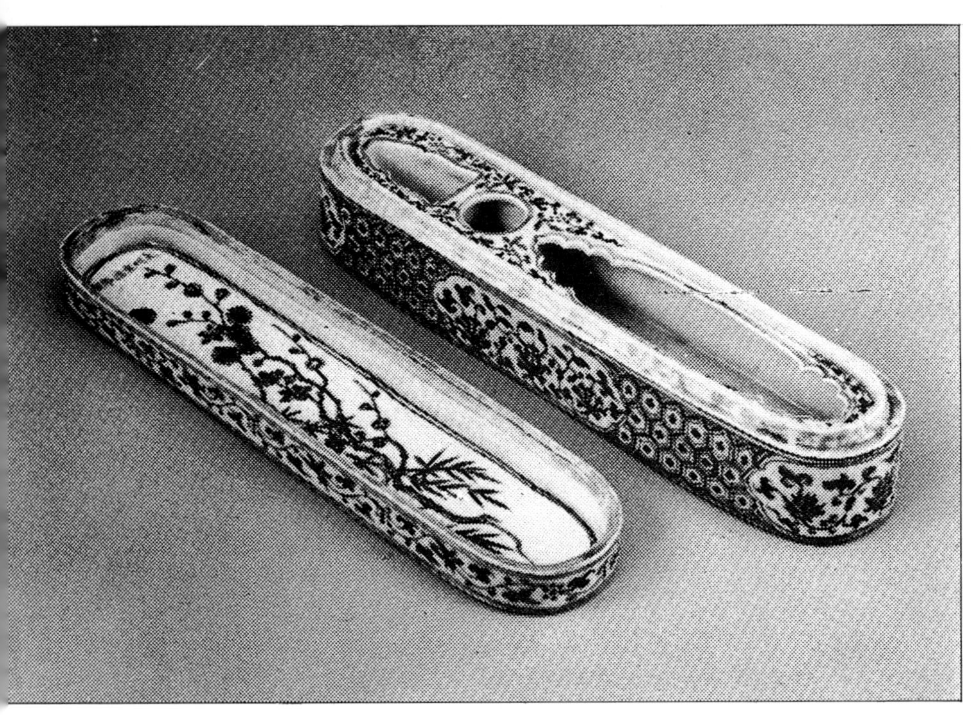

明·青花笔匣(宣德)

宋·熊形玉书镇

明·青花杆毛笔(万历)

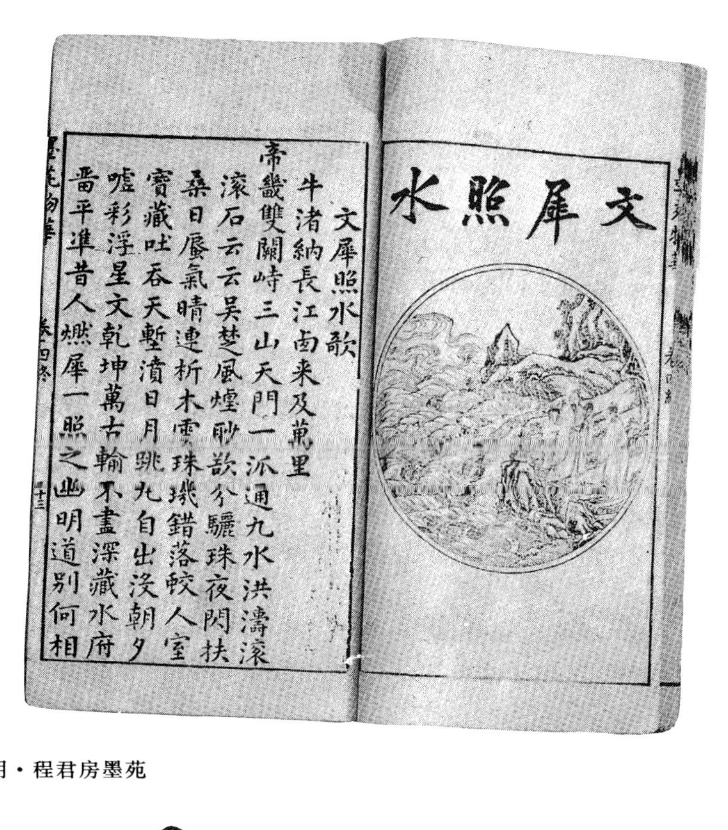

文犀照水

文犀照水歌
牛渚納長江㐫来及萬里
帝鑿雙關峙三山天門一派通九水洪濤滾
滾石云云吴楚風煌砂歆分驪珠夜閃扶
桑日蜃氣晴連析木雲珠璣錯落蛟人室
寶藏吐吞天塹瀆日月跳丸自出沒朝夕
噓彩浮星文乾坤萬古輪不盡深藏水府
晋平準昔人燃犀一照之幽明道别何相

明·程君房墨苑

鑒古齋墨譜序
子墨客卿元香太守偕楮國而流
芳绾管城以從事迺同石泓爰代濤
書美倩㸌子之名遂歸龍賓之劑
自非訣椀莫製渝糜莫家父子聲

明·鉴古斋墨谱

明·兰亭砚

清·兰亭端砚

明·竹节形歙砚

明·青花笔架

清·竹节端砚

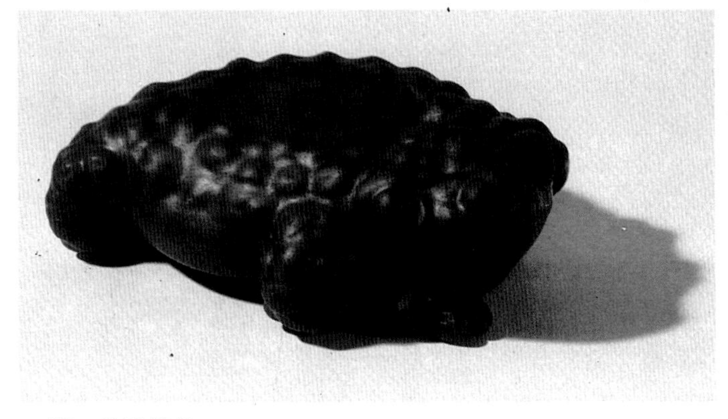

清·蟾形端砚

清·端砚

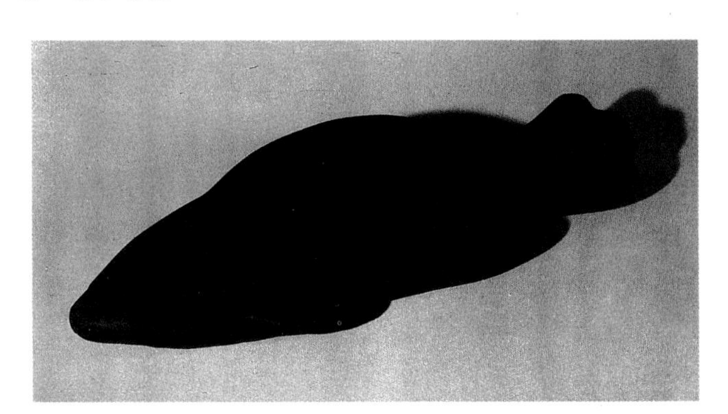

清·鱼形澄泥砚

清·嵌螺钿红木砚

清·漆砚

清·雕漆笔筒

明·牡丹纹紫檀笔筒

清·玉玺墨

清·玉笔洗

清·国宝墨

清·汪节庵人形墨

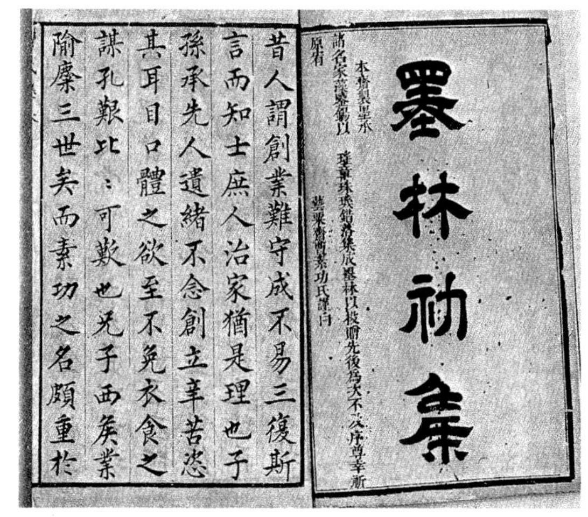

墨林初集

本齋製墨承諸名家藻鑒錫以瑤章珠玦錯落集成墨林以授剞劂先後爲次不以序尊幸斯原看

藝粟齋曹素功氏謹白

昔人謂創業難守成不易三復斯言而知士庶人治家猶是理也子孫承先人遺緒不念創立辛苦恣其耳目口體之欲至不免衣食之謀孔艱比：可歎也先子西庚業隃麋三世矣而素功之名頗重於

清·曹素功墨林

清·古柯庭墨(嘉庆)

清·蟾形紫砂砚

清・补桐书屋墨

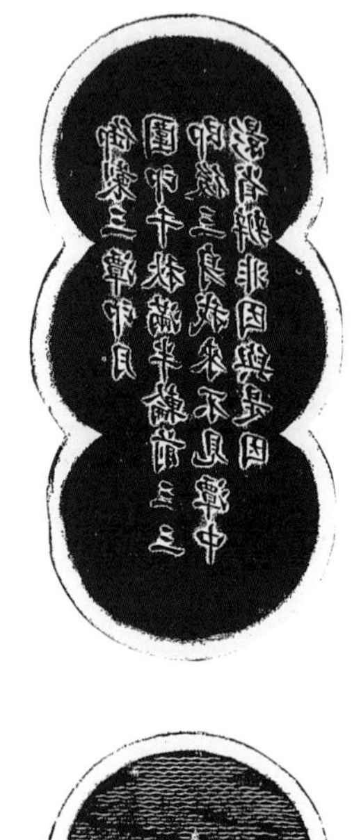

清・三潭印月墨

清・雷峰夕照墨

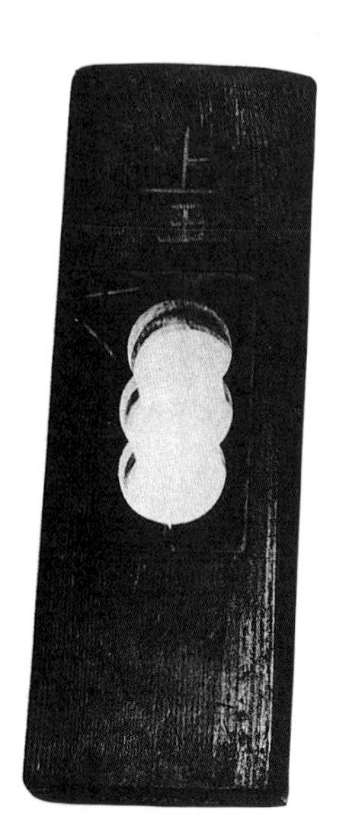

清・三潭印月墨模

清・雷峰夕照墨模

清・曹素功仿程君房天禄阁墨

# 目录

## 古陶器

## 古瓷器

## 古青铜器

## 古书画

## 古碑帖

新莽莱子侯刻石

## 古玉器

## 古钱币

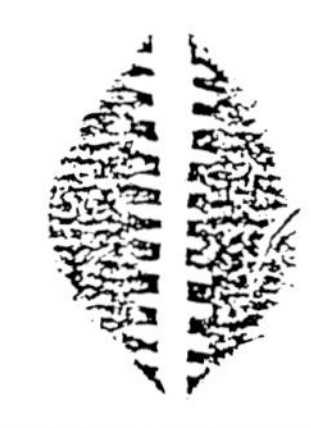

## 古籍版本

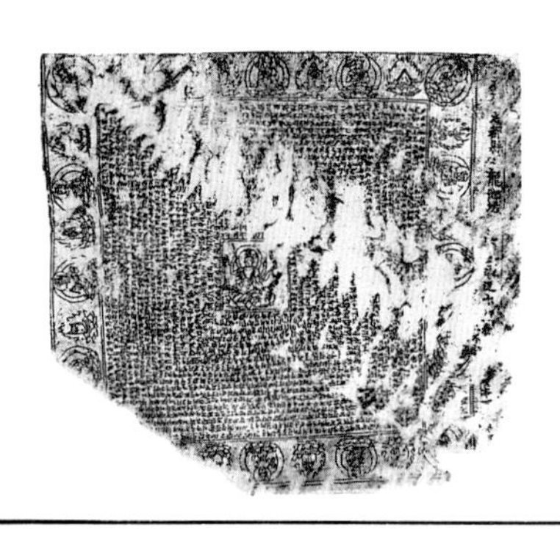

## 古玺印

## 古文房四宝

# 作者简介

**戴南海**，男，1940年2月出生于四川省丰都县，1962年毕业于西北大学历史系考古专业，现为西北大学文博学院副教授，硕士导师。任中国历史文献研究会理事，《历史文献》编委，主要从事文献学和文物学的研究，有《校勘学概论》、《版本学概论》、《古字画鉴定秘要》等刊行于世，发表学术论文达40余篇。

**张懋镕**，男，1948年生于江苏苏州市。1985年获历史学硕士学位。现在西北大学文博学院执教，副教授。出版有《书画与文人风尚》、《绘画与中国文化》、《青铜器鉴赏》等专著，发表学术论文30篇。

**周晓陆**，男，1953年生，江苏南京市人，现任西北大学文博学院副教授，有《中国印体艺术》、《中国古代玺印》等专著以及数十篇历史学、考古学、文物学方面的论文发表。

（黔）新登字 01 号

# 文物鉴定秘要

戴海南 张懋镕 周晓陆 著

出版发行：贵州人民出版社
（贵阳市中华北路 289 号）
印　刷：中国环球（蛇口）印务有限公司
开　本：880×1230 毫米　1/16
印　张：（文）57.5　（图）36
版　次：1994 年 10 月第 1 版
印　次：1996 年 4 月第 2 次印刷
印　数：3001—6000 册
ISBN　7—221—03544—X/K·268
定　价：480 元（全二册）